Ullstein

D1703875

ÜBER DAS BUCH:

Wenn im Krieg die Nachrichtenwege unterbrochen sind, ist er fast schon
verloren. Deshalb ist London aufs höchste alarmiert, als im Kampf gegen
Frankreich immer wieder Postschiffe zwischen England und der Karibik
auf mysteriöse Weise verschwinden. Damit fehlen der britischen Admiralität und den großen Handelshäusern wichtige Informationen. Niemand
weiß, ob Befehle und Aufträge ausgeführt wurden oder wie die Royal
Navy sich in Westindien behauptet.
Um dieses Rätsel zu klären, reist Leutnant Ramage als scheinbar harmlo-
ser Passagier auf der nächsten Postbrigg von Jamaika nach England. Zwölf
seiner getreuesten Matrosen hat er unter die Mannschaft geschmuggelt,
als seine Augen und Ohren. Denn nicht nur Freibeuterei oder eine neue
französische Waffe, sondern auch Hochverrat in den eigenen Reihen
könnten am Verlust der Postschiffe schuld sein.
Als vor Portugal ein französischer Kaperer am Horizont auftaucht und der
britische Kapitän sich seltsam verhält, scheint Ramages Verdacht
bestätigt. Aber er kann nicht so rigoros vorgehen wie eigentlich nötig,
denn seine Verlobte Gianna, die Marchesa di Volterra, taucht plötzlich in
Lissabon auf und gefährdet das ganze Geheimunternehmen.
Auch der fünfte Roman mit dem beliebten Seehelden Lord Ramage war
lange vergriffen und wird nun im Rahmen der ganzen Serie bei Ullstein in
überarbeiteter Übersetzung wieder aufgelegt.

ÜBER DEN AUTOR:

Dudley Pope entstammt einer alten Waliser Familie und hat sich in England und Amerika als Marinehistoriker einen Namen gemacht. Sein Haupt-
interesse gilt der Seekriegsgeschichte der Nelson-Zeit, und seine Fach-
kenntnisse – er ist selbst aktiver Hochseesegler und diente bei der Royal
Navy – bilden die Grundlage seiner farbigen, faszinierenden Ramage-Serie,
die bei Ullstein wieder aufgelegt wird.

Dudley Pope

Ramage in geheimer Mission

Roman

Ullstein

maritim
Nr. 24056
Herausgegeben von J. Wannenmacher
im Verlag Ullstein GmbH,
Frankfurt/M – Berlin
Titel der englischen
Originalausgabe:
Ramage's Prize
Übersetzt von Dr. Eva Malsch

Überarbeitete Ausgabe

Umschlagentwurf:
Hansbernd Lindemann
Umschlagillustration:
Andreas Achenbach: *Rückkehr der
Fischerboote,* entnommen dem Buch
Maler der See von Jörgen Bracher,
Michael North und Peter Tamm, Koehlers
Verlagsgesellschaft, Herford
Alle Rechte vorbehalten
© 1974 by The Ramage Company Limited
Übersetzung © 1979 by Moewig
Verlag KG, Rastatt
Printed in Germany 1996
Gesamtherstellung:
Ebner Ulm
ISBN 3 548 24056 9

November 1996
Gedruckt auf alterungs-
beständigem Papier mit
chlorfrei gebleichtem Zellstoff

Vom selben Autor
in der Reihe
der Ullstein Bücher:

Leutnant Ramage (23924)
Die Trommel schlug zum Streite (22308)
Ramage und die Freibeuter (22496)
Kommandant Ramage (23933)
Ramage – Lord Nelsons Spion (22794)
Ramage und das Diamantenriff (22861)
Ramage und die Meuterei (22917)
Ramage und die Rebellen (23788)
Ramage gegen Napoleon (23794)
Ramage und der feindliche Konvoi
(24063) (erscheint 3/1997)

Die Deutsche Bibliothek –
CIP-Einheitsaufnahme

Pope, Dudley:
Ramage in geheimer Mission : Roman /
Dudley Pope. [Übers. von Eva Malsch]. –
Überarb. Ausg. – Frankfurt/M ; Berlin :
Ullstein, 1996
    (Ullstein-Buch ; Nr. 24056 : Maritim)
    ISBN 3-548-24056-9
NE: GT

1

Er hatte kaum Schlaf gefunden in der heißen, windstillen Nacht, die so typisch war für die stürmische Jahreszeit auf Jamaika. Der sanfte Zephir, der sich gelegentlich durch das Fenster wagte, hatte kaum genug Kraft, das Moskitonetz zu durchdringen, und brachte nicht die gewünschte Kühlung. Jedesmal, wenn er eingedöst war, hatte ihn ein wilder Alptraum bald wieder aufgeschreckt. Und nun saß Ramage am Frühstückstisch, fühlte sich schlapp wie ein nasses Handtuch, nippte an seinem Kaffee und blinzelte in die grelle Sonne, deren Strahlen trotz der herabgelassenen Jalousien in den Speisesaal des Hotels drangen.

Er nahm einen Brief aus der Tasche und las ihn zum fünften oder sechsten Mal, seit ihn der Sonderkurier am vergangenen Abend überbracht hatte. Er war adressiert an ›Leutnant Ramage, Royal Albion Hotel‹ und unterzeichnet mit ›Pilcher Skinner‹. Unter die hastig hingekritzelte Unterschrift hatte ein Sekretär geschrieben: ›Ritter, Vizeadmiral und Oberbefehlshaber der Königlichen Flotte auf der Station Jamaika.‹

Der Wortlaut des Briefs war klar und einfach und hätte so manchen jungen Leutnant beglückt, der sein Kommando verloren hatte, dessen Schiff von einem Hurrikan entmastet und gegen ein Korallenriff geschleudert worden war. Aber Ramage wußte, daß Vizeadmiral Sir Pilcher Skinner keineswegs ein Mann von klarer, einfacher Denkungsart war.

Das Dokument war ein Brief, kein Befehl. Sir Pilcher machte ihm sogar ein Angebot. Aber, so überlegte Ramage mißtrauisch, Admiräle pflegten unbedeutenden Leutnants keine Angebote zu machen, schon gar nicht einem Leutnant, der eben erst auf Jamaika angekommen war und dessen erste offizielle Pflicht es gewesen wäre, den Verlust seines Schiffes zu melden. Davon abgesehen hatte jeder Oberbefehlshaber seinen Favoritenkreis – junge Leutnants und Kapitäne, die unter ihm gedient hatten und nun auf seine Protektion hofften.

Die Jamaika-Station war die ungesündeste im gesamten Seedienst. Hier konnte ein Offizier, der bei Sonnenaufgang noch gesund und munter gewesen war, bei Sonnenuntergang am gelben Fieber sterben. Und deshalb konnte man auf Jamaika sehr schnell befördert werden. Das Begräbnis eines jungen Fregattenkapitäns bedeutete, daß ein favorisierter Leutnant sein erstes Kommando erhielt. Und favorisierte

Fregattenkapitäne wurden in die Gewässer vor Haiti und Venezuela geschickt, wo sie französische oder spanische Handelsschiffe fanden, saftige Prisen, die sowohl die Kommandanten als auch den Oberbefehlshaber bereicherten. Denn der bekam einen prozentualen Anteil am Prisengeld.

Es gab auch Fregattenkapitäne, die nicht in der Gunst des Oberbefehlshabers standen oder die er nicht kannte, da sie eben erst einen Konvoi aus dem Vereinigten Königreich in die Karibik eskortiert hatten. Solche Kapitäne konnten höchstens erwarten, daß sie Konvoidienst tun mußten, was zu den langweiligsten Pflichten innerhalb der Navy zählte und weder Beförderungen noch Prisengelder einbrachte.

Ramage überlegte seufzend, daß er zu einer ganz speziellen Kategorie gehörte und daß Sir Pilcher ihn deshalb nie in den Kreis seiner Günstlinge aufnehmen würde. Um mit Ramages Vater zu beginnen: der Earl of Blazey war einer der brillantesten Admiräle der Navy gewesen, bis eine verängstigte Regierung ihn zum Sündenbock für ihre eigene Dummheit gemacht hatte. Sir Pilcher war politisch sehr interessiert, und seine Partei unterstützte die Regierung. Das hatte zur Folge, daß er übervorsichtig war wie alle Politiker, die nichts von Politik verstanden, aber persönliche Vorteile aus ihren politischen Aktivitäten ziehen wollten. Außerdem gehörte Sir Pilcher immer noch dem niedersten Adel an, obwohl er die Lebensmitte schon überschritten hatte, und es war allgemein bekannt, daß er nach der Pairswürde dürstete. Aber darauf würde er vergebens hoffen, denn Marineoffiziere wurden nur selten zu Pairs ernannt, höchstens wenn sie Oberbefehlshaber waren und einen erfolgreichen Einsatz geleitet hatten. Nicht einmal der ärgste Schmeichler in Sir Pilchers Favoritenkreis würde die Prophezeiung wagen, daß es jemals dazu kommen könnte. Und was noch schlimmer war – er wußte, daß Ramage nicht nur einen Titel hatte, sondern es auch noch zum Prinzip erhob, ihn im Kriegsdienst nicht zu benutzen. Sicher hatte es Sir Pilcher gewaltig geärgert, daß er den Brief eigentlich an ›Leutnant Lord Ramage‹ hätte adressieren müssen.

All das genügte, um Ramage aus dem Kreis der Günstlinge zu eliminieren. Aber am härtesten hatte es Sir Pilcher wahrscheinlich getroffen, daß der junge Leutnant als Kommandant einer Brigg in die Karibik gekommen war, die im direkten und geheimen Auftrag des Ersten Lords der Admiralität operierte. Ein Mann wie Sir Pilcher mußte in diesem Fall befürchten, daß verborgene Einflüsse am Werk waren.

Ramage blickte auf, als ein hochgewachsener Mann an seinen Tisch trat. »Guten Morgen. Sie sind früh auf den Beinen. Konnten Sie nicht schlafen?«

»Diese verdammten Moskitos!« stieß Sidney Yorke hervor. »Sie müssen ein Loch in meinem Netz gefunden haben. Ich habe immer noch dieses gräßliche Summen im Ohr. Schauen Sie sich das an!« Er hielt Ramage seine roten, geschwollenen Handgelenke unter die Nase. »Meine Fußknöchel sehen genauso aus.«

»Sie dürfen sich nicht kratzen«, sagte Ramage mitleidlos. »Und Sie müssen sich ein neues Moskitonetz kaufen.«

Yorke wandte sich zu dem farbigen Kellner um. »Ah, da sind Sie ja, Albert. Nur eine Kanne von Ihrem ausgezeichneten Kaffee, bitte, und ein bißchen trockenen Toast. Nein, ich habe mich nicht betrunken«, versicherte er dem verwirrten Mann, dann nahm er Ramage gegenüber Platz und zeigte auf den Brief. »Wenn ich mir dieses große, imposante Siegel ansehe, bezweifle ich, daß das ein Liebesbrief ist.«

»Es ist sicher schon lange her, daß Sir Pilcher seinen letzten Liebesbrief geschrieben hat.«

Yorke nickte und wechselte das Thema, da Ramage offenbar nicht über den Brief sprechen wollte. »Ich habe mich wegen einer Passage nach England erkundigt. Sieht nicht gut aus. Der nächste Konvoi wird wahrscheinlich erst in zwei Monaten auslaufen.«

Ramage lachte. »Irgendwie finde ich es komisch, daß ein Reeder auf Jamaika festsitzt, weil er kein Schiff hat.«

»Da ich mein Schiff im selben Hurrikan verloren habe, der Ihre Brigg auf ein Korallenriff geworfen hat, sollten Sie etwas mehr Mitgefühl zeigen.«

»Sie haben doch noch fünf andere Schiffe. Warum warten Sie nicht, bis eins davon hier ankommt? Übernehmen Sie das Schiff, schicken Sie den Kapitän in Pension oder geben Sie ihm Urlaub, bis die Versicherung bezahlt und Sie ein neues Schiff gebaut haben.«

»Die Schiffswerften liegen an der Themse, und ich bin auf Jamaika. Das ist der springende Punkt. Kennen Sie jemanden, der einen gewissen Einfluß in der Postverwaltung hat?«

Ramage zuckte mit den Schultern. »Glauben Sie vielleicht, daß Sie eine Koje auf einem Postschiff bekommen können?«

»Wenn alle anderen Stricke reißen . . .«

»Dann haben Sie es also schon gehört?«

»Ich habe gehört, daß in den letzten Monaten die meisten Postschiffe auf dem Rückweg nach England gekapert wurden und daß die jamaikanischen Kaufleute wütend und verschreckt sind.«

»Nicht nur die Kaufleute.« Ramage wies auf den Brief, der vor ihm auf dem Tisch lag.

Yorke schnaufte verächtlich. »Wenn der Oberbefehlshaber ein bißchen mehr Interesse zeigte, würden seine Fregatten diese verdammten französischen Kaperschiffe schnappen, bevor sie unsere Postschiffe angreifen. Dann könnten ehrsame, unschuldige Bürger wie ich endlich wieder heimsegeln. Sie werden doch sicher mit einer Fregatte zurückfahren, nicht wahr?« fügte Yorke in beiläufigem Ton hinzu.

Ramage schüttelte den Kopf. »Wenn ich heimwärts segle, dann wahrscheinlich in Ihrer Gesellschaft. Versuchen Sie auch für mich eine Koje zu kriegen. Und für Southwick und Bowen auch.«

»Oh, ich dachte, Sir Pilcher würde Sie hierbehalten. Hat er denn keine Verwendung für einen Kommandanten und einen Arzt?«

Ramage blickte dem Kellner entgegen und wartete, bis der Mann das Frühstück servierte und sich wieder zurückgezogen hatte. »Der Admiral weiß ja nicht einmal, was er seinen eigenen Leuten befehlen soll.«

»Wollen Sie damit auf taktvolle Art ausdrücken, daß er es nicht wagen wird, einen seiner Favoriten zu übergehen und Ihnen einen Job zu geben?«

»So brutal sollte man es nicht definieren. Andererseits hat er vielleicht einen unangenehmen Auftrag zu vergeben. In diesem Fall wird er sich an mich wenden, um seinen Leuten Kummer zu ersparen.«

Yorke warf noch einen Blick auf den zusammengefalteten Brief und widmete sich dann seinem Frühstück. Es war offensichtlich, daß Ramage sich Sorgen machte, was immer Sir Pilcher ihm auch mitgeteilt hatte. Sie hatten in den letzten Monaten zuviel gemeinsam durchgestanden, als daß Ramage unnötig geheimnisvoll getan hätte.

Allmählich wurde ihm bewußt, warum er es nicht eilig hatte, nach England zurückzukehren. Bisher war es nur ein vages Gefühl der Unlust gewesen, das er erst in diesem Augenblick verstandesmäßig analysierte. Die frühen Jahre seines Lebens hatte Yorke auf hoher See verbracht, auf den Schiffen seines Großvaters, hatte auch das eine oder das andere kommandiert. Später erkannte er, daß der alte Mann, allgemein als Tyrann bekannt, ihm nur ein Schiff gegeben hatte, weil er überzeugt gewesen war, der Enkel könne nichts mehr von anderen Kapitänen lernen, weitere Kenntnisse könne ihm nur die Erfahrung auf hoher See bringen. Nachdem er ein Jahr lang mehrere Schiffe befehligt hatte, mußte er zwei Jahre lang im Londoner Büro der großväterlichen Firma sitzen, um die nötigen Erfahrungen als Reeder zu sammeln. Damals hatte sich Yorke erbittert dagegen gesträubt, aber der alte Mann hatte gute Gründe für seine Entscheidung gehabt – Gründe, über die er sich sogar noch auf dem Totenbett ausgeschwiegen hatte. Erst bei der Testamentseröffnung erfuhr Yorke, daß er die ganze Flotte geerbt hatte – sechs gutgebaute Schiffe.

Aber Yorke hatte das Leben eines reichen Reeders in London langweilig gefunden. Die Vormittage und Nachmittage in der Leadenhall Street, die Soirées und Bälle an den Abenden, wo er immer wieder vor übereifrigen Müttern fliehen mußte, die ihn als gute Partie für ihre Töchter betrachteten. So war er wieder zu See gegangen, führte eines seiner Schiffe und überließ das Londoner Büro der Obhut vertrauenswürdiger Kaufleute. In gewisser Weise führte er ein einsames Leben, denn er vermißte die Gesellschaft intelligenter Menschen, die seiner Generation angehörten. Und doch wußte er nur zu gut, daß solche Leute entweder nicht verstanden, was ihn zur See trieb, oder seine Freundschaft nur suchten, weil ein reicher Bekannter vorteilhaft war, wenn man Spielschulden machte oder Kredite haben wollte.

Die Begegnung mit Ramage in der Karibik war eine erfrischende Abwechslung gewesen, und Yorke hoffte, daß daraus eine Freundschaft fürs Leben entstehen würde. Was nicht bedeutete, daß dieser Verbindung lange Dauer beschieden war, denn es war unwahrscheinlich, daß Ramage ein hohes Lebensalter erreichen würde. Schon jetzt, mit einundzwanzig Jahren, war er zweimal schwer verwundet worden. Er hatte in der Schlacht am Kap St. Vincent einen kleinen Kutter mit fünfzig Mann Besatzung verloren. Und vor kurzem hatte er die Brigg *Triton* in einem Hurrikan eingebüßt, nach einem brillanten Angriff auf ein Kaperschiff, das Yorkes Schiff zu erobern versucht hatte. Das Handelsschiff war in einem Konvoi gesegelt, den Ramages Brigg eskortiert hatte. Yorke wußte, daß solche und auch andere Episoden die Hochachtung begründeten, die Ramage bei seiner Schiffsbesatzung genoß. Den Respekt und die Loyalität harter Seefahrer erwarb man sich nur durch echte Autorität, Tapferkeit und Sorge um sein Schiff und die Menschen an Bord.

Und doch war es seltsam, daß Nicholas Ramage, Sohn und Erbe des zehnten Earl of Blazey, ganz und gar nicht dem Ideal eines Marineoffiziers entsprach – zumindest nicht dem Ideal, das den meisten Leuten vorschwebte. Zwar hatte er offensichtliche Vorzüge. Er sah verdammt gut aus, war sehr schlank und hatte immer jenen gewissen hungrigen Ausdruck im Gesicht, den manche Frauen unwiderstehlich fanden. Seine tiefliegenden braunen Augen hatten einen durchdringenden Blick, der ihm bei dienstälteren Offizieren nur wenig Sympathie einbrachte. Und doch hatte Ramage mehrere Handicaps: die Empfindsamkeit, die Ungeduld und den Stolz eines künstlerisch veranlagten Menschen, einen aktiven Verstand und eine lebhafte Phantasie. Diese Eigenschaften verhinderten, daß er sich buchstabengetreu an jede Order hielt, die ihm dienstältere Seeoffiziere eines gewissen Typs erteilten.

Bisher hatte Ramage Glück gehabt. Im Mittelmeer hatte er die Aufmerksamkeit von Kommodore Nelson erregt. Ein paar Monate später hatte er bei der Schlacht am Kap St. Vincent es dem Kommodore ermöglicht, zwei spanische Linienschiffe zu kapern und dadurch die Ritterwürde zu erwerben. Wenn Sir Horatio Nelson, derzeit Konteradmiral, jemals größere Bedeutung in der Navy erlangen sollte, würde Ramage einen mächtigen Gönner haben. Davon war Yorke überzeugt. Aber es dauerte lange, bis so ein Mann die obersten Sprossen der Karriereleiter erreichte, und in der Zwischenzeit konnten junge Leutnants wie Ramage ein Schattendasein führen, ohne Aussicht auf Beförderung, bei halbem Sold, verzweifelt darüber grübelnd, was gewesen wäre, wenn . . .

Als Yorke erfahren hatte, daß Ramages Vater ein Freund des gegenwärtigen Ersten Lords der Admiralität gewesen war, hatte er angenommen, das würde dem jungen Mann ein Fregattenkommando innerhalb der nächsten zwei oder drei Jahre sichern. Aber nichts dergleichen war geschehen. Statt dessen hatte ihm Lord Spencer vor ein paar Monaten einen Auftrag erteilt, der totgeschwiegen werden sollte, wenn er erfolgreich erledigt war. Aber im Fall eines Mißerfolgs hätte Ramage genauso den Sündenbock spielen müssen wie vor Jahren sein Vater.

Warum hatte sich Lord Spencer ausgerechnet Ramage ausgesucht? Über diese Frage hatte Yorke lange nachgedacht. Aber nun, während er an seinem Kaffee nippte und sich für den trockenen Toast zu erwärmen versuchte, den sogar die Fliegenschwärme ignorierten, glaubte er die Antwort gefunden zu haben. Es war ein kniffliger Job gewesen, ein unmöglicher Auftrag. Vielleicht war Ramage der einzige damals verfügbare Offizier gewesen, dem Spencer einen Erfolg zugetraut hatte. Aber in der Navy herrschte kein Mangel an intelligenten, tapferen jungen Leutnants. Nein, die Antwort war wahrscheinlich viel simpler. Lord Spencer hatte gewußt, daß ein Mißerfolg die Karriere des Beauftragten beenden würde. Deshalb hatte er kaltblütig Ramage ausgewählt, denn wenn dieser versagte, konnte er den Rest seines Lebens auf dem Familiensitz verbringen – unzufrieden, aber reich, der Erbe einer alten Grafschaft. Aber andere junge Offiziere, die aus ärmeren Familien stammten, hätten nach beendeter Karriere ein armseliges Dasein als Verkäufer oder Schankkellner fristen müssen.

Yorke blickte den jungen Mann an, der immer noch auf den Brief starrte. Ramages Augen waren blutunterlaufen, die Wangen eingefallen, er saß müde und zusammengesunken auf seinem Stuhl. Das war nicht die Müdigkeit nach einer schlaflosen Nacht. Diese Erschöpfung war die Folge langer Monate voll innerer Anspannung. Yorke war überzeugt, daß Ramage den Auftrag des Ersten Lords niemals in diesem Licht betrachtet hatte, und es hätte auch wenig Sinn gehabt, ihm jetzt solche Gedankengänge zu erklären. Ironischerweise hatte Ramage den Befehl erfolgreich ausgeführt, das bewies seine Anwesenheit in der Karibik. Aber statt sich nun mit seinem eigenen Schiff beim Oberbefehlshaber melden zu können, mußte er gestehen, daß die *Triton* während eines Hurrikans entmastet worden und dann an einem Korallenriff zerschellt war.

Es spielte keine Rolle, daß das einzige Kriegsschiff, das jenen Sturm heil überstanden hatte, ein großes Linienschiff war, daß drei Fregatten ebenfalls gesunken waren und daß Yorkes eigenes Schiff zusammen mit der *Triton* auf das Riff geprallt war. Wichtig war nur, daß Ramage jetzt völlig abhängig war von der Großmut des Oberbefehlshabers, und er stand keineswegs in Sir Pilchers Gunst. Das konnte man dem Vizeadmiral nicht zum Vorwurf machen, wenn man bedachte, welche Gepflogenheiten in der Navy herrschten. Man durfte es ihm nicht übel nehmen, wenn er einfach mit den Schultern zuckte und Ramage heim nach England schickte ...

Solche Überlegungen machten den Brief neben Ramages Teller noch interessanter, fand Yorke, als er sich zum zweitenmal Kaffee eingoß. »Wollen Sie wirklich mit einem Postschiff zurückfahren?« fragte er.

Als Ramage nickte, sagte der junge Reeder: »Da werden wir lange warten müssen. Das letzte Postschiff ist zwei Wochen überfällig, und das nächste müßte jeden Augenblick eintreffen. Aber wahrscheinlich ist es irgendeinem Kaperkapitän in die Hände gefallen.«

»Sicher stehen viele Passagiere auf der Warteliste.«

»Im Gegenteil!« rief Yorke. »Nur wenige Leute haben es so eilig, nach England zu kommen, daß sie dafür Kopf und Kragen riskieren. Sie sind überzeugt, daß viel zu viele französische Kaperschiffe im Atlantik segeln. Das glaubt auch Mr. Smith, der stellvertretende Generalpostmeister, der für die Auslandspost zuständig ist. Ich habe gestern eine halbe Stunde lang auf ihn eingeredet und versucht, eine Passage zu bekommen. Es gibt einfach keine Postschiffe. Und das ist allein die Schuld der Navy, wie Mr. Smith behauptet. Oder die Schuld Sir Pilchers.«

Ramage fand es irritierend, daß er das Bedürfnis hatte, Sir Pilcher in Schutz zu nehmen, aber er tat es trotzdem. »Was erwartet Mr. Smith denn? Daß jedes Postschiff von einer Fregatte eskortiert wird?«

»Nein, aber daß mehr Fregatten in den Gewässern patrouillieren, wo Kaperschiffe ihr Unwesen treiben.«

»Ich kann mir kaum vorstellen, daß die Kaperkapitäne der Navy auf die Nase binden, wo sie an welchen Tagen operieren wollen.«

Yorke winkte den Kellner heran, um noch eine Kanne Kaffee zu bestellen, und wandte sich dann wieder an Ramage. »Um ehrlich zu sein, ich kann mir auch nicht vorstellen, wie sie es schaffen, mitten im Atlantik ein Postschiff nach dem anderen zu kapern. Vielleicht das eine oder andere – ja. Aber ich bin sicher, daß die meisten Schiffe erbeutet werden, wenn sie durch die Windward Passage* gesegelt sind, also ein paar Tage, nachdem sie den Hafen verlassen haben.«

»Seien Sie doch nachsichtig mit Sir Pilcher«, bat Ramage lächelnd. »Er läßt ständig ein paar Schiffe in der Windward Passage patrouillieren, auch draußen im Atlantik. Aber nun ist schon seit Wochen kein Kaperschiff mehr gesichtet worden.«

»Sie sind gut informiert. Haben Sie irgendeine Theorie?«

»Nein.« Yorke sah, daß Ramages Augen zu dem Brief glitten, als er hinzufügte: »Ich wünschte, ich hätte eine . . .«

»Und gibt es sonst jemanden, der sich einen Reim auf das alles machen kann?«

Ramage zuckte seufzend mit den Schultern. »Wenn es so ist, dann behält dieser Jemand seine Theorien für sich, denn es könnte ja sein, daß Sir Pilcher ihm ein Auftrag gibt.«

»Welchen Auftrag?« fragte Yorke unschuldig.

»Den Auftrag, die Post abzuliefern«, sagte Ramage, als der Kellner den Kaffee brachte. »Albert, ich möchte auch noch eine Kanne. Was ist eigentlich das Geheimnis eures ausgezeichneten Kaffees?«

Der Farbige lächelte. »Eine Prise Salz im Kochtopf, Sir.«

»Nur Salz?« fragte Yorke skeptisch.

»Sonst nichts, Sir«, entgegnete der Kellner feierlich. »Und die Bohnen müssen natürlich frisch gemahlen sein.«

Als der Mann in die Küche zurückgegangen war, fragte Yorke beiläufig: »Nichts Neues von der Admiralität?«

»Nichts Definitives«, erwiderte Ramage und blickte wieder auf den Brief.

»Und Sie wissen auch nicht, ob Sie in Gnade oder Ungnade stehen?«

Wieder zuckte Ramage mit den Schultern, und nach kurzem Zö-

* Straße zwischen Kuba und Haiti

gern reichte er Yorke den Brief. »Den hat mir Sir Pilcher gestern abend geschickt. Ich kann annehmen oder ablehnen.«

Yorke faltete mit gerunzelter Stirn das Blatt Papier auseinander. »Ist das denn üblich – daß man Ihnen die Entscheidung überläßt?«

»Im Gegenteil, es . . .« Ramage brach ab, denn er wollte Yorkes Reaktion nicht beeinflussen.

Der junge Reeder las den Brief langsam durch, dann hob er den Kopf. »Interessant – und sehr verdächtig.«

»Verdächtig?« wiederholte Ramage, und seine Augen verengten sich.

»Ja. Ich weiß nicht, wieso – aber es gefällt mir nicht, daß Sie die Entscheidung selbst treffen sollen. Normalerweise entscheiden doch die Admiräle, nicht die jungen Offiziere.«

»Ich war fast die ganze Nacht wach und habe überlegt, was dahinterstecken könnte.«

Yorke rührte in seinem Kaffee. »Ich frage mich, warum Sir Pilcher so krampfhaft betont, daß Sie die Entscheidung fällen sollen. Lesen wir den Brief noch einmal – ganz langsam.«

Er legte das Blatt auf den Tisch, strich es glatt und fuhr mit dem Zeigefinger unter den ersten Zeilen entlang. »Nach den üblichen einleitenden Phrasen teilt er Ihnen mit, daß mehrere Postschiffe auf dem Weg von und nach England verlorengegangen sind. Er meint, wir hätten ›unerwartet hohe Verluste erlitten‹. Finden Sie diese Formulierung nicht merkwürdig?«

»Eigentlich nicht. In den ersten Kriegsjahren haben wir nur wenige Postschiffe eingebüßt. Und jetzt auf einmal verschwinden fast alle. Das kam natürlich unerwartet.«

»Gut. Und dann schreibt er, die verstärkten Fregattenpatrouillen vor den Küsten Kubas, Haitis und Puerto Ricos hätten bewirkt, daß in diesem Jahr nicht halb so viele französische oder spanische Kaperschiffe in der Karibik operieren wie im vergangenen Jahr. Glauben Sie das?«

Ramage lächelte. »In den letzten beiden Jahren haben unsere Fregattenkapitäne ein Vermögen an Kopfgeld verdient. Die Kaperschiffe haben große Besatzungen – und wenn man fünf Pfund pro Kopf rechnet, dazu das Prisengeld . . . Zweifellos haben die Franzosen und Spanier jetzt nur mehr wenige Schiffe und Leute in der Karibik übrig, um auf erfolgreiche Kaperfahrten zu gehen.«

»In der Karibik«, betonte Yorke, »und vielleicht auch noch ein paar Meilen weiter draußen im Atlantik. Ja, schon gut«, fügte er hinzu, um eine ungeduldige Geste des jungen Leutnants zu beantworten. »Lassen wir die Freibeuter, die von Europa aus operieren, erst einmal aus dem Spiel. Sir Pilcher schreibt, er hätte keinen Grund zu der Annahme, daß die Postschiffe auf dieser Seite des Atlantiks gekapert werden. Deshalb will er Nachforschungen anstellen. Das erscheint mir sehr vernünftig. Und dann erklärt er, daß er nur wenige Schiffe zur Verfügung hätte, aber da Sie nach dem Verlust der *Triton* derzeit ohne Beschäftigung seien, möchte er die Nachforschungen in Ihre Hände legen, falls Sie nicht ins Vereinigte Königreich zurückkehren wollen.« Yorke las den betreffenden Absatz noch einmal. »Das ist glatte Erpressung.«

»Nein, er hat völlig recht. Ich habe zur Zeit kein Schiff, und das Gericht, das den Verlust der *Triton* untersucht hat, war so verständnisvoll, mich von jeder Schuld freizusprechen. So stehen die Dinge. Wenn Sir Pilcher keinen Job für mich hat, muß ich nach England zurückkehren. Das ist so üblich.«

»Trotzdem, es kommt mir seltsam vor. Ich kann nicht glauben, daß er zu wenige Schiffe hat, um Nachforschungen anzustellen. Das müßte sein dringlichstes Anliegen sein. Nicht nur Jamaika ist betroffen, auch Barbados, Grenada, St. Lucia, St. Vincent, Martinique, Antigua, Tortola. Ganz Westindien muß doch in Aufruhr sein – so abgeschnitten von England. Und doch schreibt Sir Pilcher . . .«

Ramage nickte müde. »Genau. Er kann den Kapitän eines seiner 74-Kanonen-Schiffe mit dieser Aufgabe betrauen und ihm noch drei oder vier Fregatten mitgeben. Oder er schickt einen seiner Lieblingskapitäne mit zwei Fregatten los. Aber . . .«

»Aber Sie verstehen nicht, warum er sich einen Leutnant aussucht, der nichts weiter als seine Seemannskiste kommandiert. Ich verstehe das auch nicht. Dieses Blatt Papier«, Yorke wies verächtlich auf den Brief, »erzählt uns nicht einmal ein Zehntel der ganzen Geschichte. Wann müssen Sie sich entscheiden?«

Ramage zog seine Uhr aus der Tasche. »In einer Stunde, und ich will verdammt sein, wenn ich weiß, was ich ihm sagen soll.«

»Was würde dafür sprechen, Sir Pilchers Angebot anzunehmen?«

Ramage griff nach einem Messer, das auf dem Tisch lag, und balancierte es waagrecht auf einem Finger. »Eigentlich nichts. Höchstens die Überlegung, daß es recht amüsant sein könnte, herauszufinden, was tatsächlich mit diesen Postschiffen passiert – vorausgesetzt, Sir Pilcher ist wirklich so dumm und nicht hinterlistig.«

»Aber angenommen, er ist höllisch schlau und es steckt etwas anderes dahinter?«

»Ich hoffe, das werde ich rechtzeitig genug feststellen können, um den Rückzug anzutreten.«

14

»Das heißt also, daß Sie den Job übernehmen?«

Yorkes Stimme klang so scharf, daß Ramage überrascht den Kopf hob. »Meinen Sie denn, daß ich ablehnen sollte?«

Ramage verbarg seine Enttäuschung nicht, als Yorke nickte. Trotz der vagen Formulierungen des Schreibens hatte der junge Leutnant gehofft, es würde ihn an Bord eines Schiffes führen, zurück auf die hohe See. Die Hitze und der Gestank von Jamaika, der Lärm und die Geschäftigkeit von Kingston zerrten an seinen Nerven.

Yorke grinste. »Sagen Sie nein – und dann warten Sie ab, was der alte Bursche sonst noch zu bieten hat.«

»Ich soll mit ihm feilschen?« rief Ramage entsetzt.

»Sie brauchen dafür ja nicht gleich die übelsten Ausdrücke der Kaufmannssprache zu benutzen. Es muß einen guten Grund geben, warum Sir Pilcher Ihnen diesen Auftrag erteilen will, obwohl er Dutzende anderer Offiziere zur Auswahl hat. Wenn Sie wissen, warum er Sie ausgesucht hat, werden Sie eher in der Lage sein, die richtige Entscheidung zu treffen.«

Ramage wußte, daß Yorke recht hatte. Er mußte Sir Pilchers Motive kennen. »Und wenn er mir klipp und klar sagt, was los ist? Das ist zwar unwahrscheinlich – aber was soll ich dann tun?«

»Das liegt ganz bei Ihnen«, sagte Yorke grinsend. »Wir alle sitzen auf Jamaika fest, bis die Postschiffe wieder durchkommen oder bis sich in etwa zwei Monaten ein Konvoi formiert. Falls Sie nach Hause wollen, sollten Sie das Problem lösen.«

Ramage sah auf seine Uhr und steckte sie wieder in die Tasche. »Ich muß gehen, Sir Pilcher erwartet mich.«

»Stellen Sie ihm ein Ultimatum«, sagte Yorke.

»Ja, das wäre sicher wirksamer als langwierige Verhandlungen.«

2

Ramage stellte dankbar fest, daß der große Warteraum im Admiralitätsgebäude kühl war und komfortabel eingerichtet. Jamaika litt unter dem heißesten Tag der bisherigen Orkansaison. Kein Lüftchen regte sich, und Ramage bedauerte alle Kommandanten, die Segelorder hatten. Sie mußten ihre Schiffe von Booten aus dem Hafen schleppen lassen.

Die weißgestrichenen Jalousien vor den Fenstern ließen genügend Licht herein, hielten aber die sengende Hitze fern. Der Boden war aus kühlem Marmor, in der Mitte des Raumes gruppierten sich vier Rattansessel um einen kleinen polierten Tisch aus Lorbeerholz, dessen Beine in Wasserschälchen standen – eine Kampfmaßnahme gegen die Termiten. Die hohe Decke verstärkte noch den Eindruck der Kühle. An drei Wänden hingen Porträts: dem Fenster gegenüber, wie das Mittelstück eines Triptychons, hing das Bild Sir Pilchers und zu seiner Rechten seine mollige Frau. War die junge Frau, die an der dritten Wand hing, eine Tochter des Vizeadmirals?

Die Kunst des Malers hatte nicht verbergen können, daß Sir Pilchers Hals und seine Beine zu kurz für den dicken Körper waren; er hatte auch nicht die fetten Hängebacken kaschiert, die in ein üppiges Doppelkinn übergingen. Sir Pilcher war gemalt worden, wie er auf einem Achterdeck stand, in glanzvoller blau-weiß-goldener Uniform. Die linke Hand ruhte auf dem Säbelgriff, die rechte umklammerte ein Fernrohr, das unter dem Arm steckte. Nur wenige Betrachter würden annehmen, daß die rosige Farbe der Wangen vom Widerschein der untergehenden Sonne herrührte. Dieser Farbton war eher einem gutgefüllten Weinkeller zuzuschreiben.

Das Gesicht wirkte so seltsam fröhlich wie das eines Mannes, der sich ebenso an einem guten Witz wie an einer wohlgelungenen Lammkeule oder einem Gläschen vom besten Rotwein erfreuen konnte. Und es war dem Künstler hervorragend gelungen, den Ausdruck der Augen einzufangen. Diese Augen konnten offen und gutmütig dreinblicken. Aber Ramage wußte, daß sie genauso verschlagen wirken konnten wie die Augen eines ehrlosen Geldverleihers, wenn sich Sir Pilcher gezwungen sah, Entscheidungen zu treffen oder Verantwortung zu übernehmen. Aber da keine Flotte in der Karibik operierte, brauchte er ohnedies nur kleinere Entscheidungen administrativer Art zu fällen.

Ramage griff nach dem Brief in seiner Tasche, als suche er eine Verbindung zwischen diesem Blatt Papier und dem Porträt, das ihn anstarrte. Wenn er das Angebot akzeptierte, würde Sir Pilcher die Order so formulieren, daß er das meiste für sich herausholte und selbst den geringsten Teil der Verantwortung übernahm. Er wollte, daß ein Offizier niederen Ranges das Problem löste, das der Postverwaltung und mehreren Ministern in White Hall bisher unlösbar erschienen war, aber er würde diesem Offizier keine Machtbefugnisse zugestehen. Der Admiral war kein Narr, und Ramage war überzeugt, daß er noch nie zuvor einem Leutnant die Möglichkeit gelassen hatte, ein Angebot höflich abzulehnen. Er mußte also sehr gewichtige Gründe dafür haben.

Der Rattansessel knarrte protestierend, als Ramage sich zurücklehnte und die Arme streckte. Der Kapitän, der bei Ramages Ankunft als einziger im Warteraum gesessen hatte, war nun drin beim Admiral. Und da er die Fregatte *Hydra* kommandierte, die vor ein oder zwei Tagen aus England eingetroffen war und bald zurücksegeln sollte, machte sich Ramage auf eine lange Wartezeit gefaßt.

Er bewegte die Zehen. Seine Füße waren wegen der Hitze geschwollen, und die langen Stiefel saßen eng und unbequem. Der Schuhputzer des Hotels hatte viel Energie, aber wenig Geschick an die Stiefel verschwendet. Das Leder war glanzlos. Der Bursche wußte offenbar nicht, daß man nur ganz wenig Schuhwichse und ein bißchen Spucke nehmen mußte.

»Ramage«, sagte eine weiche Stimme an der Tür. Er wandte sich um und erblickte Henderson, einen dürren Mann im Priesterrock, der offenbar die Funktionen von Sir Pilchers Sekretär und Kaplan in sich vereinte. »Der Admiral möchte Sie jetzt empfangen.«

Der Sessel ächzte erleichtert, als Ramage aufstand und seinen Binder und die Säbelscheide zurechtrückte. Er wünschte, er hätte weniger Kaffee getrunken, denn die Flüssigkeit rumorte nun unangenehm in seinem Magen. Er war nervös, das ließ sich nicht leugnen. Trotz des lässigen Gesprächs mit Sidney Yorke blieb eine Tatsache bestehen: Das Wort eines britischen Admirals konnte die Karriere eines jungen Leutnants genauso wirksam beenden wie die Breitseite eines französischen Linienschiffes.

Klack, klack, klack – seine Schritte hallten selbstbewußt auf dem Marmorboden. Kopf hoch, Ramage, sagte er sich. Vielleicht will Sir Pilcher nur einen Anker windwärts werfen. Er weiß doch, wie die Gehirne der Lords in London arbeiten . . .

Das Porträt war gut. Als Ramage jetzt das Original betrachtete, sah er, daß der Künstler seinem Auftraggeber doch mehr geschmeichelt hatte, als das auf den ersten Blick zu erkennen war. Der Admiral erhob sich hinter seinem Schreibtisch so majestätisch, wie das seine massige Gestalt erlaubte. Er wies zu einer Gruppe von Rattansesseln, die einen weiteren kleinen Tisch umstanden, eine Replik des Arrangements im Wartezimmer. »Setzen wir uns, mein Junge, machen wir's uns gemütlich.« Er bedeutete Ramage, an einer Seite des Tischchens Platz zu nehmen, und setzte sich dann in den Sessel gegenüber. »Ich habe Kapitän Jeffries von der *Hydra* soeben seine Order gegeben. In zwei Tagen segelt er nach Antigua, der Glückspilz.«

»In der Tat, Sir?« erwiderte Ramage höflich.

Die Stimme des Admirals klang merkwürdig hoch und dünn im Vergleich zu seinem wuchtigen Körperbau. »Ja. Er nimmt einige Befehle der Admiralität und ein bißchen Papierkram mit. Absurd, daß man das Zeug nicht der Postverwaltung anvertrauen kann . . . Die Admiralität soll statt dessen die Königlichen Schiffe benutzen. Und dabei habe ich so wenige Fregatten – verdammt wenige.«

Ramage nickte. Er nahm an, daß die meisten Fregatten Sir Pilchers die Jagd nach Freibeutern mit der Jagd nach Prisen kombinierten, was dem Admiral doppelten Gewinn einbrachte – den taktischen Gewinn, daß er sich weniger feindlichen Schiffen gegenübersah, und einen finanziellen, da er ein Achtel aller Prisengelder kassierte. Jamaika war der gewinnträchtigste Boden, den die Admiralität zu bieten hatte. Zwei Jahre auf dieser Station in Kriegszeiten, und ein Admiral war so reich wie ein Nabob, der sein ganzes Leben in Indien verbracht hatte.

»Mr. Dundas ist ein sehr impulsiver Mensch«, sagte Sir Pilcher so langsam, als denke er laut.

Aber auch sehr mächtig, fügte der verwirrte Ramage im stillen hinzu. Als Staatssekretär des Kriegsministeriums und einer der engsten Freunde Mr. Pitts konnte es sich Henry Dundas leisten, impulsiv zu sein. Immerhin war der Premierminister sein Zechkumpan.

»Ja, ein impulsiver Mensch. Er hat soeben allen seinen Stabsoffizieren hier draußen befohlen, Depeschen in dreifacher Ausführung abzuschicken. In dreifacher Ausführung! Und die Routineberichte sollen von Handelsschiffen, die in Konvois nach England segeln, befördert werden. Ein Duplikat dieser Order hat auch der Premierminister erhalten, und der hat wiederum Kopien an Lord Auckland und Lord Gower geschickt. Ich habe noch nie verstanden, warum wir zwei Generalpostmeister haben. Und natürlich hat der Erste Lord der Admiralität auch noch eine Kopie bekommen – überflüssigerweise, wenn Sie mich fragen.«

Aber sehr effektvoll, überlegte Ramage und nahm an, daß Sir Pilchers Monolog eine Vorrede sein sollte, die auf Umwegen zum Kernthema des Gesprächs führen würde – zu dem Brief. Nachdem Sir Pilcher ein oder zwei Minuten lang auf den leeren Sessel neben Ramage gestarrt hatte, richtete er seine verschlagenen Augen wieder auf den Leutnant. »Haben Sie meinen Brief gelesen?«

»Ja, Sir.« Ramage wußte noch immer nicht, wie er die unausweichliche Frage beantworten sollte. Jetzt, da er dem Admiral gegenübersaß, schien ihm der Entschluß, den er gemeinsam mit Yorke beim Frühstück gefaßt hatte, nicht mehr richtig.

»Glauben Sie, daß Sie das Rätsel lösen können?«

»Nein, Sir.«

Sir Pilchers Kiefer sank in die Falten seines Doppelkinns. Als er sich von seiner ersten Überraschung erholt hatte, zog er eine blau-emaillierte Schnupftabakdose aus der Tasche und ließ den Deckel aufschnappen. »Warum nicht?« Der Admiral starrte auf das braune Pulver und spreizte Daumen und Zeigefinger, um sich eine Prise zu nehmen.

»Ich habe nicht genug Informationen, um erfolgversprechend operieren zu können, Sir. Die Postschiffe verschwinden irgendwo auf Tausenden von ozeanischen Quadratmeilen.«

»Aber sie können doch nicht einfach verschwinden.«

»Es gibt leider zu viele Freibeuter, Sir«, erwiderte Ramage. Er war entschlossen, sich nicht in die Defensive drängen zu lassen und keine spezifischen Gründe für seine Ablehnung vorzubringen, die der Admiral mit lässiger Geste beiseitewischen konnte.

Sir Pilcher schüttelte so heftig den Kopf, daß seine Hängebacken zitternd hin und her schwangen. »Vielleicht sind es nicht nur Freibeuter«, sagte er geheimnisvoll.

Ramage schwieg. Er hatte begriffen, daß seine Weigerung nicht ernst genommen wurde.

»Da steckt viel mehr dahinter«, fuhr Sir Pilcher im Verschwörerton fort.

»Davon haben Sie in Ihrem Brief nichts erwähnt, Sir.«

»Aber mein lieber Junge! Sie wissen doch, was das alles zu bedeuten hat?«

Ramage schwieg, weil er nicht wußte, ob die Frage rhetorisch gemeint war.

»Das bedeutet, mein lieber Ramage, daß London vom Rest der westlichen Hemisphäre abgeschnitten ist – völlig abgeschnitten. Können Sie sich das vorstellen? Mitten im Krieg kann Whitehall keine einzige Order an seine Admiräle oder Generäle nach Übersee schicken und schon gar nicht an die Gouverneure, ohne befürchten zu müssen, daß die Papiere in die falschen Hände kommen. Es sei denn, ein Kriegsschiff befördert die Depeschen. Das Kriegsministerium ist von der Army hier draußen abgeschnitten. Die Admiralität in London bekommt meine Berichte nicht und kann mir keine Befehle übermitteln. Kein einziger Kaufmann in England oder Westindien kann Aufträge erteilen oder entgegennehmen, er kann kein Geld überweisen, keine Geldsendungen empfangen. Krieg und Handel sind zum Stillstand gekommen.«

»Ich verstehe, Sir«, sagte Ramage, weil er spürte, daß allmählich ein Kommentar erforderlich wurde.

»Stellen Sie sich das doch vor! Die Admiralität und das Kriegsministerium bekommen monatelang keine Berichte von den Oberbefehlshabern. Stellen Sie sich die Verwirrung vor, wenn endlich eine Depesche eintrifft und darin auf Vorgänge Bezug genommen wird, die in drei vorangegangenen, nicht angekommenen Depeschen erwähnt waren. Und die gräßliche Lage, in der sich die Oberbefehlshaber sehen, wenn sie plötzlich Instruktionen bezüglich irgendwelcher Befehle erhalten, die sie nie bekommen haben ... Die *Hydra* hat alle Order, die das Kriegsministerium und die Admiralität in den letzten fünf Monaten abgeschickt haben, in dreifacher Ausführung mitgebracht. Es hat keinen Sinn zu überlegen, was in der Admiralität und in anderen Ämtern passiert sein könnte. Es würde Monate dauern, um herauszufinden, welche meiner Berichte und Ansuchen angekommen und welche verlorengegangen sind ...«

Sir Pilcher brach ab und erschauerte, überwältigt von der Vorstellung, wie viele Sekretäre nun auf all die Papiere verzichten mußten, die vielleicht in beschwerten Postsäcken auf dem Meeresgrund lagen.

Und Ramage sah mit seinem geistigen Auge das Bild Londons vor sich – als Kopf eines Körpers, der seiner Gliedmaßen beraubt war. Keine Order, die den Kopf London verließ, konnte auch nur ein Muskelzucken in den Gliedern Jamaika oder Martinique, Barbados oder Antigua bewirken. Und wenn sich die Lage noch verschlechterte, was wurde dann aus Kanada und Gibraltar, aus der pyrenäischen Halbinsel und dem Mittelmeer? Jede Fregatte, jedes kleinere Schiff der Navy müßte in den Dienst der Aufgabe gestellt werden, die offizielle Post abzuliefern und entgegenzunehmen. Und was wurde aus der englischen Handelskorrespondenz? Die Frachten wurden nicht verschifft, solange sie nicht bezahlt waren. Dringend benötigte Vorräte, Tauwerk, Segeltuch, Pulver und Patronen konnten nicht zu den Königlichen Schiffen geschickt werden, weil die Admiralität, das Waffenamt und diverse andere Behörden die entsprechenden Gesuche und Aufträge nicht erhielten.

Ramage hatte plötzlich Mitleid mit dem dicken Admiral, der ihm gegenübersaß und seine Schnupftabakdose anstarrte. Die Franzosen hatten, vielleicht durch Zufall, ein Mittel entdeckt, die Briten lahmzulegen. Aber hatten sie denn genug Schiffe, um die Weltmeere zu durchkämmen und nach britischen Postschiffen zu fahnden?

Sir Pilcher nickte zufrieden, als hätte er Ramages Gedanken erraten. »Sie wissen doch sicher, wie man weitere Verluste verhindern kann?«

Als Ramage den Kopf schüttelte, fügte der Admiral in geheimnisvollem Ton hinzu: »Wir müssen unseren Verstand gebrauchen. Wir müssen diese französischen Schurken überlisten.«

»Sicher könnten uns dabei ein paar Fregatten helfen.«

»Nicht zu diesem Zeitpunkt. Vielleicht später, wenn wir wissen, was los ist. Nein, mein Junge. Wir – ich meine die Admiralität, die Postverwaltung und mich selbst – wir können nichts unternehmen, solange wir nicht die Antwort auf eine bestimmte Frage wissen.« Er machte eine Pause, und Ramage fühlte sich an einen Schauspieler erinnert, der den dramatischen Höhepunkt seiner Lieblingsrolle auskosten wollte. »Wissen Sie, wie diese Frage lautet?« fragte Sir Pilcher, und sein Kinn sank nach unten, als Ramage nickte.

»Ich denke schon, Sir.«

»Tatsächlich? Heraus mit der Sprache!«

»Wie ich gehört habe, sind zur Zeit weniger französische Freibeuter unterwegs als im letzten Jahr, und sie kapern weniger Handelsschiffe. Wie können weniger Freibeuter mehr Postschiffe kapern?«

Die Bewunderung in Sir Pilchers Blick wich rasch einer leichten Verwirrung. »Genau das ist die Frage. Und wie lautet die Antwort, eh?«

Ramage zuckte mit den Schultern. Der Tonfall des Admirals hatte ihm verraten, daß auch niemand anderer die Frage beantwortet hatte. »Jeder Offizier, der auch nur Vermutungen zu äußern wagt, müßte genauere Informationen haben, Sir. Er müßte nicht nur die Gedanken des Feindes lesen.«

Sir Pilcher seufzte tief auf, als sei er erleichtert, endlich jemanden gefunden zu haben, der seine Meinung teilte. »Unter uns, Ramage, das habe ich in meinen Depeschen an den Ersten Lord angedeutet. Aber das dürfen wir nicht laut sagen.« Seine Finger schwebten immer noch reglos über der Schnupftabakdose. »Nun, Ramage, was sollen wir tun?«

»Wir müssen in Erfahrung bringen, wie viele Verluste wir bisher erlitten haben, wie die Postschiffe operieren . . .«, begann Ramage.

»Dafür ist schon gesorgt«, unterbrach ihn Sir Pilcher fröhlich. »Der stellvertretende Generalpostmeister hier in Kingston weiß über alle Einzelheiten Bescheid.«

Der Klang seiner Stimme verriet, daß er jene Einzelheiten für unbedeutend hielt. Ramage runzelte die Stirn. Vielleicht war er zu hartnäckig, aber er wurde das Gefühl nicht los, daß man ihn an der Nase herumführte. Und warum war man ausgerechnet auf ihn gekommen? Wenn die Situation so verzweifelt war, wie Sir Pilcher behauptete, und der Admiral hatte sicher nicht übertrieben, dann mußte ein dienstälterer Offizier die schwere Aufgabe lösen, vielleicht Kapitän Napier vom 74-Kanonen-Schiff *Arrogant*, der ein kleines Geschwader verlangen würde, um die Freibeuter zu vernichten.

Und doch hatte Sir Pilcher betont, wie wichtig es wäre, die Antwort auf jene Frage zu finden. Als könnte man die Freibeuter nicht besiegen, bevor jemand diese Antwort auf einem Serviertablett präsentierte. Das war sogar sinnvoll, vorausgesetzt, die Postschiffe wurden nach einem bestimmten System gekapert. Man mußte dieses System erforschen – und dann blitzschnell zuschlagen, um die feindlichen Pläne zu vereiteln. Aber angenommen, die Freibeuter kaperten nur die Postschiffe, die ihnen zufällig vor den Bug segelten? Dann gab es keine Antwort auf jene Frage, und man verschwendete sinnlos Zeit, wenn man danach suchte.

Ramage hatte es bisher vermieden, eine Antwort auf die Frage zu finden, die ihn persönlich am meisten beschäftigte: Warum hat Sir Pilcher ausgerechnet mich ausgesucht? Er mag mich nicht, daraus macht er kein Geheimnis. Er hat zwei Dutzend Lieblingsoffiziere, deren Karrieren er fördern will. Und doch hat er keinen dieser Männer mit der kniffligen Aufgabe betraut.

Das Ministerium hatte die Admiralität beauftragt, weitere Verluste zu verhindern. Der Erste Lord hatte Sir Pilcher entsprechend informiert, und Sir Pilcher hatte sich Leutnant Ramage ausgesucht. Wenn Ramage Erfolg hatte, würde der Prozeß noch einmal abrollen, in umgekehrter Reihenfolge. Sir Pilcher würde seine Verdienste in einer Depesche an den Ersten Lord würdigen, der Erste Lord würde Ramages Namen im Ministerium erwähnen, und man würde ihn mit Sicherheit befördern.

Ramage blickte den Admiral an, der immer noch seine Schnupftabakdose fixierte. Warum soll nicht einer deiner Günstlinge die Lorbeeren ernten? fragte er sich. Vielleicht weil es nichts zu ernten gibt? Weil du dem Ersten Lord nur von niederschmetternden Mißerfolgen berichten wirst? Ramage sah, daß Sir Pilchers Hände ein wenig zitterten, und da wußte er, daß der Admiral vom Mißerfolg der Mission überzeugt war.

Trotzdem wollte Ramage herausfinden, warum Sir Pilcher ihn mit der heiklen Aufgabe betrauen wollte, bevor er endgültig ablehnte. Er würde einen Köder an einen Angelhaken hängen und ihn sanft über Bord werfen, in ein Wasser, das offenbar sehr tief und dunkel war. »Hat die Fregatte *Hydra* neue Nachrichten aus London gebracht, Sir? Über den Verlust weiterer Postschiffe?«

»Natürlich. Lord Spencer hat sie hergeschickt, weil das die einzige Möglichkeit war, mir eine Order zukommen zu lassen.«

»Hat der Erste Lord irgendwelche Vorschläge gemacht, Sir?«

»Vorschläge? Mein lieber Junge, der Erste Lord macht keine Vorschläge, er gibt Befehle.«

Der Köder hing am Haken, der Fisch schwamm darauf zu. Jetzt brauchte er nur noch ein bißchen an der Angelschnur zu zupfen. »Ich hoffe, ich bin nicht zu unverschämt, Sir – aber hat der Erste Lord einen bestimmten Offizier für diese Aufgabe vorgesehen?«

»Einen bestimmten Offizier? Natürlich habe ich gewisse Befehle erhalten.« Sir Pilcher starrte nun so hingegeben auf die Schnupftabakdose wie eine Wahrsagerin auf ihre Kristallkugel.

»Aber es wurde kein bestimmter Offizier namentlich erwähnt?«

»Die Order Lord Spencers war klar und deutlich.«

Als Ramage erkannte, daß Sir Pilcher nicht nach dem Köder schnappen würde, verlor er die Geduld und auch jedes Interesse. Er wußte noch immer nicht, warum Sir Pilchers Wahl ausgerechnet auf ihn gefallen war, aber er wollte verdammt sein, wenn er sich den Schikanen des Alten aussetzte. Jetzt war es an der Zeit, sich mit Anstand aus der Affäre zu ziehen. »Nun, Sir, da Sie so freundlich waren, mir die Entscheidung zu überlassen, da ich als Privatmann nach Hause fahren kann, statt neue Befehle entgegenzunehmen . . .« Er klopfte auf den Brief und tat, als könne er vor lauter Nervosität nicht weitersprechen.

Es dauerte zwei oder drei Sekunden, bis Sir Pilcher begriff, daß Ramage das Angebot ablehnte. Er sah kurz auf, dann begann er von neuem, die Schnupftabakdose so intensiv zu beobachten, als könnte die Lösung seiner Probleme jeden Moment aus dem braunen Pulver auf seine Handfläche kriechen, wenn er nur lange genug wartete. »Schade, Ramage – sehr schade. Sie verschleudern die Chance, sich in hohem Maße auszuzeichnen.«

»Darf ich fragen, Sir . . .«

»Verdammt, Ramage«, unterbrach ihn der Admiral ärgerlich und ließ die Dose zuschnappen, ohne eine Prise genommen zu haben. »Erwarten Sie etwa von mir, daß ich Ihnen die Order des Ersten Lords zu lesen gebe?«

Da er nichts mehr zu verlieren hatte, sagte Ramage: »Wenn Sie so freundlich wären, Sir . . .«

Sir Pilcher starrte ihn schockiert an, und sein Adamsapfel begann auf und ab zu hüpfen wie eine Boje auf einer Flutwelle. Dann holte er tief Atem, stand abrupt auf und watschelte zum Schreibtisch. Ramage nahm an, daß er nun entlassen war. Als er die Armstützen seines Sessels umklammerte, um sich hochzustemmen, sah er, daß der Admiral eine Schublade öffnete und mehrere Papiere herausnahm.

Er kam zurück, gab Ramage den Brief und ließ sich schwer in seinen Sessel fallen. »Zweite Seite, dritter Absatz. Lesen Sie – und beeilen Sie sich.«

Ramage ließ die Augen hastig über die Zeilen gleiten, denn er erwartete halb und halb, Sir Pilcher würde es sich anders überlegen und ihm den Brief wieder aus der Hand reißen.

›... Verluste der Postschiffe so schwerwiegend ...‹, hatte Lord Spencer geschrieben. ›... Ministerium neue Untersuchung in Falmouth angeordnet ... Aber der Postschiffinspektor scheint ein Trottel zu sein ... Sein Bericht enthält keine Schlußfolgerungen und ist wertlos ... Lord Auckland hat alle Einzelheiten über die Verluste auf der Lissabon-Westindien-Route an den stellvertretenden Generalpostmeister auf Jamaika geschickt ... Es ist wohl überflüssig, daß ich Sie auf den Ernst der Lage hinweise ... Ministerium hat die Admiralität instruiert, eine peinlich genaue Untersuchung durchzuführen und weitere Verluste zu verhinden ... Ich muß einen jungen, tatkräftigen Offizier mit dieser Aufgabe betrauen, einen intelligenten Mann, der sich nicht scheut, Risiken und Verantwortung auf sich zu nehmen ... Ich ersuche Sie, ihn zu unterstützen und mit ihm zusammenzuarbeiten ... Meine Wahl würde auf Leutnant Ramage von der Brigg *Triton* fallen. Er müßte mittlerweile mit dem Konvoi Konteradmiral Goddards auf Jamaika eingetroffen sein ... Leider hat er die unglückselige Neigung, auf eigene Faust zu handeln ... Aber ich würde nicht darauf bestehen, daß Sie Ramage beauftragen, wenn Sie sich für einen anderen Offizier entscheiden sollten ... In London finden wir die Tatsache, daß immer wieder Postschiffe verschwinden, so verwirrend, daß ich Ihnen keine Hinweise geben kann, wie die Untersuchung durchgeführt werden soll ... Aber sie muß erfolgreich verlaufen ...‹

Sir Pilcher streckte die Hand aus, und Ramage gab ihm den Brief zurück. Als der Admiral die Blätter zusammenfaltete, sagte er verdrießlich: »Meine Wahl wäre tatsächlich auf einen anderen Offizier gefallen.«

Nun wußte Ramage, was Sir Pilcher beabsichtigte. Er hatte Ramage den Job angeboten und dabei deutlich durchblicken lassen, daß er eine erfolgreiche Erledigung des Auftrags für unmöglich hielt. Natürlich hoffte er, der junge Leutnant würde ablehnen. Er würde Lord Spencer schreiben, Ramage hätte sich geweigert, den Auftrag zu übernehmen, was sogar der Wahrheit entsprochen hätte, wenn auch nur teilweise. Und dann würde Sir Pilcher einem seiner Günstlinge den gewinnbringenden Job zuschanzen. Lord Spencer hatte ja nicht darauf bestanden, Ramage zu beauftragen. Allerdings hatten die Oberbefehlshaber eine solche Empfehlung des Ersten Lords als Befehl zu betrachten. Und wehe dem Oberbefehlshaber, der den

Ratschlag des Ersten Lords mißachtete, einen Mann seiner Wahl einsetzte und dessen Mißerfolge zu verantworten hatte...

Natürlich wußte Sir Pilcher das alles. Aber er konnte seine Probleme auf elegante Art lösen, wenn er den verdammten Ramage dazu brachte, den Job abzulehnen.

Plötzlich erinnerte sich Ramage, daß er bereits nein gesagt hatte und daß Sir Pilcher offensichtlich enttäuscht darüber gewesen war. Nein, der Admiral bezweckte wohl doch nicht, daß Ramage das Angebot ablehnte. Zum Teufel, das alles ergab keinen Sinn...

»Wenn Ihre Wahl ohnedies auf einen anderen Offizier gefallen wäre, Sir, dann würde ich es wirklich vorziehen...«

Der Admiral schnitt ihm mit einer Handbewegung das Wort ab. »Da sind noch andere Faktoren zu bedenken.«

»Ich fürchte, daß ich Sie ganz unbewußt in eine schwierige Situation gebracht habe, Sir«, sagte Ramage mit höflichem Lächeln. »Offenbar wollen Sie mit dieser Aufgabe einen Offizier beauftragen, zu dem Sie Vertrauen haben und dem Sie natürlich alle Wege ebnen werden.« Endlich hatte er erkannt, daß Takt und langes Reden völlig überflüssig waren, wenn man mit einem Mann verhandelte, der seine eigenen Interessen so skrupellos und unverhohlen verfolgte wie Sir Pilcher.

Auch der Admiral schien dieser Meinung zu sein. »Also, was ist?« stieß er mit plötzlicher Ungeduld hervor. »Was ist mit meinem Brief?«

»Er ist hier in meiner Tasche, Sir«, erwiderte Ramage unschuldig.

»Ramage, es ist mir verdammt egal, wo der Brief ist. Sie wissen doch, was ich meine.«

Auf einmal wünschte sich Ramage nichts sehnlicher, als das Geheimnis der verschwundenen Postschiffe zu lösen, so unvernünftig das auch sein mochte. »Lord Spencer hat Sie ersucht, den Offizier, der die Aufgabe übernehmen wird, zu unterstützen, Sir«, erinnerte er den Vizeadmiral.

»Das bedeutet noch lange nicht, daß ich Ihnen ein Linienschiff und ein halbes Dutzend Fregatten zur Verfügung stellen muß.«

»Aber ich würde zumindest meine Offiziere und Leute mitnehmen.«

»Was für Offiziere und Leute? Sie haben doch nicht mal ein Schiff.«

»Ich möchte die Männer mitnehmen, die mit mir an Bord der *Triton* waren, Sir.«

»Die sind schon auf die *Arrogant* versetzt worden.«

»Ich würde nur ein Dutzend brauchen.«

»Also gut.«

»Wann läuft die *Arrogant* aus, Sir?«

»In einer Woche. Geben Sie mir eine Liste, und ich werde mit Kapitän Napier sprechen.«

»Vielen Dank, Sir.«

»Und Sie werden sich wirklich bemühen, diese Bastarde zu fangen?« Der Admiral schien plötzlich sehr besorgt zu sein und hatte die Maske des kalten Verhandlungspartners abgelegt. Ramage war von neuem verwirrt und spürte leise Angst in sich aufsteigen. War er in eine Falle getappt? Zuerst war Sir Pilcher enttäuscht gewesen, weil Ramage sich geweigert hatte, den Auftrag zu akzeptieren. Dann hatte Ramage herausgefunden, daß Lord Spencer ihn empfohlen hatte, und der Admiral hatte sozusagen sich selbst widersprochen, indem er erklärte, seine Wahl wäre auf einen anderen Offizier gefallen. Und nun wünschte er sich anscheinend, daß Ramages Aktion erfolgreich verlaufen möge.

Um Zeit zum Nachdenken zu finden, legte Ramage seinen Hut auf den Sessel neben sich und zerrte an seinem Rock, als wäre ihm zu heiß. Er versuchte, Sir Pilchers Motive zu ergründen, aber es gab nur zwei Faktoren, von denen er ausgehen konnte: Erstens war es so gut wie unmöglich, die Mission erfolgreich zu erledigen, und Sir Pilcher wollte keinem seiner Günstlinge zumuten, einen so unrühmlichen Mißerfolg zu erleiden. Zweitens befürchtete der alte Bursche, daß das Ministerium die Admiralität, und die Admiralität ihn, den Oberbefehlshaber, für den Fehlschlag verantwortlich machen würde.

Nun wollte er sich ein Hintertürchen offenlassen. Er hatte Ramage gesagt, er persönlich hätte lieber einen anderen Offizier beauftragt, und das würde er auch Lord Spencer mitteilen. Aber da der erste Lord Ramage vorgeschlagen hatte, hätte er sich verpflichtet gefühlt, darauf einzugehen. So konnte er seine Hände in Unschuld waschen, wenn Ramage versagte.

O ja, dachte Ramage, man hatte ihm eine Falle gestellt. Aber die Aufgabe war so reizvoll, eine so große Herausforderung an seine Fähigkeiten, daß er kaum widerstehen konnte. »Ich weiß nicht, ob ich sie fangen kann, Sir«, sagte er vorsichtig. »Ich kann nicht viel tun mit einem Dutzend Männern und ohne Schiff. In Ihrem Brief war ja auch nur von ›Nachforschungen‹ die Rede, während Lord Spencer schrieb, daß man weitere Verluste verhindern müsse.«

»Aber ich kann Ihnen kein Schiff geben, verdammt!« stieß der Admiral hervor. »Wenn ich eins hätte, ich würde es Ihnen gern geben. Sie

würden ein Schiff brauchen, das genauso wendig ist wie diese Postschiffe – oder so wendig, wie sie eingeschätzt werden.«

Nun sagte Sir Pilcher die reine Wahrheit. Auf der Station war kein
geeignetes Schiff vorhanden. Da Ramage andererseits keine Ahnung
hatte, was er tun würde, wußte er auch nicht, was für ein Schiff er dazu
brauchte – ein schnelles, leicht bewaffnetes oder langsames, schwer bewaffnetes.

»Also gut, Sir. Wenn Sie mich jetzt entschuldigen würden – ich werde
zuerst mit dem Postmeister sprechen.«

Sir Pilcher machte sich nicht die Mühe, seine Erleichterung zu verbergen. »Schön, mein Junge, sehr schön. Sie haben eine großartige
Chance, sich auszuzeichnen. Meine Offiziere werden Sie beneiden«,
fügte er in so herzlichem Ton hinzu, daß Ramages Mißtrauen noch
wuchs. »Wenn Sie diesen Freibeutern den Garaus machen, dann wird
das Ministerium davon erfahren. Das verspreche ich Ihnen.«

Und wenn ich es nicht schaffe, wird es das Ministerium auch erfahren, dachte Ramage mißmutig.

Der Admiral stand auf. »Ihre Order liegt schon hier, Ramage. Ich
muß sie nur noch datieren und unterzeichnen.« Er ging zum Schreibtisch, kritzelte auf einem Blatt Papier herum und reichte es dann dem
jungen Leutnant. »Lesen Sie das noch durch, bevor Sie gehen.«

Ramage überflog die wenigen Zeilen: ›Sie werden hiermit ersucht,
Nachforschungen über die jüngsten schweren Verluste der Postschiff-
fahrt zwischen dem Vereinigten Königreich und Westindien anzustellen. Wenn Sie die Ursache der Verluste festgestellt haben, werden Sie
mir sofort einen schriftlichen Bericht schicken, falls das Ergebnis Ihrer
Nachforschungen die Grenzen dieser Station nicht überschreitet.
Wenn die Ursache der Verluste in fernen Gewässern zu finden ist, werden Sie die Lords Commissioners der Admiralität verständigen . . .‹

3

Bevor Ramage den stellvertretenden Generalpostmeister aufsuchte,
ging er in den Gouverneurspalast und dort in das große, makellos sau-
bere Büro des Sekretärs. Er war dankbar, daß er sich in den kühlen, ge-
mütlichen Raum setzen durfte, unterhielt sich eine Weile mit dem Sekretär, lehnte höflich einen Rumpunsch ab und fragte dann, ob er sich
für zehn Minuten eine Kopie des ›Royal Kalender‹ ausleihen könne.

Der Sekretär war ein paar Jahre älter als Ramage und offensichtlich
daran gewöhnt, daß jeder Besucher, der bei ihm vorsprach, den Gou-

verneur um einen Gefallen bitten wollte. Er sah erleichtert aus, als er Ramage den kleinen dicken Band gab. »Wollen Sie nachsehen, wie Ihr Name in der Dienstliste der Navy nach oben klettert?«

Ramage lachte. »Der Aufstieg geht so langsam voran, daß ich nur einmal im Jahr nachsehen müßte.«

Im Kalendarium war der Name jedes Mannes eingetragen, der in den Regierungsbehörden daheim oder in den Kolonien angestellt war. Außerdem waren Einzelheiten über die Kriegsschiffe verzeichnet, die zur Zeit im Einsatz waren. Man fand Informationen über die Generalpostverwaltung, die auf Parlamentsbeschluß am 17. Dezember 1660 ins Leben gerufen worden war, und dazu eine Liste von fast zweihundert Postämtern.

Ramage sah, daß sich zwei Generalpostmeister die Leitung der Postverwaltung teilten – Lord Auckland und Lord Gower. Jeder erhielt fünftausend Pfund jährlich. Francis Freeling, der Sekretär, verdiente fünfhundert Pfund im Jahr, womit er kaum überbezahlt war. Aber Freeling war, wie Ramage auf einer anderen Seite des Kalendars las, auch der Erste Resident und Inspektor der Postverwaltung mit einem Jahresgehalt von siebenhundert Pfund, und so verdiente er im Ganzen mehr als ein Admiral.

Ramage ließ seinen Zeigefinger über die Reihe der restlichen Namen gleiten und war überrascht, wie viele Posten es bei der Post gab. Da fanden sich ein Obereinnehmer, ein Oberaufseher, ein Postkutscheninspektor, ein Kämmerer des Generalpostmeisters, und ein Postbote des Unterhauses, der bei einem Tagesgehalt von sechs Shilling und acht Pence vermutlich verhungern mußte, wenn keine Sitzungen stattfanden.

Die Postverwaltung war in zwei Sektionen unterteilt, in die Inlandspost und die Auslandspost. Die erstere Behörde beschäftigte vier Dutzend Männer, die Briefe sortierten, und über einhundert Postboten, die vierzehn Shilling pro Woche verdienten. Aber diese Verwaltung war nicht so komplex wie die der Auslandspost, deren Oberaufseher siebenhundert Pfund pro Jahr verdiente – nicht viel weniger als Sir Pilcher Skinner.

Zwanzig Briefträger lieferten die eingehende Auslandspost bei den Sortierern in der Lombard Street ab und beförderten die Säcke mit der abgehenden Auslandspost zu den verschiedenen Häfen, wo sie auf die Postschiffe verladen wurden – nach Falmouth, wenn die Post für Westindien, Lissabon oder Amerika bestimmt war, nach Weymouth, wenn sie zu den Kanalinseln befördert werden sollte, und nach Harwich, wenn Hamburg der Bestimmungsort war.

Außerhalb Englands gab es fünf Posthäfen, und jeder hatte seinen Verwalter. Zum Beispiel war J. Smith der stellvertretende Generalpostmeister von Jamaika. In kleineren Postämtern saßen einfache Postmeister. Ein leichtes Unbehagen stieg in Ramage auf, als er ihre Namen las. Die vielen Orte, die in dieser Liste verzeichnet waren, machten ihm erst deutlich, wie problematisch seine Aufgabe war, welch weite Kreise seine Aktion ziehen würde. Von Quebec und Halifax auf der einen Seite des Atlantiks bis nach Surinam, Demerara und Barbados auf der anderen – von Hamburg und Lissabon bis nach New York und Jamaika.

Er stellte sich vor, wie die Postschiffe von Falmouth aus lossegelten, um die Säcke mit ausgehender Post zu all diesen Orten zu befördern und die eingehende Post zu sammeln. Der kornische Hafen war die Mitte eines riesigen Spinnennetzes, dessen Fäden Tausende von Meilen weit über den Atlantik reichten. Es waren keine geraden Fäden, sondern gewundene, da die Schiffe den Passatwinden folgten, Inseln umsegeln mußten und manchmal von Stürmen zurückgetrieben wurden. Um Quebec, Halifax und New York zu erreichen, mußte man dreitausend Meilen weit über den oft stürmischen Nordatlantik segeln, mitten hinein in starke Gegenwinde. Um nach Barbados zu gelangen, fuhr man in einem weiten Bogen an Spanien und der Westküste Nordafrikas vorbei, passierte Madeira und die Kanarischen Inseln. Dann geriet das Schiff in den Nordostpassat, der es zum ersten Landfall auf Barbados trug, zu einem Punkt, dreihundert Meilen von Antigua und neunhundert von Jamaika entfernt. Ein anderes Postschiff segelte auf einer ähnlichen Route nach Barbados und wandte sich dann nach Südwesten, nach Demerara und Surinam auf dem südamerikanischen Kontinent.

Das Kalendarium enthielt auch eine Liste aller Postschiffe, und neben jedem stand der Name des Kommandanten. Zwölf Schiffe verkehrten zwischen ›W. India and America‹ und dem Mutterland, aber siebzehn Kommandanten waren eingetragen. Neben fünf dieser Namen entdeckte Ramage leere Zeilen. Waren die Schiffe dieser Kommandanten gekapert worden?

Nun, um alles zu erfahren, was er sonst noch über die Postverwaltung wissen mußte, würde er sich eben an Mr. Smith wenden. Er gab das Kalendarium dem Sekretär zurück, lehnte noch einmal ein Gläschen Rumpunsch ab, lieh sich Bleistift und Papier, um sich Notizen zu machen, und verließ das Büro.

Der stellvertretende Generalpostmeister von Jamaika war ein Sauberkeitsfanatiker. Der große Vorderraum, wo die Sortierer die lokale

Post bearbeiteten und Segeltuchsäcke an starken Wandhaken hingen, wirkte wie eine schmuddelige Mischung aus Warenhaus und Kontor. Aber Mr. Smiths Zimmer war so sauber und ordentlich wie eine gedruckte Zahlenreihe. Er saß an einem großen Mahagonitisch. Glatte runde Steine hielten die Papierstöße fest, deren Ecken in der sanften Brise flatterten, die durch die halbgeschlossenen Jalousien drang. Die Papierstapel waren geometrisch exakt verteilt, als wären die Steine Schachfiguren. Auf allen Stapeln lagen zuoberst Schilder mit Aufschriften wie ›Postschiffe mit Kurs auf England – verlorengegangen‹, ›Postschiffe mit Kurs auf Westindien – verlorengegangen‹. Weitere Stapel enthielten ›Beschwerden des Westindien-Handelskomitees‹, ›Beschwerden von Privatbürgern‹ oder ›Lombard Street – Vermischtes‹. Direkt vor Smith lag ein kleiner Stapel mit der Aufschrift ›Von Lord Auckland‹.

Smith war ein hochgewachsener, schlaksiger Mann mit großen Händen, die zu plump wirkten, um mit all diesen Papieren umzugehen. Die klobigen Hände eines Arbeiters ... Und doch füllte Smith sein Amt zur vollen Zufriedenheit seiner Vorgesetzten aus. Er konnte seine Stellung halten, trotz der Konkurrenz vieler Bewerber, weil ohne ihn die Postverwaltung auf Jamaika in chaotischem Zustand gewesen wäre.

Smith war unverheiratet, seine einzige Verwandte war eine verwitwete Schwester in Cumberland. So widmete er sein ganzes Leben der Post. Bis vor kurzem hatte sein Leben aus Höhepunkten bestanden, die sich alle vierzehn Tage wiederholten. Denn zu normalen Zeiten war alle zwei Wochen ein Postschiff eingetroffen, und Smith war an Bord gegangen, um den Kommandanten zu begrüßen, die Säcke mit der eingehenden Post zu inspizieren und ihre Beförderung in sein Postamt zu überwachen, bevor er die ausgehende Post an Bord des Schiffes bringen ließ. Er hatte stets großen Wert darauf gelegt, daß die Post präzise und schnell sortiert wurde, und währenddessen durften sich nur Postangestellte im Amtsgebäude aufhalten. Die Zeiten, als sich die ungeduldige Bevölkerung über seine Strenge beschwert hatte, weil sein Vorgänger erlaubt hatte, daß man im Sortierraum auf seine Post wartete, waren längst vorbei. Ebenso gewissenhaft arrangierte er jeden Abend, nachdem ein Postschiff eingelaufen war, ein Dinner mit dem Kommandanten. Nach dem Essen pflegte er sich bei mehreren Gläschen Rumpunsch über die neuesten Ereignisse in England zu informieren. Die Kommandanten diskutierten offen ihre persönlichen Probleme mit Smith, ob es nun um mißratene Söhne oder jungfräuliche Tanten ging. Im Lauf der Jahre war er zum Vertrauten fast aller

Kommandanten avanciert und freute sich nun auf seinen Ruhestand, den er in Falmouth im Kreis der ›Postfamilien‹ verbringen würde.

Für einen Mann, der so penibel war wie Smith und den Kommandanten so nahestand, bedeutete der derzeitige Zustand eine Katastrophe. Er hatte einen Job, aber nichts zu tun. Keine Postsäcke trafen ein, niemand schrieb einen Brief nach England. Aber falls der ›Kingston Chronicle‹ endlich die Nachricht verbreitet hätte, daß ein Postschiff den Hafen anlief, würde ganz Jamaika zur Feder greifen und zahllose Briefe schreiben. Dann, überlegte Smith düster, würde sich der Kommandant über die zu umfangreiche Fracht beschweren . . .

Wenigstens hatte ihm Lord Auckland mit der *Hydra* einen ermutigenden Brief geschickt. Zwischen den Zeilen hatte er gelesen, daß das Ministerium darauf bestand, die Admiralität müsse nun endlich etwas unternehmen. Smith war beglückt und geschmeichelt, weil die Lombard Street nach langen Jahren begriffen hatte, daß Jamaika das Zentrum der Auslandspost auf dieser Seite des Atlantiks war, trotz der gegenteiligen Behauptungen dieses verdammten New Yorker Beamten. Aber am wichtigsten war wohl, daß Lord Auckland ihm versichert hatte, Sir Pilcher Skinner hätte den Auftrag erhalten, zur Tat zu schreiten. Er würde einen seiner besten Offiziere mit gründlichen Nachforschungen betrauen.

Der stellvertretende Generalpostmeister wußte, daß er sich auf die Wahl des Admirals verlassen konnte. Zwei 74-Kanonen-Schiffe lagen im Hafen vor Anker, jedes wurde von einem Vollkapitän befehligt. Wahrscheinlich würde einer der beiden den Auftrag bekommen. Außerdem standen genug Fregatten zur Verfügung. Zum erstenmal seit Wochen gab sich Smith der Hoffnung hin, daß in seiner Welt bald wieder Ordnung herrschen würde.

Smith zog seine Uhr hervor. Er würde noch eine Stunde warten, bevor er zum Mittagessen ging. Eigentlich hätte er ja auch Mrs. Warners Einladung zum Picknick annehmen können, statt untätig hier herumzusitzen. Er gestand sich ein, daß Mrs. Warner ihm ein bißchen Angst einjagte. Wenn sie auch zu den netteren Witwen von Kingston zählte, fand er ihre ständigen Einladungen doch verwirrend. Die Leute klatschten und schienen es für selbstverständlich zu halten, daß eine junge Witwe nur das Heiraten im Sinn hatte, wenn sie einen Junggesellen öfter als zweimal pro Jahr zum Essen einlud.

Jemand klopfte an die halboffene Tür, und als er den Kopf hob, sah er einen jungen Navy-Offizier auf der Schwelle stehen. Ah, endlich eine Nachricht von Sir Pilcher. Das war eben der große Vorteil, wenn man Oberbefehlshaber war. Man hatte genügend junge Burschen, die man als Boten einsetzen konnte.

»Mr. Smith?«

Der Postmeister nickte.

»Mein Name ist Ramage. Sir Pilcher hat mich zu Ihnen geschickt.«

Wieder nickte der Postmeister liebenswürdig und erwartete, daß der junge Mann ihm nun einen Brief aushändigen würde. Aber der Leutnant kam auf ihn zu und sagte: »Es handelt sich um die Postschiffe.«

Das war ungewöhnlich. Sir Pilcher war nicht der Mann, der mündliche Nachrichten überbringen ließ.

»Wie meinen Sie das?«

»Sir Pilcher sagte mir, Sie würden mich ausreichend informieren. Sie haben doch einen Brief von ihm bekommen?«

»Nein. Was sollte denn in dem Brief stehen?«

»Daß ich Sie aufsuchen würde.«

»Warten Sie einen Augenblick.« Smith wies Ramage einen Stuhl zu und brüllte dann: »Dent! Kommen Sie sofort!«

Einen Augenblick später erschien ein alter Schreiber in der Tür.

»Sind Briefe für mich gekommen?«

»Nur dieser eine, Sir«, sagte Dent nervös und hielt einen Umschlag hoch.

»Geben Sie ihn her! Wann ist er eingetroffen?«

»Vor zwei Stunden, Sir. Ein Bote hat ihn gebracht.«

»Warum, zum Teufel . . . Ach, verschwinden Sie!« Smith warf dem jungen Leutnant einen Blick zu. »Tut mir leid. Der Brief ist von Sir Pilcher. Bitte gedulden Sie sich ein paar Minuten, ich möchte ihn erst lesen.« Er zog einen Brieföffner unter einem Papierstapel hervor und schlitzte den Umschlag mit der Präzision eines Chirurgen auf. Dann las er den Brief zweimal, ließ ihn sekundenlang zwischen den Stapeln ›Postschiffe mit Kurs auf England – verlorengegangen‹ und ›Postschiffe mit Kurs auf Westindien – verlorengegangen‹ schweben und legte ihn schließlich auf den Stapel ›Lord Auckland‹. Später, wenn er Zeit hatte, würde er einen neuen Stapel anlegen müssen.

Er überlegte einen Augenblick, dann sah er den Leutnant an. Ein junger Kerl, dachte er mißmutig, wahrscheinlich einer von Sir Pilchers Günstlingen. Es wäre ja nichts dagegen zu sagen, wenn der Admiral seinen Favoriten Gelegenheit gab, sich auszuzeichnen – wenn diese Favoriten nur nicht lauter junge Dummköpfe wären. Dieser sah zwar nicht ganz so dumm aus wie die anderen, aber er war nur ein Leutnant. Verdammt, wenn die Auslandspost auf dem Spiel stand, wäre ein Konteradmiral gerade gut genug gewesen, um die nötigen Nachforschungen anzustellen.

Der Junge hatte dunkle Ringe unter den Augen. Zuwenig Schlaf, zuviel Alkohol, Frauengeschichten... Sir Pilchers junge Leutnants hatten noch nie gut gekämpft. Die beiden Narben über der rechten Braue hatte sich der Bursche bestimmt zugezogen, weil er mit einem Weinglas in der Hand gestolpert oder aus dem Bett einer Hure gefallen war. Die Narben waren nicht tief genug, um von Kriegsverletzungen zu stammen. Aber Smith mußte zugeben, daß der Junge intelligente Augen hatte – braun, tiefliegend und fast beängstigend scharf. Er war auch hübsch, wenn man den aristokratischen Typ mit schmalem Gesicht, hohen Backenknochen und festem Kinn mochte.

Der Bursche sah ihn an, und Smith fühlte sich so unbehaglich, als hätte er laut gedacht. Eine seltsame Kraft schien von diesem jungen Leutnant auszustrahlen. Smith konnte nicht verstehen, warum sich ein solcher Mann mit seiner Position als Sir Pilchers Lakai zufrieden gab.

»Verzeihen Sie, Leutnant«, sagte der Postmeister schließlich. »Ich war beschäftigt. Das alles macht mir große Sorgen.«

»Das verstehe ich«, erwiderte Ramage höflich. »Würden Sie jetzt bitte...«

»Ja, natürlich. Was wollen Sie wissen?«

»Alles. Wie die Postschiffslinie organisiert ist, wie oft sie in See stechen, wie die Post verladen wird, wie lange die Fahrten dauern, wer die Kommandanten einstellt, ob die Postverwaltung Eigentümerin der Schiffe ist...«

Smith hob beide Hände. »Aber was hat denn das alles mit unseren Verlusten zu tun?«

Ramages braune Augen schienen ihn zu durchbohren. Mit sanfter Stimme erwiderte er: »Dann sagen *Sie* mir doch bitte, wo ich anfangen soll. Auf welche Weise soll ich das Warum und Wie erforschen?«

»Das ist Ihre Sache, mein Lieber.« Diese jungen Kerle hatten doch wirklich kein Verantwortungsgefühl.

»Angenommen, es wäre Ihr Job, Mr. Smith. Wo würden Sie mit Ihren Nachforschungen beginnen?« Ramage nahm ein Blatt Papier aus seiner Tasche und faltete es auseinander. »Zum Beispiel sind die Entfernungen, die unsere Postschiffe zurücklegen, sehr wesentlich. Von Falmouth bis Barbados sind es ungefähr viertausendzweihundert Meilen, dreihundert weitere bis Antigua und dann noch neunhundert bis Jamaika. Von Jamaika zurück nach Falmouth – nehmen wir die Route durch die Windward Passage – etwa dreitausendsieben-hundertfünfzig, bei normalen Windverhältnissen.«

Smith klopfte ungeduldig auf den Tisch. »Ich weiß, wie breit der Atlantik ist, Leutnant.«

»Aber da wir herausfinden wollen, was auf dem Atlantik passiert, müssen wir uns ein paar Gedanken über die Entfernungen machen.« Als der Postmeister resignierend nickte, fügte Ramage hinzu: »Wegen der ungewissen Windverhältnisse könnte ein Postschiff etwa um zwei-hundertfünfzig Meilen von der regulären Route abkommen, und zwar nach beiden Seiten. Wenn es also von Falmouth nach Barbados segelt, könnte es innerhalb eines Rechtecks verlorengehen das viertausend mal fünfhundert Meilen mißt. Das wären über zwei Millionen Qua-dratmeilen.«

Smith sagte nichts.

»Ignorieren wir die Strecke von Barbados nach Antigua, und neh-men wir an, das Postschiff könnte auf den neunhundert Meilen zwi-schen Antigua und Jamaika um fünfundzwanzig Meilen nach beiden Seiten vom direkten Kurs abweichen. Ein Rechteck, das neunhundert mal fünfzig Meilen mißt, würde fünfundvierzigtausend Quadratmei-len enthalten.«

Smith schrieb sich die Zahlen auf, und Ramage machte eine kurze Pause. Als er sah, daß der Postmeister zu schreiben aufgehört hatte, sprach er weiter. »Und jetzt kommen wir zur Rückfahrt von Jamaika nach England. Durch die Windward Passage sind es etwa dreitau-sendsiebenhundertfünfzig Meilen bis Falmouth.« Er warf einen Blick auf seinen Zettel. »Wenn wir eine Abweichung von zweihundertfünf-zig Meilen zu beiden Seiten der Strecke annehmen, ergibt das fast zwei Millionen Quadratmeilen. Im Ganzen gesehen haben wir es mit über vier Millionen Quadratmeilen zu tun – mit vier Millionen und zwan-zigtausend, um exakt zu sein«, fügte er hinzu, weil er annahm, daß ein Mann wie Smith genaue Zahlenangaben liebte.

Er wartete, während sich der Postmeister die Zahlen notierte, dann fuhr er fort. »Bei gutem Wetter kann ein Ausguckposten auf hoher See ein Schiff auf zehn Meilen Entfernung sehen. Das bedeutet, daß er sich im Zentrum eines Kreises befindet, der zwanzig Meilen Durch-messer hat, und ein Gebiet von etwa dreihundert Quadratmeilen über-blickt. Da ein Postschiff irgendwo in einem Gebiet von vier Millionen ozeanischen Quadratmeilen verschwinden kann, ist es natürlich nur von akademischem Interesse, diese vier Millionen durch die dreihun-dert Meilen zu dividieren, die der Ausguck überblicken kann. Aber dabei kommt die Zahl dreizehntausendvierhundert heraus. Und jetzt sagen Sie mir bitte, Mr. Smith, wo Sie mit Ihren Nachforschungen beginnen würden.«

Smith lächelte freundlich und bereute es bereits, daß er so unhöflich zu dem jungen Mann gewesen war. Er mußte zugeben, daß Ramage recht hatte. »Ich würde hier sitzen, wo Sie jetzt sitzen, Leutnant, und dem Postmeister Fragen stellen.« Er nahm die Briefbeschwerer von den Papierstapeln, die den Verlust der Schiffe mit Kurs auf England und auf Westindien und die Korrespondenz mit Lord Auckland zum Inhalt hatte. »Hier ist alles niedergeschrieben, was über die Verluste bekannt ist.«

»Ja«, sagte Ramage sanft, »aber zunächst will ich wissen, wie der Postdienst funktioniert. Wie lange dauert eine durchschnittliche Überfahrt?«

»Fünfundvierzig Tage nach Jamaika via Barbados, fünfunddreißig Tage zurück, wenn das Schiff auf direktem Kurs segelt.«

»Wem gehören die Schiffe?«

»Den Kommandanten oder ihren Geschäftspartnern.«

»Und die Postverwaltung chartert sie?«

»Ja, die Lombard Street chartert die Schiffe.«

»Und die Besatzungen?«

»Die werden von der Postverwaltung eingestellt und bezahlt – die Kommandanten ebenso.«

»Auch wenn das Schiff dem Kommandanten gehört?«

»Ja, er erhält ein Gehalt und Charter für das Schiff.«

»Wer muß den Verlust tragen, wenn ein Schiff gekapert wird? Wer muß die Reparaturen der Schäden bezahlen, die in einem Gefecht entstanden sind?«

»Den bezahlt die Postverwaltung, sie hat auch den Verlust zu tragen.«

»Wie viele Postschiffe verkehren zwischen England und Westindien?«

»Normalerweise sechzehn. So viele werden gebraucht, um die Post in vierzehntägigem Abstand zu befördern.«

»Und wie viele Schiffe sind bisher verschwunden?«

»Zweiunddreißig. Aber natürlich sind nicht alle auf der England-Westindien-Route verlorengegangen. Zwölf sind während der ersten vier Kriegsjahre verschwunden. Danach war Ruhe, aber Ende 1797 büßten wir in einem einzigen Monat drei weitere Schiffe ein. Dann verschwanden sie in unregelmäßigen Abständen – bis zu diesem Jahr. Bisher haben wir neun Schiffe verloren, lauter Westindienfahrer.«

»Können Sie detaillierte Angaben über die diesjährigen Verluste machen?«

Smith blätterte in seinen Papieren. »Hier ist die Liste.«

Ramage sah, daß die *Princess Royal* im Februar in der Nähe der Antillen verschwunden war, die *Cartaret* im März während der Rückfahrt von Jamaika, die *Matilda* ebenfalls im März, auf der Fahrt von Falmouth nach Westindien. Drei weitere Schiffe hatte man im Mai eingebüßt, alle waren von Jamaika aus in Richtung England gesegelt. Zwei Schiffe mit Kurs auf Westindien und ein weiteres mit Heimatkurs waren im Juni verschwunden.

»Sie kennen die genauen Positionen nicht, wo die Schiffe gekapert wurden?«

Smith schüttelte den Kopf. »Alle Informationen, die ich erhalten habe, sind hier verzeichnet.«

»Von neun Schiffen haben fünf von Jamaika aus Kurs auf England genommen«, sagte Ramage, nachdem er die Liste noch einmal durchgelesen hatte. »Eins ist von den Antillen losgesegelt und nur drei sind in Falmouth in See gestochen. Seltsam . . .«

»Was?«

»Daß so viele auf der Rückfahrt verschwunden sind.«

Smith zuckte mit den Schultern. »Wahrscheinlich ist es einfacher, sie auf dem Rückweg zu kapern.« Der Junge sah zwar recht intelligent aus, aber er wußte offenbar nicht, daß diese verdammten französischen Freibeuter überall zwischen den Inseln auf der Lauer lagen.

»Warum ist das einfacher?« fragte Ramage.

»Offensichtlich hängen die Freibeuter in der Nähe der Windward Passage herum, bei den kleinen Antillen. Wahrscheinlich lauern sie unseren Schiffen zwischen den südlichen Bahamas auf.«

Ramage faltete die Liste zusammen und klopfte damit auf den Tisch. »Aber sie können doch nicht wissen, wann die Postschiffe auslaufen?«

»Natürlich nicht. Ich weiß es ja selbst oft erst im letzten Augenblick. Es hängt davon ab, wann sie ankommen.«

»Wenn die Freibeuter also Schiffe mit Kurs auf Falmouth kapern wollen, müssen sie ständig in der Windward Passage patrouillieren.«

»Natürlich«, erwiderte Smith, und seine Stimme klang leicht verächtlich. Ramage sagte sich, daß die Wirkung, die er mit seinen Quadratmeilen erzielt hatte, bereits nachließ.

»Aber die Postschiffe, die Jamaika ansteuern, sind doch sicher wertvoller?«

Smith zuckte mit den Schultern. Was für sinnlose Fragen dieser Bursche stellte ...

»Die Schiffe kommen hier an, nachdem sie die anderen Antillen, Barbados und Antigua angelaufen haben. Keines segelt direkt von Falmouth hierher?«

»Keines«, bestätigte Smith.

»Wir können uns also zwei Routen vorstellen.« Ramage fuhr mit dem Zeigefinger über die Tischplatte. »Die eine führt von Falmouth über den Atlantik nach Barbados, dann nach Antigua und über die Karibik nach Jamaika. Auf diesem Weg segeln die Schiffe mit Kurs Jamaika, liefern auf den verschiedenen Inseln die Postsäcke ab und sammeln die für England bestimmte Post ein, bis sie etwa fünfundvierzig Tage, nachdem sie Falmouth verlassen haben, im Hafen von Kingston eintreffen. Die andere Route verläuft nordöstlich von Jamaika durch die Windward Passage und dann über den Atlantik zurück nach Falmouth. Auf diesem Weg brauchen die Schiffe etwa fünfunddreißig Tage, bis sie Falmouth erreichen.«

»Genauso ist es«, sagte Smith herablassend.

Ramage schnippte ein Staubkörnchen von dem Hut, der auf seinen Knien lag. »Aber ich verstehe noch immer nicht, warum sich die Freibeuter auf die Postschiffe mit Heimatkurs kaprizieren. Es wäre doch viel leichter, die Schiffe zwischen Jamaika und Antigua zu kapern.«

»Unsinn!« stieß Smith hervor. »Zwischen Jamaika und Antigua liegen Hunderte von Meilen. Die Windward Passage kann man von dieser Insel aus ja beinahe sehen.«

»Aha«, sagte Ramage träumerisch, »aber die armen Freibeuter würden doch verhungern, wenn sie sich damit zufrieden gäben, nur Postschiffe mit Kurs auf England zu kapern.«

»Tun sie aber nicht«, protestierte Smith. »Sie kapern genug kleine Handelsschiffe und Inselschoner.«

»Nein, tun sie nicht. Das ist ja das Verwirrende ...«

»Was? Streiten Sie doch nicht mit mir! Fragen Sie Sir Pilcher! Die Freibeuter schnappen sich alles, was nicht in Konvois segelt.«

»Ich will nicht mit Ihnen streiten, Mr. Smith«, entgegnete Ramage gelassen. »Ich will Ihnen erklären, was ich meine. Wir sind doch beide der Ansicht, daß in diesem Augenblick wahrscheinlich Dutzende kleiner Schiffe zwischen Jamaika und – sagen wir – den anderen Antillen unterwegs sind.« Als Smith ungeduldig nickte, fuhr Ramage fort: »Wenn Sie also ein französisches Kaperschiff kommandierten, würden Sie annehmen, daß Sie auf dieser Route einen guten

Fang machen könnten.« Wieder nickte Smith, und Ramage fragte: »Und die einzigen Schiffe, die durch die Windward Passage in den Atlantik segeln, sind Konvoischiffe, die kaum von Freibeutern angegriffen werden, oder Postschiffe mit Kurs auf England?«

»Mein lieber Junge, das weiß doch jeder.«

»Aber deshalb bin ich ja so irritiert, Mr. Smith. Warum sollten die Freibeuter in der Nähe der Windward Passage patrouillieren? Dabei laufen sie doch Gefahr, einer von Sir Pilchers Fregatten zu begegnen, und sie wissen, daß die einzige Prise, die sie erbeuten könnten, ein Postschiff mit Kurs auf England ist. Warum patrouillieren sie nicht zwischen Jamaika und den anderen Antillen, wo sie genug Küstenfahrer und gelegentlich auch Postschiffe erbeuten können, die diese Insel ansteuern?«

Als Smith nichts sagte, fuhr Ramage fort: »Ein französischer Freibeuter ist doch nur an Schiffen interessiert, deren Fracht sich gut verkaufen läßt. Aber was soll er mit Postsäcken anfangen? Wenn er ein Postschiff kapert, hat er höchstens ein schnelles, wendiges Schiff erbeutet, aber keine wertvolle Ladung. Hier in der Karibik kann er das Schiff kaum verkaufen. Und wenn er nicht genug Leute findet, um es zu einem weiteren Kaperschiff umzufunktionieren, würde sich die Mühe kaum lohnen.«

Ramage studierte nun die Innenseite seines Hutes, als überlege er, ob er sich einen neuen anschaffen sollte. Aber in Wirklichkeit wollte er dem Postmeister Zeit geben, alles zu verdauen, was er soeben gehört hatte. Smith starrte auf seine Papiere, die Hände flach auf die Tischplatte gelegt. Ramage dachte voller Mitgefühl, daß der Postmeister in diesem Augenblick wie ein verliebter Ehemann aussah, der gerade von der Untreue seiner Frau erfahren hatte.

»Das ergibt doch keinen Sinn«, flüsterte Smith. »Es muß ein Zufall sein, Leutnant. Warten Sie nur ab! Das nächste Schiff, das sie kapern, hat sicher Jamaika angesteuert. Sie werden es irgendwo zwischen Antigua und Kingston schnappen.«

»Vielleicht. Aber wir können es uns nicht leisten abzuwarten, wann die Freibeuter das nächste Mal zuschlagen. Und das Gesetz der Serie spricht dagegen, daß sie ein Schiff mit Kurs Jamaika kapern. Das beweisen Ihre Unterlagen, Mr. Smith.«

»Ja, sicher«, gab der Postmeister widerwillig zu. »Sie haben recht, Leutnant. Ich habe mir über die Beweggründe der Freibeuter noch keine Gedanken gemacht. Was hält denn Sir Pilcher davon?«

»Keine Ahnung. Ich weiß nur, daß ich zwischen Jamaika und Antigua kreuzen würde, wenn ich ein Freibeuter wäre.«

»Das denken Sie!« Smith war glücklich, daß er einen Fehler in Ramages Argumentation gefunden hatte. »Aber wenn Sie jemals ein Schiff kommandiert hätten, würden Sie anders denken.«

»Ich habe über zwei Jahre lang ein Schiff kommandiert«, erwiderte Ramage ruhig. »Vor ein paar Monaten habe ich zwei Kaperschiffe vor St. Lucia erbeutet und kürzlich ein weiteres großes Kaperschiff, das bei Nacht einen Konvoi angriff.«

Smith blinzelte. »Verzeihen Sie. Ich habe davon gehört... Ich wußte nicht, daß *Sie* das waren... Hat Sir Pilcher deshalb...«

Ramage zuckte mit den Schultern und grinste. Nun konnte er endlich sicher sein, daß Smith sein Urteilsvermögen nicht mehr anzweifeln würde. »Sie meinen, ob er mich ausgesucht hat, weil man einen Freibeuter am besten mit seinen eigenen Waffen schlägt? Ich weiß es nicht. Aber da wir beide die einzigen sind, denen aufgefallen ist, daß die Freibeuter nach einem seltsamen System vorgehen, wollen wir das vorerst für uns behalten.«

Smith nickte geschmeichelt, weil Ramage ihn ins Vertrauen gezogen hatte – obwohl er immer noch weit davon entfernt war, irgendeine besondere Bedeutung in jenem »System« zu erkennen.

»Wissen Sie, wie die Franzosen die Besatzungen der gekaperten Schiffe behandeln?« fragte Ramage. »Werden sie wie Angehörige der Royal Navy eingekerkert?«

»Nein, die Franzosen waren in dieser Hinsicht sehr fair. Auch Mannschaftsgrade werden meist nach sechs Wochen gegen französische Gefangene ausgetauscht.«

Ramage nickte. »Sehr schön. Noch eine Frage, Mr. Smith: Stellen Sie sich vor, ein Londoner Kaufmann schreibt an seinen Bruder in Kingston. Was passiert mit dem Brief auf dem Weg von London nach Westindien?«

»Nun, der Brief wandert in der Lombard Street in einen der Postsäcke, die für Jamaika bestimmt sind. Wenn der Sack voll ist, wird er versiegelt und von der Postkutsche nach Falmouth gebracht. Dort wird er dem Postbeamten übergeben, der für die Postschiffe im Hafen von Falmouth verantwortlich ist. Er nimmt alle Postsäcke entgegen, die nach Westindien verschifft werden sollen – etwa ein halbes Dutzend für jede Insel. Er überwacht die Verladung der Post auf das betreffende Schiff.«

»Und dann läuft das Schiff aus?«

»Nein, vorher kommt noch ein Inspektor an Bord, um festzustellen, ob irgendein Matrose eine Privatfracht mitgenommen hat. Die Leute versuchen immer wieder, Lederwaren, Kleiderstoffe und Käse mitzuschleppen, weil sie hier draußen einen hohen Preis dafür bekommen. Vor allem Käse läßt sich gut verkaufen.«

»Drückt der Inspektor ein Auge zu, wenn er einen Matrosen mit verbotener Fracht erwischt?«

»Er ist nicht besonders streng. Es ist schon seit Jahren Tradition, daß die Matrosen auf diese Weise ihre Heuer aufbessern. Obwohl es verboten ist, seit Charles II. ein entsprechendes Gesetz erlassen hat.«

Ramage verkniff sich die Bemerkung, daß man ein Gesetz, das nicht befolgt wurde, aus disziplinären Gründen lieber aufheben sollte. »Und was passiert, nachdem der Inspektor von Bord gegangen ist?«

»Die Passagiere haben sich inzwischen eingefunden, die Post ist im Laderaum verstaut. Der Postbeamte mustert die Besatzung, gibt dem Kommandanten noch ein paar Instruktionen und wünscht ihm gute Fahrt. Er sieht sich auch den Trimm des Postschiffs an und vergewissert sich, daß die Fracht gut verstaut ist und das Schiff nicht zu tief im Wasser liegt.«

»Und dann segelt das Schiff in Richtung Barbados – bei jedem Wetter?«

»Es segelt sofort los, wenn es wenigstens ein gerefftes Marssegel setzen kann. Man kann von Falmouth fast immer auslaufen – wenn nicht gerade ein Südoststurm tobt. Aber das wissen Sie sicher.«

Ramage nickte. »Und was geschieht dann mit dem Brief?«

»Erste Station ist Barbados. Dann läuft das Postschiff zwei oder drei der großen und kleinen Antillen an, liefert Briefe ab und sammelt neue ein. Vor Antigua macht es zuletzt Station, bevor es durch die Karibik nach Jamaika segelt.«

»Und hier übernehmen Sie den Brief.«

»Ja. Ich gehe mit den Zollbeamten und dem Arzt an Bord, übernehme die Postsäcke und lasse sie herbringen, wo sie sortiert werden.«

»Und was passiert mit dem Schiff und der Besatzung?«

»Der Kommandant verproviantiert das Schiff, die Männer dürfen ein paar Stunden an Land. Sie haben natürlich alle Schutzbriefe, so daß sie sich nicht vor Preßgangs zu fürchten brauchen. Wenn die für England bestimmte Post an Bord gebracht worden ist, segelt das Schiff wieder.«

»Und wenn der Bruder den Brief des Londoner Kaufmanns beantwortet?«

»Das ist ungefähr die gleiche Prozedur. Nur daß das Postschiff jetzt nicht durch die Karibik zurücksegelt, sondern nach Nordosten, und nur noch an der Kap-Nicolas-Mole anlegt, bevor es durch die Windward Passage den Atlantik erreicht.«

»Kingston ist also der letzte Hafen, den es anläuft, bevor es nach England zurücksegelt – abgesehen von dem kurzen Aufenthalt an der Westspitze von Haiti?«

Smith nickte.

»Und Ihr Bordinspektor? Ist der auch so pflichteifrig wie der Mann in Falmouth?«

»Nicht mehr und nicht weniger.«

»Nehmen auch die Offiziere Privatfracht mit an Bord?«

»Ich hoffe, daß Sie mir diese Frage nur inoffiziell stellen. Als stellvertretender Generalpostmeister weiß ich nichts von irgendwelchen Waren an Bord der Postschiffe. Aber die Offiziere finden, daß sie unterbezahlt sind, und versuchen ein paar Nebengeschäfte zu machen. Auf diese Weise sind sie zufrieden, ohne daß der Lombard Street Mehrkosten entstehen.«

»Ich möchte jetzt eine Frage an Sie stellen, ebenfalls inoffiziell«, sagte Ramage. »Haben Sie irgendeinen bestimmten Verdacht?«

»Nein, gewiß nicht. Wenn ich einen Verdacht hätte, würde ich es Ihnen sagen. Ich habe schon an alle Möglichkeiten gedacht – an Spione im Department, an Passagiere, die sich unterwegs das Schiff aneignen . . .«

»Wenn die Kommandanten der gekaperten Schiffe aus französischer Gefangenschaft entlassen werden und nach England zurückkehren – können sie da der Lombard Street keine Hinweise geben?«

»Nichts. Das ersehen Sie aus meiner Korrespondenz mit Lord Auckland. Die Kommandanten werden zwar zur Unterwerfung gezwungen, aber bevor sie sich ergeben, versenken sie die Postsäcke im Meer.«

»Haben Sie viele Tote zu beklagen?«

»Glücklicherweise nicht. Die Kommandanten haben Order zu fliehen, nicht zu kämpfen. Die Schnelligkeit der Postschiffe ist ihr größter Vorzug.«

»Offenbar sind sie doch nicht schnell genug, wenn so viele gekapert werden.«

Smith zuckte mit den Schultern. »Ich versuche nur, Ihnen die Politik der Lombard Street zu erklären, Leutnant. Die Kaufleute in Westindien denken natürlich anders. Sie wünschen sich schwerbewaffnete Postschiffe, damit die Besatzung sich verteidigen kann.«

»Aber damit ist Lombard Street nicht einverstanden?«

»Nein, dort hat man es am liebsten, wenn die Kommandanten die Flucht ergreifen und die Post retten, statt zu kämpfen.«

Ramage fragte sich, wie viele Schiffe noch verschwinden mußten, bevor die Postverwaltung einsah, daß sie eine falsche Taktik betrieb. »Wer bestimmt Größe und Bauart der Schiffe? Ich habe festgestellt, daß sie einander sehr ähnlich sind.«

»Vor dem Krieg hatten wir unterschiedliche Postschiffe. Jeder Kommandant konnte selbst bestimmen, wie sein Schiff aussehen sollte. Aber dann beschloß die Lombard Street, nur mehr einen einzigen Typ einzusetzen – mit hundertneunundsiebzig Tonnen Tragfähigkeit, mit einer Besatzung von achtundzwanzig Mann, bestückt mit vier Vierpfündern und zwei Neunpfündern am Heck. Und natürlich wird die Besatzung mit Handfeuerwaffen ausgerüstet.«

»Damit kann man gegen ein Kaperschiff nicht viel ausrichten.«

»Nein, aber die Kommandanten haben ja ohnedies Order, die Flucht zu ergreifen, wenn sie attackiert werden. Sie sollen nur kämpfen, wenn sie keine Möglichkeit zur Flucht sehen, und vorher die Post über Bord werfen.«

»Da diese Taktik offensichtlich nicht den gewünschten Erfolg erzielt, Mr. Smith – warum setzt die Postverwaltung nicht schwerer bewaffnete Schiffe ein?«

»Vor dem Krieg haben solche Kommandanten ihrerseits Jagd auf Prisen gemacht, und dabei ist die Post oft genug beschädigt worden. Dieses Risiko will die Lombard Street nicht mehr eingehen.«

»Noch eine letzte Frage«, sagte Ramage. »Wann ist das nächste Postschiff fällig?«

»Es hätte gestern eintreffen sollen. Wenn es nicht gekapert wurde, müßte es in spätestens sieben Tagen ankommen. Aber ich habe nicht viel Hoffnung. Bis jetzt habe ich noch keine Briefe dafür angenommen und auch keine Passagen verkauft.«

Ramage stand auf und bedankte sich für das Gespräch. Er hatte das seltsame Gefühl, daß er mit all den Informationen auch einen wichtigen Hinweis erhalten hatte. Aber als er sich daran zu erinnern versuchte, war ihm, als müsse er die Einzelheiten eines halbvergessenen Traums in sein Gedächtnis zurückrufen.

4

Am Abend saß Ramage mit Yorke auf der Terrasse des Royal Albion und fühlte sich nach einem guten Essen angenehm müde. Wie die meisten Bewohner von Kingston wartete er auf die nächtliche Brise, die hoffentlich bald vom Meer hereinwehen und die Hitze des Tages vertreiben würde. Frösche quakten zwischen den Palmen, Moskitos summten, und Falter aller Farben und Größen warfen sich gegen die Glasschirme der Lampen.

»Wollen Sie nicht doch noch zum Ball in den Gouverneurspalast gehen?« fragte Yorke. »Sie kämen gerade noch zurecht.«

»Viel zu heiß«, erwiderte Ramage schläfrig. »In diesem verdammten Ballsaal kommt man sich vor wie in einem Backofen. Außerdem habe ich schon genug Konversation mit dummen Pflanzertöchtern gemacht.«

»Geben Sie doch nicht den armen Mädchen die Schuld! Sobald die Mütter hören, daß Leutnant Lord Ramage, der begehrteste Junggeselle der Saison, auf Jamaika eingetroffen ist, sind sie natürlich nicht mehr zu halten. Groß, dunkelhaarig und hübsch, zwei romantische Narben, reicher Erbe einer Grafschaft – was kann sich die Mutter einer heiratsfähigen Tochter Schöneres wünschen?«

»Mein Freund, ich muß Sie bitten, das Gerücht zu verbreiten, daß ich schon unzählige Mädchen vergewaltigt habe und daß unser Familienstammsitz dem Butler verpfändet wurde, dessen Tochter mein Großvater entjungfert hat. Wenn Sie das nicht tun, werde ich überall herumerzählen, der junge Reeder Sidney Yorke sei so reich, daß er Riesensummen zu einem Prozent Zinsen verleiht und nur nach Jamaika gekommen ist, um eine Ehefrau zu suchen.«

»Ich finde Ihre Skrupellosigkeit irgendwie sympathisch«, sagte Yorke grinsend, dann blickte er sich um. »Sie haben übrigens beim Essen sehr geheimnisvoll getan, was wegen der Leute an den Nebentischen verständlich war. Aber jetzt können Sie mir sagen, was los ist.«

»Ich habe einen neuen Job als Neptuns Postmeister.«

»Sie haben das Angebot also angenommen? Warum war Sir Pilcher so großzügig?«

Ramage zeigte zur Terrassentür, wo zwei Männer standen. »Da sind Southwick und Bowen.« Er winkte, um ihre Aufmerksamkeit zu erregen. »Die beiden sollten zuhören, dann muß ich die Geschichte nicht zweimal erzählen.«

Edward Southwick war ein untersetzter Mann Anfang Sechzig, mit wehendem weißem Haar und rosa Engelsgesicht. Ramage hatte schon oft überlegt, daß man ihn eher für einen Bischof halten konnte als für den kühnen Anführer diverser Entertrupps. Doch er hatte oft genug sein Aussehen Lügen gestraft, wenn er sich ins Kampfgetümmel gestürzt hatte, mit einem Säbel bewaffnet, der wie ein riesiges Fleischermesser aussah. Ramage mochte den alten Mann, der in den letzten beiden Jahren unter ihm als Navigator gedient hatte. Southwick behandelte die Besatzung wie eine Bande schlimmer Schuljungen, Ramage aber mit Ehrerbietung, obwohl der Leutnant sein Enkel hätte sein können.

Der Mann an Southwicks Seite war etwa zehn Jahre jünger. Sein eingefallenes Gesicht verriet, daß er erst kürzlich von einer schweren Krankheit genesen war. Es war unwahrscheinlich, daß die reichen Patienten, die einst seine Praxis in der Wimpole Street aufgesucht hatten, ihn jetzt wiedererkannt hätten. James Bowen, früher einer der besten Ärzte Londons, war zum Alkoholiker geworden und hatte sich in ein menschliches Wrack verwandelt. Die Scham hatte ihn veranlaßt, seine Praxis aufzugeben und zur See zu fahren. Da der Navy nicht genug Schiffsärzte zur Verfügung standen, hatte man nicht gezögert, ihn trotz seiner Trunksucht an Bord der Brigg *Triton* zu schicken.

Doch Leutnant Ramage, Kommandant der *Triton* und somit verantwortlich für das Wohl der Besatzung, wollte seine Leute nicht der Obhut eines betrunkenen Schiffsarztes anvertrauen. Er hatte Bowen verboten, auch nur einen Tropfen zu trinken, und ihn mit Southwicks Hilfe systematisch vom Delirium tremens hochgepäppelt. Als Bowen seinen Alkoholismus überwunden hatte, entpuppte er sich als geistreicher, kultivierter Mann und hervorragender Schachspieler. Auch Southwick hatte sich zu einem guten Spieler entwickelt, nachdem Ramage ihm befohlen hatte, sich mit Bowen ans Schachbrett zu setzen und ihn auf diese Weise von der Schnapsflasche abzulenken.

Die beiden Männer holten sich Rattanstühle heran und setzten sich Ramage und Yorke gegenüber.

Ramage zeigte auf das Schachbrett und die Kassette auf Bowens Knien. »Ich wollte Sie nicht von Ihrem Spiel abhalten.«

»Southwick ist ohnehin nicht in der richtigen Stimmung dazu, Sir.«

Ramage sah den Navigator fragend an, und Southwick grinste. »Er hat mich an den vergangenen drei Abenden sechsmal geschlagen, da ist mir die Lust vergangen. Wird Zeit, daß ich wieder aufs Meer hinaus komme. Wenn ich nichts Vernünftiges zu tun habe, fängt mein Verstand zu rosten an.«

»Haben Sie ein neues Kommando in Aussicht, Sir?« fragte Bowen.

»Nicht direkt. Aber ich habe Sie hergebeten, damit auch Sie die Neuigkeiten hören, die ich Mr. Yorke jetzt mitteilen werde. Ich habe kein Schiff, aber einen Auftrag.«

In kurzen Worten berichtete er von der Order, die er von Sir Pilcher erhalten hatte, und schilderte sein Gespräch mit dem stellvertretenden Generalpostmeister. Seine drei Zuhörer waren alle der Ansicht, es sei merkwürdig, daß hauptsächlich Postschiffe mit Kurs England gekapert wurden.

»Der Postmeister weiß nicht, wo die Schiffe verschwinden«, sagte Ramage. »Die Postverwaltung in London hat sich nicht die Mühe gemacht, ihm das mitzuteilen. Er scheint zu glauben, daß sie auf dieser Seite des Atlantiks gekapert werden – und zwar in dem Augenblick, da sie die Windward Passage hinter sich haben. Aber daran zweifle ich. Die Besatzungen kehren zu rasch nach England zurück. Es ist unwahrscheinlich, daß man sie erst nach Guadeloupe und dann nach Frankreich bringt, um sie gegen französische Gefangene in England auszutauschen. Das alles kann unmöglich innerhalb von sechs Wochen geschehen. Deshalb glaube ich, daß die Schiffe erst gegen Ende ihrer Fahrt gekapert werden.«

Bowen seufzte tief auf. »Und Sie sollen das Problem lösen, Sir? Ein kniffliger Auftrag . . . Ich glaube nicht, daß dabei ein Schiff für uns herausspringen wird.« Er wandte sich an Yorke. »Es sieht ganz so aus, als müßten Southwick und ich mit Ihnen nach England zurückfahren.«

»Vorher muß ich unbedingt mein Schachbrett polieren«, sagte Yorke. »Aber dazu ist noch Zeit. Der nächste Konvoi wird erst in sieben oder acht Wochen abgehen.«

Die vier Männer schwiegen eine Weile, jeder hing seinen Gedanken nach. Plötzlich stieß Southwick hervor: »Ich will verdammt sein, wenn ich weiß, wo Sie anfangen sollten, Sir. Das scheint mir eher ein Job für die gesamte Kanalflotte zu sein. Ich verstehe nicht, wie man auf dieser Seite des Atlantiks das Problem lösen will.«

»Das wußte die Admiralität wohl auch nicht«, meinte Yorke. »Aber da die meisten Postschiffe verschwinden, wenn sie von Westindien kommen, hatte Lord Spencer die gute Idee, das Problem auf den Oberbefehlshaber von Jamaika abzuwälzen. Hab' ich recht?« Er warf Ramage einen fragenden Blick zu.

Da Ramage den drei Männern verschwiegen hatte, daß der Erste Seelord nicht nur Sir Pilcher, sondern auch ihm selbst den Schwarzen Peter zugespielt hatte, begnügte er sich mit einem zynischen Lächeln. »Ich bin sicher, daß der Vizeadmiral es so sieht«, meinte er.

Yorke stocherte mit dem Daumennagel in seinem Gebiß. »Die Postverwaltung ersetzt den Kommandanten die verschwundenen Schiffe, nicht wahr?«

Ramage nickte.

»Und keine Versicherung hat die Hand im Spiel?«

»Das bezweifle ich«, erwiderte Ramage. »Sie wissen natürlich mehr über Versicherungen als ich, Yorke, aber ich glaube nicht, daß sich die Regierung auf dem offenen Markt versichert.«

»Ich auch nicht. Sie müßte viel zu hohe Prämien zahlen. Außerdem habe ich das Gefühl, daß die Versicherungsagenten pointiertere Fragen stellen würden als der Postschiffsinspektor, der wahrscheinlich ein unterbezahlter Federfuchser ist und noch nie in seinem Leben auf hoher See war.«

»Sie haben recht«, sagte Ramage, »das ist ein reiner Schreibtischjob. Ich habe mich danach erkundigt. Er hat nichts weiter zu tun als dafür zu sorgen, daß die Gesetze der Postverwaltung eingehalten werden.«

»Was für Fragen sollte er auch stellen?« Southwick strich sich mit beiden Händen durch das weiße Haar. »Keiner bezweifelt, daß die Postschiffe von Freibeutern gekapert werden. Bisher ist noch niemand auf die Idee gekommen, daß sie gestrandet sein könnten.«

»Stimmt«, gab Yorke zu. »Aber gibt es denn wirklich auf dieser Seite des Atlantiks so viele Freibeuter?«

Ramage schüttelte den Kopf. »Das glaube ich nicht. Sir Pilcher hatte während der letzten zwei Jahre ständig Fregatten an beiden Ausgängen der Windward Passage postiert, und in den vergangenen zwölf Monaten haben sie keinen einzigen Kaperer gesehen.«

»Dann gibt es nur einen Weg«, sagte Southwick. »Man muß ein Postschiff mit richtigen Kämpfern bemannen – nicht mit diesen Feiglingen, die jedesmal den Schwanz einziehen, wenn sie ein fremdes Schiff sehen, und in Windeseile die Flucht ergreifen. Sie übernehmen das Kommando, Sir, und wir segeln alle nach England.«

»Großartige Idee!« rief Yorke. »Ich komme als Passagier mit.«

Die drei Männer blickten fragend Ramage an, der grimmig lächelte und den Kopf schüttelte. Auf diese Idee war er schon im Büro des Postmeisters gekommen, aber er hatte keine Hoffnung, daß er von Sir Pilcher oder Smith ein Schiff bekommen könnte. »Bevor ich mich von Mr. Smith verabschiedete, stellte ich ihm eine letzte Frage: Wann das nächste Postschiff fällig sei.«

»Und was hat er geantwortet?«

»Es hätte schon gestern eintreffen sollen.«

»Das bedeutet noch nicht, daß es gekapert worden ist«, meinte Yorke. »Schlechtes Wetter, schwacher Wind . . .«

»Stimmt«, sagte Ramage. »Smith hofft, daß das Schiff in spätestens sieben Tagen ankommt. Aber er nimmt keine Post entgegen und verkauft auch keine Passagen.«

»Nehmen wir einmal an, das Schiff trifft tatsächlich noch ein«, ergriff Bowen das Wort. »Glauben Sie, daß Sir Pilcher Ihnen drei Dutzend Ex-Tritons als Besatzung geben würde?«

Wieder schüttelte Ramage den Kopf. »Er hat mir zwar schon ein Dutzend Tritons versprochen, aber die Postverwaltung wird niemals zustimmen.« Eine andere Idee nahm in Ramages Gehirn vage Gestalt an. Eine Idee, die noch besser war als der Gedanke, der ihm in Smiths Büro gekommen war. Er wandte sich an Yorke. »Wollen Sie wirklich mit einem Postschiff nach England fahren?«

»Nicht mit einem gewöhnlichen. Nach dem, was ich soeben gehört habe, warte ich lieber und segle in einem Konvoi heimwärts. Aber wenn *Sie* das Postschiff kommandieren würden – das wäre natürlich was anderes.«

Die Idee nahm festere Gestalt an wie eine Boje, die sich aus einer Nebelbank schälte. »Vielleicht wären wir alle vier Passagiere?«

»Wie? Sie würden das Kommando nicht übernehmen?«

»Besser nicht. Wir wissen ja nicht, was auf dem Atlantik vorgeht. Es sollte ein normales Postschiff sein, mit ein paar Passagieren – uns und noch einigen Leuten.«

»Keine Tritons, Sir?« fragte Southwick erschrocken. »Wir vier allein hätten keine Chance.«

»Auf jedem Postschiff sind achtundzwanzig Mann Besatzung. Wenn ein Dutzend davon ein paar Stunden Landurlaub hat und nicht rechtzeitig an Bord zurückkommt, bevor das Schiff den Hafen verläßt... Wenn dann die Navy mit einem Dutzend Matrosen aushilft...«

»Beim Jupiter!« rief Yorke entzückt. »Das ist die Lösung.«

»Der Kommandant des Postschiffs und die Besatzung brauchen nur zu erfahren, daß irgendwelche Leute von einem beliebigen Kriegsschiff ersatzweise an Bord gekommen sind. Niemand würde das seltsam finden, denn es ist unmöglich, in einer halben Stunde zwölf Handelsmatrosen zu finden – noch dazu, wenn zwei Kriegsschiffe vorher Preßgangs losgeschickt haben.«

»Wir müssen möglichst viel Wind machen, wenn das Postschiff ankommt«, schlug Yorke vor. »Und dafür sorgen, daß alle Zeitungen darüber schreiben, damit es die Franzosen auch wirklich erfahren.«

Ramage nickte. »Wir könnten auch in die Zeitung setzen lassen, wann das Schiff ausläuft.«

»Aye«, sagte Southwick. »Der Postmeister soll bekanntgeben, daß alle Briefe nach England an einem bestimmten Tag um punkt neun Uhr im Postamt sein müssen. Dann weiß jeder, der auch nur halbwegs bei Verstand ist, daß wir zu Mittag segeln.«

Ramage sah nachdenklich vor sich hin, und seine Überzeugung wuchs, daß er den einzig möglichen Weg gefunden hatte, um den Freibeutern das Handwerk zu legen. Da spürte er, daß Yorke ihn prüfend musterte, und hörte den jungen Reeder fragen: »Sie glauben, daß wir es mit Verrätern zu tun haben?«

Diese Worte festigten einen Verdacht, der seit Ramages Besuch bei Smith in seinem Unterbewußtsein gelauert und sich geweigert hatte, an die Oberfläche zu kommen. »Ich weiß nicht. Im Augenblick glaube ich alles – und gar nichts.«

Am nächsten Morgen hatte sich Ramage eben gewaschen, rasiert und angezogen und wollte zum Frühstück hinuntergehen, als es an die Tür klopfte. Ein Hoteldiener überbrachte ihm einen Brief, und während Ramage in seinen Taschen nach einem Trinkgeld suchte, fiel sein Blick auf das Siegel der Postverwaltung, das den Brief zierte.

›Der Ausguck auf Morant Point hat mir mitgeteilt, daß er bei Tagesanbruch ein Schiff im Südosten gesichtet hat‹, schrieb ihm Smith. ›Er ist überzeugt, daß es sich um ein Postschiff handelt. Diese gute Nachricht wollte ich Ihnen möglichst schnell zukommen lassen.‹

Ramage setzte sich auf sein Bett, von einer seltsamen Erregung erfüllt. Der Ausguckposten an der Ostspitze Jamaikas hatte schon genug Postschiffe gesehen, also war nicht anzunehmen, daß er sich irrte. Jetzt galt es, Sir Pilcher und den Postmeister für seinen Plan zu gewinnen, und das würde nicht einfach sein. Er sprang auf und lief zu Yorkes Zimmer hinüber. Dabei klopfte er an Southwicks Tür und rief: »Kommen Sie mit!«

Yorke fluchte, weil er sich beim Rasieren geschnitten hatte. Southwick grinste und meinte, der junge Mann solle sich lieber in die Obhut des Hotelbarbiers begeben.

»Ich rasiere mich gern selber«, sagte Yorke ärgerlich. »Das gehört zu meinem morgendlichen Ritual.«

Southwick wandte sich an Ramage. »Sie haben uns gerufen, Sir?«

»Der Ausguck auf Morant Point hat das Postschiff gesichtet.«

»Ich will verdammt sein!« Der alte Segelmeister fuhr sich wieder mit beiden Händen durch das dichte weiße Haar. »Und ich war überzeugt, die Franzosen würden es schnappen.«

»Gehen Sie gleich zu Sir Pilcher?« fragte Yorke.

»Sobald das Schiff vor Anker liegt. Man kann leichter über ein Schiff reden, das man vor Augen hat, als über ein imaginäres.«

Yorke nickte. »Gute Idee. Ein Schiff, das man nicht sieht, wirkt immer so abstrakt. Soll ich Mr. Smith bitten, eine Koje für mich zu reservieren?«

»Das mache ich schon«, sagte Ramage. »Übrigens muß ich Sie warnen. Die Überfahrt wird Sie fünfzig Guineen kosten, und Sie müssen Verpflegung und Bettzeug mitbringen.«

»Auch das Essen? Warum müssen sich die Passagiere selber verpflegen?«

»Ich weiß es nicht, und Smith weiß es auch nicht. Es ist eine alte Tradition, genau wie die Regelung, daß die Postverwaltung die Passagiere auf den Schiffen mit Kurs nach Westindien verpflegt. Aber wenn es Sie tröstet – die Rückfahrt nach Falmouth kostet deshalb um vier Guineen weniger als die Fahrt nach Westindien.«

»Komisch.« Yorke wischte sich den Seifenschaum vom Gesicht. »Wenn man mit einem Postschiff nach Lissabon, Gibraltar oder Malta segelt, wird man sowohl auf der Hin- als auch auf der Rückfahrt verpflegt.«

»Aber die Rückfahrt von Gibraltar kostet um zehn Guineen mehr als die Hinfahrt. Und die Rückfahrt von Malta kostet fünf Guineen extra.«

»Ist auch das eine alte Tradition?«

»Nein, die Lebensmittel sind in Gibraltar und auf Malta teurer als in Falmouth.«

Yorke seufzte. »Ich glaube eher, die Post nutzt es schamlos aus, daß die Reisenden auf ihre Schiffe angewiesen sind.«

»Ist die Überfahrt mit Ihren Schiffen denn billiger?« fragte Southwick.

»Nein, aber wir stellen den Leuten wenigstens Bettzeug zur Verfügung und geben ihnen was zu essen.« Yorke rieb sich mit einem Handtuch das Gesicht trocken. »Übrigens habe ich über Ihre Idee nachgedacht, Ramage. Sie hat einen Haken. Sie könnten in England landen, ohne sich mit Ruhm zu bekleckern.«

»Ich weiß, aber das spielt keine Rolle.«

»Wenigstens haben wir dann ein Postschiff sicher nach Falmouth gebracht«, meinte Southwick. »Das ist auch nicht zu verachten.«

»Und Sie können während der Überfahrt in aller Ruhe mit Bowen Schach spielen«, fügte Ramage hinzu.

Southwicks Gesicht wurde lang, und Yorke sagte lachend: »Ich werde einen Silberpokal stiften – die Trophäe des westlichen Ozeans. Der Mann, der die meisten Spiele gewonnen hat, wenn wir den Hafen von Falmouth anlaufen, gewinnt den Pokal.«

»Und ich spendiere noch fünfzig Guineen dazu«, versprach Ramage. »Was halten Sie davon, Southwick?«

»Das wird Bowen mächtig reizen«, sagte Southwick düster. »Aber mich nicht.«

Ramage unterhielt sich gerade mit dem stellvertretenden Generalpost-meister in dessen Büro, als ein Sekretär meldete, das Postschiff hätte soeben das Fort Charles passiert.

»Wollen Sie mit mir kommen?« fragte Smith.

Ramage schüttelte den Kopf. »Vorerst soll niemand an Bord wis-sen, daß eine Untersuchung im Gange ist. Sie haben Ihren Untergebe-nen doch nichts gesagt?«

»Kein Wort.«

»Gut. Fragen Sie den Kommandanten, ob er Freibeuter gesehen oder Nachricht von neuen Verlusten erhalten hat.«

»Er hat Falmouth verlassen, bevor die *Hydra* ausgelaufen ist«, hob Smith hervor. »Sechs Tage vorher. Und er ist über Barbados gesegelt.«

»Natürlich«, sagte Ramage verärgert, weil er das vergessen hatte. »Die Männer an Bord wissen also nicht, daß . . .«

»Überhaupt nichts.« Smith warf ihm einen scharfen Blick zu. »Ich habe fast das Gefühl, daß Sie die Leute verdächtigen, Leutnant Ra-mage.«

Ramage war froh, daß er Smith nicht ins Vertrauen gezogen hatte. »Nein. Immerhin ist dieses Postschiff nicht verlorengegangen. Und was hätte eine Besatzung davon, gekapert zu werden?« Er sprach bei-läufig, ließ aber Smith, der gerade seine unvermeidlichen Papierstapel ordnete, nicht aus den Augen.

»Natürlich hätte sie nichts zu gewinnen. Im Gegenteil, sie würde alles verlieren. Vergessen Sie nicht, daß sie ja alle ihre kleine Privat-fracht an Bord haben, über die Sie so schockiert waren.«

Natürlich, dachte Ramage, wenn ein Matrose zehn Guineen in Wa-ren investierte, würde er damit mehr als einen halben Jahreslohn aufs Spiel setzen. »Wieviel verdient ein Kommandant?« fragte er.

»Acht Pfund im Monat – nicht gerade ein üppiges Gehalt.«

»Nur acht Pfund?« rief Ramage erstaunt. Da verdiente er ja fast ebensoviel.

»Ja. Aber vergessen Sie nicht, daß die Postverwaltung sein Schiff chartert. Ich weiß nicht, wieviel er dafür bekommt. Und an den Passa-gieren verdient er auch noch.«

»Dann hat sein Gehalt also nur symbolischen Wert.«

»Ja, so könnte man es nennen. Wenn er aus Gesundheitsgründen nicht an Bord gehen kann, bekommt er trotzdem sein Gehalt – natür-lich nur, wenn er ein ärztliches Attest hat.«

»Und wer kommandiert dann das Schiff?«

»Der Segelmeister. Kein Postschiff darf ohne Segelmeister auslau-fen – ein Gesetz jüngeren Datums.«

»Kommt es oft vor, daß Postschiffe unter dem Kommando eines Segelmeisters stehen?«

»Nicht allzu oft«, sagte Smith unbehaglich. »Ein oder zwei Kommandanten sind nicht bei bester Gesundheit.«

»Und die Postverwaltung weiß davon?«

Smith nickte. »Sie unternimmt gewisse Schritte.«

»Dann bekommt ein solcher Kommandant also sein Gehalt und streicht das Chartergeld für sein Schiff ein, ohne einen Schritt aus dem Haus zu tun?«

»Ja«, gab Smith ärgerlich zu. »Aber ich glaube nicht, daß Ihr Auftrag Ihnen das Recht gibt zu kritisieren, Leutnant.«

»Ich kritisiere nicht«, erwiderte Ramage kühl. »Ich stelle nur Fragen. Aber wenn Sie Ihre Antworten als Kritik betrachten...« Er zuckte mit den Schultern.

»Tut mir leid«, sagte Smith hastig, »ich bin in letzter Zeit etwas reizbar. Diese verdammte Affäre zehrt an meinen Nerven. Ich muß mich jetzt um das Schiff kümmern. Wann soll ich Ihnen mitteilen, was ich vom Kommandante erfahren habe?«

»Möchten Sie mit mir in Royal Albion dinieren?«

»Das ist leider nicht möglich. Wie ich Ihnen erzählt habe, esse ich jeden Abend nach der Ankunft eines Postschiffs mit dem Kommandanten.«

»Ach ja, natürlich. Und die Zeitungsmeldung?«

»Das werde ich alles arrangieren. Die morgige Ausgabe des ›Chronicle‹ wird berichten, daß das Postschiff eingetroffen ist und daß die Briefe bis neun Uhr am folgenden Morgen im Postamt sein müssen.«

5

Sir Pilcher Skinner war sehr erleichtert über die Ankunft des Postschiffs und über die Tatsache, daß es vor der *Hydra* losgesegelt war. Also würden keine unerwarteten oder unwillkommenen offiziellen Briefe an Bord sein. Nur Privatbriefe. Aber seit er Witwer war, interessierte er sich immer weniger für seine Verwandten und Freunde. Bedauerlich, daß seine Tochter noch keinen Mann gefunden hatte. Aber er hatte es längst aufgegeben, sich deshalb Sorgen zu machen.

Er zog seine Uhr hervor. Schon elf – und Henderson hatte ihm einen Stapel Berichte auf den Tisch gelegt, die er unterzeichnen mußte, damit sie versiegelt und mit dem Postschiff nach England geschickt werden konnten. Als er nach der Feder griff, überlegte er seufzend, daß die Admiralität ihm viel zu wenige Schiffe für diese Station zur Verfügung stellte. Aber wenn man den Papierkram ansah, hätte man meinen können, er hätte zehnmal so viele Schiffe wie die Kanalflotte.

Der Ärmelkanal . . . Allein der Gedanke jagte ihm einen Schauer über den Rücken. Er fühlte sich sehr wohl in Jamaika. Das Klima war angenehm, wenn auch während der Hurrikansaison etwas zu schwül. Außerdem bewohnte er das komfortabelste Haus, das die Navy zu bieten hatte, und verdiente ein schönes Prisengeld.

Er kritzelte seine Unterschrift auf das oberste Blatt und legte es beiseite. Dann hob er den Kopf. Henderson war schon wieder da. Man hatte keine Ruhe als Oberbefehlshaber, andererseits durfte er sich nicht beklagen, denn der Bursche tat nur seine Pflicht, und das hervorragend.

»Leutnant Ramage, Sir. Er sagt, es sei wichtig.«

»Wichtig!« Sir Pilcher schnaufte verächtlich. Es gab keinen Leutnant in der Navy, der nicht alles, was er tat, schrecklich wichtig nahm. »Was will er denn? Er hat doch seine Order.«

»Er möchte es Ihnen persönlich sagen, Sir.«

»Also gut, schicken Sie ihn herein.«

Warum konnte der Junge nicht einfach verschwinden und seinen Auftrag ausführen? Zweifellos hatte er irgendwelche Probleme. Oder Angst davor, Verantwortung zu übernehmen, die er nun auf die Schultern des Oberbefehlshabers abschieben wollte.

»Nun, was ist los?« rief Sir Pilcher, als Ramage eintrat.

»Es geht um das Postschiff, Sir.«

»Sie wollen wohl um die Erlaubnis bitten, an Bord zu gehen?«

»Nicht nur das, Sir. Ich möchte Ihnen einen Plan unterbreiten.«

»Sie haben Ihre Order, also führen Sie sie aus. Wie Sie das machen, interessiert mich nicht.«

»Mein Plan könnte aber gewisse Auswirkungen haben.«

»Auswirkungen? Wovon reden Sie, zum Teufel?«

»Ich möchte mit dem Postschiff segeln.«

»Das will ich auch stark hoffen. Sie werden nicht herausfinden, was auf See vorgeht, wenn Sie sich beim Gouverneurspalast herumtreiben.«

»Ich möchte Southwick und Bowen mitnehmen, meinen ehemaligen Segelmeister und den Arzt der *Triton*. Außerdem noch ein Dutzend Männer.«

»Ein Dutzend? Matrosen?«

»Ja, Sir. Sie waren so freundlich, Kapitän Napier zu ersuchen, er möge mir ein paar Tritons zur Verfügung stellen.«

»Meine Güte! Sie erwarten doch nicht, daß die Admiralität all diesen Leuten die Überfahrt bezahlt?«

»Nur mir, Southwick und Bowen, Sir. Nicht den Matrosen.«

»Also gut, ich bezahle für euch drei. Aber nur Koje, Bettzeug und Verpflegung. Keinen Wein und keinen Schnaps. Und die Matrosen? Sind die etwa Gäste der Postverwaltung?«

»In gewisser Weise, Sir. Ich will ein Dutzend Postmatrosen gegen ein Dutzend Tritons eintauschen.«

Eine gute Idee, aber sie würde der Postverwaltung nicht gefallen. Man würde protestieren. Und wie sollte man die zwölf überzähligen Postschiffsmatrosen in Kingston unterbringen? Wie sollte man sie dann ins nächste Postschiff stopfen? Zweifellos würde der Kommandant auch noch Verpflegungsgeld für sie verlangen – o nein.

»Tut mir leid, Ramage, das kommt nicht in Frage.«

»Es ist unsere einzige Chance, Sir.«

»Ihre einzige Chance, Ramage«, korrigierte Sir Pilcher. »Sie haben Ihre Order.«

»Ja, Sir, aber – ich kann die Freibeuter nicht ganz allein fangen.«

»Sie sollen sie ja auch nicht fangen, sondern nur Nachforschungen anstellen.«

»Der Erste Lord schrieb, daß ich weitere Verluste verhindern soll.«

»Hören Sie, Ramage, eigentlich hätten Sie diesen Brief gar nicht lesen dürfen. Ich habe meine Befugnisse überschritten, als ich Ihnen Einblick gewährte. Vergessen Sie den Brief, und vergessen Sie auch Ihren Plan, gegen die Freibeuter zu kämpfen.«

»Sir, ich glaube, wir werden herausfinden, daß zumindest einige Postschiffe von sehr kleinen Kaperschiffen erbeutet wurden – von Schiffen, denen sie leicht hätten entkommen können, wenn sie gewollt hätten.«

»Das ist doch absurd! Diese Kaperschiffe haben Riesenbesatzungen und sind schwerbewaffnet.«

»Genau, Sir. Aber sie sind nicht sonderlich schnell, sondern voller Männer und Kanonen. Sie können den Fregatten ausweichen, weil sie ganz gut aufkreuzen. Aber ich kann mir nicht vorstellen, daß sie die schnellen, wendigen Postschiffe einholen.«

»Sie tun es aber, und damit basta.«

Ramage wußte, daß er fast verloren hatte. Es gab nur noch eine einzige Chance. »Wenn ich mit leeren Händen in Falmouth ankomme, wird Seine Lordschaft denken, ich hätte den Auftrag nur übernommen, damit ich umsonst nach Hause segeln kann.«

»Darüber würde ich mir an Ihrer Stelle keine Sorgen machen.

Wahrscheinlich werden Sie als Gefangener nach Frankreich verschleppt.« Verdammt, das hätte er nicht sagen dürfen. Damit gab er dem Jungen eine Gelegenheit zum Gegenangriff.

»Genau, Sir. Aber mit einem Dutzend Männer habe ich eine gute Chance, den Freibeutern eins auszuwischen.«

»Was zum Teufel können Sie denn schon mit zwölf Männern anfangen?«

»Sie könnten die anderen zum Kampf animieren.«

Das stimmte. Wenn die Matrosen der Postverwaltung Angst vor ein bißchen Pulverrauch hatten, konnten ihnen die Tritons Mut machen. »Also gut, wenn Sie den Postmeister dazu bringen, daß er Ihnen die Erlaubnis gibt . . .«

»Danke, Sir.«

Wenn der Postmeister einverstanden ist, dachte Sir Pilcher, so ist das seine Sache. Und was danach passiert, haben die beiden Generalpostmeister zu verantworten. Es wird den beiden hochnäsigen Burschen in der Lombard Street nichts schaden, wenn sie auch einmal ein bißchen ins Schwitzen kommen. Sonst wälzen sie die Verantwortung ja immer auf andere Leute ab.

Der stellvertretende Generalpostmeister traf am nächsten Morgen pünktlich um sieben im Royal Albion ein. Er wirkte nervös, als er sich zu Ramage an den Tisch setzte. Nach der Begrüßung schwiegen die beiden Männer, bis die Kellner das Frühstück serviert und sich zurückgezogen hatten. Als Smith zu essen begann, fragte Ramage: »Nun, Mr. Smith, was gibt es Neues?«

»Es könnte gar nicht schlimmer sein. Anscheinend hat Lord Auckland das Auslaufen der *Lady Arabella* hinausgezögert. Sie ist erst nach der *Hydra* aufgebrochen. Seine Lordschaft hat mir mitgeteilt, daß zwei Postschiffe mit Kurs Lissabon verlorengegangen sind. Und das letzte Schiff, das Jamaika verlassen hat, ist nicht in Falmouth angekommen.«

»Vom Krieg gibt's nichts Neues?«

»Nein. Die Franzosen behaupten sich vor Malta, obwohl Sir Horatio Nelson sie mit einem Geschwader vor Neapel blockiert. Der Zar von Rußland scheint sich mit diesem Bonaparte anzufreunden. Aber bisher fanden keine größeren Gefechte statt. Sie wissen doch Bescheid über Luneville?«

Ramage nickte. Die Niederlage der Österreicher bedeutete den Verlust des letzten Verbündeten der Briten. Jetzt stand England allein im Kampf gegen Frankreich und Spanien. »Wo sind die Lissabon-Schiffe verlorengegangen?« fragte Ramage und nahm sich noch eine Scheibe gebratenen Speck.

»Lord Auckland hat nur erwähnt, daß sie auf dem Heimweg waren. Das eine wurde in Sichtweite von Porto gekapert, es hatte also den Hafen von Lissabon eben erst verlassen. Das andere ging nur fünfzig Meilen vor den Scilly-Inseln verloren.«

»Und wie war das Wetter?«

»Das erste Schiff hatte leichten Wind, und das zweite . . . Ja, da wehte wohl ein ziemlich starker Oststurm, weil ein Boot der Freibeuter kenterte.«

Ramage stellte sich vor, wie mühsam das Postschiff bei starkem Oststurm in die Mündung des Kanals gesegelt war. Es hätte leicht drehen und die Flucht ergreifen können . . .

»Haben wir Todesfälle zu beklagen?«

»Nein«, sagte Smith unbehaglich, weil damit zum Ausdruck kam, daß die Besatzungen keinen ernsthaften Widerstand geleistet hatten. »In den französischen Zeitungen stand nur, daß ein Engländer verwundet worden ist.«

»Aber sie konnten die Postsäcke im Meer versenken, bevor sie die Flagge strichen?«

»O ja. Bisher ist noch kein einziger Postsack in die Hand des Feindes gefallen.«

»Zumindest ist nichts dergleichen gemeldet worden«, sagte Ramage bissig und bestrich eine Scheibe Toast mit Butter.

»Ihr Ton gefällt mir nicht, Mr. Ramage«, sagte Smith, aber seine Stimme klang unsicher.

»Wir müssen den Tatsachen ins Auge sehen, Mr. Smith. Ein Kommandant der Royal Navy, der bei gutem Wind sein Schiff dem Feind überläßt und nur einen Verwundeten zu beklagen hat, müßte vor dem Kriegsgericht ein paar unangenehme Fragen beantworten.«

»Wie können Sie das behaupten? Sie haben sicher noch keines Ihrer Schiffe dem Feind übergeben.«

»Doch, aber da waren zwei Drittel der Besatzung tot oder verwundet, und das Schiff sank«, entgegnete Ramage kühl. »Möchten Sie noch Tee?«

»Tut mir leid«, sagte Smith zerknirscht. »War das Ihr erstes Kommando?«

»Ich ging als Fünfter Leutnant in den Kampf. Der Kommandant und die übrigen Offiziere fielen, bevor die Schlacht zu Ende war. Ich übernahm das Kommando, weil ich der einzige überlebende Offizier war.«

»Verstehe. Sie glauben also, das Schiff, das vor den Scilly-Inseln verlorenging, hätte kämpfen müssen?«

»Da ich nicht dabei war, kann ich mir kein Urteil erlauben. Aber ich bin sicher, daß es hätte fliehen können. Die Postverwaltung hat den Kommandanten ja befohlen, im Notfall die Flucht zu ergreifen, und da ein starker Ostwind wehte, stand diesem Schiff der ganze Atlantik offen.«

»Ja, das habe ich mir auch schon gedacht«, gab Smith zu.

»Nun, und was hat Ihnen der Kommandant des Postschiffs gestern abend erzählt?«

»Kapitän Stevens sagte, die Überfahrt hätte dreiundvierzig Tage gedauert und sei ereignislos verlaufen. Er sichtete zwei Fregatten südwestlich von den Scilly-Inseln und dann nichts mehr, bis er östlich von Barbados einer britischen Korvette begegnete.«

»Hat er irgendeinen Verdacht?«

Smith schüttelte den Kopf. »Seiner Meinung nach segeln so viele feindliche Freibeuter im Atlantik herum, daß die Postschiffe einfach gekapert werden müssen.«

»Und trotzdem ist er ungehindert durchgekommen und hat nur ein einziges britisches Kriegsschiff gesichtet? Nun, er ist sicher sehr betrübt, weil so viele andere Postschiffe verlorengingen. Die gefangenen Kommandanten und Segelmeister müssen ja seine Freunde gewesen sein.« Ramage winkte den Kellner heran und bestellte noch mehr Kaffee für sich selbst und Tee für den Postmeister. »Kapitän Stevens kann uns also nicht viel helfen.«

»Leider nicht. Haben Sie schon irgendwelche Pläne?«

»Ja, und darüber wollte ich mit Ihnen sprechen. Ich möchte mit dem Postschiff zurückfahren.«

»Das hatte ich erwartet.«

»Und ich brauche drei weitere Kojen – insgesamt also vier.«

»Gut, dann bleiben also noch sechs übrig.«

»Haben sich auch andere Offiziere der Navy für die Überfahrt gemeldet?«

»Nein. Elf Offiziere der Army und neunzehn Pflanzer und Geschäftsmänner.«

»Was sind das für Offiziere?«

»Ein Hauptmann des Einunddreißigsten Infanterieregiments und ein Leutnant vom . . . O Gott, ich kann mich nicht an all die Regimenter erinnern.«

»Könnten Sie dem Offizier, der den besten Eindruck auf Sie macht, eine Koje geben und die anderen Kojen freilassen?«

»Natürlich«, sagte Smith eifrig. »Dann würde ich mich für Captain Wilson von den Einunddreißigern entscheiden. Übrigens, vergessen Sie nicht, daß Sie für Essen und Bettzeug selbst sorgen müssen.«

»Ja, ich weiß, daß Captain Stevens fünfzig Guineen an mir verdient, ohne daß er mir eine einzige Scheibe Brot oder einen Kissenbezug zu geben braucht.« Plötzlich kam Ramage ein Gedanke. »Ich nehme an, daß wir erst bezahlen, wenn wir in Falmouth ankommen?«

»O nein. Ich regle das, bevor das Schiff ausläuft.«

»Warum? Ist das so üblich?«

»Nein. Aber die Kommandanten führten diese Regelung ein, nachdem die ersten Postschiffe gekapert worden waren. Es ist ihnen lieber, wenn das Geld von Handelsschiffen, die in Konvois segeln, nach England gebracht wird. Sie wollen es nicht riskieren, mit ihren Schiffen auch noch den Profit zu verlieren.«

»Natürlich«, sagte Ramage sarkastisch. »Welch weise Voraussicht!« Aber er bereute diese Bemerkung sofort, als er sah, daß Smith verlegen errötete. »Wann sollen die Passagiere an Bord gehen?«

»Wann sollte das Schiff Ihrer Meinung nach auslaufen?« fragte Smith. Und an seinem veränderten Tonfall erkannte Ramage, daß der Postmeister ihn nun als Respektsperson betrachtete.

»Übermorgen mittag. Wäre das möglich?«

»Ja, sicher. Das würde ich auch vorschlagen. Dann hat Kapitän Stevens genügend Zeit, sein Schiff zu verproviantieren.«

»Und er kann seinen Leuten Landurlaub geben«, meinte Ramage beiläufig.

Smith grinste. »Ja. Dann haben sie ein paar Stunden Zeit, ihre Ware loszuwerden. Also«, fragte er, als der Kellner eine Kaffee- und eine Teekanne auf den Tisch stellte, »können Sie mit Ihren Begleitern um neun Uhr morgens an Bord sein?«

»Großartig«, sagte Ramage. Dann würde er noch Zeit finden, das Schiff und seine Besatzung zu inspizieren, bevor es den Hafen verließ. »Wie lange haben die Leute Urlaub?«

»Stevens gibt der Hälfte der Besatzung am ersten Tag für ein paar Stunden frei, die andere Hälfte verbringt die Nacht an Land.«

»Also sind jeweils ein Dutzend Männer an Land. Nun, sie haben ja glücklicherweise Schutzbriefe, können sich sorglos amüsieren und brauchen keine Angst vor Preßgangs zu haben.«

6

Die Königliche Postbrigg *Lady Arabella* schaukelte auf dem Ankerplatz der Postverwaltung. Abends saßen vier Matrosen in einer Bar am
Hafen und beobachteten das Schiff. Sie hatten einen der beiden Tische
in dem schäbigen Saloon an die Stelle gerückt, wo sie die beste Aussicht
hatten, dem Kellner ein großzügiges Trinkgeld gegeben und ihm gesagt, er solle sich erst wieder blicken lassen, wenn sie ihn riefen.

Sie waren die einzigen Gäste. Auch die anderen Bars und Bordelle an
der Harbour Street waren fast leer, aus einem sehr stichhaltigen Grund.
Die vier Matrosen hatten einige Bars besucht und dabei erwähnt, daß
bald eine Preßgang unterwegs sein würde, weil ein Linienschiff soeben
Segelorder erhalten hätte. Die Nachricht verbreitete sich in Windeseile
unter den Matrosen der Handelsschiffe, die im Hafen von Kingston vor
Anker lagen, und sie verschwanden wie Sommernebel bei Sonnenaufgang.

Die einzigen Matrosen, die jetzt noch in den Bars hockten, hatten
Schutzbriefe in den Taschen. Manche Schutzbriefe der Admiralität be-
wahrten ihre Besitzer vor den Preßgangs, weil sie gewisse Jobs hatten.
Zum Beispiel arbeiteten sie als Fährleute. Oder es handelte sich um
dienst- oder kampfunfähige Matrosen. Die Regierung der USA stellte
andere Schutzbriefe aus, die ihre Besitzer zu amerikanischen Bürgern
deklarierten.

Die Admiralität gab solche Dokumente nur selten aus, die amerika-
nische Regierung um so öfter. In allen amerikanischen Häfen händig-
ten die Zollbeamten jedem Mann, der schwor, Amerikaner zu sein,
einen Schutzbrief aus. Niemand konnte verhindern, daß ein Mann in
mehreren Häfen Schutzbriefe sammelte und sie dann zu einem guten
Preis verkaufte. Manche Briten nahmen sogar andere Namen an, wenn
sie dadurch den Preßgangs ein Schnippchen schlagen konnten.

Einer der vier Männer, die an dem Tisch hockten, besaß einen echten
amerikanischen Schutzbrief: Thomas Jackson, ein schlanker Mann mit
bleichem Gesicht und schütterem, sandfarbenem Haar, war vor vierzig
Jahren in Charleston, South Carolina, auf die Welt gekommen, und mit
zwanzig Amerikaner geworden. Das Dokument war längst in der tropischen Hitze vergilbt und voller Stockflecken. Thomas Jackson trug es
nun seit drei Jahren bei sich. Es verhinderte, daß ihn eine Preßgang an
Bord eines britischen Kriegsschiffs schleppte, und garantierte ihm, daß
sich sofort ein amerikanischer Konsul für seine Freilassung einsetzen
würde, wenn er doch einmal widerrechtlich gepreßt wurde. Trotzdem
diente Thomas Jackson seit über drei Jahren in der Royal Navy, meist

als Bootsführer des Kommandanten. Zwei Jahre lang war das Leutnant Ramage gewesen. Obwohl sie verschiedenen Gesellschaftsklassen angehörten und auch unterschiedliche Temperamente besaßen, vereinte sie doch jenes undefinierbare Band zwischen Männern, die denselben Gefahren getrotzt hatten und wußten, daß es eine französische Kanonenkugel nicht kümmerte, ob sie den Kopf eines Grafschaftserben oder eines Hinterwäldlers aus Carolina abriß.

Zwei der anderen Männer, Stafford und Rossi, hatten genauso lange unter Leutnant Ramage gedient. Nur der vierte, ein farbiger Matrose namens William Maxton aus Grenada, war ein Neuling.

Will Stafford, ein echter Cockney, war in der Londoner Bridewell Lane geboren worden. Er war jetzt siebenundzwanzig Jahre alt, ein untersetzter Mann mit rundem, fröhlichem Gesicht und lockigem braunem Haar. Bevor er in die Netze der Navy geraten war, hatte er als Schlosser gearbeitet.

Albert Rossi, von seinen Kameraden Rosy genannt, stammte aus Genua, war zwanzig Jahre alt und sah sehr gut aus mit seinem dichten schwarzen Haar und den feurigen Augen. Wie viele Genueser sprach er gut englisch. Zahlreiche Matrosen aus der italienischen Hafenstadt mußten auf Schiffen anderer Nationen anheuern, da nur wenige unter der Flagge der Republik Genua segelten, die kürzlich von den Franzosen besetzt und in ›Ligurische Republik‹ umgewandelt worden war.

Obwohl die drei eng zusammenhielten, hatten sie Maxton wegen seiner Fröhlichkeit und Intelligenz sofort als einen der Ihren akzeptiert, als er an Bord gekommen war. Ramage hatte erkannt, daß er sich stets auf dieses Quartett verlassen konnte. Wie die meisten Männer der Royal Navy hielten sie nicht der Fahne oder irgendwelchen Idealen die Treue, sondern einem Menschen, den sie respektieren konnten. Es war eine spontane, natürliche Loyalität und nicht jene, die in den trokken formulierten Kriegsartikeln verlangt wurde.

»Jacko«, sagte Stafford plötzlich und blickte über die Schulter, um sich zu vergewissern, daß der Kellner nicht zuhörte, »paß bloß auf, daß ich nüchtern bleibe.« Er wischte sich mit dem Handrücken den Schweiß von der Stirn.

»Mach dir keine Sorgen.«

»Tu' ich aber. Ich mache mir die ganze Zeit Sorgen. Angenommen, diese Jungs vom Postschiff kommen gar nicht an Land?«

»Sie werden kommen«, sagte Jackson im Brustton der Überzeugung. »Du hast doch gesehen, daß die erste Hälfte vor zwanzig Minuten zurück an Bord gegangen ist.«

»Aye, und die meisten waren stockbesoffen. Wenn der Komman-dant nun nicht will, daß sich die anderen auch so besaufen, und ihnen keinen Landurlaub gibt . . .«

»Dann gehen wir an Bord und holen sie. Aber ich bin sicher, daß sie kommen werden. Sie haben noch genug Zeit, ihren zwölfstündigen Landurlaub zu nehmen, bevor die *Arabella* morgen mittag ankerauf geht.«

»Nun, wenn du meinst?« sagte Stafford skeptisch. »Aber wenn wir sie unter den Tisch gesoffen haben . . . Wo ist denn dieser verdammte Presser?«

»Unten, am anderen Ende der Harbour Street. Im Pelikan. Die Kneipe gehört ihm.«

»Können wir ihm trauen?«

»Ja. Er hat nur die Hälfte der Summe bekommen und kriegt die andere erst morgen früh. Wenn er krumme Dinger versucht, wird ihm Maxie den Hals aufschlitzen.«

»Aber wie will er ein Dutzend betrunkener Matrosen hinter Schloß und Riegel bringen?« fragte Stafford.

Jackson seufzte. »Er hat ein Häuschen im Hinterhof, das hat eine drei Zoll dicke Mahagonitür und ein Schloß, so groß wie eine Melone. Wenn wir sie in den Pelikan einladen, sind sie ohnehin schon halb be-trunken, und dann spendieren wir ihnen noch ein paar Gläschen. So-bald sie umfallen, übergeben wir sie dem Presser, und der sperrt sie dann in seine Zelle. Die Tür ist wirklich sehr dick. Die können sich die Seele aus dem Leib schreien – kein Mensch wird sie hören.«

»Und was passiert dann?« fragte Rossi.

»Wir schlafen im Pelikan«, antwortete Jackson, »und unsere ande-ren acht Kameraden kommen mit ihren Seesäcken zu uns. Morgen früh um neun Uhr lungern wir am Kai herum und warten auf Mr. Ra-mages Befehl, an Bord des Postschiffs zu gehen.«

Stafford schüttelte zweifelnd den Kopf. »Ich weiß nicht recht, ob wir uns auf diesen Presser verlassen können.«

»Der tut für Geld alles«, sagte Jackson verächtlich. »Und ich habe Geld. Die zweite Hälfte der Summe bekommt er erst, wenn wir den Pelikan verlassen, um an Bord der *Arabella* zu gehen. Er braucht ja nichts weiter zu tun, als die Zelle verschlossen zu lassen, bis wir am Fort Charles vorbeigesegelt sind. Dann wird er die Leute auf ein Han-delsschiff bringen und von dessen Kapitän Kopfgeld kassieren, bevor sie nüchtern werden. Ich wette, daß er sonst pro Tag zwei Dutzend Mann verkauft, wenn sich ein Konvoi im Hafen formiert.«

»Das ist Kidnapping«, sagte Jackson ruhig, »und es passiert in allen

Häfen der Welt. Die Matrosen werden an die Kapitäne verkauft wie Ware. Wenn ein Matrose seinen Fuß in eine Bar setzt, weiß er, daß ihm die hübschen Damen sein Geld abknöpfen und die Werber ihn verschleppen werden, sobald er betrunken unter dem Tisch liegt. Das ist doch in Genua genauso, nicht wahr?«

»Noch schlimmer«, erwiderte Rossi. »Es gibt dort zu viele Matrosen und zu wenige Schiffe, und man kriegt ein Messer zwischen die Rippen, wenn man betrunken ist und ein bißchen Geld hat.«

»Dann lasse ich mich lieber von einem Werber einlochen«, meinte Stafford. »Aber was wir tun, ist doch ein bißchen irregulär, nicht wahr, Jacko? Wir müssen vorsichtig sein, damit wir Mr. Ramage nicht in Schwierigkeiten bringen.«

»Macht euch keine Sorgen«, sagte Jackson. »Ich habe meine Befehle von Mr. Ramage persönlich – und auch das Geld, um den Werber zu bezahlen und Bier zu kaufen. Vergeßt nicht, daß ihr den Postschiffsmatrosen erzählen müßt, wir hätten ein bißchen Prisengeld bekommen und wollten uns jetzt amüsieren.«

»Ja, und was passiert, wenn wir an Bord der *Arabella* sind? Sollen wir uns anwerben lassen?«

»Mama mia!« rief Rossi verzweifelt. »Du hast heute aber ein dickes Brett vorm Kopf.«

Der Cockney zuckte beschämt mit den Schultern. »Das muß an der Hitze liegen. Ich wollte nur hören, wie die Sache laufen soll. Wieviel Geld hat uns Mr. Ramage denn zum Versaufen gegeben, Jacko?«

»Offiziell hat er uns gar nichts gegeben, und wenn etwas schiefgeht, haben wir ihn nicht mal gesehen, verstanden? Wir kommen von der *Arrogant* und haben Landurlaub.«

»Da ist ein Boot.« Rossi zeigte zur *Lady Arabella.* Ein Boot mit Luggersegel legte vom Schiff ab und näherte sich in rascher Fahrt dem Kai.

»Komm, Jacko!«

»Bleib sitzen, Staff! Es wäre viel zu auffällig, sie schon am Kai zu begrüßen. In fünfzehn Minuten werden wir sie in irgendeiner Bar aufstöbern.«

»Und wenn sie getrennte Wege gehen?«

»Wir werden sie schon finden.«

Aber eine Stunde später kamen vier sehr besorgte Matrosen mit naßgeschwitzten Hemden in den Saloon zurück und bestellten neue Drinks.

»O Gott, was wird Mr. Ramage sagen!« jammerte Stafford.

Rossi schüttelte ungläubig den Kopf.

»Sie haben sich einfach in Luft aufgelöst. Und es wird schon dunkel.«

Jackson blickte nachdenklich vor sich hin. »Ich möchte nur wissen, warum sie diese Taschen bei sich hatten. Das waren keine einfachen Seesäcke, sondern richtige Taschen, und da war was ganz Bestimmtes drin. Hört mal, ich werde zu Mr. Ramage gehen und Bericht erstatten. Er wartet im Royal Albion.«

Nach zehn Minuten kam er zurück.

»Wißt ihr, was in den Taschen war?« rief er verächtlich. »Handelsgüter. Diese Postschiffsmatrosen scheinen gerissene Geschäftsleute zu sein. Sie transportieren Stiefel, Schuhe, Wein und Käse – stellte euch vor, Käse! Dann verkaufen sie das Zeug hier und nehmen Sachen mit nach Hause, die in England schwer zu kriegen sind. Die verkaufen sie dann in Falmouth.«

Am nächsten Morgen saßen Southwick und Bowen bei einer Schachpartie im Spielzimmer des Royal Albion. Der Segelmeister bereute bereits, daß er das Angebot des Arztes, zwei Läufer zu opfern, nicht angenommen hatte. Bowen schüttelte mißbilligend den Kopf. »Auf die Mitte kommt es an, Southwick. Sie müssen immer versuchen, die Mitte des Schachbretts zu beherrschen.«

»Ich weiß«, stieß Southwick hervor. »Das haben Sie mir schon oft genug gesagt. Aber leider ist das leichter gesagt als getan.«

»Freuen Sie sich schon auf unsere Reise?«

»Nicht besonders. Ich sitze nicht gern untätig herum, schon gar nicht an Bord.«

»Überlassen Sie die Sorge um das Schiff ausnahmsweise mal anderen Leuten. Ich freue mich darauf, Mr. Ramages und Ihre Gesellschaft zu genießen, ohne daß ihr beiden abwechselnd davonlauft, um Wache zu gehen.«

»Wenn man es von diesem Standpunkt aus betrachtet, haben wir eine angenehme Seereise vor uns.«

»Aber es gibt noch einen anderen Standpunkt.«

»Ja. Und was das größte Problem ist – wir wissen nicht einmal, wonach wir suchen sollen.«

»Mr. Ramages Methode, die zwölf Tritons an Bord zu schaffen, scheint mir übrigens etwas unorthodox.«

»Er hat keine andere Wahl.« Southwick hob vorsichtig einen Läufer hoch und stellte ihn rasch wieder hin. »Wenn er solche Aufträge bekommt, muß er unorthodox vorgehen. Die Admiralität hat offenbar nicht recht gewußt, ob sie den Job einem Admiral mit einem Geschwader oder einem jungen Kadetten geben soll.«

»Und so hat ihn Mr. Ramage bekommen«, meinte Bowen grinsend. »Das war der goldene Mittelweg.«

»Schach«, sagte Southwick triumphierend.

Bowen blickte auf das Schachbrett, zog mit einem Springer und hob wieder den Kopf. »Die beste Wahl, die Sie treffen konnten . . . Sehen Sie jetzt, was Sie falsch gemacht haben?« Er rollte einen Bauern über das Tischtuch. »Wissen Sie, Southwick, eigentlich müßte Mr. Ramage ein brillanter Schachspieler sein. Im Leben macht er die großartigsten Schachzüge, aber wenn er vor einem Schachbrett sitzt, verliert er.«

»Das ist eine Frage der Konzentration«, sagte Southwick. »Es fördert die Konzentration hervorragend zu wissen, daß man stirbt, wenn man nicht das Richtige tut. Aber wenn er vor einem Schachbrett sitzt, denkt er an tausend andere Dinge, während sich sein Gegner auf den nächsten Zug konzentriert.«

»Vermutlich haben Sie recht. Ich kann jedenfalls nur denken, wenn ich ein Schachbrett vor mir habe.« Bowen zog mit seiner Königin. »Schach – wahrscheinlich sogar Schachmatt. Sehen Sie, Southwick, Sie konzentrieren sich auch nicht.«

»Wie kann ich das, wenn Sie dauernd reden?« rief Southwick verzweifelt. »Aber matt bin ich noch nicht.«

Bowen zeigte auf seinen Springer.

»Oh, verdammt!« sagte Southwick. »Ich hasse die Springer. Ich mag nur gerade Züge, nicht dieses heimtückische Gehopse.« Er sah auf die Uhr. »Oh, es wird Zeit zum Aufbruch.«

Ramage stand in seinem Zimmer und kam sich ohne Uniform sehr seltsam vor. Gut, daß er fast die gleiche Figur wie Yorke hatte. Dessen Rock saß nur etwas knapp um die Schultern, und er mußte sich vorsichtig bewegen, damit keine Naht riß. Außerdem hatte Yorke einen kleineren Brustkorb. Aber der Anzug war maßgeschneidert und sehr geschmackvoll.

Yorke rückte ihm den Binder zurecht. »Sie haben leichte Schlagseite nach Steuerbord.«

»Daran ist Ihr Schneider schuld«, sagte Ramage.

»Wie sollen wir uns verhalten, wenn wir an Bord kommen?«

»Ganz normal. Wir kennen uns. Aber Sie müssen so tun, als hätten Sie die Ex-Tritons noch nie gesehen.«

Yorke grinste. »Ich freue mich, daß die Jungs mitkommen. Schade, daß wir nicht auch die anderen mitnehmen können.«

Es klopfte, und Southwick rief durch die geschlossene Tür: »Bowen und ich gehen jetzt, Sir. Ihre Kutsche wird in ein paar Minuten bereitstehen.«

7

Als Ramage und Yorke an Bord des Königlichen Postschiffs *Lady Arabella* kamen, standen Southwick und Bowen an Deck und unterhielten sich mit einem schmächtigen, blassen Mann. Sobald er die Neuankömmlinge sah, ging er ihnen entgegen. »Gideon Stevens, Gentlemen, Besitzer und Kommandant der *Lady Arabella*. Willkommen an Bord.«

Ramage ahnte, daß Stevens erwartet hatte, ihn in Uniform zu sehen, und nun nicht wußte, welcher der beiden der Leutnant war. Deshalb stellte er Yorke und sich selbst vor.

Stevens' Stimme klang weich und fast einschmeichelnd. »Der Steward wird Ihnen Ihre Kabine zeigen, Gentlemen. Ihr Gepäck kommt in wenigen Minuten an Bord. Ich hoffe, Sie werden sich auf meinem Schiff wohl fühlen.«

Die kleine Kabine, die sich Ramage mit Yorke teilte, war mit dunklem Mahagoni getäfelt und roch muffig. Mindestens einer der früheren Passagiere hatte Zigaretten geraucht, und der penetrante Geruch hing immer noch an den Möbeln. Die Decken auf den Kojen, die Polsterung der beiden Stühle und der Teppich waren dunkelrot – eine dumpfe, deprimierende Farbe.

»Dieses Rot paßt überhaupt nicht zu Mahagoni«, sagte Yorke.

»Aber man sieht darauf den Dreck nicht so deutlich«, meinte Ramage. »Vergessen Sie nicht, daß Captain Stevens in erster Linie an seinen Profit und nicht an das Wohl seiner Passagiere denkt.«

»Sicher steckt er neunundneunzig Prozent vom Fahrpreis ein«, sagte Yorke bissig. »Und warum zum Teufel hat der Steward das Bulleye nicht geöffnet? Die Luft ist ja zum Ersticken.«

Der Salon fungierte gleichzeitig als Speisesaal. Seine Wände waren ebenfalls mit dunklem Mahagoni getäfelt, der lange Eßtisch bestand aus dem gleichen Holz. Ramage und Yorke hatten den Raum soeben besichtigt und festgestellt, daß der Grünspan der Messinglampe auf einen faulen Steward hindeutete, als ein untersetzter junger Heeresoffizier mit rotem Gesicht eintrat. Er blieb vor Yorke stehen und fragte: »Sind Sie Ramage?«

»Nein, das ist dieser Gentleman.«

»Guten Tag. Ich bin Wilson von der Einunddreißigsten Infanterie.« Der blonde Schnurrbart, der seinen Mund fast verdeckte, war um eine Nuance heller als sein schütteres Haar. Ramage fand sein offenes Wesen sympathisch. Nach ein paar Minuten ließ er ihn mit Yorke allein und ging an Deck, wo Southwick in ein Gespräch mit dem Kommandanten vertieft war.

»Ah, Sir«, sagte Southwick, »Mr. Stevens hat mir gerade erzählt, wie sehr er die Briggtakelung schätzt.«

»Sie ist geradezu ideal«, meinte Ramage. Es hatte ihm große Freude bereitet, die Brigg *Triton* zu kommandieren; für einen flüchtigen Moment sah er wieder das Wrack vor sich, wie es am Korallenriff bei Puerto Rico gelegen hatte. Er blickte sich um und fügte hinzu: »Vor allem, wenn die Besatzung klein ist.«

»Da fällt mir ein . . .« Stevens zog seine Uhr hervor. »Ich habe zwölf Männern für die Nacht Urlaub gegeben. Sie hätten schon vor einer halben Stunde an Bord kommen müssen.« Er entschuldigte sich bei Ramage und Southwick, wandte sich ab und rief: »Harry! Den Bootsmann zu mir . . . Ah, da sind Sie ja. Wo sind die Urlauber? Sie haben eine halbe Stunde Verspätung. Oh, verdammt, da ist schon Mr. Smiths Boot mit der Post. Sobald die Säcke im Laderaum verstaut sind, wird er die Besatzung mustern wollen. Harry, gehen Sie an Land und suchen Sie die Leute.« Er drehte sich wieder zu Ramage um. »Ich verstehe das nicht. Ich hatte noch nie Ärger mit meiner Besatzung.«

»Ich habe gehört, daß in der letzten Nacht eine Preßgang die Straßen von Kingston fast leergeräumt hat«, sagte Ramage.

»Aber meine Männer haben Schutzbriefe.«

»Vielleicht hat man sie ihnen gestohlen.«

Ramage sah, wie Stevens die Stirn runzelte. Vermutlich stellte sich der Kommandant vor, wie seine Leute sich mit Rum betranken, sich von Huren oder gerissenen Werbern das Geld und die wertvollen Schutzbriefe abnehmen ließen . . .

»Harry!« rief Stevens. »Bleiben Sie an Bord und kümmern Sie sich um die Post! Ned soll an Land gehen und die Leute suchen.« Dann wandte er sich wieder an Ramage. »Verdammt unangenehm . . . Hoffentlich findet unser Ned die Jungs. Er ist der Sohn des Ersten. He, Fred!«

Ein kleiner, grauhaariger Mann kam heran, und Stevens stellte ihn vor. »Mr. Ramage, das ist unser Erster Offizier Fred Much. Der Vater von unserem Ned.«

Much gab Ramage und Southwick die Hand und sagte dann zu Stevens: »Was machen wir, wenn Ned die Jungs nicht findet?«

»Warten wir, bis er zurückkommt, dann können wir uns immer noch aufregen«, erwiderte Stevens, und Ramage spürte, daß die beiden Männer einander nicht sonderlich sympathisch waren.

Als der stellvertretende Generalpostmeister an Bord kam, führte

Stevens ihn in seine Kajüte. Ramage überlegte, daß der Papierkram, der noch zu erledigen war, sehr umfangreich sein mußte, denn Smith schleppte einen prall gefüllten Beutel unter Deck.

Inzwischen überwachte Fred Much die Männer, die ein Netz am Ladebaum befestigten und damit die Post an Bord hievten. Die schweren Segeltuchsäcke waren mit Stricken zugebunden, die Knoten versiegelt. Sie wurden am Schanzkleid aufgestellt. Als die Bootsbesatzung rief, daß nun der letzte Sack an Bord sei, schickte der Erste einen Jungen zum Kommandanten. Stevens kam mit Smith zurück, der sich die Ladeliste geben ließ. Er studierte sie und ging dann an der Reihe der Postsäcke entlang. Ramage sah, daß jeder Sack eine dreistellige Zahl trug. Offenbar verglich Smith die Zahlen mit denen in der Liste. Schließlich faltete er das Papier zusammen und ging zu Stevens zurück. »Alles in Ordnung, Captain.«

Stevens nickte. »Ich gebe Ihnen gleich die Quittung, Mr. Smith. Fred, lassen Sie die Säcke nach unten bringen und sagen Sie uns Bescheid, wenn alles verstaut ist.«

Als Stevens und der Postmeister wieder in der Kajüte verschwunden waren, sagte Southwick seufzend: »Der Papierkram ist hier offenbar genauso langwierig wie in der Navy.«

»Und die Probleme sind genauso diffizil«, sagte Ramage.

»Sie meinen, weil die Leute nicht pünktlich vom Urlaub zurückkommen, Sir?«

»Ja.« Ramage blinzelte Southwick zu. »Mit diesem Problem müssen wir uns in der Navy doch auch herumschlagen, nicht wahr?«

»Gewiß, Sir. Aber ich hätte den Leuten nicht so kurz vor dem Auslaufen Urlaub gegeben, wenn ich Kommandant wäre. Nicht unter den gegenwärtigen Umständen.«

Der Erste konnte das Gespräch mithören, und Ramage hoffte, daß er Stevens darüber informieren würde. Yorke hatte Ramages verstohlenen Wink gesehen und räusperte sich vernehmlich. »Ja, das war sehr unklug. Ich hätte gute Lust, Stevens meine Meinung zu sagen. Ich verstehe das nicht – wo wir doch so schnell wie möglich segeln müßten . . . Ich bin sicher, daß uns ein französischer Spion bereits beobachtet.«

Die Säcke wurden in den Laderaum verfrachtet, und Ramage hörte, wie sie unter Deck umhergeschleift wurden. Schließlich meldete der Erste dem Kommandanten und dem Postmeister, daß alles verstaut sei. Smith kletterte in den Laderaum hinab, kam nach zwei Minuten an Deck zurück und trug dem Ersten auf, die Luke verschalken zu lassen. Dann ging er wieder in Stevens' Kajüte.

Ramage beobachtete einen Mann, der mit Smith an Bord gekommen war, nun an Deck umherwanderte und in alle Ecken und Winkel spähte. »Das ist der Inspektor«, flüsterte er Southwick zu.

Southwick sah sich den Mann an, der in viel zu weiten Kleidern steckte und einen merkwürdig schlenkernden Gang hatte. »Ich weiß nicht, was er inspizieren will, aber er scheint nicht sehr kompetent zu sein.«

In diesem Augenblick kam Smith zurück an Deck, gefolgt von Stevens. Die beiden waren rot vor Wut, und Smith stieß hervor, ohne den Kommandanten anzusehen: »Sie werden zu Mittag segeln, Sir, ob die Leute nun an Bord sind oder nicht.«

»Aber das geht doch nicht! Wir haben ohnehin kaum genug Männer, um das Schiff bei schlechtem Wetter zu segeln, weil die Lombard Street so verdammt geizig ist. Wie soll ich mit einer Handvoll Leute den Freibeutern entkommen? Ich habe auch keinen Segelmeister, weil der krank im Bett liegt – daheim in Falmouth. Nein, Sir, wir werden nicht auslaufen.«

Ramage wußte, daß nun der Augenblick gekommen war, auf den er gewartet hatte, und schlenderte zu den beiden Männern hinüber. »Mr. Smith, ich möchte mich zwar nicht einmischen, aber vielleicht sind Mr. Stevens Leute desertiert oder einer Preßgang in die Arme gelaufen.«

»Sie sind bestimmt nicht desertiert«, entgegnete Stevens entrüstet. »Wahrscheinlich haben sie sich vollaufen lassen. Aber sie werden sicher noch kommen.«

»Jedenfalls erlaube ich Ihnen nicht, auf die Leute zu warten, Captain«, sagte Smith. »Das würde ich nicht einmal in Friedenszeiten gestatten. Sie wissen, daß ein Postschiff auslaufen muß, sobald die Post an Bord ist. Und unter den derzeitigen Umständen ist es sogar besonders wichtig, daß Sie segeln, bevor die Franzosen erfahren . . .«

»Aber das kann ich doch nicht«, fiel Stevens ihm ins Wort. »Wenn ich zwölf Mann weniger habe, werde ich das Schiff verlieren.«

»Vielleicht kann uns Sir Pilcher Skinner helfen«, sagte Ramage lächelnd.

»Sir Pilcher?« wiederholte Smith. »Wieso – was . . .«

»Er könnte uns zwölf tüchtige Matrosen von einem seiner Kriegsschiffe zur Verfügung stellen, wenn es wirklich so wichtig ist, daß die *Arabella* sofort in See sticht.«

»Nein, das ist unmöglich«, protestierte Stevens. »Ich will keine Leute von der Navy an Bord.«

»Warum nicht?« fragte Smith. »Vielleicht darf ich Sie daran erinnern, daß die Postverwaltung Ihr Schiff gechartert hat? Also bezahlt

Seine Majestät auch die Heuern. Und ich bin Beamter des Königs. Jawohl, Mr. Ramage, das ist eine sehr gute Idee.«

»Dann werde ich an Land gehen und sehen, was sich machen läßt«, sagte Ramage. »Sie brauchen ein Dutzend Männer, nicht wahr?«

Stevens nickte widerstrebend.

Eine halbe Stunde später kam Ramage mit einem Dutzend Matrosen an Bord zurück. Sie nahmen vor Smith Aufstellung. Der Postmeister saß an einem kleinen Tisch auf dem Achterdeck, im Schatten eines Sonnensegels. Die Musterrolle lag vor ihm, daneben stand ein Tintenfaß mit Federkiel. Der Kommandant war verschwunden. Der Postmeister ließ sich die vollen Namen der Männer nennen, Alter und Nationalität, Geburtsort und -datum. Als er die Einzelheiten in die Musterrolle eingetragen hatte, wandte er sich an Ramage. »Brauchen Sie eine Quittung?«

»Nein, das ist nicht nötig.«

»Gut, vielen Dank. Sie haben mir sehr geholfen, Mr. Ramage. Auch Captain Stevens wird Ihnen sicher dankbar sein, wenn er wieder zur Vernunft gekommen ist. Jetzt muß ich noch die übrige Besatzung mustern, dann können Sie segeln.«

Als die Musterung zufriedenstellend verlaufen war und der Inspektor betrübt berichtet hatte, er hätte nichts gefunden, schüttelte Smith dem Kommandanten die Hand. Dann verabschiedete er sich auch von den Passagieren und kletterte in sein Boot hinab.

Stevens wandte sich an den Ersten. »Dann wollen wir mal sehen, was für Galgenvögel uns der Admiral geschickt hat.« Dabei warf er Ramage einen giftigen Blick zu.

Hoffentlich dauerte die Überfahrt nicht allzu lange, dachte Ramage, denn Stevens würde kein angenehmer Gesellschafter sein. Der Mann wirkte sehr unsicher. Benahm er sich so unhöflich, weil er nervös war? Aber warum war er so nervös? Weil die zwölf Matrosen verschwunden waren? Viele Fragen, aber noch keine einzige Antwort ...

Die Besatzung der *Lady Arabella* war zwar eifrig, aber schlecht geschult. Die zwölf *Ex-Tritons* arbeiteten viel schneller als ihre neuen Kameraden, obwohl sie auf einem fremden Schiff waren, und sie hielten den Mund. Nur Southwick wurde unruhig, als ein paar Postschiffsmatrosen über Stevens' Befehl, das Großmarssegel zu setzen, erst ausführlich diskutierten.

Als der Anker gelichtet war und die Brigg den Hafen verließ, hatte Ramage den Eindruck gewonnen, daß Stevens zu nachsichtig war. Er behandelte die Besatzung wie eine große Familie und gab sich als wohlwollender Onkel. Eigentlich hätte eine heitere, entspannte Atmosphäre an Bord herrschen müssen, aber Ramage spürte gewisse Unterströmungen. Er sah die Postschiffsmatrosen Blicke wechseln, sah hier ein schlaues Grinsen, dort ein verächtliches Schulterzucken. Er konnte nicht definieren, was da nicht stimmte, aber er war überzeugt, daß Southwick es ebenfalls bemerkte.

Die Disziplinlosigkeit an Bord wäre fatal, wenn die *Arabella* ein Kriegsschiff gewesen wäre, überlegte Ramage. Während eines Gefechts mußten Befehle sofort befolgt werden, auch wenn man dabei sein Leben riskierte. Falls ein Kommandant zuließ, daß die Besatzung über Befehle diskutierte, würde sie bald nur noch widerstrebend und schließlich überhaupt nicht mehr gehorchen. War das der Grund, warum so viele Postschiffe verlorengingen? Weil die Männer keine Disziplin und somit keine Kampfmoral hatten?

Am Abend schlenderten Yorke, Southwick und Ramage über das Deck, um sich vor dem Dinner noch ein wenig die Beine zu vertreten. Die Sonne verschwand gerade achteraus unter dem Horizont. Im Norden färbten die Schatten, die immer länger wurden, die Berge Jamaikas blaugrau. Die *Arabella* kam gut voran, segelte mit südöstlichem Kurs einem sanften Passat entgegen und ging dann über Stag, um sich dem Land zuzuwenden.

Das Meer wurde ruhig und fast glatt, keine Gischt spritzte mehr am Bug hoch. Die nassen, dunklen Flecken auf den Vorsegeln verschwanden, als das Segeltuch trocknete. Die Brigg hatte vor kurzem noch heftig gestampft, jetzt schaukelte sie sanft dahin.

Wenn sie den Morant Point gerundet hatten, würde kein Land mehr in Sicht kommen, bis sie die Windward Passage zwischen Kuba und Haiti erreichten, deren westlicher Ausgang auf der Karte wie der Kopf eines großen Fisches mit offenem Maul aussah. Dieses Maul schien die Ostspitze von Kuba abbeißen zu wollen. Das Kap Dame Maria bildete die Oberlippe, das Kap Nicolas die untere.

Schweigend gingen die drei Männer übers Deck, machten kehrt, als sie die Heckreling erreichten, und schlenderten nach vorn bis zu den Großmastwanten. Dort drehten sie wieder um und gingen nach achtern. Zwei Männer standen am Ruder, und Much hatte Wache. Captain Stevens saß in seiner Kajüte. Die einzigen Matrosen an Deck, abgesehen vom Ausguckposten, waren die paar Männer, die Much nach oben rief, wenn die *Arabella* über Stag gehen mußte.

Ramage spürte, daß Much bei den Männern nicht beliebt war. Warum? Der Erste gab mit ruhiger, klarer Stimme seine Befehle, brüllte die Leute niemals an, und Ramage konnte nicht verstehen, warum sie ihn ablehnten.

Als die Sonne untergegangen war, wurde es kühl, und Ramage wußte, daß Much in einer halben Stunde die Segel für auffrischenden Wind trimmen lassen mußte.

»Ah, da ist Mr. Wilson!« rief Yorke, als der Infanterieoffizier an Deck kam. »Wollen Sie mit uns promenieren?«

»Mit Vergnügen. Eine Meile vor dem Dinner, das ist mein Prinzip, damit ich nicht zu dick werde.«

»Warum begnügen Sie sich nicht mit einer halben Meile und essen dafür nur die Hälfte?« fragte Ramage.

»Vielen Dank für den Vorschlag, aber das würde nicht klappen.«

Ramage war ein wenig erstaunt, weil Wilson die scherzhaft gemeinte Bemerkung ernst nahm.

»Mit dem Essen habe ich keine Probleme«, fuhr Wilson fort, »aber dafür habe ich eine unselige Leidenschaft für Bier. Ich trinke zuviel davon und werde fett. Nicht betrunken, wissen Sie – nur fett.«

»Sie Ärmster!« sagte Yorke voller Mitgefühl. »Haben Sie schon mal versucht, das Bier zu verdünnen?«

»Schmeckt widerlich, alter Junge. Ich habe schon alles mögliche versucht. Am angenehmsten ist noch, eine Meile zu laufen.« Eine Weile ging Wilson schweigend neben den drei Männern her, dann fragte er unvermittelt: »Wann werden wir auf die Franzosen treffen?«

Yorke warf Ramage einen Blick zu. Dieser sagte: »Das kann uns jeden Augenblick passieren.«

»Ja, mit Sicherheit – nach allem, was ich gehört habe.«

»Was haben Sie denn gehört?« fragte Ramage höflich.

»Daß die Postverwaltung drei von vier Schiffen verliert und daß kaum mehr Post über den Atlantik kommt. Mein Colonel hat gesagt, daß er keine Berichte mehr an den Generalstab in Whitehall schicken kann, und er bekommt auch keine Befehle von dort. Sicher geht es im Kriegsministerium drunter und drüber.«

Ramage hatte plötzlich eine Idee. »Hoffentlich sind Sie bereit zum Kampf, wenn die Franzosen angreifen.«

»Ja, natürlich. Ich habe sogar meine eigenen Patronen und Pulverbeutel mitgebracht.«

»Gut.«

»Eine verdammt kurze Meile war das«, meinte Wilson. »Meine ist viel länger. Wir sehen uns beim Essen.«

»Das war brillant«, sagte Ramage in ihrer Kabine.

»Was für ein gräßlicher Langweiler!« Yorke seufzte. »Aber wahrscheinlich ist er ein guter Soldat.«

»Er könnte nützlich werden. Ich überlege, ob ich ihn einweihen soll.«

»Die Mühe würde ich mir nicht machen. Warten Sie einfach, bis etwas passiert. Er braucht nur zehn Sekunden, dann hat er alles begriffen und ist gefechtsbereit. Ausführliche Erklärungen würden ihm nur Angst machen, und knappe würden ihn verwirren.« Als Ramage eine Schublade öffnete, um ein frischgewaschenes Hemd herauszunehmen, fragte Yorke: »Glauben Sie, daß Smith seinem Vorgesetzten von den Tritons berichten wird?«

Ramage zuckte mit den Schultern. »Deshalb lasse ich mir keine grauen Haare wachsen.«

»Natürlich nicht. Aber was haben Sie Sir Pilcher gesagt?«

»Nur, daß ich ein paar Männer brauche. Er war bereit, mir einige Ex-Tritons zu geben. Etwas später sagte er, ich könne die Männer auf dem Postschiff einsetzen, wenn der Postmeister damit einverstanden sei.«

»Und . . . ?«

»Und als ein Dutzend Postschiffsmatrosen ihren Urlaub überzogen hatten, schlug ich dem Postmeister vor, ein Dutzend Matrosen von der Navy an Bord zu holen.«

»Wieso waren Sie so sicher, daß die Postschiffsmatrosen ihren Urlaub verlängern würden?«

»Matrosen betrinken sich dann und wann.«

»Seltsam, daß Jackson und seine Leute schon am Kai gewartet haben . . .«

Ramage blinzelte verwirrt. »Wieso wissen Sie das? Das konnten Sie von Deck doch gar nicht sehen.«

Yorke brach in schallendes Gelächter aus. »Sie haben also doch ein schlechtes Gewissen! Ich habe nur geraten, aber Sie sind drauf reingefallen.«

Ramage begann, seinen Binder aufzuknoten. »Erschrecken Sie mich doch nicht so! Meine Nerven sind nicht die besten.«

Yorke legte ihm eine Hand auf die Schulter, sein Gesicht war wieder ernst. »Sie riskieren manchmal verdammt viel, und Sie können froh sein, daß Sie Männer wie Jackson und Southwick haben. Und Stafford und Rossi und Maxton und Bowen . . . Wissen Sie, daß diese Leute alles für Sie tun würden?«

Ramage hob verlegen die Schultern. »Das nehme ich an. Ich habe noch nie darüber nachgedacht.«

»Das sollten Sie aber tun.« Plötzlich klang Yorkes Stimme heiser. »Für den Fall, daß Sie eines Tages zuviel von ihnen verlangen.«

»Sie haben ein halbes Dutzend mal ihr Leben für mich riskiert. Mehr kann man nicht verlangen.«

»Sie irren sich. Man kann noch mehr verlangen – zum Beispiel, wenn man einen ehrlichen Mann auffordert, einen Meineid zu schwören.«

Als sie ein paar Minuten nach dem Gong in den Salon gingen, hatten sich Bowen, Southwick und Wilson bereits eingefunden. Der Tisch war nur für fünf Personen gedeckt, weil Mr. Much Wache hatte. Mr. Farrell, der Arzt, lag angeblich krank in seiner Koje. Und Captain Stevens zog es vor, allein in seiner Kajüte zu essen.

8

Als die *Arabella* die Kap-Nicolas-Mole anlief, wo sie Station machen würde, bevor sie in den Atlantik hinaussegelte, ankerte eine Fregatte im Hafen. Während die Post an Bord gebracht wurde, ließ sich Captain Stevens zu der Fregatte rudern. Eine halbe Stunde später kam er zurück und verkündete, sie hätte in der Windward Passage zwei Wochen lang patrouilliert und sei bis Great Inagua gesegelt, ohne ein einziges Kaperschiff zu sichten. Natürlich würden sich wie üblich ein paar Ruderboote in Küstennähe herumtreiben, die auf Flaute warteten, um fette Prisen zu schnappen; also müßte man um guten Wind beten.

Schon drei Stunden nach der Ankunft im Hafen segelte das Postschiff durch die Windward Passage, um die Insel Great Inagua zu passieren, bevor es den offenen Atlantik erreichte. Stevens wählte die schwierige Crooked-Island-Passage, statt die Caicos-Passage in Angriff zu nehmen, wo man sich dem Passat oft genau entgegenstemmen mußte.

Das Postschiff segelte im Zickzack einer frischen Brise entgegen, die aus einem strahlend blauen Himmel herabwehte. Das tiefe Malvenviolett des Ozeans ging in Küstennähe in ein helles Blau über, bevor es sich über felsigem Boden in ein dunkles Grün verwandelte oder in ein lichteres über sandigem Grund. Braune Flecken warnten vor Felsen, die nur einen Faden tief unter Wasser lagen, und ein gelber Schimmer zeigte an, wo man Korallenriffe umsegeln mußte.

Fliegende Fische schossen wie Silberpfeile über das Wasser. Pelikane ließen sich in kleinen Sandbuchten von der Sonne trocknen, bekamen es mit der Angst zu tun, als sie das Postschiff sahen, watschelten mit ihren plumpen Beinen den Strand entlang und erhoben sich dann in die Lüfte. Die von Riffen gesäumten Inseln bildeten eine große Bucht aus sanft gewellten Hügeln, auf denen so viele aromatische Kräuter wuchsen, daß Kolumbus von den ›duftenden Inseln‹ gesprochen hatte.

Bald würde die letzte der Bahama-Inseln hinter dem Horizont verschwinden, und alle an Bord der *Arabella* wußten, daß sie erst wieder Land sehen würden, wenn das Postschiff den Eingang des Ärmelkanals erreichte.

Die zwölf Tritons begannen sich heimisch zu fühlen. Die Postschiffsmatrosen hatten sich anfangs geärgert, weil ein Dutzend ihrer Kameraden in Kingston zurückgeblieben war. Aber nun ließ dieser Ärger nach, oder er richtete sich wieder gegen Captain Stevens und den Ersten Offizier.

Am fünften Tag, nachdem die *Arabella* die Kap-Nicolas-Mole verlassen hatte, saßen Jackson, Stafford und Rossi mit einem Postschiffsmatrosen auf dem Vordeck.

»Du kommst aus London«, sagte Stafford.

Der Mann grinste. »Aus Islington. Mein Dad zog mit mir nach Falmouth, als ich noch ein kleiner Junge war.«

»Das dachte ich mir. Siehst du, Jacko, ich habe seinen Akzent sofort erkannt.«

»Ich auch«, sagte Jackson. »Wie gefällt es dir in Falmouth, Eames?«

»Ganz gut. Wenn ein Postschiff ankommt oder abfährt, habe ich eine Menge zu tun, aber sonst führe ich ein geruhsames Leben.«

»Wie lange bist du schon auf dieser Brigg?«

»Das ist meine erste Fahrt. Ich lasse mich immer wieder von anderen Kommandanten anwerben.«

Die Vorstellung, ein Schiff nach Belieben zu wechseln, erschien den Matrosen der Royal Navy sehr seltsam.

»So etwas!« rief Stafford aus. »Warum bleibst du denn nicht auf einem Schiff?«

»Weil ich auf diese Weise pro Jahr viermal nach Jamaika und wieder zurück fahren kann. Die *Arabella* macht die Fahrt nur dreimal im Jahr, weil sie dazwischen immer ins Dock muß.«

»Bekommst du denn kein Geld, wenn sie im Dock liegt?« fragte Jackson erstaunt.

Eames wich seinem Blick aus. »Das schon . . . Aber ich fühle mich wohl in den Tropen.« Er kicherte. »Und unter der heißen Sonne wächst das Geld sehr schnell.«

»Meins nicht«, sagte Jackson verwirrt.

»Weil du nicht weißt, was du anbauen mußt. Und wo man die üppigsten Früchte ernten kann.«

»Ich bin Seemann und kein Bauer.«

»Ja, das ist ein großer Unterschied«, meinte Eames.

Als Much die Leute auf ihre Posten beorderte, fand Jackson keine Zeit mehr, um weitere Fragen zu stellen. Und als Stafford etwas später seinem Unwillen Ausdruck gab, sagte Jackson gelassen: »Wir wollen nichts überstürzen. Wir haben noch einen Monat Zeit.«

Während sich Jackson und Stafford mit dem Postschiffsmatrosen unterhielten, besuchte Ramage zum erstenmal den Kommandanten in dessen Kajüte. Sie waren sich ein paarmal an Deck begegnet und hatten sich über das Wetter unterhalten. Ansonsten hatte Stevens die Passagiere ignoriert. Erst am fünften Tag, nachdem sie die Kap-Nicolas-Mole verlassen hatten, lud er Ramage zu einem Drink ein.

»Verzeihen Sie, daß ich Sie nicht früher zu mir gebeten habe«, sagte er und wies auf ein kleines Sofa, das dwars vor einem Schott stand. »Warten Sie, ich rücke die eine Kiste weg, dann haben Sie mehr Platz für Ihre Beine.«

Da Stevens die eine der beiden kleinen Kisten mit den rostigen Nägeln mühelos beiseite schob, nahm Ramage an, daß ihr Inhalt leicht war. Als hätte er diese Gedanken erraten, erklärte Stevens: »Tabak – ein sehr gutes Gewächs aus Jamaika. Ich nehme immer ein paar Pfund für meine Freunde mit. In den Laderaum kann ich die Kiste nicht stellen, sonst würde der Tabak den Geruch des Bilgenwassers annehmen.« Er öffnete ein Schränkchen, in dem mehrere Flaschen in einem Gestell steckten. »Was möchten Sie trinken? Whisky, Rum oder Gin? Ich habe auch ein paar frische Zitronen.«

Als Stevens die Gläser vollgegossen hatte, lehnte er sich in seinem Stuhl zurück. »Ich habe mich bereits entschuldigt, weil ich Sie nicht früher eingeladen habe. Aber ich bin immer schrecklich nervös, wenn wir durch die Windward Passage segeln. Früher brauchte man sich wenigstens nur wegen der unsteten Winde aufzuregen, aber seit die vielen Freibeuter zwischen den Inseln kreuzen . . .« Er seufzte tief auf.

»Wir hatten großes Glück.«

»Ja, in der Tat. Ich kann mich nicht erinnern, wann ich das letztemal durch die Windward Passage gefahren bin, ohne ein Segel zu sichten und die Flucht ergreifen zu müssen.«

»Waren es immer französische Freibeuter?«

»Das weiß ich nicht. Ich habe mich nicht damit aufgehalten, das herauszufinden.«

»Wie ich gehört habe, ist man in Falmouth ziemlich verzweifelt.«

»Aye, wir haben ein katastrophales Jahr hinter uns.«

»Aber Sie hatten bisher Glück.«

»Das kommt darauf an, was Sie unter Glück verstehen. Ich bin zweimal in drei Jahren geschnappt worden.«

»Aber . . .« Ramage blickte sich mit hochgezogenen Brauen in der Kajüte um.

Stevens lächelte geduldig. »Das erstemal haben die Franzosen die Besatzung und mich gegen französische Gefangene ausgetauscht. Ein Beamter in Falmouth charterte ein Schiff für mich, während ich ein neues bauen ließ. Gegen Ende der dritten Fahrt mit dem gecharterten Schiff wurde ich zum zweitenmal geschnappt und wieder ausgetauscht. Danach wartete ich, bis mein neues Schiff fertig war – die *Lady Arabella*.«

»Eine sehr hübsche Brigg.«

»Wie man's nimmt. Während ich in Gefangenschaft saß, haben sie in der Werft schlechtes Holz dazwischengeschmuggelt.« Er nahm einen Schluck Rum und sah Ramage bittend an. »Aber erzählen Sie das niemandem, sonst zwingt mich der Inspektor in Falmouth zu einer kostspieligen Reparatur.«

»Der Schaden ist doch sicher nicht sehr groß?«

»Nein. An manchen Stellen ist das Holz eben ein bißchen weich, das ist alles.« Stevens stellte sein Glas mit Nachdruck auf den Tisch, womit er offenbar andeuten wollte, daß er zu diesem Thema nicht mehr zu sagen hatte.

»Hatten Sie während der letzten drei Jahre immer dieselbe Besatzung?«

»Fast dieselbe. Mr. Much und Dr. Farrell sind mir treu geblieben, auch der Segelmeister, der diesmal aus Gesundheitsgründen daheimbleiben mußte, und der Bootsmann. Allerdings muß ich gelegentlich neue Matrosen anheuern.«

»Sie hatten Glück, daß Sie immer alle zusammen ausgetauscht wurden. Und so schnell.«

»Ja. Die Franzosen wissen, daß wir nicht kämpfen – wie die Navy.«

»Wurden Sie beide Male während der Rückfahrt gefangengenommen?«

»Ja, etwa vierhundert Meilen vom Land entfernt.«

»Behandeln die Franzosen ihre Gefangenen gut?«

»Ich kann mich nicht beklagen. Ich bin niemals über Verdun hinausgekommen. Dort befindet sich das größte Gefangenenlager. Sie haben mich sogar auf Ehrenwort entlassen. Ich habe beide Male bei derselben Familie gewohnt.«

»Werden alle Postschiffsbesatzungen nach Verdun geschickt?«

Stevens nickte. »Wir werden viel besser behandelt als die Gefangenen von den Handelsschiffen. Ich habe gehört, daß die armen Kerle drei bis fünf Jahre in Verdun festsitzen. Das letztemal traf ich fünf Postschiffskommandanten. Wir wurden alle zusammen ausgetauscht.«

»Mußten Sie den Franzosen ein Lösegeld zahlen?«

Stevens schüttelte den Kopf. »Zumindest nicht ich persönlich. Vielleicht mußte die Postverwaltung was bezahlen.«

Ramage bekam einen Krampf im Bein, aber weil ihm die zweite Kiste im Weg stand, konnte er es nicht ausstrecken. Stevens sprang auf. »Warten Sie, ich rücke die Kiste weg.«

Während Ramage sich die verkrampften Muskeln rieb, stellte er fest, daß die zweite Kiste viel schwerer war als die erste. Stevens ächzte und stöhnte, als er sie mit hochrotem Gesicht zur Seite schob. »Da drin sind auch ein paar Geschenke für meine Freunde«, erklärte er, als er sich wieder gesetzt hatte. Weil er sich dazu anscheinend nicht näher äußern wollte, griff er nach Ramages halbvollem Glas. »Das sieht schon so abgestanden aus. Ich gieße ein bißchen frischen Rum dazu.«

Von diesem Augenblick an sprach Stevens nur mehr von der Karibik, und Ramage ahnte, daß er an diesem Abend nichts Wesentliches mehr erfahren würde.

Bowen hatte den Schiffsarzt der *Arabella* dazu überredet, mit ihm im Salon Schach zu spielen. Yorke und Southwick sahen zu. Schon nach fünf Zügen war zu erkennen, daß Bowen endlich einen ebenbürtigen Gegner gefunden hatte.

»Spielen Sie oft?« fragte er.

Farrell schüttelte den Kopf. »Das letztemal habe ich im Gefängnis gespielt – bei den Franzosen.«

»Oh, Sie waren Kriegsgefangener?« rief Southwick interessiert.

»Ja. Aber die meiste Zeit war ich auf Ehrenwort frei.«

»War es sehr schlimm?« fragte Yorke mitfühlend.

Farrell rückte einen Bauer um ein Feld nach vorn. »In Verdun war es gar nicht so übel. Aber in anderen Gefangenenlagern soll es gräßlich sein.«

»Wie lange hat es gedauert, bis Sie ausgetauscht wurden?«

»Das erstemal sechs Wochen, das zweitemal neun.«

»Oh – Sie wurden zweimal gefangengenommen?«

»Ja, beide Male zusammen mit Captain Stevens.«

»Hatten Sie viele Tote und Verletzte, wenn die Freibeuter angriffen?« fragte Bowen aus scheinbar professionellem Interesse.

Farrell schüttelte den Kopf. »Sie sind dran. Wir haben wochenlang Zeit, um Schach zu spielen und uns zu unterhalten. Warum müssen wir beides zugleich tun?«

Am späten Abend saßen Yorke und Ramage auf ihren Kojen und verglichen ihre Notizen. Als Ramage berichtete, Stevens sei zweimal gefangengenommen worden, sagte Yorke: »Der Schiffsarzt war beide Male dabei. Ich glaube nicht, daß sie viele Tote und Verwundete zu beklagen hatten. Farrell gab eine ausweichende Antwort, als Bowen ihn danach fragte.«

»Ich habe das Gefühl, daß der Prozeß immer wieder der gleiche ist: Gefangennahme, Austausch, neues Schiff... Ein Glück, daß die Franzosen immer die ganze Besatzung austauschen und nicht einzelne Männer.«

»Ist das so üblich?« fragte Yorke.

»Anscheinend – was die Postschiffsbesatzungen betrifft. Für die Navy gelten andere Regeln: Ein britischer Lieutenant wird gegen einen französischen ausgetauscht, und so weiter.«

Yorke rieb sich das Kinn. »Wir sind immer noch genauso schlau wie an dem Tag, als wir Kingston verlassen haben.«

»Ich habe auch nichts anderes erwartet«, sagte Ramage. »Wir werden nichts Wichtiges erfahren, solange sich kein Kaperschiff zeigt.«

»Da fällt mir ein – ich habe nicht die leiseste Ahnung, ob die Franzosen auch Passagiere austauschen. Allmählich bereue ich es, daß ich so leichtsinnig mitgesegelt bin. Ich hätte lieber auf den nächsten Konvoi warten sollen.«

»Da hätten Sie neun Wochen warten müssen.«

»Ich langweile mich lieber in Kingston als in einem französischen Gefängnis.«

»Kopf hoch! In den nächsten zwei bis drei Wochen brauchen Sie keine Angst vor Freibeutern zu haben.«

»Das hätten Sie mir früher sagen sollen. Seit die Bahamas achteraus verschwunden sind, kann ich nicht mehr ruhig schlafen.«

»Tut mir leid. Ich bin eben erst darauf gekommen.«

»Auf was?«

»Daß die meisten Postschiffe erst gegen Ende der Fahrt gekapert werden.«

»Wie können Sie das wissen? Wir hatten das nur vermutet, obwohl Lord Auckland vergessen hat, es zu erwähnen.«

»Stevens wurde beide Male auf der Rückfahrt geschnappt, nach Verdun gebracht und auf Ehrenwort freigelassen. Das letztemal traf er dort fünf andere Postschiffskommandanten. Offenbar werden sie alle nach Verdun geschickt. Wenn die Postschiffe in der Nähe der Karibik gekapert würden, müßten die Gefangenen nach Guadeloupe gebracht werden.«

Sie legten sich in ihre Kojen, und Ramage wurde von tiefen Depressionen erfaßt. Obwohl er sich Yorke gegenüber so zuversichtlich gegeben hatte, gestand er sich jetzt ein, daß er gehofft hatte, an Bord der *Arabella* wichtige Informationen zu erhalten. Warum hatte Stevens immer wieder ausweichende Antworten gegeben? Schämte er sich aus irgendeinem Grund? Hatte er Angst, zuviel zu sagen, ein dunkles Geheimnis zu verraten?

Es klopfte leise an der Tür. Ramage sprang aus dem Bett und drehte am Türknauf.

»Hier ist Jackson, Sir«, wisperte eine heisere Stimme.

»Herein mit Ihnen! Ich dachte schon, Sie würden nicht mehr kommen.«

Der Amerikaner schloß leise die Tür hinter sich. »Mr. Yorke ist noch wach . . .«

»Machen Sie sich deshalb keine Sorgen«, fiel ihm Ramage ins Wort. »Ich habe gerade mit Mr. Yorke über unser Problem gesprochen. Haben Sie . . .«

»Leider habe ich nichts Wesentliches zu berichten. Nur ein oder zwei merkwürdige Dinge sind mir aufgefallen.«

»Heraus mit der Sprache.«

»Die meisten Männer arbeiten immer auf demselben Schiff. Aber obwohl jedes Postschiff dreimal im Jahr nach Jamaika und wieder zurück segelt, wechseln einige Leute die Schiffe, um eine zusätzliche Fahrt machen zu können.«

»Warum?« fragte Ramage.

»Das habe ich noch nicht herausgefunden, Sir. Der Bursche, mit dem ich sprach, tat sehr geheimnisvoll. Aber ich glaube, daß es um eine schöne Stange Geld geht.«

»Privatfracht«, warf Yorke ein. »Je mehr man transportiert, desto mehr kann man verkaufen.«

»Fracht!« rief Jackson und war sichtlich wütend auf sich selbst. »Das muß der Kerl gemeint haben, als er sagte, daß das Geld unter der tropischen Sonne so prächtig gedeiht.«

Langsam segelte die *Arabella* nach Nordosten. Regelmäßig wurde das Stundenglas umgedreht, zweimal täglich wurde geloggt, zurückgelegte Strecke und Kurs notiert. Stevens machte aus den Mittagsmessungen immer ein großes Ritual, anscheinend um die Passagiere zu beeindrucken. Die *Arabella* überquerte den Wendekreis des Krebses, der die nördliche Grenze der Tropen markierte, und mit jedem Tag sank die Temperatur fast unmerklich. Ramage hatte seit Beginn der Reise nackt in seiner Koje geschlafen, aber eines Nachts mußte er sich mit einem Leintuch zudecken, und ein paar Nächte später brauchte er noch eine Decke. Am folgenden Tag wurde das Sonnensegel, das Stevens' Achterdeck vor der sengenden Tropensonne geschützt hatte, heruntergeholt, zusammengerollt und weggestaut.

Nur der Speiseplan änderte sich nicht. Der Proviant, mit dem sich die Passagiere selbst versorgten, war nicht sehr abwechslungsreich, denn man hatte keine Zeit gefunden, sich vor dem Auslaufen nach besonderen Delikatessen umzusehen. Und der Schiffskoch war weder geschickt noch einfallsreich genug, um aus den stets gleichbleibenden Nahrungsmitteln verlockende Gerichte zu zaubern. Die Orangen und Zitronen verschrumpelten zwar allmählich, waren nach zwei Wochen aber immer noch recht saftig. Und die grünen Bananen begannen zu reifen.

Wie die Früchte, so reifte auch der Schachwettkampf zur Vollendung heran. Das Spiel mit einem ebenbürtigen Gegner hatte Bowens Schachverstand geschärft. Jetzt mußte Farrell immer härter um seine Siege kämpfen, und er verlor immer öfter. Bowen wandte sich wieder seinem alten Schachpartner Southwick zu, und Farrell ging häufig seine eigenen Wege. Es war schwierig festzustellen, ob er sich ausschloß oder ob die Passagiere ihn mieden, aber der Grund war einfach genug: er war ein schlechter Verlierer.

Jedesmal, wenn Bowen ihn mattsetzte, erklärte Farrell eine Stunde lang, warum er diesen oder jenen Zug gemacht hatte, und kam dann zu dem Schluß, daß er nur verloren haben konnte, weil Bowen gemogelt und die Figuren verrückt hatte.

Das Benehmen des Mannes war unerklärlich, denn Ramage konnte sich nicht vorstellen, daß ein vernünftiger Mensch ein Spiel so ernst nahm. Er bemerkte Yorke gegenüber, daß das Schachspiel allmählich zu einem harten Geschäft werden könnte, wenn man sich Farrells Denkungsart zu eigen machte. Yorke erwiderte, in diesem Fall hätte Farrell einen Fehlschlag erlitten, denn Bowen hätte sich trotz mehrfacher Aufforderung standhaft geweigert, um Geld zu spielen. Farrells Enttäuschung darüber war offensichtlich gewesen – zumindest am Anfang, bis Bowen sich seinem schwierigen Gegner angepaßt hatte und mehr Siege als unentschiedene oder verlorene Partien zu verzeichnen hatte.

Ramage nutzte die untätigen Tage, um die Charaktereigenschaften seiner Reisegefährten zu studieren. Stevens war in dieser Beziehung kein ergiebiges Forschungsobjekt. Er war ein verschlossener, in sich gekehrter Mensch, der ein kleines Vermögen gemacht und die Welt danach in zwei Teile zerlegt hatte – in den Teil, der ihm weiteren Profit einbrachte, und in den, der ihn Geld kostete.

Die See, Schiffe und Seemannschaft interessierten Stevens nur am Rande, er überließ den Großteil seiner Pflichten dem Ersten. Der Kommandant schien nur selten eine spontane Entscheidung zu treffen, an der man den wahren Seemann hätte erkennen können. Wenn er zum Beispiel befahl, die Segel zu reffen, schien er in seiner Erinnerung nach Präzedenzfällen zu kramen, wo ähnliche Befehle erforderlich gewesen waren. Yorke kleidete den Eindruck, den er von Stevens gewonnen hatte, schließlich in Worte: »Er ist ein Gierschlund, der schon vor Jahren festgestellt hat, daß man am schnellsten und leichtesten zu Geld kommt, wenn man ein Postschiff kommandiert.«

Ned, der Sohn des Ersten, war der Typ Seemann, den Ramage bei erster Gelegenheit abgeschoben hätte. Er war klein und schmächtig. Die Augen in dem schmalen, langen Gesicht standen eng beieinander: zwei kleine braune Knopfaugen, die meist unruhig umherirrten. Vielleicht lag es an seiner Lippenform, aber Ramage hatte immer das Gefühl, daß der Junge hämisch grinste, als wisse er ein diffamierendes Geheimnis über den jeweiligen Gesprächspartner. Immerhin zählte er zu den nützlichsten Mitgliedern der Besatzung, denn er besaß fast ebenso fundierte nautische Kenntnisse wie sein Vater.

Der Erste war ein einsamer Mann, der in seiner privaten Welt lebte – in einer Welt, die vom Rumpf, von den Segeln, Masten und Spieren der *Arabella* bestimmt und gelegentlich von Ned erhellt wurde. Es war schwierig festzustellen, in welcher Beziehung der Kommandant zu ihm stand. Ramage hatte mehrmals beobachtet, wie Stevens seinen Ersten mit Verwirrung oder Ehrfurcht, Angst oder Respekt betrachtete. Noch schwerer war zu erkennen, wie Much zu Captain Stevens stand, weil er kaum ein Wort von sich gab. Aber Ramage und Yorke waren einhellig der Meinung, daß der Erste den Captain verachtete. Vielleicht hatte Stevens ein dunkles Geheimnis, das Much kannte und mißbilligte, wogegen er aber nichts unternehmen konnte.

Genauso, wie die Welt des Ersten aus der *Arabella* bestand, war Captain Wilsons ganze Welt die Army. Jede seiner Bemerkungen war mit militärischen Ausdrücken gespickt. Entfernungen maß er in Schußweiten, und wenn er an Deck ging, um frische Luft zu schnappen, machte er einen Ausfall. Da der Captain mit dem blonden Schnurrbart nur über einen begrenzten Verstand verfügte, sah er alle Probleme in dem gleichen täuschend einfachen Licht, wie er es anhand seines Exerzierbuchs gelernt hatte: Wenn sich der Feind hinter einem Hügel verschanzte, mußte man den Hügel umgehen.

Als die *Arabella* die Tropen hinter sich gelassen hatte, geriet sie in wechselhafte Winde und mußte zwei- oder dreimal pro Stunde über Stag gehen, um nicht zurück zu den Bahamas getrieben zu werden.

Danach segelte sie durch einen heftigen Sturm, und es wurde spürbar kälter. Der Sturm dauerte fünf Tage, und die fünf Passagiere verbrachten die meiste Zeit im Salon beim Karten- oder Schachspiel. Oder sie lagen in ihren Kojen und lasen, eingewickelt in Decken und Kissen, um auf dem hart arbeitenden Schiff nicht gegen Ecken und Kanten zu prallen.

Am Nachmittag des fünften Tages begannen sich die Wolken aufzulösen und der Wind ließ nach. Yorke legte sein Buch beiseite und setzte sich in seiner Koje auf. »Sie machen sich gar keine Sorgen mehr wegen der Freibeuter?«

»Ich habe ein bißchen Urlaub genommen«, erwiderte Ramage. »In zwei Tagen beginnt ja ohnehin wieder der Ernst des Lebens.«

»Warum ausgerechnet in zwei Tagen?«

»Weil wir dann nach den Freibeutern Ausschau halten müssen.«

»In zwei Tagen«, sagte Yorke gedehnt. »Nicht in einem Tag oder in sechs Tagen, sondern in zwei Tagen. Ich bewundere Ihre Präzision.«

Ramage grinste. »Ich besitze ziemlich genaue geographische Kenntnisse. Und ich nehme an, daß die Mehrzahl der Freibeuter aus St. Malo, Rochefort, Barfleur und ähnlichen Häfen nicht weiter als sechshundert Meilen ins Meer hinaussegelt.«

»Woher haben Sie diese magische Zahl?«

»Nun, jede Prise, die sie kapern, muß von einer kleinen Prisenbesatzung nach Frankreich gebracht werden, und dabei muß sie britischen Kaperschiffen und Patrouillen ausweichen. Wenn die Franzosen Glück haben, schaffen sie durchschnittlich fünf Knoten. Sechshundert Meilen sind fünf Tage Fahrt, das scheint mir mehr als genug.«

Yorke nickte zufrieden. »Freut mich, daß Sie wie ein Freibeuter denken.«

»Ich wünschte, ich könnte es. Dann hätten wir bessere Chancen, ungeschoren davonzukommen.«

»Jetzt, da wir schon fast einen Monat an Bord sind, könnten Sie mir eigentlich eine Frage beantworten. Finden Sie immer noch, daß Ihre Methode, den Auftrag auszuführen, die einzig wahre ist?«

Ramage schnitt eine Grimasse. Er hatte manche schlaflose Stunde in seiner Koje damit verbracht, eine Antwort auf diese Frage zu finden. »Es ist noch zu früh, das zu sagen – oder schon zu spät. Fragen Sie mich noch einmal, wenn wir in Falmouth vor Anker gehen.«

»Ich kann Ihre Gefühle nachempfinden«, sagte Yorke wehmütig.

»Seit wir den Hafen von Kingston verlassen haben, sind wir nicht viel schlauer geworden«, gab Ramage zu. »Aber im Grunde bin ich immer noch überzeugt, daß wir dem Rätsel nur an Bord eines Postschiffs auf die Spur kommen können.«

»Ich weiß nicht recht . . . Wenn ein Kaperschiff ein Postschiff erobert und es mit einer Prisenbesatzung nach Frankreich schickt – was wollen Sie daraus ableiten? Das ist schon zwanzig- oder dreißigmal passiert, und die Postverwaltung hat nicht die geringsten Anhaltspunkte.«

»Wenn ich mehr wüßte, wäre ich ja nicht hier. Aber wir wissen, wonach wir suchen und welche Fragen wir stellen müssen. Die Gentlemen in der Lombard Street sind Landratten. Sie können nichts Definitives herausfinden, sondern nur Vermutungen anstellen.«

»Sind die Franzosen wirklich an der Post interessiert? Versuchen sie, die Briefe in ihren Besitz zu bringen und uns die Kommunikationswege abzuschneiden?«

»Nein. Darüber habe ich schon oft nachgedacht«, entgegnete Ramage. »Die Kommandanten haben stets gemeldet, daß sie die Postsäcke versenkt hätten, bevor sie sich dem Feind ergaben. Und das glaube ich ihnen. Wenn dem nicht so wäre, hätten wir es mit Hochverrat zu tun. Ich bezweifle, daß die Franzosen bisher einen einzigen Postsack an sich gebracht haben. Und wenn sie wirklich unsere Kommunikationswege abschneiden wollten, würden sie wohl kaum Freibeuter mit dieser Aufgabe betrauen.«

»Dann verstehe ich nicht, warum es die Franzosen auf unsere Postschiffe abgesehen haben. Keine Fracht, die sie verkaufen können, nur die nackten Schiffe . . .«

»Aber schöne Schiffe, schnell und gut gebaut. Genau die Schiffstypen, die man in St. Malo neu ausrüsten und dann als Kaperschiffe wieder auf See schicken kann.«

»Aber das sind keine sehr wertvollen Prisen, verglichen mit der Fracht, die von anderen Schiffen transportiert wird. Mit der *Topaz* habe ich Frachtgüter über den Atlantik befördert, die zehnmal soviel wert waren wie die Versicherungssumme des Schiffs.«

»Zugegeben«, sagte Ramage. »Aber Sie vergessen das Wichtigste. Ein Freibeuter nimmt sich, was er kriegen kann. An einem Tag kommt die *Topaz* vorbei, die mitsamt ihrer Fracht fünfundzwanzigtausend

Pfund wert ist, am nächsten Tag ist es eben die *Arabella*, die nur –
wieviel ist sie wohl wert? Sechstausend?«

»Ja, dafür könnte man sie bauen. Aber Sie vergessen auch etwas,
mein Freund.«

»Und das wäre?«

»Daß die Verluste an Postschiffen vor etwa zwölf Monaten um
mehrere hundert Prozent gestiegen sind, während die Zahl der gekaperten Handelsschiffe gleichgeblieben ist.«

Ramage schüttelte den Kopf. »Das habe ich nicht vergessen. Deshalb sind wir ja Passagier auf der *Arabella*.«

9

Stafford blickte auf die Gewürzsäcke, hob einen hoch, schüttelte ihn
und roch daran. »Muskatnüsse, eh? Du willst mir erzählen, daß in
einem Beutel Muskatnüsse Geld steckt, Wally?«

Der Seemann nickte. »Hat mich auf den kleinen Antillen zwei Shilling gekostet. In Falmouth kriege ich fünf Pfund dafür. Vielleicht sogar
zehn, wenn ich eins von den alten Weibern auftreibe, die das Zeug in
den Dörfern verkaufen. Die gehen von Haus zu Haus und bekommen
einen Shilling für eine einzige Muskatnuß.« Wally tätschelte den Sack
liebevoll. »Am besten verdient man dran, wenn man immer nur ein
Stück verkauft.«

»Und wie steht's mit dem Rum?« fragte Jackson.

»Oh, in dem Fall sind die Kaufleute die besten Abnehmer.«

»Warum gibst du ihn nicht auch den Weibern, die von Haus zu
Haus gehen?«

»Die Kaufleute können so was besser arrangieren«, erwiderte der
Matrose vage.

»Arrangieren?«

»Mit dem Zoll und so . . .«

»Mit deinen Geschäften mußt du doch deinen Sold geradezu verdoppeln, Wally«, meinte Jackson.

»Verdoppeln?« rief der Matrose entsetzt. »Hast du eine Ahnung,
was wir kriegen! Mit dem Zeug da«, er wies auf die Gewürzsäcke,
»und an einem Faß Rum verdiene ich so viel, wie ich nicht einmal in
fünf Jahren zusammenkratzen könnte, wenn ich mich damit begnügte,
auf diesem Kahn zu schuften. Und genausoviel habe ich schon an der
Fracht verdient, die ich nach Jamaika transportiert habe. Das Geld
kommt mit dem nächsten Konvoi nach England.«

»Und wenn die *Arabella* gekapert wird?« fragte Jackson.

»Das macht nichts. Ist alles versichert.«

»Und du sagst, daß ein Postschiffsmatrose schlecht bezahlt wird?« fragte Stafford.

»Nun, nicht so schlecht wie ihr, aber schlecht genug. Der Captain kriegt nur acht Pfund im Monat.«

»Der arme Kerl!« sagte Stafford sarkastisch. »Aber mit ein paar hundert Frachtgütern kommt er sicher ganz gut über die Runden. Er transportiert doch auch seine private Ladung?«

Der Matrose nickte. »Und Passagiere. Pro Kopf kriegt er fünf Guineen. Davon sehen wir keinen Penny.«

»Mir blutet das Herz vor Mitleid«, sagte Stafford ironisch, um den Mann zu provozieren. »Ihr seid wirklich zu bedauern.«

»Was willst du? Wir tragen ja auch das Risiko«, verteidigte sich Wally. »Du weißt doch, wie viele Postschiffe im vergangenen Jahr überfallen und gekapert wurden.«

»Stell dir mal vor, wie viele Kriegsschiffe verlorengegangen sind«, sagte Jackson. »Obwohl die Besatzungen gekämpft haben!«

»Nun, wir müssen vor den Franzosen fliehen. Befehl der Lombard Street«, stieß Wally ärgerlich hervor. »Wir befördern ja nur Post. Die *Arabella* ist kein Kriegsschiff, und wir stehen nicht im Kriegsdienst.«

»Schon gut«, sagte Jackson beschwichtigend. »Niemand macht euch Vorwürfe. Wir unterhalten uns ja nur. Komm, ich helfe dir, die Gewürzsäcke wieder einzupacken. Danke, daß du sie uns gezeigt hast. Jetzt müssen wir uns nicht mehr die Köpfe zerbrechen, woher dieser komische Geruch kommt.«

In dieser Nacht schlich sich Jackson in Ramages Kabine und berichtete von dem Gespräch.

»Sie verdienen an jeder Fahrt fünf Jahresgehälter?« fragte Ramage ungläubig.

»Das hat er gesagt, Sir. Und das Geld, das er auf der Hinfahrt verdient hat, wird mit dem nächsten Konvoi nach England geschickt.«

»Wie hoch ist sein Sold? Jedenfalls kriegt er mehr als die Matrosen in der Navy. Sagen wir, er hat ein Pfund im Monat. In fünf Jahren wären das . . .«

»Sechzig Pfund«, mischte sich Yorke ein. »An einer Hin- und Rückfahrt verdient er also hundertzwanzig Pfund. Vorausgesetzt, das Schiff kommt in Falmouth an.«

»Das spielt keine Rolle, Sir«, sagte Jackson. »Die Ladung ist versichert.«

»Was?« fragte Yorke.

»Das hat er jedenfalls gesagt.«

»War das derselbe Bursche, der Ihnen erzählt hat, er würde vier Fahrten im Jahr machen?«

»Derselbe, Sir.«

Yorke seufzte. »Vermutlich kann er nicht lesen und schreiben.«

»Nein, das kann er nicht«, erwiderte Jackson düster, weil er erriet, worauf Yorke hinauswollte.

»Nein? Vergessen wir nicht, daß er vierhundertachtzig Pfund im Jahr verdient. Wie nimmt sich das denn aus, verglichen mit den Gehältern, die die Royal Navy zahlt, Nicholas?«

Ramage überlegte einen Augenblick. »Der Kommandant eines Linienschiffs erster Klasse wie der *Victory* oder der *Ville de Paris* bekommt um ein Drittel weniger, und der Segelmeister verdient die Hälfte. Southwick hat als Segelmeister der Brigg *Triton* ein Fünftel dieser Summe erhalten«, fügte er bitter hinzu.

»Nicht schlecht für einen Analphabeten«, meinte Yorke ironisch.

»Jetzt werde ich besser verschwinden, Sir, bevor jemand merkt, daß meine Hängematte leer ist«, sagte Jackson.

Nachdem der Amerikaner die Kabine verlassen hatte, seufzte Yorke tief auf. »Ein freier Markt, gut versichert, ohne Risiko. Der Traum jedes Kaufmanns, mein lieber Nicholas. Aber dieser Traum wird nur für die Postschiffsmatrosen wahr.«

»Nicht nur – auch für den Ersten und den Kommandanten. Ich möchte wissen, wieviel die beiden an ihrer Privatfracht verdienen.«

»Ein Kapitän bekommt vermutlich achtmal soviel wie ein Matrose, also können wir wohl auch mit acht multiplizieren, was die übrigen Einkünfte betrifft, selbst wenn er nur dreimal pro Jahr hin- und hersegelt. Vierhundertachtzig Pfund streicht der Matrose ein ... Hm, das wären dreitausendachthundertvierzig Pfund für den Kapitän. Da verdient er nur hundertsechzig Pfund weniger als der Premierminister.«

»Und pro Jahr achthundertvierzig Pfund mehr als der Erste Lord der Admiralität«, fügte Ramage hinzu.

»Und das ohne jedes Risiko. Das ist ja das Wunderbare.«

»Sie beneiden die Burschen um ihre Versicherung«, sagte Ramage leichthin und versuchte seinen Zorn zu unterdrücken.

»Allerdings. Diese Postschiffsmatrosen setzen auf ein Pferd und gewinnen auf jeden Fall – egal, ob das Pferd siegt oder verliert oder tot umfällt.«

Plötzlich spürte Ramage, wie sich eine Gänsehaut auf seinem ganzen Körper ausbreitete. Das Wasser rauschte draußen am Schiffsrumpf vorbei, das ganze Schiff knarrte wie seit Beginn der Fahrt. Aber zum erstenmal hörte er es nicht. Er hörte nur das heftige Pochen seines Herzens und den schwachen Widerhall von Yorkes Worten: ».. . ob das Pferd siegt oder verliert oder tot umfällt . . .«

Als Ramage am nächsten Morgen an Deck ging, inspizierten die Matrosen die Schäden, die an den Sturmsegeln der *Arabella* entstanden waren. Er fröstelte. Die Temperatur sank immer noch. Die Tage, als sich die Quecksilbersäule des Thermometers träge zwischen dreißig und fünfunddreißig Grad bewegt hatte, gehörten der Vergangenheit an. In einer Woche würde er froh sein, wenn die Säule über fünfzehn Grad kletterte. Und in der Karibik hatte selbst das Wasser selten unter zwanzig Grad gehabt.

Yorke trat neben ihn an die Heckreling und beobachtete das Kielwasser. Der Himmel war bedeckt, Stevens hatte am vergangenen Tag die Sonnenhöhe nicht messen können. Das Schiff segelte hoch am Wind, also war es laut genug, daß die Männer am Ruder nicht hören konnten, was Yorke und Ramage besprachen.

Yorke wies verächtlich auf die beiden Neunpfünder aus Bronze. »Wir würden viel mehr von diesen Kanonen brauchen.«

»Statt dessen haben wir nur noch diese vier armseligen Vierpfünder.« Ramage zeigte auf die Geschütze zu beiden Seiten. »Damit kann man höchstens auf Wildenten schießen.«

»Wie sollen wir dann kämpfen? Nach den Verlusten zu urteilen, sind die Postschiffe ja nicht einmal schnell und wendig genug, um vor dem Feind zu fliehen, also sind alle strategischen Diskussionen von rein akademischem Interesse.«

» *Wenn* wir kämpfen«, sagte Ramage mit deutlicher Betonung des ersten Worts, »werden wir von dem Kaperschiff weg steuern. Wir werden sehen, daß wir es vor die Mündungen der Neunpfünder kriegen. Die müßten eine größere Reichweite haben als die Bugkanonen der Freibeuter. Wir können nur hoffen, daß sie keine langen Neunpfünder an den Breitseiten haben.«

»Es wäre Selbstmord, wenn wir uns von einer Breitseite bestreichen lassen würden«, meinte Yorke.

Ramage nickte. »Wir müssen also geschickt manövrieren. Hoffentlich haben wir keinen starken Seegang.«

Aber solche Überlegungen waren wie so viele, die man auf See anstellte, graue Theorie, dachte Ramage. Eine Breitseite von einem heftig arbeitenden Schiff abzufeuern, konnte den gleichen Effekt erzielen wie ein Schuß, den man vom Rücken eines durchgehenden Pferdes auf eine Sumpfschnepfe abgab, nämlich gar keinen. Doch wenn eine gut gedrillte Stückmannschaft die Breitseite abfeuerte, konnte sie den Feind empfindlicher treffen als eine lasche Mannschaft, die in der gleichen Situation Heckkanonen bediente.

Aber die hübschen Heckwaffen der *Arabella* konnten nicht viel mehr erreichen als Esel, die mit den Hinterbeinen ausschlugen. Sie waren sehr effektvoll, solange das Schiff ein feindliches Ziel achteraus beschießen konnte. Das hätte auch bedeutet, daß der Feind nur mit den Bugkanonen angreifen und keine Breitseiten abfeuern konnte, sofern er kein allzu schnelles, wendiges Schiff hatte.

Wenn der Feind schnell war, konnte er natürlich von achtern herankommen und parallel zu ihnen segeln. Falls das Kaperschiff schneller war als die *Arabella*, konnte es im letzten Moment eine Breitseite abfeuern, bevor es abfiel. Ramage wußte, daß ein großes Kaperschiff die *Arabella* wahrscheinlich auf diese Weise angreifen würde. Zu dem Manöver brauchte man tüchtige Stückmannschaften. Die feindlichen Kanoniere würden ihr Ziel nur für eine oder zwei Sekunden im Visier haben, bevor ihr Schiff abdrehte. Aber jeder dieser Schüsse, der sein Ziel traf, würde sehr effektvoll sein, denn das Heck und der Bug eines Schiffes waren verwundbarer als seine Seiten. Ein Schuß auf Heck oder Bug konnte das ganze Unterdeck beschädigen, konnte Ruder und Masten zerstören.

Wahrscheinlich hatte die Postverwaltung aus diesem Grund ihre Schiffe mit zwei Neunpfündern am Heck bestückt. Da die Kommandanten Befehl hatten, vor dem Feind zu fliehen, waren diese Kanonen die beste Verteidigungshilfe.

Wenn die Neunpfünder mit ihren langen Rohren auch eine große Reichweite hatten, als Breitseitengeschütze waren sie gerade wegen dieser Länge und ihres Gewichts unpraktisch, weil sie schwierig zu bedienen waren. Sie mußten weiter eingefahren werden als die üblichen Kanonen, damit die Männer an die Mündung herankamen, wenn sie das Rohr säubern und die Kanone laden mußten. Das bedeutete, daß die langen Neunpfünder mehr Raum brauchten, und es dauerte länger, sie wieder auszufahren und abzufeuern.

Ramage nahm an, daß die Postverwaltung vor allem deshalb ihre Schiffe mit langen Heckkanonen bestückte, weil sie damit rechnete, daß jeder Angreifer ein Freibeuter sein würde. Und ein durchschnittliches Kaperschiff, so hoffte die Postverwaltung, würde langsamer und mit mehr, aber kleineren Waffen bestückt sein, da die Freibeuter es liebten, auf geringe Distanz zu attackieren. Kleinere Kanonen mit kürzeren Rohren hatten geringere Reichweiten, aber sie waren auch leichter zu handhaben und konnten rascher hintereinander feuern. An

Stelle eines langen, schweren Neunpfünders konnten die Freibeuter ihr Schiff mit zwei Vierpfündern bestücken und damit die Zahl ihrer Schüsse verdoppeln, allerdings mußten sie sich mit der Hälfte der Reichweite begnügen, die ein Neunpfünder erzielte.

Ramage wußte nur zu gut, daß die Taktik der Freibeuter sich von jener der Kriegsschiffe stark unterschied. Zwei Fregattenreihen würden sich mit Breitseiten beschießen, und die Entermannschaften würden erst an Bord der feindlichen Schiffe gehen, wenn diese schwer beschädigt waren. Aber die Kaperschiffe hatten sehr große Besatzungen. Ein Schiff von der Größe der *Arabella* hatte wahrscheinlich über hundert Mann an Bord. Und das waren keine gewöhnlichen Matrosen. Statt ihrer Heuer bekamen sie Prozente vom Prisengeld. Im schlimmsten Fall waren sie konzessionierte Piraten, die ihre Gefangenen als überflüssiges Ärgernis betrachteten. Oft genug hatten die Freibeuter eine rote Flagge gehißt, was bedeutete, daß auf ihrem Schiff niemand Unterkunft finden würde. Man würde niemanden gefangennehmen, die Verwundeten würden ermordet und zusammen mit den bereits Getöteten über Bord geworfen werden. Die Kriegsschiffe kannten keine Gnade gegenüber Freibeutern. Und um ihre Flucht zu verhindern, entschlossen sich die Kommandanten der Kriegsschiffe oft genug dazu, die Kaperschiffe zu rammen.

»Glauben Sie, daß Stevens seine Stückmannschaften richtig drillen kann?« fragte Yorke.

Ramage schüttelte den Kopf. »Auf dieser Fahrt hat er jedenfalls nichts dergleichen getan. Ich werde Jackson sagen, er soll sich umhören.«

Als die beiden Männer nach dem Abendessen in ihrer Kabine saßen, kam Yorke wieder auf das Thema zu sprechen, das ihre Gedanken fast ausschließlich beschäftigte. »Wenn wir nun einem Kaperschiff begegnen, würden Sie dann mit ihm kämpfen?«

»Nun«, entgegnete Ramage vorsichtig, »ich werde versuchen, die Sicherheit unseres tapferen Soldatenfreunds und die Ihre nicht zu gefährden . . .«

»Einverstanden – mit Vergnügen.«

»Danke. Meine Order lautet nur, daß ich herausfinden soll, warum die Schiffe gekapert werden, und weitere Verluste verhindern . . .«

»Das weiß ich«, unterbrach ihn Yorke ungeduldig.

»Nun, können Sie mir sagen, wie ich die Wahrheit herausfinden soll? Was passiert an Bord, wenn ein Postschiff von Freibeutern angegriffen wird?«

»Es ergibt sich. Das weiß sogar die Postverwaltung.«

»Vielleicht ergibt es sich. Vielleicht versucht es zu fliehen. Vielleicht wird es geentert. Vielleicht schießen die Freibeuter die Takelage in Fetzen. Wir wissen es nicht.«

»Aber die Postverwaltung hat doch die Berichte der Kommandanten, die gefangengenommen und gegen französische Kriegsgefangene ausgetauscht wurden.«

»O ja – aber sagen sie die Wahrheit? Wir haben zwar die Berichte nicht gelesen und können uns kein Urteil bilden, aber wir können nicht ausschließen, daß die Kommandanten gelogen haben.«

»Was hat das alles damit zu tun, ob wir kämpfen werden oder nicht?« erkundigte sich Yorke.

»An Bord der gekaperten Postschiffe waren keine drei zusätzlichen Offiziere wie hier, wenn wir den tapferen Hauptmann Wilson und Sie mit einbeziehen, und auch kein Dutzend erprobter Matrosen von der Royal Navy.«

»Vielleicht sind sie deshalb gekapert worden.«

»Genau. Und deshalb will ich verdammt sein, wenn ich jetzt schon weiß, ob wir kämpfen werden oder nicht. Falls wir ein Kaperschiff in die Flucht schlagen – wie sollen wir dann herausfinden, wie und warum die anderen Postschiffe erbeutet wurden? Wir könnten einen völlig verzerrten Eindruck gewinnen.«

»Vor allem können wir verhindern, daß die *Arabella* gekapert wird. Ich habe keine Lust, mir von einem Freibeuter die Gurgel durchschneiden zu lassen.«

»Ihre Gurgel interessiert mich im Moment nicht. Wenn wir die Antwort finden wollen, wäre es da nicht am besten, Stevens so agieren zu lassen, wie er es täte, wenn wir nicht an Bord wären? Wenn wir ihm ganz einfach nur zuschauten?«

»Und wer teilt die Ergebnisse Ihrer Nachforschungen der Admiralität mit, wenn die Freibeuter unsere Kehlen durchschneiden?« fragte Yorke sarkastisch.

»Bisher haben die Freibeuter noch keinen Postschiffmann ermordet. Aber über all diese Probleme habe ich mir schon so oft den Kopf zerbrochen, während Sie schnarchend in Ihrer Koje lagen . . .«

»Soll ich Ihnen einen guten Rat geben?«

»Nein, um Gottes willen, er könnte genau mit dem übereinstimmen, was ich ohnehin am liebsten tun würde. Aber wie sollte ich dann meinen Auftrag ausführen?«

»Sie glauben, daß ich Ihnen raten würde zu kämpfen?«

»Hatten Sie das etwa nicht vor?«

»Nein, aus mir spricht die Weisheit meiner Ahnen, die tausend

Jahre lang guten Whisky gesoffen und tonnenweise Porridge verschlungen haben.«

»Dann sprechen Sie, bevor sich diese alten Schotten in ihren Gräbern umdrehen.«

»Mein Rat entspricht genau dem Entschluß, den Sie schon gefaßt haben, ohne sich dessen bewußt zu werden: Überlegen Sie erst dann, wenn wir einem Kaperschiff begegnen, wie Sie vorgehen werden. Sehen Sie sich erst einmal an, wie groß das Schiff ist, warten Sie das Wetter ab, die Position, in der sich der Feind befindet und wie Stevens und seine Leute reagieren. All diese Faktoren müssen Ihre Entscheidung beeinflussen.«

Ramage nickte. »Und ich hatte mir schon Vorwürfe gemacht, weil ich mich offenbar davor fürchtete, einen Entschluß zu fassen.«

»Sie haben ja bereits einen definitiven Entschluß gefaßt«, unterbrach ihn Yorke. »Sie haben erkannt, daß Sie sich erst dann entscheiden können, wenn die Freibeuter angreifen. Das ist definitiv genug.«

»Aber ich habe Gewissensbisse, weil ich es zulasse, daß Sie Kopf und Kragen riskieren. Sie hätten auf den Konvoi warten sollen.«

»Vielen Dank, daß Sie eine so gute Meinung von mir haben«, sagte Yorke säuerlich. »Ich habe zwar gelegentlich Angst, aber ich bin vor allem an Bord der *Arabella* gegangen, weil ich hoffte, etwas zu erleben. Können Sie sich vorstellen, wie langweilig es ist, ein Handelsschiff in einem Konvoi zu kommandieren? Das Schiff in der fünften Kolonne zu befehligen – zwei Kabellängen zu beiden Seiten von den Nachbarschiffen entfernt und eine Kabellänge von dem Schiff, das achteraus segelt. Wochenlang . . . Und die Passagiere sind nur Pflanzer mit ihren Gattinnen. Die Männer sind meist stockbesoffen, die Frauen erstarren vor Verlegenheit . . .«

»Wenigstens könnten Sie dort die Gesellschaft von Frauen genießen«, sagte Ramage mitleidlos. »Auf einem Kriegsschiff ist einem nicht mal das vergönnt.«

»Was haben Sie Southwick und Bowen gesagt?«

»Was den erwarteten Angriff betrifft? Bisher gar nichts.«

»Und falls überhaupt nichts passiert?« Yorke zog sein Nachthemd unter dem Kissen hervor.

»Nun, dann werde ich, sobald wir in Falmouth ankommen, Sie in eine Droschke verfrachten und mit dem nächsten Postschiff nach Jamaika zurücksegeln.«

»Stevens macht einen recht gelassenen Eindruck«, bemerkte Yorke beiläufig. »Zumindest wirkt er nicht so besorgt, wie ich angenommen hatte.«

»Nein. Ich wäre glücklicher, wenn er etwas mehr Unbehagen zeigen würde.« Auf diesen Gedanken bin ich eben erst gekommen, überlegte Ramage. Die Besatzung der *Arabella* weiß, daß sie nur geringe Chancen hat, sicher in Falmouth anzukommen. Aber Much scheint der einzige zu sein, der sich Sorgen macht. Und er ist auch der einzige, der unbeliebt ist. Sollte zwischen diesen beiden Beobachtungen ein Zusammenhang bestehen? Die *Arabella* schien voller Widersprüche zu stecken.

»Ich bin müde«, sagte Yorke. »Wenn das Wetter so bleibt, müßten wir in einer Woche in Falmouth sein.«

»Oder in St. Malo. Vielleicht sollten wir ein paar Guineen in unsere Rocksäume einnähen – für alle Fälle. Es ist ganz schön teuer, auf Ehrenwort freigelassen zu werden.«

»Ihnen passiert das ganz bestimmt nicht. Nach all dem Ärger, den die Franzosen mit Ihnen hatten, würde es mich überraschen, wenn sie nicht einen Preis auf Ihren Kopf ausgesetzt hätten.«

10

Am nächsten Sonntag teilte Stevens den Passagieren in seiner üblichen brüsken Art mit, daß der Gottesdient um elf Uhr stattfinden würde. Ramage hatte den Eindruck, daß man die Sonntage an Bord der *Arabella* ignoriert hätte, wenn es nach dem Kommandanten gegangen wäre, daß der Erste aber in dieser Beziehung seinen Willen durchsetzte.

An den vergangenen Sonntagen hatte Fred Much das Evangelium mit der Emphase eines Wanderpredigers verlesen und die Choräle mit überraschend schönem Tenor gesungen. Auch sein Sohn Ned hatte eine gute Stimme, aber als Ramage ihn während der ersten Zeremonie ein paar Minuten lang beobachtete, fühlte er sich an das Wort »salbungsvoll« erinnert.

Ramage blickte in den Spiegel und zupfte ungeduldig an seinem Binder. Es ärgerte ihn, daß er Uniform tragen mußte, aber Southwick und Wilson hatten darauf bestanden. Nun, wenigstens konnten seine anderen Sachen einmal lüften. Es war immer noch warm und feucht genug, daß die Schimmelpilze prächtig gediehen. Er steckte seinen Säbel in die Scheide, setzte den Hut auf und ging an Deck.

Die *Arabella* segelte vor einem steifen Backstagswind nach Nordosten. Dicht geballte Wolken strahlten überraschend weiß im Sonnenschein des frühen Herbstes. Hohe, schaumgekrönte Wellen rollten ostwärts.

Ramage sah zu, wie zwei Matrosen einen kleinen Tisch vor dem Kompaßhaus aufstellten. An der Unterseite der Tischplatte hing ein kurzes Seil, das einer der Männer an einem Ringbolzen an Deck befestigte, so daß der Tisch trotz des heftigen Seegangs nur um wenige Zoll verrutschen konnte. Ein dritter Matrose brachte die Nationalflagge herbei, die er sorgfältig auf dem Tisch drapierte. Der Altar stand bereit.

Mr. Much legte eine große, in Messing gebundene Bibel auf den Tisch. Dann wandte er sich um und gab einem Matrosen einen Befehl, worauf der Mann in die Kajüte des Kommandanten ging. Ein paar Minuten später kam er zurück, sagte etwas zum Ersten und rief dann die Besatzung nach achtern, damit der Gottesdienst beginnen konnte. Als sich die Männer rings um den Altar gruppiert hatten, frisch rasiert und die Haare zu ordentlichen Zöpfen gebunden, erschien Stevens in weißer Nankinghose und dunkelgrauem Jackett, mit schwarzem Sonntagshut, der wie üblich ganz gerade auf seinem Kopf saß. Er trug eine resignierte Miene zur Schau und erinnerte Ramage an einen trübsinnigen Prälaten, der es längst aufgegeben hatte, seine ständig nörgelnde Ehefrau zu beschwichtigen.

Yorke, Southwick und Bowen standen an der Steuerbordseite, und jetzt gesellte sich auch Hauptmann Wilson zu ihnen. Der Schiffsarzt der *Arabella* hatte ein paar Schritte entfernt Stellung bezogen, während Ramage an der Heckreling stand, die Hand auf dem Säbelgriff gelegt. Ein wenig wehmütig dachte er an all die Gottesdienste, die er an Bord der beiden Schiffe unter seinem Kommando abgehalten hatte. Der zahnlose John Smith, der sonst am Ankerspill stand und ein fröhliches Lied auf seiner Fiedel spielte, wenn die Männer Anker lichteten, hatte bei den Sonntagsmessen das Gesicht in ernste Falten gelegt und einen feierlichen Choral hingebungsvoll, aber falsch gespielt. Und die Besatzung hatte begeistert mitgesungen. Ramages Vater hatte einmal gesagt, die Gottesdienste an Bord seien ein Stimmungsbarometer. Wenn die Männer nicht nach Herzenslust sängen, wäre entweder der Kapitän oder einer der Offiziere fehl am Platz.

Stevens blieb am Altar stehen, verschränkte die Hände hinter dem Rücken und blickte in die Runde. Der Wind pfiff in der Takelage und zerrte an den Zipfeln der Flagge, die auf dem Tisch lag. Die Wellen rauschten an der *Arabella* vorbei, und sie stampfte so schwerfällig, daß sie ihren eleganten Namen Lügen strafte.

Alle zwei oder drei Minuten ging ein dumpfer Ruck durch das Schiff, wenn es in eine größere See stieß. Dann prasselte ein feiner Sprühregen auf das Deck nieder, den die Sonne in bunten Regenbogenfarben aufleuchten ließ, bevor er sich in prosaische Rinnsale verwandelte und durch die Speigatten abfloß. Ein Tag wie dieser entschädigte für all die anderen, an denen tiefe Wolken über dem Meer hingen und der Wind dichte Regenböen heranpeitschte.

Nachdem Stevens die Männer der Reihe nach angesehen hatte – verdrossen, wie es Ramage schien, als hielte ihn der Gottesdienst von wichtigeren Aufgaben ab –, nahm er mit einer eleganten Geste den Hut ab. Die anderen folgten seinem Beispiel. Ramages Blick fiel auf Southwicks weißes Haar, das im Wind wehte; gleichzeitig sah er die mißbilligende Miene des alten Mannes. Eine Besatzung, die so lässig an Deck herumstand, entsprach ganz und gar nicht den Vorstellungen, die sich Southwick von einer frommen Sonntagsgemeinde an Bord machte.

Stevens übergab seinen Hut dem nächstbesten Matrosen, zog eine Brille aus der Tasche und setzte sie umständlich auf. Dann holte er ein Gebetbuch aus einer anderen Tasche, räusperte sich, um die Aufmerksamkeit der Versammlung auf sich zu lenken, und schlug das Buch auf.

Im selben Augenblick schrie der Ausguck am Bug aufgeregt: »Segel in Sicht! An Steuerbord voraus!«

Ramage beobachtete Stevens mit angehaltenem Atem. Der Mann warf das Gebetbuch auf den Tisch, nahm die Brille ab und steckte sie in die Tasche zurück. Dann riß er dem Matrosen den Hut aus der Hand. Aber er tat nicht das, was jeder andere an Bord außer Ramage sofort instinktiv getan hatte, als der Ruf des Ausgucks erklungen war: Er blickte nicht nach Steuerbord voraus.

Stevens wandte sich zum Kompaßhaus um, zog die Schublade unter dem Kompaß auf und nahm ein Teleskop heraus. Dann ging er zur achtersten Kanone an der Steuerbordseite. Er kletterte auf die Lafette, und noch bevor er durchs Fernrohr sah, rief er: »Hissen Sie unsere Flagge, Mr. Much!«

Er wartete, bis zwei Matrosen die große Nationale aufzuziehen begannen, dann hob er das Teleskop ans Auge.

Verwirrt lief Ramage zu den Wanten des Großmasts, zog seinen Säbel aus der Scheide und gab ihn Jackson. Als er in die Webleinen sprang, sah er, daß Yorke schon auf halber Höhe war. Und als er ihm hastig folgte, sah er Southwick über Deck laufen, offenbar auf dem Weg zu seiner Kabine, um sein eigenes Fernrohr zu holen.

Yorke rückte zur Seite, um für Ramage Platz zu machen. Sie sahen zwei winzige weiße Dreiecke am Horizont. Das Schiff war nicht rahgetakelt, sondern ein Stagsegelschoner. Es segelte hoch am Wind über Backbordbug einen Kurs, der dem Postschiff den Weg abschnitt.

Wenn man von der Annahme ausging, daß auf dem Atlantik keine Wunder geschahen, gab es nur eine Erklärung dafür.

Jetzt war auch Southwick keuchend heraufgeklettert, warf einen Blick auf den Horizont und wedelte mit dem Fernrohr. »Das Ding hätte ich mir gar nicht holen müssen.«

»Unser Ausguck muß geschlafen haben«, bemerkte Yorke. »Was glauben Sie, wie das Schiff bestückt ist?«

»Mit einem Dutzend Vierpfünder« sagte Ramage. »Diese Kaperschoner verlassen sich meist aufs Entern.«

»Es ist verdammt schnell. In ein oder zwei Minuten werden wir den Rumpf sehen.«

Ramage nahm Southwicks Teleskop. Der Schoner zeigte sich mit fast verwirrender Deutlichkeit in der runden Linse. Die Segel waren unten dunkel, wo fliegende Gischt sie bespritzt hatte. Plötzlich hob sich ein langer, flacher, schwarzer Rumpf für einen Augenblick unter den Segeln hoch wie ein mächtiger Wal, dann verschwand er wieder hinter der Kimm. Ramage warf einen Blick nach unten. Er befand sich etwa dreißig Fuß über Deck. Von dieser Höhe aus konnte man das Meer in einem Umkreis von sechseinviertel Meilen sehen. Wieder hob sich der Rumpf des Schoners über den Horizont, und Ramage sah Gischt vor dem Steven aufspritzen. Sah er ein halbes Dutzend Stückpforten? Schwer zu sagen.

Die Freibeuter hatten das Postschiff längst gesichtet und die Segel getrimmt, um genau den Kurs zu steuern, der dem Postschiff den Weg abschneiden würde. Und das war alles schon passiert, bevor noch Stevens seinen Hut abgenommen hatte. Ramage runzelte nachdenklich die Stirn. Die *Arabella* segelte vor einem westlichen Backstagswind nach Nordosten. Die Freibeuter segelten über Steuerbordbug am Wind, auf einem Kurs irgendwo zwischen Nordwest und Nordnordwest. Wenn ich das später Gianna erzähle, dachte Ramage, werde ich sagen, daß die *Arabella* eine Kutsche war, die eine lange gerade Straße hinabsauste. Und das Kaperschiff war ein Straßenräuber, der auf einer anderen Straße herangaloppierte, die schräg von rechts kam. Wenn Stevens nicht bald etwas unternahm, würden sich Kutsche und Räuber an der Straßenkreuzung treffen. Das Kaperschiff kam nicht so schnell voran wie die *Arabella*, meine liebe Gianna, weil es gegen den Wind kreuzen mußte. Aber das spielte keine Rolle, weil es nicht so weit von der Kreuzung entfernt war wie das Postschiff. Die *Arabella* hatte noch sechs Meilen zurückzulegen, das Kaperschiff nur drei.

Aber wie, würde Gianna mit hochgezogenen Brauen fragen, konnte die *Arabella* denn entwischen? Dann werde ich überlegen lächeln, dachte Ramage. Sie kam am schnellsten voran, wenn sie mit halbem Wind segelte. Also drehten wir sofort nach Norden, damit der Wind dwars einkam. Wir wandten uns nach links, so daß wir Johnny Frenchmann rechts von uns hatten, an der Leeseite. Er war nach Kreuzschlägen so weit von uns entfernt, daß er uns vor Einbruch der Nacht nicht erreichen konnte. In der Dunkelheit konnten wir ihn mit einer plötzlichen drastischen Kursänderung abhängen, und am Montagmorgen war nichts mehr am Horizont zu sehen . . .

Ramage wurde in die Gegenwart zurückgerissen, als ihn Yorke und Southwick anschrien und auf das Achterdeck hinunter zeigten, wo Stevens eine Hand hinters Ohr hielt, als warte er auf eine Antwort.

»Er fragt, was Sie von dem Schiff halten«, sagte Yorke sarkastisch. »Anscheinend glaubt er, die Westminster Abbey sei plötzlich am Horizont aufgetaucht.«

Ramage gab Southwick das Fernrohr zurück und formte mit den Händen einen Schalltrichter. »Er hat ein Dutzend Kanonen! Etwa sechs Meilen entfernt!«

»Welche Nationalität?«

Ramage wandte sich zu Yorke um und starrte ihn ungläubig an. »Macht er Witze?« Als Yorke den Kopf schüttelte, schrie Ramage nach unten: »Das ist ein französischer Kaperschoner, der uns den Weg abschneiden will! Drehen Sie sofort scharf nach Norden ab, Mr. Stevens, sonst sind wir in einer Stunde geliefert!«

»Sind Sie sicher, Mr. Ramage?«

War Stevens ein Narr oder ein Schelm? Der dümmste Matrose im Postschiffsdienst, der kleinste Kajütjunge mußte doch wissen, daß ein Schoner, der in diesem Teil des Atlantiks hart am Wind segelte und einen Kurs steuerte, der einem britischen Postschiff den Weg abschnitt, nur ein feindlicher Freibeuter sein konnte. »Ich bin absolut sicher, genau wie Mr. Yorke und Mr. Southwick. Es wird Zeit, daß Sie von ihm weghalten. Sie haben bereits eine Meile nach Lee verloren.«

»Augenblick mal! Wir wären bald am Nordpol, wenn ich jedesmal, wenn wir ein fremdes Segel sehen, anluven würde.«

Southwick stieß Ramage an. »Das erste Segel, das wir seit Wochen sehen . . . Geben Sie den Befehl, Sir. Die *Tritons* werden ihn ausführen.«

Aber Ramage antwortete nicht, sondern griff wieder nach dem Teleskop. Der Rumpf des Schoners war jetzt deutlich über dem Horizont zu sehen – ein Zeichen, wie schnell die beiden Kurse konvergierten. Der Schoner war lang und flach, schwarz mit weißen Masten, und er segelte schnell, stemmte sich dem Westwind entgegen. Unablässig sprühte Gischt vor dem Steven hoch und flog über das Vordeck nach achtern. Ein schlankes, anmutiges Schiff mit gutgeschnittenen, gutgetrimmten Segeln. Der Kommandant erwartete offenbar, daß das Postschiff nach Norden abdrehen würde, und sorgte dafür, daß sein Rudergänger keinen Zoll nach Lee verlor.

Während er Southwick das Fernrohr zurückgab, erinnerte sich Ramage an Stevens' Benehmen, als der Ruf des Ausgucks ertönt war. Er hatte weder Überraschung noch besondere Hast gezeigt. War er ein phantasieloser Mann, der in schwierigen Situationen immer so langsam reagierte? Hatten die Freibeuter aus diesem Grund schon zweimal sein Schiff gekapert? Kaum . . . Auch der dümmste Mann mußte nach solchen Erfahrungen seine Lektion gelernt haben.

Ramage war verwirrt. Und weil er verwirrt war, wußte er nicht, was er tun sollte. Dieser schwarze Kaperschoner mit etwa hundert französischen Halsabschneidern konnte den sicheren Verlust der *Arabella* bedeuten – und vielleicht den Tod für einige ihrer Matrosen. Es hing allein von Stevens ab, ob das Postschiff erbeutet wurde oder entkam, nicht von den Befehlen, die der französische Kommandant erteilte. Es hing davon ab, wie bald die *Arabella* abfallen und nach Norden segeln würde.

Aber wenn die *Arabella* gekapert wurde, konnte er vielleicht das Geheimnis um die früheren Verluste lüften. Und dies war der einzige Grund, warum Leutnant Ramage die *Arabella* mit seiner Anwesenheit beehrte.

Hol's der Teufel, dachte er ärgerlich, ich habe über diese Möglichkeit in den vergangenen Wochen oft genug mit Yorke und Southwick diskutiert. Geredet, ja . . . Es war die alte Geschichte von der Idee, die im warmen Lampenschein bei abendlichen Gesprächen entstanden war und die man dann im kalten Licht des Morgens umsetzen sollte . . .

Also gut, die *Arabella* mußte gekapert werden. Die Freibeuter würden sie wahrscheinlich schnappen, bevor die Dunkelheit anbrach. Und wenn nicht, würden sie die *Arabella* vielleicht auch bei Nacht finden – ganz sicher sogar, wenn man Stevens' Benehmen in Betracht zog.

Ramage blickte auf den Kommandanten hinab und versuchte zu erraten, was der Mann dachte. Stevens sprach gerade mit Much. Plötzlich zeigte der Erste auf den Schoner, dann deutete er mit einer zornigen Geste auf die Vierpfünder an Steuerbord. Sein Gesicht war hochrot, als er auf seinen Vorgesetzten einredete, und sogar aus seiner Höhe konnte Ramage sehen, daß Stevens nervös war.

Dann sah er den Arzt auf die beiden Männer zugehen. Ein Vermittler – oder ein Verbündeter des einen oder des anderen? Der Erste sah Farrell kommen und wiederholte nun anscheinend, was er Stevens bereits gesagt hatte. Der Arzt blieb einige Schritte von Much entfernt stehen, als fühle er sich durch ihn bedroht. Eine Zeitlang schienen Muchs heftige Worte den beiden anderen die Sprache zu verschlagen. Dann begannen alle drei gleichzeitig zu reden, mit lebhaften Gesten. Wenn auch der Wind ihre Worte davontrug, war doch unschwer zu erraten, daß sie erbittert stritten.

»Wie Marktweiber«, kommentierte Yorke.

»Was macht der Arzt eigentlich an Deck?« fragte Ramage langsam.

»Ich glaube, daß Mr. Much anluven oder sogar kämpfen will, aber unser guter Captain kann sich offenbar zu keiner Entscheidung durchringen. Und der Knochensäger möchte gleich die Flagge streichen.«

»Aye, das meine ich auch«, sagte Southwick.

»Ich frage mich nur...« Ramage brach ab. »Kommen Sie, es wird Zeit, daß wir uns zu den drei Gentlemen gesellen. Alle zwei Minuten verlieren wir eine Viertelmeile nach Lee.«

Als er die Webeleinen hinabkletterte und auf Stevens zuging, erinnerte er sich, daß der Postschiffskommandant nicht wußte, warum er an Bord war. Stevens hatte keine Ahnung, daß Ramage die Schlüsselfigur der geheimen Untersuchung war, die das Ministerium angeordnet hatte. Für ihn war Ramage nichts weiter als ein besorgter Passagier, und der Leutnant sagte sich, daß er diese Rolle weiterspielen mußte.

Die drei Männer verstummten, als sie Ramage auf sich zukommen sahen. Dann setzte Stevens ein zuversichtliches Lächeln auf, das aber nicht sehr überzeugend wirkte. »Ah! Schade, Mr. Ramage, daß jetzt keine Ihrer Fregatten angesegelt kommt, was?«

»Sie können sich ganz allein mit Ruhm bekleckern«, meinte Ramage fröhlich. »Seien Sie doch froh, daß Sie den Glorienschein nicht mit einem Kriegsschiff teilen müssen.«

Das Lächeln verschwand. »Es ist ein großes Schiff, Leutnant...«

»Aber viel kleiner als die *Arabella.*«

»O nein. Es ist mit achtzehn Kanonen bestückt.«

»Unsinn!« stieß Much hervor. »Wahrscheinlich ist es für zehn gebaut und mit acht bestückt.«

Stevens wirbelte ärgerlich zu seinem Untergebenen herum. »Ich wäre Ihnen sehr dankbar, wenn Sie endlich den Mund halten würden, Mr. Much. Vergessen Sie nicht, daß ich sowohl der Eigentümer als auch der Kommandant dieses Schiffes bin.«

»Aye, das weiß ich«, entgegnete der Erste bitter. »Und ich verfluche den Tag, an dem ich mich wieder von Ihnen anwerben ließ.«

Der Arzt trat einen Schritt näher. »Sachte, sachte, Much. Regen Sie sich nicht auf. Ich habe Ihnen doch gesagt, daß das nicht gut für Ihren Blutdruck ist.« Er wandte sich an Ramage. »Sie dürfen ihn nicht ernst nehmen, Mr. Ramage. Er ist ein bißchen durcheinander. Leider weigert er sich, die Medikamente zu nehmen, die ich ihm verschrieben habe.«

»Halten *Sie* lieber den Mund«, sagte Much mit mühsam erzwungener Ruhe. »Sie haben heute schon genug Ärger heraufbeschworen.«

Ramage wartete und versuchte herauszufinden, was die ursprüngliche Ursache dieses Streits war, der anscheinend schon seit langem bestanden hatte und von neuem zum Ausbruch gekommen war, als sich das Kaperschiff am Horizont gezeigt hatte. War Much wirklich krank, und versuchten Stevens und Farrell, ihn zu besänftigen? Ramage spürte einen leichten Druck von Yorkes Ellbogen. »Dürfen wir uns als Kanoniere anbieten, Captain?« fragte der junge Mann mit höflichem Lächeln. »Oder ist es Ihnen lieber, wenn wir uns mit Musketen bewaffnen? Sie könnten dem Schoner natürlich auch davonsegeln, wenn Sie nach Norden abdrehen . . . Aber wir sollten auf alle Fälle ein paar Vorbereitungen treffen.«

Ramage war ihm dankbar, weil er soviel diplomatisches Geschick bewies. Nun war Stevens noch einmal daran erinnert worden, daß es Zeit wurde, nach Norden anzuluven, und daß die Passagiere auf Kampf eingestellt waren.

»Vielen Dank für Ihr Angebot, Mr. Yorke«, sagte Stevens hastig. »Aber ich hoffe, daß es nicht zum Kampf kommt. Ich weiß, Mr. Ramage meint auch, daß wir nach Norden abdrehen sollten – was uns allerdings nichts nützen wird. Ich wollte gerade die entsprechenden Befehle geben, als ich Mr. Much beruhigen mußte. Aber jetzt dürfen wir keine Zeit mehr verschwenden«, fügte er hinzu wie ein Lehrer, der eine ungebärdige Schulklasse zur Vernunft bringen will. »Wir drehen nach Norden ab. Ich darf Sie bitten, Mr. Much . . .«

Noch bevor Stevens zu Ende gesprochen hatte, war der Erste bereits davongegangen und begann seine Befehle zu geben. Die Männer rannten zu den Schoten und Brassen, bereit, die Segel zu trimmen, wenn die Brigg Kurs änderte. Ramage wandte sich erleichtert ab. Es hatte nämlich zu lange gedauert, bis Stevens die Entscheidung getroffen hatte, nach Norden zu gehen. Die Freibeuter waren inzwischen um eine Meile nähergekommen. Eine wertvolle Meile, die das Postschiff verloren hatte, wenn es bei Dunkelheit auf wenige Kabellängen ankommen würde ... Aber wenigstens hatte der verdammte Kerl endlich die Initiative ergriffen.

Plötzlich hob sich der Horizont und senkte sich dann wieder, als die *Arabella* stärker krängte. Die Rudergänger hatten Ruder gelegt, Blöcke quietschten, als die Rahen gebraßt und die Schoten dichtgeholt wurden, während das Schiff mit halbem Wind zu segeln begann.

Langsam schien der Kaperschoner am Horizont entlang achteraus zu gleiten, als die *Arabella* drehte, und steuerte schließlich einen fast parallelen Kurs vier oder fünf Meilen in Lee. Fast parallel, dachte Ramage grimmig, aber nicht ganz, denn parallele Linien treffen sich nie. Weil der Schoner höher am Wind segeln konnte als die *Arabella*, würden die beiden Kurse allmählich immer stärker konvergieren. Später würde er die Kutschen-Räuber-Analogie beibehalten, wenn er Gianna von diesem Abenteuer erzählte. Die Straße des Räubers verlief rechts vier oder fünf Meilen entfernt und näherte sich allmählich der Straße, die der Wagen benutzte. Wenn der Wagen Glück hatte, würden die Straßen nicht vor Einbruch der Dunkelheit zusammentreffen.

Als er durch Southwicks Teleskop den schmalen Rumpf des Schoners beobachtete und feststellte, daß alle Segelbäuche dunkel vor Nässe waren, spürte Ramage, wie seine Sorge über Stevens' Benehmen allmählich verflog. An ihrer Stelle trat die Erregung, die er immer empfand, wenn eine Begegnung mit dem Feind bevorstand.

Als er das Fernrohr sinken ließ, sah er Yorke neben sich stehen. »Sind Sie jetzt glücklich?« fragte der junge Reeder.

»Glücklich kaum. Aber nicht mehr so unglücklich.«

»Wie das?«

»Ich wäre glücklich, wenn ich an Bord der *Triton* wäre. Dann könnte ich kämpfen und die Burschen gefangennehmen.«

»Sie sind aber auch nie zufrieden. Freuen Sie sich doch, daß Stevens Ihren Wunsch erfüllt hat!«

»Er hätte es viel früher tun sollen – und aus eigenem Antrieb«, sagte Ramage ungeduldig. Er blickte sich um, weil er sich vergewissern wollte, daß niemand zuhörte. Dann sagte er mit einem bitteren Unterton in der Stimme: »Ich hoffe, daß ich nie mehr solche Aufträge bekomme. Es ist einfach lächerlich – ich muß Stevens erst in den Hintern treten, damit er die einzig richtige Maßnahme ergreift, um die *Arabella* zu retten. Andererseits glaube ich, daß ich meinen Auftrag nur erfüllen kann, wenn sie gekapert wird. Wenn ich dem einen Teil meiner Order gehorche, kann ich den anderen nicht ausführen.«

»Sehr traurig«, meinte Yorke leichthin. »Aber ich kann mir nicht vorstellen, daß Postverwaltung oder Admiralität sich freuen würden, wenn ein Königliches Postschiff mit Ihrer Hilfe von den Franzosen gekapert würde.« Als Ramage wieder düster auf den Schoner starrte, fügte Yorke ernster hinzu: »Vorläufig brauchen Sie das jedenfalls nicht zu befürchten. Schauen Sie sich mal unauffällig um. Southwick treibt sich mit einer Miene beim Kompaßhaus herum, als würde er die Rudergänger am liebsten erwürgen.«

Ein rascher Blick bestätigte Yorkes Warnung. Ramage war so in seine Probleme vertieft gewesen, daß seine Seemannschaft eine Zeitlang nicht funktioniert hatte. Statt sich im Wind zu blähen, hingen die Segel wie schwere Vorhänge herab, und die Luvseiten killten leicht. »Was treibt denn der Erste, verdammt?«

»Er ist aufs Vorschiff verbannt worden«, erklärte Yorke. »Der Kommandant hat die Schiffsführung übernommen.«

»Aber sehen Sie doch! Wir fallen ja wieder um mindestens einen Strich ab. Haben Sie oder Southwick etwas zu Stevens gesagt?«

»Nein. Much wollte schon die Segel trimmen lassen, als die *Arabella* auf dem neuen Kurs war, als Stevens wieder mit ihm zu streiten begann. Ich konnte nicht hören, was gesprochen wurde. Jedenfalls wurde Much nach vorn geschickt.«

»Welchen Befehl hat Stevens den Rudergängern gegeben?«

»Als ich neben ihm stand, sagte er kein Wort. Er hat alles laufen lassen. Much hatte ihnen aufgetragen, nach Norden zu steuern. Aber als er aufs Vorschiff verschwunden war, haben sie das Schiff abfallen lassen. Es scheint ihnen völlig egal zu sein, was mit der *Arabella* passiert.«

»Sollen wir Stevens nautischen Unterricht geben?«

»Sie sind nur ein Passagier, Mr. Ramage«, sagte Yorke spöttisch. »Wir wollen doch nicht, daß sich superschlaue Gentlemen von der Navy in den Postschiffsdienst mischen.«

»Ja, genau das würde Stevens wohl sagen«, meinte Ramage.

»Was werden Sie also tun?«

»Mich neben Southwick stellen und den Kompaß anstarren. Und abwarten, ob Stevens diese stumme Demonstration versteht. Kommen Sie mit!«

Sie gingen zu dem niedrigen Holzkasten und blickten auf den Kompaß. Der Bug des Schiffes zeigte nach Nord zu Ost. Ramage wandte sich an die beiden Männer, die am Ruder standen. »Die *Arabella* ist ziemlich schwer zu steuern, was?« fragte er teilnahmsvoll.

»Aye, Sir, das ist sie«, sagte einer der Männer und gähnte. »Man wird richtig müde dabei.«

Stevens hatte an der Heckreling gestanden, jetzt kam er auf Ramage zu. Aber bevor er etwas sagen konnte, verkündete Ramage: »Die Leute sind müde, Captain. Vielleicht sollte man sie ablösen.«

Stevens starrte die beiden Männer an, die seinem Blick auswichen. »Seid ihr müde?«

»Wir haben uns nicht beklagt«, sagte der Bursche. »Der Gentleman hat nur gemeint, daß die *Arabella* ein bißchen schwer zu steuern sei.«

»Sehr freundlich vom Leutnant, daß er sich solche Sorgen um euch macht. Ich bin sicher, daß ihr das zu schätzen wißt. Aber . . .« Stevens wandte sich an Ramage. »Auf den Schiffen, die ich kommandiere, darf niemand mit den Rudergängern sprechen.«

»Verstehe«, entgegnete Ramage scharf. »Aber ich finde, daß man ihnen befehlen müßte, den neuen Kurs beizubehalten.«

»Sie sind doch auf dem richtigen Kurs«, sagte Stevens sanft.

Ramage sah auf den Kompaß. »Sie steuern Nord zu Ost.«

»Ja, und?«

»Sie sollten nach Norden steuern.«

»Auf wessen Befehl – wenn ich fragen darf?«

»Ich hoffe doch sehr, daß Sie diesen Befehl gegeben haben.«

»Wenn ich Ihre Meinung hören will, werde ich Sie danach fragen, Mr. Ramage«, sagte Stevens bissig. »Und bis dahin werde ich tun, was ich für richtig halte.« Mit diesen Worten kehrte er zur Heckreling zurück und starrte achteraus, als nähme ihn der Anblick des Kielwassers völlig gefangen.

Ramage sah die beiden Rudergänger an, die triumphierend grinsten. Wahrscheinlich machte es ihnen großen Spaß, daß ihr Kommandant einen Navy-Offizier so abgekanzelt hatte. Dieser wandte sich an Southwick und fragte beiläufig: »Interessant, was? Ich bin gespannt, für welchen Kurs sie sich letzten Endes entscheiden.« Der alte Mann nickte, und Ramage ging zur Steuerbordseite zurück, gefolgt von Yorke.

Der junge Reeder gab sich nicht mehr so unbekümmert wie zuvor und strich sich über das Kinn, als zupfe er an einem Ziegenbart. »Wenn ich dieses verdammte Kaperschiff anschaue, höre ich schon die Gefängnistore von Verdun knarren.«

»Dann schauen Sie nicht hin«, sagte Ramage mitleidlos und hielt das Teleskop ans Auge. Er zählte fünf Stückpforten. Vierpfünder? Wahrscheinlich – bei einem Schoner dieser Größenordnung. Sicher waren die Kanonenrohre verstärkt, damit man sie mit Doppelkugeln oder Kartätschen laden konnte, ohne befürchten zu müssen, daß sie zerbarsten. Aber wenn man nur die Breitseiten der *Arabella* und des französischen Schoners miteinander verglich, gewann man ein verzerrtes Bild von der Situation. Die Stärke Johnny Frenchmans lag in der Horde Freibeuter, die sich wahrscheinlich schon in diesem Augenblick mit Pistolen, Säbeln, Äxten und Piken bewaffneten und es kaum erwarten konnten, daß ihr Schiff längsseits gegen die *Arabella* krachte, damit sie entern und sich auf die Engländer stürzen konnten.

Warum Nord zu Ost? Warum nicht Nord? Mit richtig getrimmten Segeln hätte die *Arabella* jetzt mit halbem Wind munter dahinjagen können. Aber wenn man einen Strich oder mehr vom vernünftigen Kurs abwich und die Segel killen ließ . . . Wenn Stevens auf einen Lotsenkutter hätte warten und die Zeit totschlagen wollen, ohne beizudrehen, hätte er genau das getan.

»Entschuldigen Sie, Sir«, sagte Southwick, »Sie weichen jetzt mehr als nur einen Strich vom Kurs ab. Sie steuern fast Nordnordost.«

»Ja, danke«, sagte Ramage. Aber Southwick ging nicht zum Kompaßhaus zurück. Er blieb neben Ramage stehen, als warte er auf Befehle. Der alte Mann war offenbar der Ansicht, man müsse endlich etwas unternehmen. Aber was? Und gegen wen? Sir Pilcher hatte Ramage beauftragt, herauszufinden, auf welche Weise die Postschiffe gekapert wurden. Und Ramage war bereits zu dem Schluß gekommen, daß man das nur herausfinden konnte, wenn man zusah, wie ein Postschiff gekapert wurde.

Wenn ich nicht einschreite, wird die *Arabella* nur deshalb gekapert, weil Stevens ein Narr ist, dachte Ramage. Wenn die Postschiffe nur verlorengehen, weil die Kommandanten schlechte Seeleute sind, dann habe ich das Problem schon gelöst. Falls ich verhindern wollte, daß die *Arabella* gekapert wird, brauchte ich jetzt nur das Kommando zu übernehmen. Mit Hilfe der Tritons würde ich es schaffen. Auch wenn Stevens schon so weit nach Lee abgekommen ist . . . Er verfolgte diesen Gedanken nicht weiter, war aber sicher, daß er das Schiff erfolgreich verteidigen würde.

Aber wenn er den Lordschaften von der Admiralität berichtete, daß die Postschiffe nur gekapert wurden, weil die Kommandanten nicht wußten, wie man mit halbem Wind segelte, würden die Gentlemen nur ungläubig und spöttisch lachen und Ramage in Pension schicken. Und das wäre auch kein Wunder, denn diese Erklärung klang wirklich nicht plausibel.

Was sollte er tun? Stevens zwingen, nach Norden zu steuern? Und wenn der sich weigerte, selbst das Kommando übernehmen? Aber damit konnte er seinen Auftrag nicht erfüllen. Es würde nur beweisen, daß Stevens ein schlechter Seemann war.

Ich sitze ganz schön in der Klemme, dachte er verbittert. Sir Pilcher wußte schon, warum er keinen seiner Günstlinge mit dieser Aufgabe betraut hatte.

»Nun?« fragte Yorke. »Jetzt starren Sie schon seit drei Minuten das Kaperschiff an. Fünfmal haben Sie geseufzt und zweimal über die Narbe an Ihrer Schläfe gerieben. Inzwischen müßten Sie eine Entscheidung getroffen haben. Southwick und ich warten auf Ihre Befehle.«

Ramage schüttelte unglücklich den Kopf. »Ich habe keinen Entschluß gefaßt, und ich befehle nicht. Hätte ich doch nur die *Triton* nicht verloren! Dann wäre ich jetzt nicht hier . . .«

»Aber Sir!« sagte Southwick beruhigend. »Warum setzen wir Stevens nicht einfach einen Warnschuß vor den Bug?«

Ramage zuckte mit den Schultern. »Das ist auch das einzige, was wir tun können. Wir sind ja nur Passagiere.«

Er hatte noch nicht zu Ende gesprochen, als Yorke bereits zu Stevens ging, der immer noch an der Heckreling stand. Ramage sah, daß der Kommandant jetzt einen Säbel trug, genau wie einige seiner Leute. Aber Stevens hatte noch nicht befohlen, das Schiff klar zum Gefecht zu machen. Ramage erinnerte sich, daß Jackson immer noch seinen Säbel hielt, und sah den Amerikaner in seiner Nähe warten. Er griff nach der Waffe, dann folgte er Yorke und Southwick, die sich zu Stevens gesellt hatten.

Stevens sah die drei Männer mit der furchtsamen Miene eines Lebensmittelhändlers an, bei dem sich die drei besten Kunden über minderwertige Ware beschwerten.

Wir sind Passagiere, sagte sich Ramage, nur Passagiere. Er deutete auf den Kaperschoner, der nun beängstigend nahe herangekommen war. »Wir hätten leicht fliehen können.«

»Es war hoffnungslos«, sagte Stevens unbehaglich.

»Er war sechs Meilen weit in Lee, als wir ihn gesichtet haben. Die *Arabella* ist doch ein schnelles Schiff.«

»Nicht so schnell, wie sie aussieht.«

»Ich würde mich schämen, wenn das mein Schiff wäre«, meinte Yorke.

»Warum denn, Mr. Yorke?« Stevens ließ sich nicht provozieren.

»Weil sie so miserabel geführt wird. Das werde ich auch Lord Auckland sagen.«

»Ich kann nicht mehr Segel setzen, Mr. Yorke. Ich habe nicht genug Leute, um die Segel zu bedienen, wenn die Freibeuter herankommen.«

»Wenn Sie die Segel richtig getrimmt und die Rudergänger im Auge behalten hätten, wäre das Kaperschiff nicht einmal auf fünf Meilen herangekommen. Im Dunkeln hätten wir dann leicht entkommen können. Aber dazu ist es jetzt zu spät.«

»Ja, leider«, sagte Steven bekümmert. »Ich habe gar keine Lust, wieder gefangengenommen zu werden.«

»Dann müssen Sie bessere Männer ans Ruder stellen«, stieß Yorke hervor. »Die beiden steuern doch die ganze Zeit um zwei Strich zuviel Ost.«

»Oh, da täuschen Sie sich aber, Mr. Yorke. Dieses Schiff kann nicht so hoch am Wind segeln wie der französische Schoner.«

»Unsinn! Captain Stevens, ich muß Sie an die Verantwortung erinnern, die Sie für Ihre Passagiere tragen. Sie haben nicht die erforderlichen Schritte unternommen, um unser Leben zu schützen. Sie haben das Schiff noch nicht mal gefechtsklar gemacht. Die Stückpforten sind ja noch gar nicht offen.«

Sehr gut, dachte Ramage. Yorke protestierte ganz im Stil eines aufgebrachten Passagiers, der sich bedroht sah. In diesem Augenblick dröhnten Captain Wilsons schwere Schritte über das Deck. »Yorke, Sie sind unverschämt. Warum beleidigen Sie den Captain? Ich habe volles Vertrauen zu ihm. Sobald er den Befehl gibt, werden wir mit unseren Waffen bereitstehen und den Franzosen das Fürchten beibringen.«

»Unsinn!« rief Yorke ärgerlich. »Ich bezweifle nicht, daß Sie eine Kompanie in die Schlacht führen können, und Sie können sich ebenso auf die Behauptung eines erfahrenen Seemans verlassen. Ich sage Ihnen, dieses Schiff wird katastrophal geführt. Captain Stevens trägt die Schuld daran, daß die Freibeuter in etwa zwei Stunden die *Arabella* entern werden. Sie segelt nicht – sie treibt dahin. Wenn Sie mir nicht glauben, fragen Sie doch Mr. Ramage und Mr. Southwick!«

Ramage wußte, daß Yorke den Hauptmann absichtlich provozierte, um Stevens aus der Reserve zu locken. Aber er mußte verhindern, daß der junge Reeder zu weit ging. Wahrscheinlich würde der Kaperschoner in weniger als zwei Stunden längsseits an der *Arabella* festmachen, und wenn Captain Wilson sich schon jetzt aufregte und Energien verschwendete, war er dann vielleicht nicht mehr aggressiv genug. »Gentlemen«, sagte er deshalb begütigend, »statt zu streiten, sollten wir uns lieber anhören, was für Instruktionen uns Captain Stevens geben will.« Dieser Schachzug trug ihm einen bewundernden Blick von Yorke ein.

Stevens hüstelte und straffte die Schultern. »Ich – eh, nun ja ...« Als er vier Augenpaare wachsam auf sich gerichtet sah, seufzte er kläglich. »Ich habe die Order zu fliehen – und wenn ich nicht fliehen kann, soll ich mich dem Feind unterwerfen, nachdem ich die Postsäcke versenkt habe . . .«

»Verzeihen Sie«, unterbrach ihn Ramage, »ich habe Sie wohl mißverstanden. Ich dachte, die Kommandanten seien instruiert, erst einmal die Flucht zu ergreifen, und wenn das nicht möglich ist, zu kämpfen. Die Post ist erst dann zu versenken, wenn sie nicht mehr kämpfen können. Und erst danach sollen sie die Flagge streichen.«

»Natürlich, Leutnant«, versicherte Stevens hastig. »Genau das habe ich gemeint.«

»Sehr schön«, sagte Ramage kühl. »Aber bisher haben Sie nichts unternommen. Die Brigg ist nicht gefechtsklar, die Enternetze sind nicht geriggt, die Post ist nicht an Deck, um notfalls versenkt zu werden. Was haben Sie bis jetzt getan, Mr. Stevens – wenn man einmal davon absieht, daß Sie sich einen Säbel umgeschnallt haben?«

Stevens sah ihn so gekränkt an, als hätte Ramage ihn gefragt, ob seine Frau ihm schon einmal Hörner aufgesetzt habe. »Aber Mr. Ramage! Bleiben wir doch sachlich. Ich bin der Ansicht, daß man vor dem Kampf immer kühl und gelassen sein muß. Mit der Zeit werden auch Sie noch lernen, wie wichtig das ist.«

Ramage unterdrückte seinen Zorn. »Ich bin ganz Ihrer Meinung, Captain. Wenn ich auch bezweifle, daß Sie jemals gekämpft haben, so weiß ich doch aus Erfahrung, daß Ihre Theorie stimmt.«

Verwirrt zuckte er zusammen, als hinter seinem Rücken plötzlich ein bitteres Gelächter erklang. Er wandte sich um und sah Much hinter sich stehen, der seinen Kommandanten verächtlich anstarrte. Stevens wich dem Blick des Ersten verlegen aus.

»Wir haben nicht mehr viel Zeit.« Ramage zeigte auf das Kaperschiff und dann auf das Boot, das am Heck des Postschiffs hing. »Sollen wir es nicht zu Wasser lassen? Es könnte uns im Gefecht behindern.«

»*Ich* bin der Kommandant hier, Mr. Ramage.«

»Ja, das haben Sie bereits erwähnt. Aber da Sie das Schiff nach Lee vertreiben ließen, müssen wir kämpfen. Und wenn man einen Angriff abwehren will, muß man wohl oder übel zielen und feuern. Ich versichere Ihnen, daß die Franzosen bald in Schußweite sein werden. Was wir dem Kurs verdanken, den Sie steuern.«

»Lassen Sie die Post an Deck bringen, Mr. Much!« befahl Stevens und ignorierte Ramage. »Beeilen Sie sich!«

Ramage wandte sich ab. Er sah, daß sich Farrell zu der kleinen Gruppe gesellt hatte. Aber bisher hatte der Arzt noch kein Wort gesagt.

Als Ramage zum Großmast ging, sah er, daß die Rudergänger die Brigg immer noch nach Lee sacken ließen. Stevens hatte keine neuen Befehle erteilt, hatte keine Matrosen an Schoten und Brassen geschickt. Vielleicht hatte er ihm doch zu sehr zugesetzt? Stevens wurde immer nervöser. Wenn man ihn ein paar Minuten in Ruhe ließ, traf er vielleicht die richtige Entscheidung. Vielleicht beschloß er sogar zu kämpfen.

Jackson und Stafford, die natürlich wußten, daß sich die Lage zuspitzte, hatten an einer Stelle Posten bezogen, wo sie Ramage im Auge behalten und alle seine Gesten beobachten konnten, auch ein kaum merkliches Heben der Brauen. Yorke und Southwick hatten sich von Stevens entfernt und sahen zu, wie die Matrosen die Postsäcke an Deck brachten und sie an der Leeseite hinter der achtersten Kanone deponierten. So konnten sie die Säcke am leichtesten durch die Pforte schieben.

Drei Männer schleppten mehrere Eisengewichte an Bord. Much griff nach einem der Säcke, schnitt das Bleisiegel ab und knotete den Strick auf, mit dem der Sack zugeschnürt war. Er band zwei Gewichte daran. Dann nahm er sich den nächsten Sack vor. Ramage zählte dreiundzwanzig Säcke. Als alle mit Eisengewichten versehen waren, befahl Much einem Matrosen, sie zu bewachen. Dann ging er zum Kommandanten und verkündete mit lauter Stimme: »Ihre Säcke sind fertig. Sie können versenkt werden.«

Stevens ignorierte die besondere Betonung, die auf dem Wort ›Ihre‹ gelegen hatte. »Danke, Mr. Much. Ich sehe, Sie haben einen Wachtposten danebengestellt. Exzellent!«

Yorke fing einen Blick von Ramage auf und folgte ihm zum Großmast. »Was wird er tun? Kämpfen oder die Flagge streichen?«

»Keine Ahnung. Wenn ich nur mehr über den Ersten wüßte . . .«

»Offensichtlich ein sehr religiöser Mann, der Stevens als Sünder betrachtet.«

»Oder als Schurken.«

»Vielleicht ist er nur ein Narr. Aber . . .« Yorke blickte sich vorsichtig um und senkte die Stimme. »Ich glaube, daß er stark von diesem Arzt beeinflußt wird.«

»Ich auch. Schade, daß Bowen nicht mehr aus ihm herauskriegen konnte.«

»Schach ist nicht gerade ein redseliges Spiel.«

Ramage zeigte nach Steuerbord. Der Kaperschoner, unter dem Druck der Segel leicht zur Seite geneigt, preschte anmutig über die Wellen. Ein weißer Schnurrbart aus Gischt lag vor seinem Bug und zeigte, daß das Schiff beinahe seine Höchstgeschwindigkeit erreicht hatte. Geführt von einem tüchtigen Kommandanten, würde es nach etwa einer Meile den Weg der leewärts abgetriebenen *Arabella* kreuzen. Dann konnte es nur noch Minuten dauern, bis das Postschiff den Freibeutern hilflos ausgeliefert war – falls sich Captain Stevens nicht doch noch entschloß, die Initiative zu ergreifen.

»Kommen Sie«, sagte Ramage zu Yorke. »Der Schoner sieht zwar sehr hübsch aus, aber es wird Zeit, daß wir Stevens ein bißchen Mut zusprechen.«

Stevens beobachtete das Kaperschiff mit dem faszinierten Entsetzen eines Hasen, der von einem Wiesel belauert wird.

»Bald ist der Freibeuter in Reichweite«, meinte Ramage fröhlich.

»Ah, Mr. Ramage . . . Mit diesen Kanonen werden sie uns nicht viel anhaben können. Sie denken wohl an die Zwölfpfünder, mit denen Ihre Fregatten bestückt sind . . .«

Ramage entschied, daß es nun an der Zeit war, mit schonungsloser Offenheit zu sprechen. »Mr. Stevens, abgesehen von der Tatsache, daß Ihre Passagiere nicht als Gefangene in einem französischen Gefängnis landen wollen – werden Sie Ihre Order weiterhin mißachten?«

»Welche Order, Mr. Ramage?« fragte Stevens in weinerlichem Ton.

»Zu kämpfen – wenn Sie nicht davonsegeln können.«

»Aber wir segeln doch, Mr. Ramage.«

»Mit schlecht getrimmten Segeln, Mr. Stevens.«

»Ah, die Royal Navy will mir wohl erklären, wie ich meinen Beruf ausüben soll?«

»Wenn Sie wirklich glauben, daß Ihre Segel richtig stehen, würden Sie allerdings ein paar Nachhilfestunden brauchen. Könnten Sie uns sagen, warum Sie das Schiff nicht gefechtsklar gemacht haben?«

»Das wäre sinnlos. Unsere Kugeln würden den Schoner nicht erreichen.«

»Wir könnten es ja wenigstens versuchen.«

Stevens zuckte mit den Schultern, dann sagte er mit milder Stimme, als wolle er ein Kind beruhigen, das sich im Dunkeln fürchtet: »Gut, ich werde befehlen, das Schiff klar zum Gefecht zu machen, wenn Ihnen dann wohler ist, Mr. Ramage. Much . . .« Er wandte sich zu seinem Ersten um und gab die entsprechenden Anweisungen.

Ramage rieb die Narbe an seiner Schläfe und versuchte seine Wut zu unterdrücken. Da spürte er Yorkes Hand auf seinem Arm, die ihn mit sanftem Nachdruck zur Seite zog. »Regen Sie sich nicht auf«, sagte der junge Reeder, als sie außer Hörweite waren. »Der Bursche spielt doch Theater.«

»Was meinen Sie damit, zum Teufel?«

»Bisher dachten wir, er hätte keine Ahnung, was er tun sollte. Aber jetzt glaube ich, daß er genau tat, was er vorhatte. Und daß er ganz genau weiß, was er tut.«

Ramage starrte ihn entgeistert an. »Wissen Sie auch, was Sie da sagen?«

»Ja. Und ich habe das Gefühl, daß Ihnen der gleiche Gedanke längst gekommen ist.«

Ramage nickte, als er über das Deck der *Arabella* blickte. »Die Leute scheinen den Ablauf zu kennen.«

Die Männer führten Muchs Befehle aus, aber mit so langsamen Bewegungen, als hätten die französischen Freibeuter nichts weiter vor, als der *Arabella* einen Freundschaftsbesuch abzustatten. Sie untersuchten die Kanonen, ob sie trocken waren, beseitigten alle Hindernisse an Deck und streuten Sand, damit sie nicht ausrutschten. Über den Luvbug spritzte genügend Gischt und floß an Deck nach achtern, so daß die Männer kein Wasser auf die Planken schütten mußten, um zu verhindern, daß Pulver und Sand hochflogen. Andere öffneten eine große Holzkiste und nahmen schwere Musketen mit trichterförmigen Mündungen und einfachere Feuerwaffen heraus. Eine geöffnete Kassette mit Pistolen stand daneben, und zwei Matrosen, die Arme voller Säbel, riefen ihre Kameraden heran. Gelangweilt schlenderten sie herbei, um sich ihre Waffen zu holen.

Die Stückmannschaften schienen nicht viel von Disziplin zu halten, und man sah ihnen an, daß sie schon lange nicht mehr exerziert hatten. Und was noch erstaunlicher war: Sie zeigten weder Erregung noch Furcht.

Yorke zupfte Ramage am Ärmel. »Kommen Sie, holen wir uns Musketen und Pistolen.«

Als sie auf die Waffenkiste zugingen, warf Ramage wieder einen Blick nach Steuerbord auf das Kaperschiff. Der Schoner krängte elegant, offenbar wandte der Kommandant jeden Trick an, um effektvoll gegen den Wind zu kreuzen. Im Gegensatz zu dem schönen Schiff mit den geblähten Segeln wirkte die *Arabella* wie ein müdes altes Weib. Ramage sah seufzend zur Takelage auf und dann zu den Rudergängern hinüber, die seinem Blick auswichen.

»Vergessen Sie die schwarzen Gedanken«, sagte Yorke. »Schauen Sie sich lieber unseren Soldatenfreund an.«

Wilson stand mit Bowen vor der Waffenkiste und lud eifrig die Musketen. Ein Dutzend Schießeisen, offenbar bereits geladen, lehnten an der Kiste. Ramage sagte nichts. Statt dessen beobachtete er das Kaperschiff. Jetzt konnte er schon Einzelheiten der Takelage ausmachen, und das bedeutete, daß es nur mehr eine knappe Meile entfernt war. Und es kam rasch näher. In einer halben Stunde würde es neben der *Arabella* sein. Bord an Bord . . .

Um meinen Auftrag auszuführen, dürfte ich überhaupt nichts tun, sagte sich Ramage. Die Antwort auf die Frage der Admiralität ist irgendwo an Bord dieses verdammten Postschiffs verborgen. Und ich bin verdammt sicher, daß ich die halbe Antwort schon kenne. In einer halben Stunde, wenn uns die Freibeuter gefangennehmen, muß ich die andere Hälfte der Antwort gefunden haben.

Aber was sollte denn noch passieren, das ich nicht schon jetzt voraussagen könnte? fragte er sich. Ein Schwarm von Enterern wird an Bord kommen, und das wär's dann. Wie kann ich als Gefangener die Admiralität informieren? Wie viele Jahre werde ich in einem französischen Gefängnis verbringen – drei oder vier? Ich habe beschlossen, mich gefangennehmen zu lassen, wenn es notwendig ist. Aber es war einfach, diese Entscheidung zu treffen, als ich abends bequem in meiner Koje lag oder in einem Lehnstuhl saß und mich mit Yorke unterhielt. Jetzt, da ich das Kaperschiff anstarre, scheint mir diese Lösung völlig falsch . . .

Aus drei Gründen – und alle drei werden mir erst klar in diesem Augenblick, da sich der schwarze Schoner unserem Kielwasser nähert. Erstens würde nicht einmal ein besessener Spieler auch nur einen Penny darauf wetten, daß ich eine Sekunde, nachdem die Freibeuter an Bord gestürmt sind, noch am Leben bin. Also werden Ihre Lordschaften wohl nie erfahren, was ich bisher herausgefunden habe. Zweitens – auch wenn ich das Entermanöver überlebe, werde ich aus einem französischen Gefängnis wohl kaum Kontakt zur Admiralität aufnehmen können. Und drittens – was kann ich noch herausfinden in dieser halben Stunde, die mir bleibt? Was könnte ich dem, das ich ohnehin schon weiß, noch hinzufügen?

Ich habe nur einen Fehler gemacht – aber der war schwerwiegend genug. Als ich in meiner Koje lag und nachdachte, kam ich niemals auf den Gedanken, daß Stevens sich so benehmen würde. Aber jetzt tut er es – und die anderen Postschiffskommandanten machten es wahrscheinlich nicht anders. Das ist eine Hälfte der Antwort. Und eine halbe ist besser als gar keine, vorausgesetzt, die Admiralität bekommt sie überhaupt.

Als er sich Yorke und Southwick zuwandte, stand sein Entschluß fest. Die Zeit war zu knapp, um Stevens den Brief Sir Pilchers unter die Nase zu halten. Worte konnten jetzt nicht mehr helfen, auch nicht, wenn sie von einem Oberbefehlshaber oder vom Ersten Lord der Admiralität stammten. Schnelles Handeln war das einzige, was die *Arabella* noch retten konnte. Schnelles Handeln – und gewisse Überraschungseffekte . . .

»Bleibt dicht in meiner Nähe«, sagte er zu den beiden Männern und ging zum Kompaßhaus. Er blickte auf den Kompaß, dann auf die Luvseiten der Segel. »Steuert Nord!« fuhr er die beiden Rudergänger an. »Und gnade euch Gott, wenn ihr auch nur einen halben Strich vom Kurs abweicht!«

Bevor die verwirrten Männer auch nur ein Wort sagen konnten, drehte er sich zu Southwick um. »Haben Sie Pistolen? Gut, dann behalten Sie diese Burschen im Auge. Wenn sie nicht gehorchen, schießen Sie!« Er blickte sich suchend um und sah den Ersten am Großmast stehen. »Mr. Much! Als Offizier des Königs übernehme ich hiermit das Kommando an Bord. Sehen Sie zu, daß die Segel ordentlich getrimmt werden!« Dann wies er Yorke an, Stevens in Schach zu halten, und schrie: »Tritons! Zu Mr. Much!«

Er ging auf Stevens zu, der an der Heckreling stand, und sah, daß der Mann wie gehetzt um sich blickte. Plötzlich riß Stevens seinen Säbel aus der Scheide und rannte zur Steuerbord-Großbrasse, um sie zu kappen, so daß die Großrah außer Kontrolle geraten mußte. Ramage stürzte sich auf ihn und hielt ihn gerade noch zurück. Stevens verlor das Gleichgewicht, stolperte und stieß mit dem Kopf gegen die Reling. Lautlos brach er zusammen.

Ramage zog seinen Säbel aus der Scheide und stand vor ihm, ohne zu wissen, ob Stevens immer noch ohnmächtig war. »Captain, Sie werden des Hochverrats beschuldigt. Ich übernehme das Kommando über die *Arabella* . . .

Yorkes Warnruf drang zu ihm, er wirbelte herum und sah den Bootsmann nur wenige Meter entfernt, mit vorquellenden Augen und hocherhobenem Säbel. Flüchtige Eindrücke: Schweißperlen auf der Stirn und der Oberlippe des Mannes, die weiß vorstehenden Fingerknöchel der Hand, die den Säbelgriff umklammerte, die drückende Stille, die nur von den eiligen Schritten und dem keuchenden Atem durchbrochen wurde . . .

Unwillkürlich riß Ramage seinen Säbel hoch, so daß die Schneide fast horizontal vor seinem Kopf schwebte, und ging leicht in die Knie. Er dankte Gott, daß der Mann kein Fechtmeister war . . . Einen Augenblick später traf der Säbel seine Klinge mit einem lauten Klirren. Der schwergebaute Bootsmann hatte all seine Kraft in diesen Säbelstreich gelegt, und als seine Waffe nun abprallte, verlor er das Gleichgewicht und taumelte ein paar Schritte nach rechts. Er brauchte nur zwei oder drei Sekunden, um das Gleichgewicht wiederzufinden. Ramage fand gerade noch Zeit, Southwick und Yorke herbeilaufen zu sehen, die ihm zu Hilfe kommen wollten. Er befahl ihnen keuchend, sich fernzuhalten, und im selben Augenblick griff der Bootsmann mit einem Wutschrei zum zweitenmal an. Wieder parierte Ramage, indem er seinen Säbel mit waagrechter Klinge vor seinen Kopf hielt. Wieder stießen die Klingen klirrend aufeinander. Die Wucht des Aufpralls brachte den Bootsmann aus dem Gleichgewicht. Er taumelte, und Ramage streckte den rechten Fuß vor. Der Mann stolperte darüber und stürzte bäuchlings auf die Planken. Ramage schlug ihn mit der flachen Klinge und rief: »Laß den Säbel fallen und steh auf! Du bist hier nicht im Zirkus!«

Mit diesen Worten wandte er ihm verächtlich den Rücken zu. Er wußte, daß sowohl die Postschiffsmatrosen als auch die Tritons seine kühle Gelassenheit bewunderten. Southwick gab ihm mit zwei Pistolen Deckung.

»Das war raffiniert«, meinte Yorke. »Und ich dachte schon, der Bursche würde Sie erwischen.«

»Anscheinend hat er das Fechten bei den Holzfällern gelernt.« Ramage sah sich nach allen Seiten um. »Nun haben der Kommandant und der Bootsmann die Säbel geschwungen. Will es noch jemand versuchen?«

Southwick hob seine beiden Pistolen. »Die Kerle sollen nur kommen. Ich hätte den Mann getötet, aber Sie waren leider in der Schußlinie, Sir.«

Ramage rief Jackson zu sich. »Sehen Sie nach, was mit Stevens los ist. Holen Sie den Arzt . . . Ah, da sind Sie ja, Mr. Farrell. Warum, zum Teufel, kümmern Sie sich nicht um Ihren Kommandanten?« Er wandte sich wieder an den Amerikaner. »Lassen Sie die Heckgeschütze laden und ausfahren!«

»Und die Enternetze?« fragte Yorke.

Ramage warf einen Blick auf das Kaperschiff. »Dazu haben wir keine Zeit mehr. Ich möchte, daß Sie die Postsäcke bewachen. Sie dürfen erst versenkt werden, wenn es sich nicht mehr vermeiden läßt. Entscheiden Sie selbst, wann es so weit ist. Aber warten Sie nicht zu lange! Riskieren Sie nichts!«

Inzwischen hatte ein halbes Dutzend Tritons auf Jacksons Befehl die Laschings der Heckgeschütze gelöst, und der Amerikaner kam zu Ramage. »Die Pulverkammer ist abgeschlossen, Sir.«

»Was?« stieß Ramage hervor. »Sind Sie sicher?«

»Der Bootsmann sagt, daß der Kommandant den Schlüssel hat.«

»Aber Wilson hatte doch Pulver für die Musketen und Pistolen.«

»Aye, Sir«, sagte Jackson geduldig. »Aber die Pulverkammer wurde danach wieder abgesperrt. Auf Anordnung des Kommandanten.«

»Großartig!« Ramage sah sich nach dem Ersten um und stellte fest, daß die Segel jetzt perfekt getrimmt waren und Southwick am Ruder Posten bezogen hatte. Der Erste ließ sich nicht blicken.

Stevens hob den Kopf und sagte mit schwacher Stimme: »Das ist Meuterei. Sie haben mir mein Schiff weggenommen. Das werden Sie noch bereuen, Mr. Ramage!«

»Wenn Sie mir Ihr Wort geben, daß Sie alle erforderlichen Schritte unternehmen werden, um die Aufbringung der *Arabella* zu verhindern, können Sie Ihr Schiff wiederhaben, Stevens.«

Farrell richtete sich auf und starrte Ramage haßerfüllt an. »Ein Offizier des Königs, was? Aber eine französische Kugel kümmert sich nicht darum, ob sie den Kopf eines königlichen Offiziers oder eines Kajütjungen durchbohrt.«

»Oder den Kopf eines Schiffsarztes«, erwiderte Ramage kühl. »Verarzten Sie Stevens, dann gehen Sie in den Salon hinunter, wohin Sie gehören. Nehmen Sie Stevens mit, wenn er das will. Wenn ich Sie noch einmal an Deck sehe, lasse ich Sie in Ketten legen.« Ramage hielt immer noch seinen Säbel in der Rechten und klopfte mit der Spitze auf die Planken. Sekundenlang hielt Farrell seinem Blick stand, dann wandte er sich ab und sagte zu Stevens: »Ich bin im Salon, wenn Sie mich brauchen.«

Sobald er gegangen war, befahl Ramage dem Kommandanten: »Geben Sie mir den Schlüssel zur Pulverkammer!«

»Ich habe ihn nicht.«

»Wo ist er?«

»Das weiß ich nicht.«

»Er steckt in einer Ihrer Taschen«, sagte Ramage verächtlich. »Wenn Sie ihn nicht sofort herausgeben, werden zwei Männer Ihre Kleider in Fetzen reißen.«

Stevens wußte, daß Ramage es ernst meinte, und zog einen Bronzeschlüssel aus der Rocktasche. Ramage nahm ihn, wandte sich um und sah, daß Much wartend hinter ihm stand.

»Sie haben mich rufen lassen, Sir?«

»Ja. Ich brauche einen verläßlichen Mann für die Pulverkammer. Dann müssen wir ein geschicktes Segelmanöver ausführen. Ich werde die Heckgeschütze einsetzen, bis der Feind versucht, längsseits zu gehen. Dann werden wir eine Breitseite abfeuern und rasch drehen.« Ramage sah, wie die Kinnmuskeln des Mannes arbeiteten. O nein, dachte er, großer Gott, laß es nicht zu, daß ich ihn falsch beurteilt habe, daß er trotz allem Stevens' Lakai ist . . .

Much zeigte auf Jackson und die Mannschaft, die die Heckgeschütze vorbereitete. »Die können Sie nicht benutzen, Sir. Nur die Vierpfünder.«

Ramage hob die Brauen. »Und warum nicht?«

»Nun, sehen Sie . . .«

»Much!« unterbrach ihn Stevens scharf. »Hüten Sie Ihre Zunge! Eines Tages in Falmouth werde ich Ihnen das heimzahlen . . .«

Ramage sah auf Stevens hinab. »Dann sagen *Sie* es mir, und zwar schleunigst!«

»Die Ringbolzen würden die Taljen beim Rückstoß nicht halten«, erklärte Stevens hastig, den Blick auf Ramages Säbel gerichtet. »Das Holz ist dort ein bißchen morsch.«

»Er hat recht, Sir«, bestätigte Much. »Beim Rückstoß spielen die Kanonen verrückt, sie würden Ihre Leute töten. Hier, ich zeige es Ihnen.«

»Machen Sie sich nicht die Mühe«, sagte Ramage. Er wußte, daß die beiden Männer nicht logen. Plötzlich erinnerte er sich, daß Stevens vor einigen Wochen erwähnt hatte, er hätte mit dem Schiffbauer wegen weicher Holzteile Ärger gehabt. »Gut, machen Sie weiter, Mr. Much. Holen Sie alles heraus, was in der Brigg steckt. Wo waren Sie übrigens?«

Much zog zwei langläufige Pistolen aus seinem Gürtel, hübsche, gepflegte Waffen. »Ich habe sie geholt und geladen.«

Ramage nickte, und Much ging zu Southwick, der neben dem Kompaßhaus stand.

Das Kaperschiff war noch eine halbe Meile entfernt – die perfekte Reichweite für ihre Heckgeschütze. Ein schöner Anblick, dachte Ramage widerwillig. So, wie der Schoner durch das Wasser schoß, mußten seine Steuerbord-Speigatten tief im Wasser liegen. Damit war sein Plan, nach dem Abfeuern der Breitseite zu drehen, hinfällig. Der Feind würde von Lee angreifen, weil seine Backbordgeschütze trocken waren. In nassen Pfannen zündete das Pulver nicht . . .

»Macht die beiden Kanonen wieder fest!« sagte Ramage zu Jackson. »Wir können sie nicht verwenden. Ladet die Breitseite mit Kettenkugeln und Kartätschen. Und verteilen Sie die Tritons auf die einzelnen Geschützbedienungen. Mindestens einer muß bei jeder Kanone stehen. Beeilen Sie sich! Wir haben nur mehr ein paar Minuten Zeit.«

Hauptmann Wilson sprach mit Yorke, und als Ramage zur Heckreling ging, um den Kaperschoner zu beobachten, kam der Soldat zu ihm. »Ich muß mich entschuldigen, Ramage.«

»Schon gut. Sie konnten es ja nicht wissen.«

»Ich komme mir vor wie ein Narr. Yorke hat mir alles erzählt, und . . .«

»Ja, ja«, unterbrach ihn Ramage hastig, weil er annahm, daß Stevens zuhörte. »Sind die Waffen geladen?«

»Ja, und ich habe alle an die Leute verteilen lassen. Dort ist noch ein Faß mit Ersatzwaffen.« Er zeigte zum Vorschiff, wo ein Faß stand, aus dem die Mündungen mehrerer Musketen ragten.

»Gut. Beziehen Sie Stellung auf dem Vorschiff. In ein paar Minuten werden Sie eine Menge zu tun kriegen, Wilson.«

»Wir werden es ihnen schon zeigen«, sagte der Hauptmann und marschierte nach vorn.

Yorke stellte sich neben Ramage an die Heckreling. »Tut mir leid, ich mußte es ihm sagen. Er wollte gerade seine Muskete auf Sie richten und Sie zwingen, Stevens das Schiff zurückzugeben.«

Die Vorstellung war so komisch, daß Ramage in Gelächter ausbrach. »O Gott! Die Sache ist schon kompliziert genug.«

»Da haben Sie recht. Es stimmt übrigens, was Much von den Heckgeschützen gesagt hat. Ich habe nachgesehen. Das Holz rings um die Bolzen ist ziemlich morsch.«

»Schauen Sie sich bloß Johnny Frenchman an: ein perfektes Ziel! Und wir können nicht feuern.«

»Ich frage mich, warum er uns noch nicht mit seinen Buggeschützen angegriffen hat.«

»Warum sollte er sich die Mühe machen? Der Kommandant sieht doch, wie schnell er uns einholt. Wahrscheinlich fragt er sich, warum wir jetzt ein paar Knoten mehr schaffen. Aber er will unsere Masten nicht beschädigen, denn er hofft ja immer noch, uns zu fangen. Und dann soll eine Prisenbesatzung mit der möglichst intakten *Arabella* nach Frankreich segeln.«

»Was tun Sie . . .« Yorke brach ab und blickte über Ramages Schulter. Ramage wandte den Kopf und sah Stevens neben sich stehen. Der Kommandant war wachsbleich, seine Hand tastete haltsuchend nach der Reling.

»Es – es tut mir leid«, stammelte er. »Ich bin leider in Panik geraten.«

»Nicht so schlimm«, entgegnete Ramage kühl. »Aber Sie werden der Postverwaltung erklären müssen, was Sie in der Stunde davor beabsichtigt haben.«

»Ich schäme mich, weil ich so feige war«, sagte Stevens mit seiner weinerlichen Stimme. »Der liebe Gott in seiner grenzenlosen Gnade möge mir verzeihen.«

»Ich verzeihe Ihnen nicht«, stieß Yorke hervor. »Es ist Ihre Schuld, daß wir jetzt alle in zwei Wochen ins Gefängnis von Verdun marschieren.«

Stevens warf ihm einen giftigen Blick zu. »Nun hat ja Mr. Ramage das Kommando. Es liegt an ihm, ob wir entkommen werden oder die Flagge streichen müssen.«

Yorkes Augen verengten sich. »Ganz richtig, Stevens. Aber vergessen Sie nicht: Als das Kaperschiff nur noch eine Meile entfernt war, hat Mr. Ramage zuallererst die Segel trimmen lassen und die Brigg auf den richtigen Kurs gebracht. Dann mußte er Sie daran hindern, die Brasse zu kappen. Und drittens mußte er die *Arabella* gefechtsklar machen. Dafür gibt es eine Menge Zeugen, Stevens, und das alles genügt, um Sie wegen Hochverrats aufzuhängen.«

»Wie recht Sie haben!« entgegnete Stevens zerknirscht, aber nicht sonderlich beeindruckt. »Mr. Ramage, sagen Sie mir doch bitte in den wenigen Minuten, die uns noch bleiben, was ich tun kann, um das Schiff zu retten.«

»Verschwinden Sie und stehen Sie mir nicht im Weg herum!« Ramage wandte sich wieder an Yorke. »Viel Vorsprung haben wir nicht gewonnen. In einer Viertelstunde werden wir den ersten Angriff abwehren müssen.«

»Was schlagen Sie vor?«

»Ich habe keine Wahl. Unsere französischen Freunde wollen uns entern. Das bedeutet, daß drei Dutzend Mann an Deck des Schoners warten, mit Säbel und Pistolen bewaffnet. Die Hälfte davon wird wahrscheinlich stockbesoffen sein.«

»Und sich gegenseitig vor die Füße laufen.«

»Genau. Davon können wir profitieren, wenn wir die Franzosen zwingen, nochmals über Stag zu gehen. Dann werden nicht nur die Steuerbord-, sondern auch die Backbordgeschütze naß.«

Ramage sah, daß Jackson alle Vierpfünder hatte laden lassen. An den Positionen der Geschützbedienungen erkannte er, daß der Amerikaner an jede Kanone einen Triton als Stückmeister gestellt hatte. Much marschierte an Deck auf und ab und beobachtete die Luvseiten der Segel. Und Southwick stand am Kompaßhaus, eine Pistole in jeder Hand, und zwang die beiden Männer, so gut zu steuern, wie sie es selbst nie für möglich gehalten hätten.

»Sehen Sie sich den Schoner an!« sagte Ramage. »Er krängt so stark, daß er nur die Kanonen an der Luvseite einsetzen kann. Das bedeutet, daß er uns von Lee angreifen wird. In dem Augenblick, da er längsseits ist – kurz bevor die erste Kanone feuert, wenden wir. Unsere Drehung nach Backbord müßte den Gegner so verwirren, daß wir schon über Stag gegangen sind, wenn er die Segeltrimmer und die Enterer auseinandersortiert hat.«

»Andernfalls wird er uns mit einer Breitseite bestreichen. Dann würde das Heck der *Arabella* wie ein Fischnetz aussehen.«

»Und wir beide auch«, meinte Ramage.

»Aber wenn es uns gelingt, ihn zu überrumpeln – was dann?« fragte Yorke mit skeptischer Miene. »Dann geht er auch über Stag und ist wieder längsseits. Sie können ihn nicht zweimal mit diesem Trick hereinlegen.«

»Wir werden sehen, was dann passiert. In einer solchen Situation kann man keine festen Pläne machen. Das wäre gefährlich. Man muß flexibel bleiben.«

»Ich werde dankbar sein, wenn ich meinen flexiblen Kopf auf den Schultern behalte. Sehen Sie doch nur, wie das Schiff heranrauscht! Der Kommandant versteht sein Geschäft.«

»Wir wollen hoffen, daß er die üblichen Landratten an Bord hat, die besser Gläser heben als Schoten holen können. Bleiben Sie hier und behalten Sie den Franzosen im Auge, ich werde jetzt Southwick und Much instruieren.«

Als er zum Kompaßhaus ging, sah Ramage, daß der Bootsmann schon wieder arbeitete. Der Säbel steckte in seiner Scheide, und der Mann befolgte Muchs Befehle. Aber es war zu riskant, sich auf ihn zu verlassen. Besser, wenn Jackson die Funktion des Bootsmanns übernahm. Es dauerte nur drei Minuten, Southwick die erforderlichen Befehle zu geben. Much und Southwick versicherten, daß die Rudergänger jetzt auf dem richtigen Kurs bleiben würden. Ramage brauchte sich darum also keine Sorgen zu machen, konnte in aller Ruhe den Feind beobachten, eine geeignete Taktik entwerfen und Southwick entsprechend instruieren. Southwick würde das Schiff segeln, den Rudergängern Befehle geben und Ramages Anweisungen an Much weiterleiten. Jackson würde die Geschützbedienungen überwachen. Ramage befahl ihm, auf die Takelage des Kaperschoners zu feuern, in der Hoffnung, einen Mast über Bord zu schießen. Yorke würde sich um die Postsäcke kümmern, Wilson nach Ermessen das Feuer mit den Musketen eröffnen, sobald der Feind in Reichweite war. Dabei würde er Bowen und alle Männer befehligen, die Jackson zeitweise an den Backbordkanonen entbehren konnte.

Als Ramage nach achtern zu Yorke zurückkehren wollte, fragte Southwick: »Wollen Sie, daß einer der Männer Kapitän Stevens bewacht, Sir?«

»Nein. Ich kann keinem Postschiffsmatrosen trauen und auf keinen Triton verzichten. Ich sage Yorke, daß er Stevens im Auge behalten soll.«

Yorke stand an der Heckreling und beobachtete das Kaperschiff, das nun bis auf vier- oder fünfhundert Meter herangekommen war. Es segelte im Kielwasser der *Arabella*, als wäre es im Schlepp. Stevens, der zwischen der Heckreling und der achtersten Kanone stand, warf gelegentlich einen desinteressierten Blick auf den Schoner, dann sah er sich neugierig an Deck der *Arabella* um.

Jetzt brauchen wir nur noch zu warten, sagte sich Ramage. Stafford ist Stückführer am achtersten Vierpfünder an Steuerbord, Rossi am vordersten. Maxton kommandiert mit fröhlichem Lächeln die vorderste Kanone an Backbord, ein junger Schotte namens Duncan die achterste.

Ramage musterte die vier Geschütze und sagte: »Jedesmal, wenn ich sie anschaue, kommen sie mir kleiner vor. Aber solange sie nicht weniger werden ... Trotzdem«, fügte er leise hinzu, »ich hätte das Kommando wohl kaum übernommen, wenn ich vorher gewußt hätte, daß man die Heckgeschütze nicht benutzen kann.«

»Unsinn! Sie hätten sich gar nicht aus der Sache raushalten können, wie ich Sie kenne«, sagte Yorke. »Sie müssen immer kämpfen, so schlecht Ihre Chancen auch stehen.«

»Viele Chancen haben wir wirklich nicht. In fünf Minuten geht's los. Ich glaube, Sie sollten jetzt die Postsäcke zu Vater Neptun schicken. Das sollen die Leute an der achtersten Backbordkanone machen. Duncan! Sie und Ihre Männer unterstehen für ein paar Minuten Mr. Yorkes Kommando!«

Stevens ging gemächlich nach vorn, seinen verbeulten Hut in der Hand. Sein Säbel hing an einem breiten Ledergurt, den er um die rechte Schulter geschlungen hatte. Jetzt konnte Ramage schon eine Männerschar am Bug des Schoners erkennen. Etwas blitzte im Sonnenschein, wahrscheinlich ein Säbel, der durch die Luft geschwungen wurde; er konnte sich nur zu gut vorstellen, was für wilde Flüche und Drohungen der Besitzer der Waffe in diesem Augenblick ausstieß. Aber es war doch merkwürdig ... Kein Freibeuter, der halbwegs bei Verstand war, würde im Kielwasser des Schiffs segeln, das er kapern wollte, wenn es mit Neunpfünder-Heckgeschützen bestückt war. Der Franzose konnte doch nicht wissen, daß die Heckwaffen der *Arabella* unbrauchbar waren, oder? Er wußte nur, daß sein Bugspriet direkt vor ihren Rohren lag und daß sie nicht feuerten. Hatten die Postschiffskommandanten in Freibeuterkreisen einen so fragwürdigen Ruf? Das wäre die einzig mögliche Erklärung . . .

Der Schoner fiel um einen halben Strich ab, um aus dem Kielwasser der *Arabella* und längsseits zu kommen. Die Männer, die sich am Bugspriet drängten wie Aasgeier auf einem Kadaver, mußten klitschnaß vom Gischt sein. O Gott, was für Burschen – bewaffnet mit Säbeln, Entermessern und Wurfbeilen, und alle seit Wochen unrasiert.

Plötzlich quollen drüben Rauchwolken vorn an der Luvseite empor. Der Wind wischte die weißen Schwaden fort. Ein schwaches Krachen . . . Viele Köpfe zeigten sich nun über der Reling, und einige Enthusiasten kletterten die Webeleinen hoch, um an Bord zu springen, sobald der schwarze Rumpf an das Postschiff stieß.

»Die Säcke sind versenkt.«

»Danke. Alles Duplikate und Triplikate von Sir Pilchers Depeschen! Stellen Sie sich das vor!«

Der Schoner segelte nun auf parallelem Kurs vierzig Meter in Lee. Genau die richtige Reichweite für die Vierpfünder. In zwei Minuten ist der Bugspriet querab, dachte Ramage. Gerade noch Zeit, Stafford und Rossi den Feuerbefehl zu geben, bevor wir über Stag gehen . . .

»Jackson! Ich werde für ein paar Sekunden abfallen, dann können Sie die Steuerbordkanonen einsetzen. Stafford, Rossi – aufgepaßt! Richtet die Rohre so weit wie möglich nach achtern! Zielt auf die Masten!«

Eine Drehung um drei Strich sollte genügen. Abfallen, feuern, herum mit dem Ruder, dann über Stag . . . Die Bastarde würden sich wundern.

»Drei Strich nach Steuerbord, Mr. Southwick! Keine Segel trimmen! Einfach abfallen, dann wieder auf den alten Kurs, nachdem die zweite Kanone gefeuert hat!«

Wilson und Bowen saßen in den Wanten des Großmasts. Ihre Musketen würden den Franzosen nicht viel tun, aber sie würden die Stimmung an Bord heben. Nichts macht einem Mann soviel Mut wie das Krachen eines Schießeisens, das er in der eigenen Hand hält . . .

Dreißig Mann drängten sich auf dem Vorschiff des Schoners, einer hing über der Reling und übergab sich. Aye, dachte Ramage, fuchtelt nur mit euren Säbeln herum und schimpft und flucht, ihr werdet bald was erleben. Der Bugspriet mußte noch zwanzig Meter zurücklegen. Die Gaffelklau drüben scheuerte am Mast, eine Schot des Klüvers war gerissen . . .

Noch zehn Meter . . . Viele neue Leinen haben sie, dachte Ramage. Müssen erfolgreiche Kaperfahrten hinter sich haben. Mehr als fünfzig Köpfe entlang der Reling . . . Ist das der Kommandant, der da achtern steht? Kein Wunder, daß dem Burschen vorn schlecht ist. Der Bugspriet hebt und senkt sich um mindestens zwanzig Fuß. Fünf Meter . . . So, jetzt kannst du dich zum letztenmal übergeben, mein Freund. Meine Schulter schmerzt. Ob sie der Säbel des Bootsmanns gestreift hat, ohne daß ich es merkte?

»Drei Strich nach Steuerbord, Mr. Southwick! Stafford! Einen Schuß im Namen des Bürgermeisters von London! Rossi, ich würde der Marchesa gern erzählen, daß Sie seinen Fockmast weggeschossen haben!«

Und die Tritons feuerten eifrig. *Arabellas* Bug begann herumzuschwingen. Nicht übertreiben! dachte Ramage. Verdammt, wir werden diesen Bugspriet abrasieren, Southwick! Wilsons Musketen krachen – und ein Mann fällt. Southwick bringt die Brigg wieder auf den alten Kurs . . .

Die achterste Kanone gab ein bronchitisches Hüsteln von sich, gefolgt von der vordersten. Die Lafetten rumpelten im Rückstoß binnenbords, während eine Rauchwolke aufquoll.

»Anluven, Mr. Southwick!«

Aber der alte Segelmeister hatte den Befehl bereits vorausgeahnt. Stafford und Rossi brüllten ihre Männer an, damit sie sich mit dem Nachladen beeilten. Die *Arabella* drehte von dem Schoner weg. In wenigen Augenblicken würde ihr Heck seinen Vierpfündern ausgesetzt sein. Ramage starrte in die Mündungen. Während die *Arabella* durch den Wind drehte, die Brassen herumschwangen und die Schoten neu getrimmt wurden, konnte er nichts weiter tun als warten.

Plötzlich flammte die Mündung der achtersten Kanone des Schoners rot auf, Rauch kräuselte sich über der Heckreling. Ein scharfes Klirren verriet, daß die Kugel irgend etwas Metallisches an Bord der *Arabella* getroffen hatte. Dumpfe Schläge zeigten, daß auch Holzteile beschädigt waren. Aber keine Schreie erklangen, also war niemand verwundet. Nichts in der Takelage riß mit lautem, peitschendem Knall.

Der Schoner segelte immer noch nach Norden, während Southwick und Much die *Arabella* weg nach Südwesten führten. Ramage wandte sich an Yorke und sagte: »Sie haben es geschafft, Nicholas! Es hat funktioniert!«

»Wir hatten Glück. Aber . . .« Ramage brach ab, als er Stevens gestikulieren sah. Plötzlich verließ ein halbes Dutzend Postschiffsmatrosen die Kanonen, Säbel in Händen, und rannte zu den Schoten und Brassen. Much packte Stevens an der Gurgel, und beide Männer stürzten an Deck, in einen heftigen Kampf verstrickt. Southwick schrie die Rudergänger an, und als einer der beiden vom Ruder zurücktrat, richtete er seine Pistole auf den anderen. »Halt!« brüllte Ramage, zog seinen Säbel und lief auf den Mann zu, der die Großbrasse attackierte. Innerhalb von Sekunden waren auf dem ganzen Deck Zweikämpfe zwischen Tritons und Postschiffsmatrosen entbrannt. Bevor Ramage den Mann erreichte, riß die Brasse mit einem Knall, und die große Rah begann zu drehen. Ramage sah die Focksegel flattern, und die Fockrah schwang herum, weil keine Brasse sie mehr festhielt.

Als die *Arabella* Fahrt verlor und ihr Bug abfiel, geriet das ganze Schiff außer Kontrolle. Ramage sah, daß der Kaperschoner über Stag gegangen war und nun direkt auf sie zusteuerte. Gleichzeitig kam das Großsegel herab. So ist das also, dachte er bitter. Stevens hat gewonnen. Er muß dem Bootsmann seine Befehle zugeflüstert haben, während sie zusammen mit Farrell achtern waren. Und der Bootsmann hat die Befehle an alle Postschiffsmatrosen weitergegeben.

Es würde eine Stunde dauern, bis die Takelage repariert war, und dann . . . Er sprang zur Seite, aufgeschreckt durch etwas Großes, das vom Himmel herabzuflattern schien. Und dann sah er Farrell bei der gekappten Flaggleine stehen, seinen Säbel in der Hand. Die Flagge fiel in einem unordentlichen Haufen an Deck – das klassische Zeichen der Unterwerfung.

Ein heiserer italienischer Fluch erklang, und einen Augenblick später hatte Rossi den Arzt auf die Planken gerissen, warf ihn auf den Rücken und legte beide Hände um seinen Hals.

»Alle Tritons nach achtern!« schrie Ramage, aber Yorke packte seinen Arm.

»Warten Sie noch eine Minute, bis unsere Jungs ihre Privatkämpfe ausgetragen haben!«

»Ich will nicht, daß unnötig Blut vergossen wird. Ich habe schon genug Probleme.«

Southwick kam nach achtern und schob einen stolpernden Stevens vor sich her, gefolgt von Jackson und Much. Der Kommandant hielt sich mit beiden Händen die Kehle und atmete keuchend. Der Erste wischte nassen Sand von seinen Kleidern. Als die Tritons nach achtern kamen, sah Ramage, daß sich die Postschiffsmatrosen auf dem Vorderdeck um den Bootsmann sammelten. Als dicht hinter ihm ein gellender Schrei erklang, wirbelte er herum. Rossi hatte sein Messer an den Hals des Arztes gelegt.

»Rossi! Töten Sie ihn nicht!« Ramage riß den Matrosen an der Schulter zurück. »Er wird ohnehin bald am Galgen baumeln.« Aber als Ramage sich aufrichtete, sah er, daß dies unwahrscheinlich war. Der Kaperschoner hatte in Luv des schwer beschädigten Postschiffs beigedreht, kaum hundert Meter entfernt. »Ist jemand tot oder verwundet?« wandte er sich an Southwick.

»Ein Postschiffsmatrose liegt tot neben einer Kanone, und ein oder zwei haben Schnittwunden. Stevens hat einen wunden Hals, Sir, und . . .«

»Er hat Glück, daß er noch lebt und seine Schmerzen spüren kann«, stieß Much wütend hervor. »Dieser Mann . . .« Er wies auf Jackson ». . . hat mich daran gehindert, ihm den Garaus zu machen.«

»Spielt jetzt keine Rolle mehr«, sagte Ramage. »In ein paar Minuten werden wir ohnehin alle Gefangene sein.« Er wandte sich an die Tritons, und seine Geste bezog auch Much mit ein. »Ich danke euch allen. Wenn unsere Freunde nicht dazwischengekommen wären, hätten wir unsere Feinde geschlagen.«

11

Das Kaperschiff war der Schoner *Rossignol* aus St. Malo, bestückt mit zehn Vierpfündern, bemannt mit dreiundneunzig Bretonen; er befand sich seit siebzehn Tagen auf See. Als die in Fetzen gekleideten Männer mit wild funkelnden Augen aus drei Booten über die Reling der *Arabella* sprangen, fühlte sich Ramage an eine Horde hungriger Ratten erinnert, die einen Getreidespeicher stürmten. Die wenigsten waren Seeleute, und die meisten waren betrunken, aber alle waren erfahrene Räuber. In wenigen Minuten hatten sie alles Wertvolle aus den Kabinen der Passagiere und Offiziere geholt. Ramage verstand diese Windseile erst, als er sah, daß diese Männer aus dem ersten Boot gekommen waren.

Einer der ersten, die aus dem zweiten Boot an Bord kletterten, war ein Mann, der sich hastig als Erster der *Rossignol* vorstellte. Nachdem er offiziell das Kommando über die *Arabella* übernommen hatte, stürzte er unter Deck, eine Pistole in der Hand, gefolgt von vier Männern. Ein oder zwei Minuten später krachte ein Schuß. Yorke und Ramage wechselten einen erschrockenen Blick. War das Bowen? Southwick und Wilson waren an Deck. Ein zweiter Schuß peitschte auf, und dann rannten zwei Dutzend verängstigte Freibeuter an Deck, wo sie wie eine Schar gescholtener Schuljungen stehenblieben.

Bald darauf erschien der französische Erste und schrie die Männer wütend an. Sein Säbel, den er schwang, um seinen Worten Nachdruck zu verleihen, riß Splitter aus den Planken.

»Was sagt er denn, um Gottes willen?« rief Yorke. »Diese Sprache ist mir leider nicht geläufig.«

»Er ist Bretone«, erwiderte Ramage und begann zu übersetzen. »Er schimpft mit den Männern, weil sie gestohlen haben. Er sagt, daß es verboten ist, unter Deck zu gehen. Dies sei nicht nötig, wenn die Prise die Flagge gestrichen hätte. Der Tote . . . Der Tote war der Anführer der Plünderer. Das nächstemal will er jeden fünften Mann hängen, um ein Exempel zu statuieren.«

»Hm . . . Gott sei Dank, daß wir Jackson haben.«

Sobald der Freibeuter beigedreht und Boote ausgesetzt hatte, war Ramage unter Deck in Stevens' Kajüte gelaufen, hatte die Privatpapiere gefunden und vernichtet. Der Amerikaner Jackson war ihm gefolgt. »Sie werden Ihre Uhren und Ringe einbüßen, wenn die Bastarde an Bord kommen, Sir. Geben Sie mir die Wertsachen, dann sehen Sie sie vielleicht irgendwann wieder.«

Yorke und Southwick hatten ihm ihre Uhren und Ringe bereits übergeben, ohne daß es jemand bemerkt hatte, denn alle Augen waren auf die *Rossignol* gerichtet. Jackson war unbemerkt davongeschlichen, und Ramage sah die weiße Stelle an der braunen Hand des Amerikaners, wo ein Siegelring gesteckt hatte.

Als der französische Erste seine Leute wieder unter Kontrolle hatte, ging er zu Stevens zurück. Ramage beobachtete den Postschiffskommandanten gespannt. Was würde er sagen? Ein toter Postschiffsmatrose lag auf dem Vorderdeck, aber der konnte während des kurzen französischen Angriffs gefallen sein. Die Postschiffsmatrosen, die von den Tritons verletzt worden waren, hatten ihre Wunden inzwischen verbunden. Wenn Stevens einigermaßen vernünftig war, würde er den Mund halten und den Franzosen in dem Glauben lassen, es handle sich um eine ganz normale Unterwerfung. Aber war es überhaupt eine normale Unterwerfung? Würde Stevens dem Franzosen jetzt erklären, daß die *Arabella* nur eine Breitseite abgefeuert hatte, weil sich ein Offizier der Navy eingemischt hatte? Wußten Stevens und Farrell, daß Ramage an Bord war, um im Auftrag der Admiralität zu ergründen, warum so viele Postschiffe gekapert wurden? Oder hatten sie es erraten? Bald würde er die Antwort auf diese Frage wissen. Wenn sie Bescheid wußten, dann stellte Ramage eine Gefahr für sie dar. Ein Wort darüber zu dem französischen Kommandanten, und Ramage würde seinen letzten Sonnenuntergang erleben.

Der Franzose verbeugte sich lächelnd vor Stevens. »Verzeihen Sie«, sagte er in fließendem Englisch, »meine Leute waren übereifrig. Und jetzt bitte ich um Ihre Papiere, Captain – das Zertifikat der Registrierung, die Ladelisten und alles andere.«

»Wir hatten Post an Bord.«

»Das ist alles?«

»Das war alles.«

Der Erste schüttelte den Kopf. »Das wird meinem Kommandanten gar nicht gefallen. Ich habe gesehen, wie Sie die Säcke durch die Luken stießen. Jetzt ist er so lange hinter einem leeren Schiff hergesegelt. Haben Sie einen Arzt an Bord?« fragte er abrupt.

»Zwei. Den Schiffsarzt und einen Passagier.«

»Gut. Einer unserer Offiziere ist krank. Ich nehme den Schiffsarzt mit an Bord der *Rossignol*. Holen Sie jetzt die Papiere, dann kommen Sie mit. Aber sagen Sie Ihrem Ersten zuvor noch, er soll die Takelage reparieren lassen. Und dafür sorgen, daß das ordentlich gemacht wird. Wir haben noch eine lange Reise vor uns.«

Zehn Minuten später waren Stevens und Farrell auf dem Weg zur *Rossignol*, die windwärts beigedreht lag. Much befahl den Postschiffsmatrosen, die Segel aufzugeien und die Brassen und Schoten zu spleißen.

Eine Stunde später kehrte das Boot mit dem Bretonen und einem anderen Franzosen zurück, der nur mit fremder Hilfe an Bord klettern konnte. Nachdem der Mann nach unten gebracht worden war, kam der Erste wieder an Deck. »Wo ist Mr. Much?« Als dieser vortrat, erklärte der Franzose: »Ihr Kommandant und der Arzt bleiben an Bord der *Rossignol* – als Gefangene. Sie sind mir verantwortlich für das Wohlverhalten der Besatzung der *Arabella*. Ich habe gesehen, daß Sie schon mit Ausbesserungsarbeiten begonnen haben. Wo ist Mr. Bowen?«

»Unten.«

»Holen Sie ihn!«

Sobald Much gegangen war, wandte sich der Franzose an die Passagiere und blickte dann auf eine Liste in seiner Hand. »Sagen Sie mir Ihre Namen.« Während sich die Passagiere vorstellten, verglich er die Namen mit denen auf der Liste. »Ramage? Wissen Sie, was Ihr Name auf französisch bedeutet? Ramage – Gesang der Vögel . . . Da hat die *Rossignol* ja einen passenden Fang gemacht. Rossignol heißt bei uns nämlich die Nachtigall . . .« Er lachte leise. »Captain Stevens hat mir gesagt, Sie wären der Sprecher der Passagiere. Sie sind natürlich alle unsere Gefangenen, aber Sie bleiben an Bord dieses Schiffes, das unter meinem Kommando in seinen neuen Hafen segeln wird.«

»Darf man fragen, was das für ein Hafen ist?« erkundigte sich Yorke.

Der Franzose lächelte. Er war noch keine Dreißig, klein und kräftig gebaut, hatte blaue Augen, lockiges schwarzes Haar und ein schmales Gesicht. »Wir fahren nach St. Malo, der Heimat der Korsaren.«

»Dagegen würden aber die Leute aus Dunkerque protestieren«, meinte Ramage.

»Und die Leute aus Brest auch«, sagte der Franzose. »Aber sie irren sich. Alors, Mr. Bowen?«

Der Arzt trat vor.

»Ihr Kollege, Mr. Farrell, ist inkompetent, und deshalb wartet im Salon ein Patient auf Sie, der Agent des Schiffseigners. Er ist sehr krank und hatte kein Zutrauen zu Farrell. Deshalb sind jetzt Sie dafür verantwortlich, daß er lebend in St. Malo ankommt.«

Bowen starrte den Franzosen ärgerlich an. »Ich bin nur für die Behandlung zuständig, nicht für die Ursache der Krankheit. Wenn Ihr Freund stirbt . . .«

»Sie sind mir für ihn verantwortlich. Er muß am Leben bleiben, er ist der Sohn des Armateurs.«

»Ich werde mein Bestes tun«, stieß Bowen hervor. »Aber ich werde ihn nicht anders behandeln als jeden Matrosen und jeden Admiral – ob er nun der Sohn des Armateurs ist oder nicht.«

»Armateur«, korrigierte der Franzose. »Ich verstehe, Sie sind ein Mann mit ethischen Grundsätzen. Auch wir glauben an die Gleichheit unter den Menschen. Vielleicht haben Sie von unserer Revolution gehört.« Er blickte sich um. »Sie sind alle Offiziere, wie ich sehe«, er schwenkte seine Liste, »und es liegt an Ihnen, ob Sie komfortabel oder in Fesseln reisen wollen. Wenn Sie mir Ihr Ehrenwort geben . . . Andernfalls werden Sie eingesperrt.«

Ramage schüttelte den Kopf, und die anderen sagten einstimmig: »Nein, kein Ehrenwort.«

Der Franzose zuckte mit den Schultern. »Dann muß ich wohl annehmen, daß Sie versuchen werden, diese Brigg zurückzuerobern, Gentlemen. Ich werde Sie also einsperren, sobald ich passende Kabinen ausgesucht habe. Darf ich mich vorstellen – Jean Kerguelen. Mein Bruder Robert kommandiert die *Rossignol.* Nun werden meine Leute die restlichen Taue spleißen, dann können wir lossegeln.«

Während er sprach, hatten die Freibeuter die Besatzung der *Arabella* unter Deck verfrachtet und jeden Matrosen vorher gründlich durchsucht. Kerguelen rief einen seiner Männer zu sich und wandte sich dann höflich an die Briten. »Sie haben sich geweigert, Ihr Ehrenwort zu geben. Wenn Sie sich jetzt also bitte durchsuchen lassen wollen . . .«

Ramage ließ die Prozedur über sich ergehen, spürte, wie ihn die plumpen Finger des Franzosen abtasteten, und dachte, daß der Mann wohl eher nach Wertsachen als nach Messern und Pistolen suchte. Nach einer längeren Debatte unter den Freibeutern wurden die Gefangenen dann in die Passagierkabinen gesperrt. Kerguelen fand, daß man sie auf diese Weise am besten bewachen konnte, zum Mißvergnügen seiner Leute, die sich offenbar auf eine bequeme Rückreise nach St. Malo gefreut hatten.

Ramage und Yorke wurden in ihre alte Kabine gesteckt, zusammen mit Bowen und Southwick, also mußten sich zwei Männer eine Koje teilen. Als der Arzt eine halbe Stunde später erschien, sah Ramage erwartungsvoll auf.

»Ein Armateur«, erklärte Bowen, als der Wachtposten die Tür hinter ihm zugeschlagen und abgeschlossen hatte, »ist ein Hintermann. Der Mann, der die Kaperfahrten finanziert.«

»Das weiß ich«, sagte Ramage und erinnerte sich, daß Bowen zuvor das Wort mißverstanden hatte. »Vermutlich ist dieser Mann der Besitzer der *Rossignol.*«

»Und der Kranke ist sein Sohn.«

»Was fehlt ihm denn?«

»Schwer zu sagen. Er hat Fieber, und es geht ihm sehr schlecht.«

»Werden Sie ihm helfen können?« fragte Ramage.

»Das weiß ich nicht. Seltsam . . . Die Männer scheinen diesen sogenannten Agenten zu mögen, begegnen ihm aber gleichzeitig mit Mißtrauen.«

»Der Sohn des Schiffseigners ist gleichzeitig Zahlmeister – und Zahlmeister sind auf jedem Schiff unbeliebt. Wahrscheinlich glauben die Leute, daß der Mann ihnen im Auftrag seines Vaters nachspioniert, damit sie ihn nicht betrügen.«

»Übrigens mußte ich auch Much behandeln, Sir. Er hatte Streit mit einem Franzosen und bekam eins auf den Schädel, mit einem Pistolenlauf.«

»Oh! Ist er schwer verletzt?«

»Ich glaube nicht. Aber es wird ein paar Stunden dauern, bis sich herausstellt, ob die Hirnschale beschädigt ist.«

»Und was passiert in diesem Fall?«

»Kollaps, Schweißausbrüche . . .«

»Wo würden Sie ihn dann pflegen?«

»Vermutlich in der Kabine, die er mit Wilson teilt.«

»Es wäre doch besser, ihn hier zu haben, nicht wahr?«

Bowen sah Ramage zwinkern und lächelte. »Ja, Sir. Viel besser. Soll ich das arrangieren?«

»Ich müßte dringend mit Mr. Much sprechen. Ein kleiner Kollaps, ein Ansuchen an Kerguelen – und alles wäre klar.«

Zum Frühstück am nächsten Morgen gab es trockenes Brot und eine wäßrige Zwiebelsuppe. Yorke hatte seine Schüssel als erster leergelöffelt. »Wenn ich doch nur mein Brot länger darin eingeweicht hätte! Ich wette, sie haben den härtesten Laib für uns ausgesucht.«

Ramage bot ihm seine Schüssel an. »Legen Sie Ihr Brot ein paar Minuten lang hinein, dann wird es sicher weich.«

»Am meisten ärgert es mich, daß wir für diesen Fraß auch noch bezahlen.«

Der Schlüssel drehte sich im Schloß, Kerguelen kam in die Kabine. »Gehen Sie mit dem Wachtposten«, sagte er zu Bowen, »Ihr Erster ist zusammengebrochen.« Als der Arzt gegangen war, setzte sich der Franzose auf eine Koje. »Geht es Ihnen gut?«

Ramage lächelte gequält. »Sagen wir mal – wir wissen Ihre Frage nach unserem Befinden zu schätzen.«

Kerguelen war müde, sein Gesicht war grau und eingefallen.

»Haben Sie eine erfolgreiche Kreuzfahrt hinter sich?« erkundigte sich Yorke im Konversationston.

Der Franzose schnitt eine Grimasse. »Meine Kameraden von den anderen Kaperschiffen haben offenbar schon den ganzen Atlantik abgeräumt. Sie sind erst unsere zweite Prise in zwei Wochen.«

»Mein Beileid!« sagte Yorke ironisch.

Der Franzose verbeugte sich grinsend. »Oh, danke! Jedenfalls macht uns die *Arabella* viel mehr Freude als die andere Prise. Das war nur ein kleiner Kahn, der uns noch dazu schlechte Nachrichten überbrachte.«

»Darf man fragen . . .«, begann Ramage.

»Ihre Kanalflotte ist in See. Wahrscheinlich wird sie Brest angreifen. Deshalb dürfen wir uns im Kanal und im Golf von Biskaya eine Weile nicht blicken lassen.«

»Sie meinen doch nicht . . .«

»Nein, keine Angst, wir werden nicht wochenlang im Atlantik kreuzen. Dazu haben wir nicht genug Vorräte. Nein, ich segle nach Lissabon. Es wäre doch schade, wenn wir mit leeren Laderäumen nach St. Malo zurückkehren würden. Die sind in diesem verdammten Schiff ohnehin winzig. Frankreich hat ja kaum noch Material, um seine

Schiffe auszurüsten, was wir Ihrer Blockade zu verdanken haben. Haben Sie die neuen Leinen auf der *Rossignol* gesehen? Die sind von unserer ersten Prise. Ein paar Tonnen Leinen und Segeltuch aus Lissabon wären in St. Malo hochwillkommen und würden einen schönen Preis erzielen.«

»Auch das haben Sie der britischen Blockade zu verdanken«, bemerkte Ramage.

»Ja, sicher. Aber wir werden nicht alles verkaufen. Wir werden diese Brigg mit einer neuen Takelage und neuen Segeln versehen und sie dann als Kaperschiff aufs Meer schicken. Die *Arabella* ist schnell, und Ihre Fregatten werden sie als Postschiff identifizieren, wenn sie nicht so genau hinsehen. Jedenfalls können Sie einen Monat lang den Anblick Lissabons genießen – natürlich vom Hafen aus.«

»Warum einen Monat?« fragte Yorke.

»Wir können erst nach St. Malo heim, wenn wir wissen, daß Ihre Flotte nach Plymouth zurückgekehrt ist. Wie lange wird sie Ihrer Meinung nach auf See bleiben, Mr. Ramage?«

Ramage zuckte mit den Schultern. »Ich weiß das genausowenig wie Sie, da ich die Order des Oberbefehlshabers nicht kenne.«

»Alors, dann werden wir eben die Gastfreundschaft der Portugiesen länger in Anspruch nehmen.«

Lissabon, dachte Ramage. Die Hauptstadt des einzigen neutralen Landes an der atlantischen Küste. Er konnte sich das Gesicht des englischen Postbeamten vorstellen, wenn er nicht das Lissabon-Postschiff von Falmouth den Fluß heraufkommen sah, sondern das Jamaika-Schiff, das die französische Trikolore gehißt hatte. Würden sie dort eine Gelegenheit zur Flucht finden? Ramage sah sich schon bei Nacht über die Reling klettern und durch das schlammige Wasser des Tejo schwimmen.

Einer der Wachtposten kam in die Kabine und flüsterte Kerguelen etwas ins Ohr, worauf dieser aufstand und sich entschuldigte. »Ihr Erster ist offenbar sehr krank. Der Arzt will mich sprechen.«

Als er gegangen war und der Wachtposten die Tür wieder abgesperrt hatte, sagte Southwick: »Man könnte beinahe glauben, daß Much weiß, was Sie gestern abend gesagt haben, Sir.«

»Hoffentlich ist er nicht schwer verletzt. Ein gebrochener Schädel wäre fatal.«

Wieder drehte sich der Schlüssel im Schloß, und die Tür flog auf. Kerguelen bedeutete Southwick, zur Seite zu gehen, und zwei Freibeuter trugen Much in die Kabine und legten ihn auf eine Koje.

»Sie werden den Platz mit ihm tauschen«, sagte Kerguelen zu

Southwick, als Bowen eintrat, in der einen Hand die Arzttasche, in der anderen sein Schachbrett. »Sie gehen nach nebenan, und er bleibt hier. Dann ist er ständig unter ärztlicher Aufsicht.« Der alte Mann verließ die Kabine, und Kerguelen fragte: »So ist es doch am besten, nicht wahr?«

»Sehr bedauerlich, daß er so schwer verletzt wurde«, meinte Ramage.

»Bedauerlich? Er soll froh sein, daß er noch am Leben ist. Normalerweise nehmen wir nur wenige Leute gefangen, aber Ihr Kommandant hat sich so schnell ergeben – Sie haben ihm Ihr Leben zu verdanken.«

»Sind Sie immer so großzügig?« fragte Ramage neugierig.

»Ja, wenn sich ein Schiff ergibt, ohne einen Schuß abzufeuern. Aber es sind meist nur die Postschiffskommandanten, die sich so verhalten.«

»Wenn Sie mich entschuldigen würden«, sagte Bowen, und Kerguelen trat beiseite, um dem Arzt Platz zu machen. Bowen beugte sich über Much, der reglos auf der Koje lag, mit dick verbundenem Kopf.

»Sagen Sie es dem Wachtposten, wenn Sie irgend etwas brauchen.« Mit diesen Worten verließ Kerguelen die Kabine, und die Tür wurde verschlossen.

»Wie haben Sie das geschafft?« fragte Ramage den Arzt.

»Much hatte die gleiche Idee. Er wollte mit Ihnen sprechen.«

»Ist er schwer verletzt?«

Als Bowen antwortete, öffnete Much ein Auge und blinzelte. »Ja«, sagte der Arzt mit lauter Stimme. »Der Patient wird ein paar Stunden lang bewußtlos bleiben. Wir können ja Schach spielen, bis er wieder zu sich kommt.«

Ramage sah ihn verwirrt an, aber Bowen zeigte zur Tür und erklärte in Zeichensprache, daß der Wachtposten wahrscheinlich lauschte. Ja, eine Stunde Schach würde wahrscheinlich genügen, um auch den eifrigsten Lauscher einzulullen. Bowen legte das Schachbrett auf den Tisch und öffnete das Kästchen, das die Figuren enthielt, dann streckte er beide Fäuste aus. Als Ramage die linke berührte, öffnete Bowen die Hand. Ein weißer Bauer lag auf der Handfläche. »Sie fangen an.«

Ramage schob seinen Königsbauern nach vorn, und Bowen seufzte. »Das ist auch Southwicks Lieblingseröffnung. Als nächstes werden wir wahrscheinlich den Bauer vor der Dame um zwei Felder nach vorn rücken.«

Ramage nickte. »Ist das denn nicht gut?«

»Schon«, erwiderte Bowen lächelnd. »Aber Schach ist ein Spiel der Überraschungen, der Bluffs, der Fallen, die man von langer Hand vorbereitet. Eigentlich müßte das Spiel ganz nach Ihrem Geschmack sein, Sir. Aber Sie spielen Schach wie eine alte Pfarrersfrau.«

Nach einer halben Stunde war Bowen im Besitz von Ramages Läufern, Türmen und Springern. Ramage verlor die Lust am Spiel, zeigte auf Much und bedeutete York und Bowen, Konversation zu machen. Dann ging er zum Ersten und beugte sich über ihn. »Nun, Much?« flüsterte er.

»Tut mir leid, daß ich Ihnen lästig falle . . .«

»Unsinn! Wir wollten auch so etwas Ähnliches arrangieren.«

»Oh?« Much war sichtlich verwirrt. »Warum, Sir?«

»Weil ich mit Ihnen reden muß.«

»Worüber, Sir?«

»Vermutlich über das gleiche, über das Sie auch mit mir sprechen wollen.« Ramage grinste ermutigend.

»Ah – nun ja, es ist sehr kompliziert.«

»Sind Sie nicht einverstanden mit der Art, wie Stevens sein Schiff kommandiert?«

»Ganz und gar nicht.«

»Und wir haben auch gar nicht wirklich versucht, den Freibeutern zu entkommen?«

»Gewiß nicht. Wir . . .«

Ramage legte einen Zeigefinger an die Lippen, weil Much in seinem Ärger zu laut sprach. Der Erste nickte und fuhr leiser fort: »Wir hätten fliehen können, aber Stevens hatte sich schon vor langer Zeit entschlossen, die Flagge zu streichen, wenn sich ein französisches Segel am Horizont zeigte. Wenn nicht bei dieser Fahrt, dann bei der nächsten.«

»Warum?« Ramage winkte Yorke und Bowen, die zu reden aufgehört hatten und Much fasziniert zuhörten. Sobald sie sich wieder über das Schachspiel unterhielten, antwortete Much: »Es geht um die Versicherung. Das Schiff ist ebensogut versichert wie die Fracht. Der Captain, der Arzt, die Matrosen, die beiden Kajütjungen – alle führten Waren mit sich: Leder, Käse, Spitzen, französische Weine, um sie in der Karibik an den Mann zu bringen. Von dort nahmen sie Tabak und Gewürze mit – lauter Sachen, die sich in Falmouth gut verkaufen lassen. Sie versichern ihre Waren für die ganze Fahrt nach Jamaika und zurück.«

»Auch für die Rückfahrt? Warum?«

»Die meisten Postschiffe werden doch auf dem Heimweg gekapert, Sir.«

»Das verstehe ich immer noch nicht. Sie verlieren doch die Waren, die sie in der Karibik gekauft haben, wenn ihr Schiff gekapert wird.«

Much schüttelte den Kopf und stöhnte. »Verdammt, tut das weh . . . Nein, Sir. Ich will es Ihnen anhand eines Beispiels erklären: Matrose Brown kauft für hundert Pfund Waren in Falmouth. Er läßt sie für die Hin- und Rückfahrt versichern, weil er sie vielleicht nicht an den Mann bringen kann und wieder mit nach England nehmen muß. Den Wert gibt er mit vierhundert Pfund an. Auf Jamaika verkauft er die Sachen – sagen wir, für zweihundert Pfund. Er hat also hundert Pfund verdient. Auf den Erlös bekommt er einen Wechsel und gibt ihn einem Bekannten, der mit einem Handelsschiff nach Hause segelt – in einem Konvoi. Nun weiß Brown, daß sein Geld sicher in Falmouth ankommt.«

Much zerrte an seiner Bandage. »Für hundert Pfund kauft er heimlich Waren auf Jamaika, die er daheim in Falmouth verkauft. Dabei verdient er weitere hundert Pfund. Wenn sein Wechsel aus Jamaika ankommt, hat er zweihundert Pfund verdient, abzüglich der Versicherungsprämie.«

»Und wenn das Postschiff gekapert wird?« fragte Ramage.

»Bisher habe ich nur geschildert, wie es früher praktiziert wurde«, erwiderte Much, »bis vor ein oder zwei Jahren, damit Sie das System verstehen. Heutzutage ist Matrose Brown viel schlauer. Fangen wir auf Jamaika an, Mr. Ramage. Unser Seemann hat gerade seine Waren für zweihundert Pfund verkauft. Nun hat er zwei Möglichkeiten. Entweder schickt er den Erlös mit einem Handelsschiff nach England, oder er behält offiziell fünfundzwanzig Pfund davon zurück, um weitere Waren zu kaufen. Erraten Sie, was er tun wird?«

Ramage schüttelte den Kopf, von Erregung gepackt, weil er jetzt dem Rätsel endlich auf die Spur kommen würde.

Der Schlüssel klirrte, die Tür schwang auf, und Kerguelen trat ein. Ramage hatte sich eben noch über Much gebeugt und war so verwirrt, daß er aufsprang und hervorstieß: »Was wollen Sie?«

Nun war es an Kerguelen, überrascht zu sein. »Ich wollte nachschauen, ob Mr. Much sich schon erholt hat. Wie ich sehe, geht es ihm schon viel besser.«

»Ja, und er hat mir erzählt, wie er niedergeschlagen wurde«, sagte Ramage ärgerlich. »Das war barbarisch, Monsieur Kerguelen.«

»Seien Sie froh, daß er noch lebt. Die meisten Freibeuter bringen ihre Opfer um. Tote reden nicht und machen deshalb auch keine Schwierigkeiten.« Er blickte auf Much hinab. »Wie geht es ihm?«

»Es wird noch eine Weile dauern, bis er sich völlig erholt hat«, antwortete Bowen.

»Nun, er hat noch zwei oder drei Tage Zeit, bis wir Lissabon erreichen. Und dann – wer weiß?«

»Lassen Sie uns dort in die Stadt?« fragte Yorke hoffnungsvoll.

Kerguelen schüttelte den Kopf. »Ich würde Ihre Bitte gern erfüllen, aber leider müssen Sie während der ganzen Zeit an Bord bleiben.«

»Warum?«

»Sie sind für mich eine Art Versicherung«, erwiderte der Franzose mit entwaffnendem Lächeln. »Wir Freibeuter haben nämlich immer ein wenig Angst um unseren Hals. Wenn ich gekapert werde und Sie dann bei mir habe . . .«

»Ich verstehe.« Yorke klopfte mit einer Schachfigur auf den Tisch. »Aber der Gedanke an ein französisches Gefängnis . . .«

»Ich gebe zu, dieser Gedanke ist nicht gerade angenehm. Auch ich habe ein paar Monate in einem Gefängnis verbracht – in Norman's Cross, Huntingdonshire. Ein gutes Jagdgebiet.«

Ramage wußte, daß sich in Norman's Cross das größte britische Kriegsgefängnis befand. »Offenbar sind die Jäger nicht allzu tüchtig«, sagte er, »wenn Sie entkommen sind . . .«

»Ich hatte den großen Vorteil, daß ich so gut englisch spreche. Meine Mutter war Engländerin, müssen Sie wissen. Als ich aus dem Gefängnis geflohen war, fuhr ich mit der Postkutsche, und kein Mensch kam auf die Idee, ich könnte einer von diesen verdammten Franzosen sein. Wenn Sie mich jetzt bitte entschuldigen . . .« Mit einer leichten Verbeugung verließ Kerguelen die Kabine, und sie hörten, wie sich der Schlüssel im Schloß drehte.

»Wir waren gerade mit Matrose Brown auf Jamaika«, erinnerte Ramage den Ersten, »und er überlegte, ob er seine ganzen zweihundert Pfund mit einem Handelsschiff nach England schicken oder fünfundzwanzig in Waren anlegen sollte.«

»Sie haben wahrscheinlich erraten, daß er für fünfundzwanzig Pfund Waren gekauft hat«, sagte Much. »Haben Sie auch erraten, warum?«

»Nein, ich habe die ganze Zeit, während Kerguelen hier war, darüber nachgedacht.«

»Er hat Ihnen einen Hinweis gegeben.«

Ramage runzelte die Stirn. »Er sagte, er könne uns in Lissabon nicht freilassen, weil wir seine Versicherung wären.«

»Das ist es, Sir. Die Versicherung. Vergessen Sie nicht, daß Matrose Brown Waren im Wert von vierhundert Pfund versichern ließ. Der Versicherungsschutz gilt für die Hin- und Rückfahrt. Die neue Ware im Wert von fünfundzwanzig Pfund ist also für vierhundert Pfund versichert. Natürlich wissen die Versicherungsagenten nicht, daß die Waren, die er nach Jamaika mitgenommen hat, bereits verkauft sind und daß der Wechsel über hundertfünfundsiebzig Pfund an Bord eines Handelsschiffs und somit in Sicherheit ist.«

»Ich verstehe. Und wenn das Postschiff nun auf der Heimfahrt gekapert wird und Brown dabei Waren im Wert von fünfundzwanzig Pfund verliert, kassiert er die vierhundert, weil er der Versicherung einredet, er hätte die ursprünglichen Waren nicht verkaufen können und wieder mit heimgenommen.«

»Genau. Sobald Brown dann gegen einen französischen Kriegsgefangenen ausgetauscht wird, geht er nach Falmouth, wo er seinen Wechsel über hundertfünfundsiebzig Pfund in Empfang nimmt und vierhundert von der Versicherung kassiert. Wenn er die fünfundzwanzig Pfund, die er an die Freibeuter verloren hat, und die hundert, die er ursprünglich investierte, abzieht, bleibt ihm ein Gewinn von vierhundertfünfzig.«

»Und er muß dafür nichts weiter tun, als sechs bis acht Wochen in einem französischen Gefängnis zu sitzen.«

»So ist es. Brown kann bequem wenigstens zwei solcher Fahrten pro Jahr machen. Er hat also ein Jahreseinkommen von neunhundert Pfund, und das ohne Risiko.«

»Aber wie kann er sicher sein, daß sein Postschiff gekapert wird?« fragte Yorke.

»Natürlich ist er nicht absolut sicher«, erwiderte Much. »Besonders dann nicht, wenn er sich von einem Kommandanten anheuern läßt, der nichts mit diesem Geschäft zu tun haben will.«

»Und wenn das Schiff nicht gekapert wird?« fragte Ramage.

»Nun, dann kann er seine Ware im Wert von fünfundzwanzig Pfund daheim für fünfzig verkaufen, und er hat ja auch noch den Wechsel aus Jamaika über hundertfünfundsiebzig Pfund.«

»Und wenn das Schiff auf der Hinfahrt gekapert wird?«

»Dann verliert er Ware im Wert von hundert Pfund, bekommt aber vierhundert von der Versicherung. Das wäre ein Profit von dreihundert Pfund in weniger als drei Monaten. Glauben Sie mir, Mr. Ramage, Matrose Brown muß kaum Verluste erleiden.«

Ramage nickte seufzend. »Aber warum hat sich diese Unsitte erst im letzten Jahr so verbreitet? Der Krieg währt doch schon viel länger.«

»Es dauerte ein paar Jahre, bis die Leute herausfanden, daß sie sich unbesorgt von den Franzosen gefangennehmen lassen können, weil die sie gegen französische Kriegsgefangene austauschen, und zwar schon nach wenigen Wochen.«

»Letzteres verstehe ich auch nicht. Sonst müssen britische Matrosen, ob nun von Handels- oder Kriegsschiffen, jahrelang auf ihre Freilassung warten.«

»Die Franzosen . . . Ich schäme mich, Ihnen das sagen zu müssen, Mr. Ramage. Die Franzosen tauschen die Postschiffsbesatzungen so rasch aus, weil sie wissen, daß diese Männer nicht kämpfen. Sie sind den Franzosen viel nützlicher, wenn sie nach Falmouth zurückkehren und sich mit dem nächsten Postschiff kapern lassen. So profitiert auch die französische Regierung doppelt, da der britische Postverkehr stark beeinträchtigt wird.«

»Ja«, stieß Ramage bitter hervor. »Downing Street, Admiralität und Kriegsministerium sind von ihren Gouverneuren, Schiffen und Truppen abgeschnitten. Ein paar britische Postcrews haben also erreicht, was die ganze französische Flotte nicht geschafft hat.«

Die vier Männer schwiegen eine Weile gedankenversunken, dann wandte sich Ramage wieder an den Ersten. »Aber warum erzählen Sie mir das alles, Mr. Much? Riskieren Sie nicht, daß man Ihnen die Kehle durchschneidet?«

»Sicher. Aber was würden Sie an meiner Stelle tun?«

»Und Sie selbst befördern keine Ware mit dem Postschiff?«

»Natürlich nicht«, entgegnete Much ärgerlich. »Ich bin doch kein Verräter.«

»Aber Sie fahren schon sehr lange unter Stevens' Kommando.«

»Aye, zu meiner ewigen Schande. Ich weiß, jetzt fragen Sie sich, warum ich so lange nichts gegen diese Schweinerei unternommen habe. Ich stand lange in seinen Diensten – und zuvor in den Diensten seines Vaters. Der bat mich auf dem Totenbett, bei seinem Sohn Gideon zu bleiben. Ich war so bewegt, als der alte Mann seinen Anker lichtete, um in die nächste Welt zu segeln, daß ich ihm mein Wort gab. Bis gestern hielt ich mein Versprechen. Ich glaube, der Alte hat geahnt, daß sein Sohn ein Taugenichts ist. Ich hörte oft, wie er auf ihn einredete und ihm sagte, daß Geld nicht alles sei im Leben.«

»Worüber haben Sie mit Stevens gestritten, als die *Rossignol* am Horizont auftauchte?« fragte Ramage.

Der Erste seufzte. »Gideon hat das schon zweimal gemacht. Ich weiß, ich hätte nicht bei ihm bleiben sollen, aber ich hatte es dem Alten versprochen. Trotzdem, jetzt hatte ich genug. Bevor die *Arabella* das letztemal Falmouth verließ, mußte er mir schwören, daß er es nicht wieder tun würde. Der Segelmeister, der von Anfang an auf meiner Seite stand, glaubte ihm nicht und meldete sich krank, damit er nicht mitsegeln mußte. Ich dachte, Gideon würde zu seinem Wort stehen, obwohl ich ebensogut wie der Segelmeister wußte, daß er sich sehnlichst ein neues Schiff wünscht.«

»Die *Arabella* ist doch so gut wie neu«, wandte Ramage ein.

»Ja, aber der Schiffbauer war schlauer als Gideon. Während der in Frankreich im Gefängnis saß, hat er für das Heck schlechtes Holz verwendet, und das ist schon völlig morsch. Es wäre sehr teuer, das Heck erneuern zu lassen. Gideon will dafür kein Geld ausgeben, sondern sich lieber von der Lombard Street ein neues Schiff bezahlen lassen. Die *Arabella* wurde natürlich ebenfalls von der Postverwaltung bezahlt, weil Gideons letztes Schiff gekapert wurde. Er könnte sich ein Jahr lang auf die faule Haut legen und zusehen, wie sein neues Schiff gebaut wird, während er sein volles Gehalt bezieht.«

Ramage schüttelte den Kopf. »Hat er denn keine Angst, daß er entlarvt wird?«

»Die Postverwaltung hegt nicht den geringsten Argwohn. Sie glaubt, daß so viele Postschiffe verlorengehen, weil sich so viele französische Freibeuter auf dem Atlantik herumtreiben.«

»Hoffen die Postschiffskommandanten, diese Machenschaften noch lange geheimhalten zu können? Die neuen Schiffe, die immer wieder gebaut werden, die Waren, die sie privat verkaufen, das muß doch auffallen.«

»Was die neuen Schiffe betrifft, das kommt so schnell nicht ans Tageslicht. Die Kommandanten halten zusammen und verraten nichts. Und was die Waren angeht – das ist ein offenes Geheimnis. Im letzten Jahr wollte die Postverwaltung dem Unfug ein Ende machen, aber da haben die Matrosen gestreikt. Sie erinnern sich vielleicht. Die Postverwaltung hielt den Grund für die Streiks geheim, aber es ging um die Privatfracht. Von dem Versicherungsbetrug weiß die Postverwaltung natürlich nichts. Das ist ein Geheimnis.«

»Aber die Postverwaltung muß die Kommandanten doch nach ihrer Freilassung befragen. Haben sich die Postschiffskommandanten denn nicht vor einem Gericht zu verantworten, wenn sie ein Schiff verlieren – wie die Offiziere der Navy vor einem Kriegsgericht?«

»O ja, aber das ist reine Routinesache. Sobald ein Kommandant aus französischer Gefangenschaft zurückkommt, geht er in Falmouth zu einem Notar und erhebt Protest. Mit dieser Bescheinigung geht er dann zur Postverwaltung, wo ihm ein Komitee aus anderen Postschiffskommandanten ein paar Fragen stellt. Natürlich werden seine Kameraden keinen Staub aufwirbeln. Manchmal kommt ein Postschiffsinspektor aus London, aber der hört und sieht nichts Böses.«

»So ist das also«, sagte Ramage. »Doch Sie haben mir noch nicht erklärt, warum Stevens sein Versprechen gebrochen hat.«

»Farell hat ihn dazu überredet. Ich glaube, er hat seine Waren besonders hoch versichert. Er hat Gideon regelrecht gedroht.«

»Wie kann ein Schiffsarzt seinem Kommandanten drohen?«

»Farell hatte die Besatzung auf seiner Seite. Er konnte Gideon drohen, daß die Leinen durchschnitten würden, sobald die *Arabella* im Hafen von Falmouth läge, natürlich bei Nacht. Dann wäre die Brigg davongetrieben. Oder ein Brand wäre plötzlich ausgebrochen. Vergessen Sie nicht, Sir, daß die Postverwaltung nur dann ein neues Schiff bezahlt, wenn das alte bei einem feindlichen Angriff verloren-gegangen ist.«

Ramage blickte nachdenklich vor sich hin. »Jedenfalls genügt das alles, um Stevens an den Galgen zu bringen.«

»Er wird gehängt?« rief Much entsetzt. »O Gott, was habe ich getan!«

Ramage sagte nichts, und Bowen und Yorke beugten sich wieder über das Schachbrett.

»Gehängt«, flüsterte Much. »Und ich habe ihm doch gesagt, daß es ein Verbrechen ist. Ich habe ihn gewarnt, bevor wir ausgelaufen sind.« Er seufzte tief. »Aber ich bin froh, daß ich Ihnen alles gesagt habe, Sir. Ich wollte nicht vor meinen Schöpfer treten, bevor ich nicht jemandem erzählt hatte, was mit den Postschiffen passiert. Es ist viel zu gefährlich für unser Land ... Jetzt könnte ich in meine Kabine zurück, dann kann Mr. Southwick wieder zu Ihnen kommen.«

»Nein, bleiben Sie lieber noch einen Tag hier. Ich habe Ihnen noch einige Fragen zu stellen.« Ramage beugte sich vor. »Eines ist besonders wichtig, Mr. Much: Glauben Sie, daß die Postschiffer nach Freibeutern Ausschau halten, um sich vorsätzlich kapern zu lassen?«

»Nein, ganz bestimmt nicht. Sie sind nur entschlossen, die Flagge zu streichen, wenn sie einem Kaperschiff begegnen.«

»Aber sie verdienen gut, wenn sie gekapert werden«, entgegnete Ramage leise. »Der Verrat bringt ihnen viel mehr ein als ehrlicher Dienst am Vaterland.«

Much hob hilflos die Hände. »Sie werden doch nicht die Gans schlachten, die ihnen goldene Eier legt.«

»Wenn nun die Royal Navy den Transport der Post übernehmen würde ...«

»Das meine ich ja«, sagte Much. »Das wollen die Postschiffer nicht riskieren. Aber als ein Navykutter einmal Post von New York nach England bringen sollte, wurde er zu ihrer Freude ebenfalls gekapert.«

12

Ramage erwachte in den frühen Morgenstunden. Ein Gedanke war ihm so unvermutet gekommen wie eine Katze, die sich heimlich in ein fremdes Zimmer schleicht. Er richtete sich in seiner Koje auf und schüttelte Much, der neben ihm lag und friedlich schnarchte. Es dauerte ein paar Sekunden, bis der Erste erwachte und verwirrt ins Dunkel starrte. »Was ist denn los?«

»Ich bin's, Ramage. Wieviel bezahlt die Postverwaltung den Eigentümern, wenn ein Postschiff verlorengeht? Und wie teuer ist ein neues Schiff?«

Much rieb sich verschlafen die Augen. »Moment ... Lassen Sie mich nachdenken, Sir. Die *Halifax*, die *Westmoreland*, die *Adelphi* ... jede etwa dreitausend Pfund.«

»Danke«, sagte Ramage und drehte Much wieder den Rücken zu.

Im selben Augenblick erklang Yorkes Stimme von der anderen Koje. »Warum dieses plötzliche Interesse zu so unpassender Stunde, Nicholas? Wollen Sie Kerguelen überreden, die *Arabella* zu verkaufen?«

»Ja. Möchten Sie Miteigentümer werden?«

»Teilen wir den Preis durch drei«, schlug Bowen vor. »Ich übernehme ein Drittel.«

»Kompliment!« sagte Yorke gedehnt. »Es gibt nicht viele Männer, die mitten auf dem Atlantik von einem Tag auf den anderen tausend Pfund aufbringen können.«

»Mißverstehen Sie mich nicht!« Ramage lachte leise. »Die *Arabella* ist der Postverwaltung dreitausend Pfund wert, aber den Franzosen vielleicht das Doppelte. Könnt ihr beide je zweitausend bezahlen?«

»Drei, wenn's sein muß«, sagte Bowen. »Aber mehr nicht!«

»Ich möchte auch was beitragen«, warf Much ein. »Aber ich habe nur siebenhundert. Wenn ich damit wiedergutmachen könnte ...«

Ramage wandte sich um und klopfte ihm im Dunkeln auf die Schulter. »Machen Sie sich keine Sorgen. Wenn alles gutgeht, wird uns Mr. Yorke freikaufen und Ihnen auch noch einen Job anbieten.«

»Ja, einen guten Ersten kann ich immer brauchen«, meinte Yorke fröhlich.

»Bevor wir Pläne machen, müssen wir Kerguelen erst mal überreden, uns die *Arabella* zu verkaufen«, sagte Ramage. »Und dann müssen wir uns über die Summe einigen.«

»Er wird einen Wucherpreis verlangen.« Bowen seufzte tief auf. »Und wir sind nicht gerade in starker Position.«

»Wir sind stärker, als Sie denken«, sagte Ramage. »Alles hängt davon ab, ob Kerguelen eine Spielernatur ist.«

»Eine Spielernatur, Sir?« Bowen versuchte erst gar nicht, seine Überraschung zu verbergen.

»Ja. Er weiß, daß er nur eine fünfzigprozentige Chance hat, von Lissabon nach St. Malo zu segeln, ohne gefaßt zu werden. Acht- oder neunhundert Meilen . . . Vergessen Sie nicht, daß der Kanal ein riesengroßer Trichter ist. Je tiefer man hineinkommt, desto schmaler wird er. Und die Navy paßt gut auf. Außerdem halten auch britische Freibeuter nach Prisen Ausschau – zum Beispiel nach französischen Schiffen, die zu den Kanalhäfen wollen.«

»Wenn er Brest ansteuert, könnte er sich hundert Meilen ersparen«, meinte Yorke. »Oder Bordeaux.«

»Nein«, erwiderte Ramage. »Er wird von Lissabon nach St. Malo segeln, sobald unsere Kanalflotte wieder in Plymouth ist. Er will seinen Heimathafen ansteuern, weil er Tauwerk und Segeltuch im Laderaum hat. In St. Malo kennt er alle Beamten, und wahrscheinlich hat sein Bruder dort eine Werft, wo die Prisen neu ausgerüstet werden.«

»Ein Grund mehr, warum er uns die Brigg nicht verkaufen wird«, sagte Yorke. »Dieses Postschiff ist schnell, genau das richtige für die Freibeuter – gut ausgestattet, wendig . . .«

»Und das Achterschiff ist so morsch, daß wir Glück haben, wenn wir überhaupt bis Lissabon kommen«, warf Much ein. »Geschweige denn bis St. Malo.«

Eine Minute herrschte Schweigen in der Kabine. Dann wiederholte Ramage ungläubig: »Das ganze Achterschiff?«

»Das ganze Achterschiff«, sagte Much. »Die Stringer sind weich wie verfaulte Kartoffeln, und an die Spanten darf ich gar nicht denken. Das Ruder ist nur aus reiner Gutmütigkeit noch nicht gebrochen.«

»Und wie lange wissen Sie das schon?«

Much ließ sich Zeit mit der Antwort, und Ramage bedauerte, daß er im Dunkeln das Gesicht des Mannes nicht sehen konnte.

»Ich wußte schon vor sechs Monaten, daß wir morsches Holz haben. Aber ich dachte nicht, daß sich der Rott so rasch ausbreiten würde. Das fand ich erst vor Barbados heraus, als ich eine gründliche Inspektion vornahm. Ich habe Stevens sofort Bericht erstattet.«

Ramage überlegte, daß es wahrscheinlich dieser Bericht gewesen war, der Stevens veranlaßt hatte, sein Wort zu brechen. Farrell hatte sich wohl nicht besonders anstrengen müssen, ihn zu überreden.

Aus der Dunkelheit kam wieder Yorkes Stimme. »Much, mein Freund, ich überlege gerade, daß wir alle ganz gern über Wasser bleiben würden . . . Haben Sie wirklich nicht übertrieben, als Sie sagten, das ganze Achterschiff sei morsch?«

»Nein. Ich sagte zu Captain Stevens, daß wir einige Reparaturen ausführen sollten, bevor wir Kingston verließen. Zum Beispiel hätten wir ein paar Spanten verstärken und dafür sorgen müssen, daß die Ruderbeschläge in gesundem Holz stecken. Aber dazu war keine Zeit. Der Postmeister wollte, daß wir sofort lossegelten, und natürlich sagte Stevens ihm nichts von dem morschen Holz. Denn er wollte von der Postverwaltung den vollen Preis für ein intaktes Schiff bekommen.«

»Unsere Chancen, überhaupt irgendwo anzukommen, würden also einen Berufsspieler erbleichen lassen?«

»Er würde ohnmächtig werden«, antwortete Much gelassen.

»Ich nehme an, daß man deutlich sieht, wie morsch das Holz ist?« fragte Ramage.

»Ja – wenn man genau hinschaut. Ich ließ nur einen Teil der Außenhaut ersetzen und die Decksplanken neu streichen, bevor wir Kingston anliefen. Für den Fall, daß ein paar neugierige Passagiere an Bord kamen.«

»Wie Mr. Yorke und ich.«

»Genau.«

»Wann werden Sie mit Kerguelen reden, Sir?« fragte Bowen.

»Nach dem Frühstück.«

»Warum warten Sie nicht ein oder zwei Tage?« schlug Bowen vor. »Die Chancen, daß das Schiff gekapert wird, wachsen doch, je näher wir der Küste kommen.«

»Ich bin kein Spieler. Und wenn Kerguelen einer britischen Fregatte begegnet, kommt er vielleicht auf die Idee, sie anzugreifen. Es könnte für uns alle gefährlich werden, wenn er die Heckgeschütze der *Arabella* abfeuert. Wenn man uns morgen das Frühstück bringt, werde ich ihn in unsere Kabine bitten lassen.«

Kerguelen setzte sich auf die Koje und lächelte, als statte er den Gefangenen einen Freundschaftsbesuch ab. »Sie wollten mich sprechen?«

»Wir möchten Ihnen ein Geschäft vorschlagen«, sagte Ramage.

»So?« Kerguelen sah sich mit ironisch hochgezogenen Brauen in der Kabine um. »Worum geht es? Bankwesen? Schiffe? Waffen?«

»Es geht um Schiffe.«

»Interessant. Welches Angebot wollen Sie mir machen?«

Ramage griff nach einer Schachfigur, die auf dem Brett stehengeblieben war, und klopfte damit auf die Tischplatte. »Angenommen, wir schließen eine Wette ab, Monsieur Kerguelen . . . Ich wette, daß die *Arabella* gekapert wird, bevor wir St. Malo erreichen. Und Sie wetten, daß Sie den britischen Schiffen ausweichen können. Wer von uns beiden wird recht behalten?«

»Die Chancen stehen etwa gleich. Vielleicht haben Sie sogar bessere Chancen, Ihre Wette zu gewinnen.«

»Aber keiner von uns will verlieren.«

Kerguelen zuckte mit den Schultern. »Einer von uns muß notgedrungen verlieren.«

»Nein. Deshalb wollte ich Sie sprechen.«

»Augenblick . . . Wenn Sie irgendeinen Trick im Sinn haben, dann warne ich Sie . . .«

»Keine Tricks, ich verspreche es. Ich möchte Ihnen einen Vorschlag machen. Würden Sie uns die *Arabella* in Lissabon verkaufen, statt mit ihr nach Frankreich zu segeln?«

Kerguelen war überrascht. »Haben Sie denn soviel Geld bei sich?« Die Briten brachen in Gelächter aus, und der Franzose fragte verwirrt: »Aber wie wollen Sie denn bezahlen, wenn Sie kein Geld haben?«

»Sie steuern einen neutralen Hafen an«, sagte Ramage. »Wir können uns das Geld von London nach Lissabon schicken lassen.«

»O nein! Sie dürfen nicht an Land gehen. Sie würden fliehen.«

»Wir würden Ihnen unser Ehrenwort geben. Außerdem müßte nur einer von uns für zwei Stunden an Land gehen, um die nötigen Arrangements zu treffen. Die anderen bleiben an Bord, bis Sie das Geld in Empfang nehmen, und dann übergeben Sie uns das Schiff.«

Kerguelen runzelte die Stirn, und Ramage sah ihm an, daß sein Mißtrauen noch nicht zerstreut war. Hoffentlich würde sich Much an seine Instruktionen erinnern.

»An welchen Preis hatten Sie gedacht?« fragte der Franzose.

»Welche Summe würden Sie in St. Malo bekommen?«

»Sie können nicht von mir erwarten, daß ich mit offenen Karten spiele. Sie müssen mir schon ein Angebot machen.«

Ramage hatte keine Erfahrung in solchen Geschäften und warf Yorke einen hilfesuchenden Blick zu.

»Wir bieten Ihnen zweitausendfünfhundert Pfund für das Schiff und die Freiheit«, sagte Yorke.

Kerguelen überlegte kurz, dann schüttelte er den Kopf. »In St.

Malo würde ich viel mehr bekommen. Soviel, daß ich das Risiko, gekapert zu werden, auf mich nehme.«

»Bevor Sie unser Angebot ablehnen, sollten Sie sich erst einmal das Schiff genauer ansehen«, sagte Yorke gedehnt. »Es wird nicht mehr lange leben. Sie können mit einem Messer ins Holz stechen oder mit der Faust dagegenschlagen.«

»Was soll das heißen?« stieß Kerguelen aus, und Ramage warf Much einen Blick zu, der sofort das Wort ergriff.

»Sie können von Glück reden, wenn Sie Lissabon erreichen, ohne daß das Achterschiff abbricht. Es ist völlig morsch. Und Sie sollten auch nicht riskieren, die Heckgeschütze abzufeuern.«

»Parbleu!« rief Kerguelen und rannte aus der Kabine. Die Tür fiel hinter ihm ins Schloß, der Schlüssel klirrte.

»Ich glaube, wir haben ihm den richtigen Preis genannt«, sagte Yorke. »Und Much hat seine Granate genau zur rechten Zeit explodieren lassen.«

»Ich würde mich sogar mit St. Malo abfinden«, meinte Much, »wenn mir jemand garantieren könnte, daß wir auch wirklich dort ankommen. Jetzt, da diese Halsabschneider wissen, daß das Holz morsch ist . . .«

Sie mußten mehr als eine halbe Stunde warten, bis Kerguelen zurückkam. Er sah besorgt und nervös aus, als er sich wieder auf die Koje setzte und mit den Fingern auf seine Knie trommelte. »Das Holz sieht schlecht aus. Sie haben nicht übertrieben, Mr. Much. Aber warum sind Sie überhaupt von Kingston losgesegelt? Auf diesem Kahn ist man ja seines Lebens nicht sicher. Und warum wollen Sie ein morsches Schiff kaufen?«

»Wir wollen nicht nur das Schiff, sondern auch unsere Freiheit.«

»Sie wollen also Lösegeld bezahlen.«

»Genau«, sagte Ramage und überlegte fieberhaft, mit welchem Argument er Kerguelen endgültig überzeugen könnte. »Wenn man heiraten will – wie Mr. Yorke und ich . . .«

Kerguelen sah ihn interessiert an. »Sie wollen heiraten?«

Ramage nickte. Es war nicht einmal eine Lüge. Er würde Gianna heiraten, wenn sie seinen Antrag annahm, und Kerguelen hatte ja nicht nach dem Hochzeitstermin gefragt.

»Oh, wie ich Sie bedaure, Gentlemen!« rief Kerguelen. »Auch meine Frau ist der Meinung, ich sei schon viel zu lange zur See gefahren.« Seine Stimme klang so bitter, daß es keiner großen Phantasie bedurfte, um zu begreifen, daß seine Frau in den Armen eines anderen Mannes Trost gefunden hatte.

»Nun, was halten Sie von unserem Angebot?« fragte Ramage.

»Ich verkaufe Ihnen die *Arabella* für dreitausend.«

»Soviel haben wir nicht«, sagte Yorke, und Ramage blinzelte erschrocken.

»Ihre Familien können das Geld aufbringen.«

»Das können sie nicht. Wir haben Ihnen schon alles angeboten, was wir haben – auch der Arzt.«

Kerguelen sah die Männer der Reihe nach an. Sie dachten alle an das morsche Achterschiff und hielten seinem Blick stand.

»Also gut, zweitausendfünfhundert«, gab der Franzose nach. »Unser Agent ist einverstanden, ich habe schon mit ihm gesprochen. Er ist Ihnen sehr dankbar für die gute Betreuung, Mr. Bowen. Aber jeder von Ihnen muß mir sein Ehrenwort geben.«

»Das bekommen Sie sogar schriftlich«, sagte Ramage.

»Wie lange wird es dauern, das Geschäft abzuschließen, wenn wir in Lissabon angekommen sind?«

»Höchstens einen Monat. So lange dauert es, bis ein Postschiff England erreicht und ein zweites in Lissabon mit dem Geld eintreffen kann.«

»Und wenn das Geld nicht kommt?«

»Es wird. Und wenn nicht, dann ist ein Monat verstrichen und die Kanalflotte wird nach Plymouth zurückgekehrt sein.«

Kerguelen überlegte ein paar Minuten, dann nickte er. »Gut.« Er streckte die Hand aus, die Ramage und dann die drei anderen kräftig schüttelten. »Wenn Sie mir Ihr Ehrenwort geben, daß Sie sich nicht in die Schiffsführung einmischen, können Sie jederzeit an Deck gehen, Gentlemen.«

Damit war Ramage sofort einverstanden. Er wußte, sie hatten keine Chance, das Schiff zurückzuerobern. Wenn sie bisher an Deck gegangen waren, um sich die Beine zu vertreten, hatte man sie mit einem Dutzend Musketen in Schach gehalten. Außerdem hatten sie nichts zu gewinnen, wenn sie Kerguelens Angebot ablehnten. Er wollte wahrscheinlich nur testen, ob man sich auf das Ehrenwort dieser Briten verlassen konnte.

13

Vor Figueira da Foz sichteten sie Land, südlich vom Kap Mondego, wo der Fluß Mondego ins Meer mündet, achtzig Meilen nördlich von Lissabon. Während sie sich der Küste näherten, hörte Ramage einem erbitterten Streit zwischen Kerguelen und dessen Zweitem Offizier zu, der behauptete, daß er die Burlings gesichtet hätte, eine kleine Inselgruppe etwa ein halbes Dutzend Meilen von der nächsten Landzunge im Süden entfernt. Schließlich bat Ramage den französischen Ersten um das Fernrohr. Das Kap war deutlich zu erkennen, wenn die zerklüfteten Felsen auch den Anschein erweckten, es handle sich um kleine separate Inseln. Nach Lissabon zu wurde das Land flacher, Dünen säumten die Küste, dahinter konnte Ramage dunkle Wälder und Dutzende von kleinen Windmühlen ausmachen. »Kap Mondego«, sagte er, als er Kerguelen das Teleskop zurückgab.

»Sind Sie sicher? Diese verdammten Landspitzen sehen alle gleich aus.«

Ramage nickte. »Das stimmt, aber ich erinnere mich an Mondego. Wenn man von Norden kommt, kann man es leicht mit den Burlings verwechseln.«

Kerguelen befahl seinen Leuten, nach Süden und parallel zur Küste zu steuern. Sie sollten weit genug von Land entfernt bleiben, so daß nur die portugiesischen Ausguckposten mit den schärfsten Augen die Brigg sehen konnten.

Am Nachmittag näherte sich das Postschiff den Os Farilhoes, einer Inselgruppe zehn Meilen nordwestlich von Kap Carvoeiro. Weil viele der Inselchen aus spitz aufragenden Felsen bestanden, sah es aus, als würde eine kleine Flotte dazwischen umhersegeln. Unter Land war Burling Island zu erkennen, mit flachem Gipfel und etwa dreihundert Fuß hoch. Von seinen Klippen spritzte Gischt hoch in die Luft.

Als Ramage mit Southwick, Yorke und Wilson an Deck auf und ab ging, sah er mehrere Schiffe, die zwischen Burling und der Küste in Nord- und Südrichtung segelten, vermutlich Küstenfrachter, die zwischen Lissabon und den Städten im Norden Spaniens verkehrten. Die Nacht sank herab, und Kerguelen ließ die *Arabella* mit gerefften Marssegeln gemächlich treiben, damit sie erst nach Tagesanbruch vor Kap Roca ankam, das im Norden der breiten Mündung des Tejo lag.

Eine halbe Stunde nach Sonnenaufgang kam Ramage an Deck. Das Postschiff war nur mehr drei Meilen von dem großen Kap entfernt, der westlichsten Spitze des europäischen Festlands. Das Kap bestand aus einer Reihe fast senkrecht abfallender Klippen, über fünfhundert Fuß hoch, und ging landeinwärts in die Sierra de Sintra über, eine gezackte Bergkette. Um diese Tageszeit waren die Gipfel unter dünnen Wolken verborgen und sahen aus, als trügen sie weiße Perücken.

Eine Stunde später rundete die *Arabella* Kab Raso, das zusammen mit Kap Espichel einundzwanzig Meilen weiter südlich die große

Bucht bewachte, in die der Tejo mündete. Bald passierte die Brigg das Santa-Marta-Fort auf der Landzunge, die Cascais und Estoril, zwei Fischerdörfer, abschirmte.

»Kennen Sie den Hafen von Lissabon?« fragte Kerguelen. Als Ramage nickte, sagte der Franzose: »Ich war noch nie hier, und wir haben keine Karten ...«

»Ich war schon oft hier. Dort drüben sehen Sie das Fort Sao Juliao an der Nordseite, und das ist Bico da Calha an der Südseite, drei Meilen vom Fort entfernt. Der Kanal ist aber nur eine Meile breit und reicht bis dicht an das Fort heran.« Er ging nach Steuerbord, um einen besseren Ausblick zu gewinnen. »Sehen Sie dort in der Mitte die lange gelbe Sandbank?« In kurzen Worten beschrieb er die Einfahrt, wies auf mehrere Forts, die den Meeresarm säumten, und schloß mit der Warnung: »Die Strömung erreicht hier draußen eine Geschwindigkeit von vier Knoten und mehr, wenn es in den Bergen geregnet hat, weil der Tejo fünfhundert Meilen landeinwärts entspringt. Die Ebbe beschleunigt noch auf den Untiefen, wenn man also in der Zufahrt den Wind verliert, muß man schleunigst vor Anker gehen.«

Begleitet von einem stetigen Westwind, bog die *Arabella* in den Meeresarm, segelte am Fort Sao Juliao vorbei, und als sie sich der Nordküste näherte, machte Ramage den Franzosen auf den kuriosen Torre de Belem aufmerksam, der den Hafen von Lissabon bewachte. Kerguelen rümpfte die Nase. »Der Turm sieht aus, als hätte ihn ein Portugiese entworfen und ein Indianer die Dekoration hinzugefügt.«

Eine halbe Stunde später wurde Ramage unter Deck geschickt, als das Postschiff mit flatternder Trikolore vor Trafaria Anker warf, am Südufer des Flusses, in der Nähe der Quarantänestation. Nachdem Kerguelen die Formalitäten bei Zoll- und Hafenbehörden erledigt hatte, segelte die Brigg weiter. Ramage durfte wieder an Deck gehen, um die *Arabella* die letzten vier Meilen bis zur Stadt zu lotsen. Er schlug vor, direkt vor dem Hauptplatz zu ankern, im Schatten des Sao-Jorge-Schlosses.

Southwick, Yorke und Wilson traten zu Ramage an die Reling. Das braune Wasser des Tejo wirbelte mit einer Geschwindigkeit von mindestens vier Knoten vorbei. Sie beobachteten mehrere Fregatten, die aus den verschiedenen Hafenbecken kamen. »Die schönsten Arbeitsschiffe, die ich je gesehen habe«, meinte Yorke. »Schauen Sie sich doch die hübsche Malerei an dem Bug dort an!«

Lissabons Äquivalent zur Themsenbarke war ein anmutiges Schiff mit nach achtern geneigtem Mast, geschwungenen Linien und einem fülligen Vorschiff. Fast der ganze Bug war mit fröhlichen Farben bemalt, und man konnte kaum glauben, daß diese Schiffe eine so langweilige Fracht wie Mehlsäcke transportierten. Zwei britische Fregatten lagen stromaufwärts von der *Arabella*; ein Postschiff und einige Handelsschiffe, meist britisch, säumten die Stadtufer des Flusses. Als Ramage auf einige Sehenswürdigkeiten hinwies, kam Kerguelen auf ihn zu. »Wenn Sie wollen, können Sie jetzt an Land gehen. Ich werde das Boot aussetzen lassen. Wollen Sie und Yorke übersetzen?«

Ramage nickte grinsend. »Sie haben genug Geiseln an Bord, also können Sie sich darauf verlassen, daß wir zurückkommen.«

Kerguelen merkte nicht, daß Ramage scherzte. »Ich habe Ihr Ehrenwort, das genügt mir.«

Die acht Freibeuter, die das Boot ruderten, mußten hart gegen die Strömung ankämpfen. Dann stiegen Ramage und Yorke vorsichtig die schlüpfrigen, von Moos bewachsenen Stufen des Kais hinauf. Eine grüne Kutsche holperte über das Kopfsteinpflaster auf sie zu, hielt an, und ein Mann steckte den Kopf aus dem Fenster. »Sind die Gentlemen vielleicht zufällig Engländer?« fragte er.

»Ja«, erwiderte Ramage zögernd.

»Von dem Postschiff?«

»Von dem ehemaligen Postschiff. Es ist jetzt eine Prise französischer Freibeuter.«

Das höfliche Lächeln des Mannes erlosch abrupt. »Was tun Sie dann hier?« fragte er brüsk.

»Darf ich fragen, was Sie das angeht?« entgegnete Ramage eisig.

»Ich bin unser Postmeister in Lissabon«, verkündete der Mann pompös.

»Tatsächlich? Wir sind an Land gekommen, um Sie aufzusuchen.«

Der Mann stieß die Wagentür auf, ließ den Tritt herunter und stieg aus. Er stellte sich als Henry Chamberlain vor und fügte hinzu: »Ich konnte es nicht glauben, als ich von der Signalstation die Nachricht erhielt, daß ein britisches Postschiff unter Trikolore den Fluß heraufkäme.«

Ramage warf einen Blick auf den Kutscher, ein unrasiertes, hageres Individium in schäbiger grüner Livree, das sich weit vorbeugte, um sich nur ja kein Wort entgehen zu lassen. »Können wir in Ihr Büro gehen?«

Chamberlain wies einladend auf die offene Kutschentür. »Das Büro befindet sich in meinem Haus. Es ist nicht weit.«

Als der Wagen davonrollte, stellte Ramage sich und Yorke vor. Nachdem sie durch einige stille Straßen in Richtung des Torre de Belem gefahren waren, hielt die Kutsche vor einem kleinen Haus in einem umfriedeten Garten. Der Fahrer sprang vom Kutschbock, öffnete das Tor und führte das Pferd hindurch.

Chamberlain geleitete seine Gäste ins Haus und stellte sie seiner Frau vor. Mrs. Chamberlain hatte eine schrille Stimme, trug ein Kleid, das nicht einmal vor zehn Jahren modern gewesen sein konnte, und begrüßte die jungen Männer mit einem Lächeln, das sie vermutlich für leutselig hielt. Sie folgten Chamberlain ins Büro, wo er ihnen bequeme Sessel anbot und sich hinter seinem Schreibtisch niederließ. Obwohl er mit seinen kleinen Knopfaugen und dem fliehenden Kinn wenig einnehmend aussah, gab er sich doch sehr selbstsicher. Er griff nach Feder und Tintenfaß, offenbar in der Absicht, sich Notizen zu machen, während Ramage Bericht erstattete. Doch Ramage stellte erst einmal eine Frage. »Wann geht das nächste Postschiff nach England?«

»Warum wollen Sie das wissen? Der genaue Termin ist natürlich geheim.« Er sprach im Ton eines Squires, der sich mit zwei lästigen Bauern abgeben muß.

»Ich muß eine dringende Depesche an den Ersten Lord der Admiralität schicken, Mr. Chamberlain. Sobald ich sie geschrieben habe, möchte ich sie in Ihre Obhut geben. Sie werden dann die Verantwortung dafür tragen, daß die Depesche ihren Bestimmungsort erreicht.«

»Um Himmels willen, nein! Diese Depesche sollten Sie dem Kommandanten eines Kriegsschiffs übergeben. Ich bin nicht für Angelegenheiten der Navy verantwortlich.«

»Mr. Chamberlain, diese Sache dürfte auch die Postverwaltung interessieren«, sagte Ramage geduldig. »Oder wollen Sie gar nicht wissen, warum ein Offizier der Navy und ein britischer Reeder mit einer französischen Prise nach Lissabon gekommen sind?«

»Also gut, erzählen Sie's mir«, entgegnete Chamberlain mißmutig. Er hörte zu, ohne Ramage zu unterbrechen. Der Leutnant verschwieg, wie Stevens sich verhalten hatte, und auch die Informationen, die er von Much bekommen hatte. Als er seinen Bericht beendete, bemerkte er, daß Chamberlains Augen spöttisch funkelten.

»Und, Mr. Ramage, auf welche Weise wollen Sie Ihre – eh – Schulden bei diesem französischen Schurken bezahlen?«

»Ich hoffe, daß es nicht dazu kommen wird. Denn die Postverwaltung müßte dem Kommandanten für den Verlust des Postschiffs die doppelte Summe zahlen.«

»Haben Sie Lust, auf dem Tyburn zu hängen?«

»Nein, eigentlich nicht.«

»Aber wenn Sie diesem französischen Schuft auch nur einen Penny geben, könnte man Sie des Hochverrats beschuldigen.«

Yorke warf Ramage einen raschen Seitenblick zu, denn Chamberlain hatte zweifellos recht.

»Bitte erklären Sie mir das näher«, sagte Ramage.

Chamberlain stand auf und schlenderte zu einer Reihe von Bücherregalen. Er nahm einen Aktenordner, blätterte darin, löste mehrere Seiten heraus und kam damit zum Tisch zurück. »Das ist die Kopie einer neuen Parlamentsverfügung. Darin steht, daß jeder Brite des Verrats angeklagt wird, wenn er einem Menschen, der der französischen Regierung Gehorsam schuldet, Geld gibt. Die Formulierung vom schuldigen Gehorsam bezieht sich nicht nur auf französische Bürger. Damit sind auch Agenten gemeint, die im Dienst der Regierung stehen.«

Ramage sah Yorke an, und dieser sagte taktvoll: »Vielleicht kann uns Mr. Chamberlain einen Rat geben.«

Der Postmeister schüttelte den Kopf. »Ich will nichts damit zu tun haben. Als königlicher Beamter kann ich keinen Hochverrat tolerieren«, sagte er und genoß dabei jedes einzelne Wort.

Ramage lief rot an. »Sie sollten sich etwas genauer überlegen, was Sie sagen.«

»Wollen Sie mir etwa drohen?« entgegnete Chamberlain hochnäsig. »Übrigens würde ich gern vom Kommandanten der *Arabella* hören, wie ihm seine Passagiere beigestanden haben, als er versuchte, das Postschiff gegen die Freibeuter zu verteidigen.«

Yorke sah, daß Ramage blaß geworden war und sich die Narbe an der Schläfe rieb; deshalb sagte er hastig: »Mr. Chamberlain, es ist unklug anzunehmen, Ihre Haltung Mr. Ramage gegenüber wäre gerechtfertigt, weil Sie sich auf den neuen Erlaß stützen können. Wir wissen nichts von diesem Gesetz, und Sie wissen nicht, wie das Postschiff gekapert wurde.«

»Er meint, daß ich Ihnen nicht die ganze Geschichte erzählt habe«, sagte Ramage.

»Warum nicht? Ich habe das Recht, alles zu wissen.«

»Weil ich Ihnen nicht trauen kann«, stieß Ramage hervor. »Mein vollständiger Bericht ist geheim und nur für die Augen des Ersten Seelords bestimmt. Wenn er es für richtig hält, wird er ihn an Lord Auckland und das Ministerium weitergeben. Ihnen habe ich alles gesagt, was Sie wissen müssen. So, und jetzt muß ich gehen und meinen Bericht schreiben. Wann geht das nächste Postschiff ab?«

»Morgen. Es ist gestern abend angekommen«, antwortete Chamberlain. »Was werden Sie schreiben?«

Ramage starrte ihn ungläubig an. »Ich habe Ihnen doch gerade gesagt, daß das geheim ist. Stehen Sie im Dienst der britischen Postverwaltung – oder der französischen Regierung?«

»Wie können Sie es wagen!« kreischte Chamberlain. »Sie nennen mich einen Spion? Mich! Ich werde . . .«

»Ich habe Sie nicht als Spion bezeichnet, ich habe Sie nur gefragt.«

»Ich will Ihnen gerne sagen, daß ich seit sieben Jahren hier bin und neunzehn Jahre lang bewiesen habe, daß ich ein treuer Diener des Königs . . .«

»Ja, schon gut«, unterbrach ihn Ramage ungeduldig. »Sagen Sie mir bitte nur noch, ob Sie die Depesche direkt nach London weiterleiten werden, wenn ich sie Ihnen vom Postschiff schicke.«

»Vom Postschiff? Sie meinen die *Lady Arabella*?«

»Ja, natürlich.«

»Sie wollen an Bord zurückgehen?«

»Selbstverständlich.«

»Aber die Brigg ist doch eine französische Prise.«

»Wir haben unser Ehrenwort gegeben, Mr. Chamberlain.«

»Aber niemand würde erwarten, daß Sie . . .«

»Weder Mr. Yorke noch mich interessiert es, was andere Leute von uns erwarten oder nicht erwarten. Wir haben unser Ehrenwort gegeben.«

»Aber . . . Ich warne Sie. Ich werde einen ausführlichen Bericht in die Lombard Street schicken.«

»Tun Sie das. Es kann mir nur nützen, wenn Lord Auckland von Ihnen persönlich erfährt, wie Sie sich benommen haben. Bitte, sorgen Sie dafür, daß mir die Antwort sofort zugesandt wird, wenn sie aus London kommt. Dürfen wir Ihren Wagen benutzen, um zum Kai zurückzufahren?«

Keiner der beiden Männer sprach, als sie zum Hafen zurückfuhren, wo das Boot der *Arabella* mit der Freibeuterbesatzung wartete. Kerguelen begrüßte sie, als sie an Bord kamen. »Nun, ist Ihr kleiner Ausflug erfolgreich verlaufen?«

Ramage nickte. »Morgen fährt ein Postschiff nach England ab. Ich muß einen Brief schreiben und ihn dann dem Postmeister schicken. Könnte ich bitte Tinte, Feder und Papier haben?«

»Natürlich.« Kerguelen zögerte, dann fügte er hinzu: »Es ist eigentlich unnötig, Sie an Bord festzuhalten, während wir hier vor Anker liegen und auf das Geld warten. Aber wenn Sie Ihr Ehrenwort brechen . . .«

Allmählich verlor Ramage die Geduld mit diesem Mann, der immer wieder an seiner Ehre zweifelte. »Ich habe Ihnen mein Wort gegeben.

Wir müssen einander vertrauen. Sie müssen mir glauben, daß ich nicht fliehen, sondern das Geld bezahlen werde. Und ich muß Ihnen glauben, daß Sie uns freilassen werden, wenn das Geld eintrifft. Sie könnten uns ja auch die Kehlen durchschneiden, sobald Sie es haben ...«

»Schon gut«, unterbrach ihn Kerguelen.

Als Yorke und Ramage unter Deck gingen, stellten sie fest, daß Much in Wilsons Kabine übersiedelt und Southwick zurückgekommen war. Er saß mit Bowen am Tisch. Beide Männer sprangen auf, als Yorke und Ramage eintraten.

»Ist alles gutgegangen, Sir?« fragte der Arzt.

Yorke stand an der offenen Tür und paßte auf, daß niemand lauschte, als Ramage die Begegnung mit Chamberlain schilderte. Als er von dem Parlamentserlaß sprach, stöhnte Southwick. »Müssen wir jetzt die ganze Aktion abblasen, Sir?«

»Ja – wenn wir keine Sondererlaubnis von der Admiralität bekommen.«

»Aber Sie werden Ihren Lordschaften doch mitteilen können, was wir von Much erfahren haben?«

»Ich hoffe es. Das hängt davon ab ...«

Yorke hob die Hand, und eine Minute später kam Kerguelen herein und brachte Ramage Papier, Feder und Tinte. Er zog ein Stück Wachs aus der Tasche. »Wenn Sie den Brief versiegeln wollen, wird Ihnen einer meiner Männer eine brennende Kerze bringen. Nicht daß ich Ihnen nicht traue ...«, fügte er hastig hinzu. »Aber ich habe Angst, daß Feuer ausbricht. Ich war einmal auf einem brennenden Schiff.«

Die anderen Männer nickten verständnisvoll. Flammen, nicht Stürme und Klippen, waren die schlimmsten Gefahren, denen ein Schiff ausgesetzt war, ob es nun vor Anker lag oder auf hoher See war.

»Schreiben Sie einen hübschen, überzeugenden Brief«, sagte Kerguelen grinsend und verließ die Kabine.

Ramage wandte sich an Southwick und Bowen. »Gehen Sie doch bitte an Deck, damit Yorke und ich genug Platz und Ruhe haben, den Brief zu entwerfen. Und teilen Sie Much und Wilson mit, was ich Ihnen soeben erzählt habe.«

Als sie gegangen waren, sagte Yorke: »Nehmen wir mal an, Ihr Bericht fällt den Franzosen in die Hände. Er könnte aus Chamberlains Haus gestohlen werden, oder das Postschiff wird gekapert. Können Sie Lord Spencer unbedenklich alle Einzelheiten schreiben?«

Ramage strich den Federkiel glatt. »Darüber wollte ich gerade mit Ihnen reden. Diese Frage habe ich mir nämlich auch schon gestellt.«

»Dann schreiben Sie lieber nur in großen Zügen, was passiert ist, und erzählen Sie ihm alle Einzelheiten, wenn Sie in London sind.«

»Aber wird er dann die Geschichte glauben und die Postverwaltung überreden können, das Lösegeld zu zahlen? Wenn ich ihm die Einzelheiten in meinem Brief vorenthalte und weder Namen noch Zahlen angebe?«

Yorke zuckte mit den Schultern. »Schreiben Sie erst einmal den Bericht, dann sehen wir weiter.«

Eine Stunde später legte Ramage den Federkiel beiseite, ordnete die sieben Seiten, auf denen er seinen ersten Entwurf niedergeschrieben hatte, und setzte sich auf die Koje, um ihn zu lesen. Dann sah er Yorke an und schüttelte den Kopf. »Er wird mir nicht glauben.«

»Warum nicht?«

»Es klingt zu bizarr. Er wird niemals glauben, daß die Postleute private Ladung transportieren.«

»Unsinn!« Yorke setzte sich auf die gegenüberliegende Koje und las den Entwurf durch. Dann legte er die Blätter auf den Tisch. »Sie kennen doch Lord Spencer. Er ist ein kluger Mann und wird diesen Bericht keineswegs bizarr finden. Er wird der Postverwaltung eine Kopie schicken, und sie werden zahlen.«

»Dazu wäre aber ein Parlamentserlaß nötig.«

»Ein geringer Preis, den die Gentlemen gern zahlen werden, nachdem sie herausgefunden haben, warum so viele Postschiffe verschwinden.«

»Aber ich verlange von ihnen, daß sie zahlen, ohne die Einzelheiten zu kennen.«

»Der Brief wird Ihre Lordschaften auch so überzeugen. Außerdem haben Sie ja erklärt, warum Sie gewisse Einzelheiten für sich behalten.«

»Aber das neue Gesetz . . . Sie müßten gleich, nachdem sie es erlassen haben, eine Ausnahme machen, wenn sie mir gestatten, Kerguelen das Geld zu geben.«

Yorke seufzte. »Wenn Sie keinen Grund zur Sorge haben, müssen Sie einen erfinden, was? Kommen Sie, schreiben Sie jetzt den Bericht ins reine. Soll ich auch unterschreiben?«

Ramage schüttelte den Kopf. »Aber ich werde erwähnen, daß Sie mit dem Wortlaut einverstanden sind.«

14

»Was hat Mr. Ramage gesagt?« fragte Stafford den Amerikaner, als der Wachtposten sie nach dem morgendlichen Spaziergang an Deck wieder nach unten geführt hatte.

»Er hofft, daß er interessante Neuigkeiten für uns hat, wenn das Postschiff in vier Wochen aus England zurückkommt«, erwiderte Jackson.

Stafford runzelte die Stirn. »Und bis dahin sollen wir uns in Geduld fassen?«

»Willst du lieber zwei Jahre lang in einem französischen Gefängnis warten?«

»Ich wäre lieber an Land bei den Senoritas.«

»Schade, daß wir nicht in Italien sind. Dort wissen die Frauen, was sie mit jungen, unschuldigen Seeleuten zu machen haben, die an Land kommen, die Taschen voller Geld.«

»Was machen sie denn?«

»Oh, sie nehmen die Burschen an der Hand, gehen mit ihnen spazieren und füttern sie mit Torte.« Jackson wandte sich an die restliche Besatzung der *Arabella* und brachte sie mit einer Handbewegung zum Schweigen. »Hört alle zu! Ich habe eine Nachricht von Mr. Ramage. Aber fangt nicht an zu schreien und zu jubeln, denn wir wollen die französischen Wachtposten nicht mißtrauisch machen. Mr. Ramage hat mit dem französischen Prisenkommandanten ausgemacht, daß er ein Lösegeld bezahlen wird, also werden wir wahrscheinlich alle freikommen. Und die *Arabella* auch. In einem Monat soll Nachricht aus England eintreffen, ob die Admiralität bereit ist zu zahlen.«

Jackson stellte fest, daß nur elf Männer, die ehemaligen Tritons, erfreut grinsten. Die Postmatrosen machten lange Gesichter. Und nicht nur das. Jackson hatte plötzlich das Gefühl, daß sie ihn feindselig anstarrten. Der Bootsmann schob sich durch die Menge und blieb vor dem Amerikaner stehen.

»Wie kommt es denn, daß ein Amerikaner in der Royal Navy ist, eh?«

Jackson lachte vergnügt. »Ich dachte, ich könnte euch ein bißchen helfen.«

»Eine typische Yankee-Antwort. Und überhaupt, was macht ihr so ein Theater um diesen Mr. Ramage?«

Jacksons Augen verengten sich. »Jetzt hör’ mir mal zu. Du hast Mr. Ramage zu töten versucht. Und wir alle würden unser Leben für ihn hingeben. Soviel bedeutet er uns. Merk dir das!«

Der Bootsmann packte Jackson am Kragen. »Was geht hier eigentlich vor?« schrie er und schüttelte den Amerikaner. »Was hat dieser Intrigant angezettelt?«

Er brach mit einem Schmerzensschrei ab und stieß Jackson von sich. Der Amerikaner sah Rossis grinsendes Gesicht über der Schulter des Bootsmanns.

»Keine Bewegung«, sagte Rossi, »sonst . . .«

»Du verfluchter Bastard, du schlitzt mir ja den Rücken auf!«

Rossis Hand mit dem Messer glitt um den Bootsmann herum, und die Spitze zeigte jetzt auf seinen Bauch. »Wenn du nicht brav bist, schlitze ich dir auch den Wanst auf.«

Jackson sah, daß sich Schweißperlen auf der Stirn des Bootsmanns bildeten und seine Augen ängstlich von einer Seite zur anderen rollten, als er Rossi anzusehen versuchte, sich aber nicht zu rühren wagte.

»Schon gut, Rosy«, sagte Jackson und bedeutete dem Italiener, zur Seite zu treten. »Ich glaube, er hat begriffen.«

Der Bootsmann wischte sich mit dem Handrücken über die Stirn. »Wo hast du dieses Messer her, verdammt? Die Franzosen haben uns doch durchsucht.«

»Ja, das haben sie«, bestätigte Rossi ruhig, steckte die linke Hand in die Tasche und zog ein zweites Messer hervor, das er Jackson reichte. Fasziniert sah der Bootsmann zu, wie der Italiener noch einmal in die Tasche griff und zwei weitere Messer zum Vorschein brachte, die er an Stafford und Maxton verteilte. »Es ist ganz einfach Zauberei«, sagte Rossi nonchalant und zog vier Uhren, mehrere goldene Ringe und ein kleines Medaillon hervor. Die Uhren und die Ringe überreichte er Jackson. »Das kannst du Mr. Ramage zurückgeben, wenn du ihn siehst.«

Jackson nahm die Sachen wortlos in Empfang. Er hatte sie zusammen mit den Messern im Glockenfuß des Postschiffs versteckt, bevor die Freibeuter an Bord gekommen waren. Seit die Brigg im Tejo ankerte, hatte er versucht, die Sachen zu holen. Und doch hatte er nicht einmal bemerkt, daß Rossi in der Nähe der Schiffsglocke gewesen war, als sie sich an Deck die Beine vertreten hatten.

Die Stille verriet, daß die Postschiffsmatrosen beeindruckt waren. Jackson überlegte, warum sie so bestürzt gewesen waren, als er von ihrer möglichen Freilassung gesprochen hatte. Er hatte erwartet, daß sie sich freuen würden, aber statt dessen . . . »Was habt ihr eigentlich alle?« fragte er den Bootsmann. »Es stört euch offenbar, daß ihr bald freigelassen werdet.«

»Wollen uns die Franzosen das Schiff zurückgeben?«

»Ja. Wir können nach Falmouth segeln.«

»Dann wird die Versicherung also nicht zahlen?«

»Wohl kaum«, meinte Jackson. »Wenn das Schiff nicht verloren gegangen ist . . .«

»Aber unsere Waren . . .«

»Haben die Franzosen sie genommen?«

»Ja, aber sie sind immer noch an Bord.«

»Dann habt ihr sie ja nicht verloren.«

»Die Versicherung wird also nichts dafür zahlen.«

Jackson starrte den Mann verständnislos an. »Was soll das? Du weißt doch verdammt genau, daß die Versicherung nur zahlt, wenn etwas verlorengegangen ist.«

Die Postschiffsmatrosen begannen, aufgeregt durcheinanderzureden. Auch die anderen Tritons spürten, daß irgend etwas im Gange war. Sollten sie den Burschen gleich jetzt zeigen, wer der Stärkere war?

Je länger Jackson darüber nachdachte, desto sicherer wurde er, daß die Postschiffsmatrosen erwartet hatten, die Versicherung würde für den Verlust aufkommen. Und nun, da Mr. Ramage die Rückgabe des Schiffes arangiert hatte, waren die Postleute wütend. Also würden sie versuchen, Mr. Ramages Pläne zu durchkreuzen. Und irgend etwas tun, das die Freibeuter veranlassen würde, das Schiff in einen französischen Hafen zu bringen . . .

Die Postschiffsmatrosen hatten sich am anderen Ende der Messe um den Bootsmann gruppiert, und Jackson winkte die Tritons zu sich.

»Was haben die bloß vor, Jacko?« fragte Stafford.

»Was sie vorhaben?« rief Jackson laut. »Ich weiß es nicht genau, Jungs, aber es stinkt nach Verrat.«

Der Bootsmann wandte sich um, und die Matrosen hörten zu reden auf.

»Ihr Kommandant wollte nicht vor den Freibeutern fliehen«, fuhr Jackson fort. »Das habt ihr ja alle gesehen. Die beiden Rudergänger haben das Schiff vom Kurs abfallen lassen, und der Bootsmann wollte Mr. Ramage umbringen. In London nennt man das Verrat, und man würde sie auf dem Tyburn dafür baumeln lassen. Zuerst dachte ich, es wären nur die vier – und höchstens noch der Arzt. Aber vielleicht kann man auch alle anderen für eine Guinee kaufen. Doch was sie auch vorhaben – sie haben keine Chance. Der französische Kommandant will Mr. Ramage das Schiff verkaufen, um nicht zu riskieren, daß er auf der Fahrt nach Frankreich gekapert wird. Also wird er sich nicht dreinreden lassen.«

»Das werden wir ja sehen, ihr verdammten . . .« Der Bootsmann brach abrupt ab, sein Kopf ruckte zur Seite und seine Augen weiteten sich vor Angst, als er Rossis Messer entdeckte, das nur zwei Zoll von seiner Stirn entfernt im Schott steckte. Rossi schlenderte auf ihn zu und zog sein Messer aus dem Holz. Dann begann er den Magen des Bootsmanns mit der Messerspitze zu kitzeln. Der Bootsmann war leichenblaß geworden, preßte sich ans Schott und wagte sich nicht zu rühren, da die geringste Bewegung lebensgefährlich werden konnte. Rossi grinste ihn an, dann ging er gemächlich zu Jackson zurück. Der Amerikaner stützte eine Hand auf die Hüfte und sah die Postschiffsmatrosen verächtlich an. »Hoffentlich habt ihr es jetzt begriffen. Diesen Trick können wir nämlich alle.«

Plötzlich bewegte sich sein rechter Arm, und ein Messer bohrte sich neben der Hand des Bootsmanns ins Schott. Auch Maxton und Stafford bewegten sich blitzschnell, und zwei Messer blieben vibrierend neben den Ohren des Mannes stecken. Rossi sammelte die Messer ein, dann ging er zu seinen Kameraden zurück. »Du darfst den Arm nicht so stark bewegen«, tadelte er den Cockney. »Und das Messer nicht so kräftig schleudern. Die Klinge muß den Mann ja nicht durchbohren. Es genügt, wenn sie drei oder vier Zoll tief ins Fleisch eindringt.«

Als die Tage verstrichen, machte es sich Kerguelen zur Gewohnheit, am frühen Abend Ramages Kabine zu besuchen. Manchmal unterhielten sich die fünf Männer angeregt, oder der Franzose sah zu, wenn Bowen mit einem seiner Landsleute Schach spielte. Er gab niemals Kommentare zu den einzelnen Spielzügen ab, aber Ramage sah, wie Kerguelens Augen über das Schachbrett wanderten und es sofort bemerkten, wenn der Arzt seinem Partner eine Falle stellte.

Allmählich lernten sie ihn kennen. Sein Charakter war eine seltsame Mischung. Im Herzen war er vermutlich Royalist und verachtete viele Aspekte der Revolution, ebenso seine Männer, um deren Wohlergehen er sich kaum sorgte. Er schien sie als Maschinen zu betrachten, die funktionierten, wenn man sie nur reichlich mit Öl versorgte. Man mußte den Leuten genügend Geld geben, dann kämpften sie.

Offenbar stammten Kerguelen und sein Bruder aus einer alten Familie, der es sicher schwergefallen war, sich in den frühen Tagen der Revolution die Guillotine vom Leib zu halten. Das mochte die Erklärung dafür sein, warum sich kultivierte Männer wie die beiden Kerguelens der Freibeuterei zugewandt hatten, überlegte Ramage.

Schließlich hatte Bowen herausgefunden, warum Kerguelen so oft in die Kabine seiner Gefangenen kam. Eines Abends, als der Franzose gegangen war, meinte der Arzt: »Seltsam, wie einsam ein Mann doch sein kann, daß er sogar die Gesellschaft seiner Feinde sucht . . .«

»Ja«, sagte Ramage nachdenklich, »er scheint sich bei uns wohler zu fühlen als im Kreis seiner Leute. Ich glaube, er macht sich ihretwegen Sorgen. Man könnte fast den Eindruck gewinnen, er wäre ihr Gefangener, zumindest bis das Geld eintrifft.«

Yorke grinste. »Er ist ihr Gefangener – und wir sind seine Gäste.«

Southwick strich sich das dichte weiße Haar aus der Stirn. »Ich traue ihm nicht. Von diesen Ausländern ist noch nie was Gutes gekommen.«

Bowen lachte und schob einen Bauern auf dem Schachbrett um ein Feld vor. »Eine hübsche Vorstellung – er hat uns gefangengenommen und ist nun Gefangener seiner Leute.«

Southwick wandte sich an Ramage. »Haben Sie schon was Neues von Jackson gehört, Sir?«

»Nein, zwischen den Tritons und den Postschiffsmatrosen herrscht immer noch eine Art bewaffneter Waffenstillstand. Offenbar jagt Rossi den Postleuten Angst mit seinen Messerkünsten ein.«

»Diese Messer!« rief Southwick seufzend. »Nun, jedenfalls bin ich froh, daß ich meine Uhr wiederhabe.«

»Passen Sie nur auf, daß diese verdammten Freibeuter sie nicht zu Gesicht bekommen«, warnte Ramage. »Sonst durchsuchen sie uns noch einmal.«

»Aye, Kerguelen hat sie ja nicht unter Kontrolle.«

»Er würde auch nichts tun, wenn er sie im Griff hätte. Kerguelen ist Freibeuter und kein Philanthrop. Vergessen Sie nicht, daß er seinen Männern vertraglich zugesichert hat, sie würden bestimmte Anteile der Beute erhalten. Er hat ihnen gegenüber Verpflichtungen.«

Yorke gähnte herzhaft. »Ich würde so gern einmal einen Abend an Land verbringen – auch wenn ich mir diese todtraurigen Volkssänger anhören und zusehen müßte, wie eine elegante Dame ihren Galan zur Verzweiflung treibt, weil sie einen hübschen Burschen wie mich anstarrt.«

Ja, dachte Ramage, die portugiesischen Volkslieder waren tatsächlich tieftraurig. Sie handelten immer von gebrochenen Frauenherzen, von unglücklichen Liebenden, die verlassen daheimsaßen, während ihr Schatz an ferne Gestade zog oder zu den Himmelspforten aufstieg. Würde auch Gianna traurige Lieder summen, während sie am St. Kew spazierenging? Bei diesem Gedanken mußte Ramage lächeln.

Nein, sie würde höchstens wütend Steine schleudern oder mit einem Stock in Brennesseln stochern oder ihre Zofe anschreien – und das alles, weil ihr Nicholas über die Meere segelte. Aber Trauerlieder? Nein, dazu war sie viel zu sehr Toskanerin.

Würde ihre Familie jemals wieder in ihrem Kleinstaat herrschen, den jetzt die Franzosen besetzt hatten? Würde dieser Krieg jemals enden? Er konnte sich kaum mehr an die Friedenszeiten erinnern. War er fünfzehn oder sechzehn gewesen, als der Krieg ausgebrochen war? Das spielte keine Rolle. Er kannte nur den Krieg. In Friedenszeiten mußte der Dienst in der Navy schrecklich langweilig sein. Man segelte in ferne Häfen, um Salutschüsse für die Gouverneure abzufeuern, und hinterließ überall Visitenkarten, statt bewaffnete Boote auszusenden und vor der Nase des Feindes Prisen und britische Gefangene zu befreien.

Yorke unterbrach Ramages Meditation. »Sie sehen so wehmütig drein, mein Freund. Sicher waren Sie mit Ihren Gedanken in weiter Ferne.«

Ramage nickte. »In der Toskana.«

»Ah – die schöne Gianna. Ich freue mich schon darauf, sie kennenzulernen.«

»Wenn wir wieder in London sind, gebe ich einen großen Ball, und dann dürfen Sie mit ihr tanzen. Sie ist sehr schön.«

»Und sehr temperamentvoll«, fügte Southwick hinzu.

»Oh, sie benutzt wohl eine Pistole statt eines Glöckchens, wenn sie einen Diener zu sich ruft«, meinte Yorke grinsend.

Southwick und Ramage sahen einander an und brachen in Gelächter aus. »Was habe ich denn gesagt?« fragte Yorke verblüfft.

»Als ich Gianna zum erstenmal sah, richtete sie eine Pistole auf mich«, erklärte Ramage, immer noch lachend.

Yorke hob die Brauen. »Bemerkenswert ... Ich weiß ja, daß Sie auf Ihre Mitmenschen ziemlich irritierend wirken können, aber womit haben Sie Gianna dazu getrieben? Gleich beim erstenmal eine Pistole?«

»Ich sollte sie retten. Gianna und ihre Familie flohen aus ihrem Fürstentum Volterra, als die französischen Truppen ankamen. Ich holte sie mitten in der Nacht aus einem Aussichtsturm an der Küste. Es war alles sehr mysteriös – und sehr romantisch. Gianna hatte Angst, in eine Falle zu geraten, weil die Franzosen schon ganz in der Nähe waren. Und so tauchte sie plötzlich in einem schwarzen Umhang auf, der ihr Gesicht verbarg, und zielte so lange mit ihrer Pistole auf meinen Bauch, bis sie sicher sein konnte, daß ich kein Franzose war.«

»Mysteriös vielleicht«, meinte Yorke. »Aber für meinen Geschmack nicht sehr romantisch.«

Bowen, der eine Partie Schach mit sich selbst gespielt hatte, räumte die Figuren in die Kassette. »Was machen wir, wenn die Regierung uns verbietet, Kerguelen Geld zu geben, Sir?«

Ramage hatte erwartet, daß dieses Problem irgendwann zur Sprache kommen würde. »Dann bleibt uns nur eine Möglichkeit. Wir müssen unser Ehrenwort zurücknehmen. Wenn die Postschiffsmatrosen bis dahin wieder zur Vernunft gekommen sind, könnte es uns gelingen, das Schiff zurückzuerobern. Oder vielleicht begegnen wir auf dem Weg nach Frankreich einer britschen Fregatte.«

»Die beiden Fregatten, die hier vor Anker liegen, haben nichts unternommen«, sagte Yorke.

»Sie werden auch nichts tun«, erwiderte Ramage. »Die französische Regierung wartet nur auf einen geeigneten Anlaß, um in Portugal einzufallen. Den hätte sie, wenn die Briten im Hafen von Portugal ein französisches Schiff kaperten – und das ist die *Arabella* zur Zeit.«

Yorke zuckte mit den Schultern. »Aber Sie haben doch sicher erwartet, daß die Kommandanten der beiden Fregatten mit Ihnen Verbindung aufnehmen.«

»Nein. Chamberlain hat ihnen vielleicht erzählt, daß wir Gefangene sind, aber ganz gewiß nicht, welchen Auftrag ich habe, weil er das selber nicht weiß. Man kann nicht erwarten, daß ein Fregattenkapitän wegen eines Leutnants, der als Gefangener auf einem feindlichen Schiff in einem neutralen Hafen festsitzt, aus dem Häuschen gerät.«

»Das stimmt. Hoffen wir, daß die Regierung zahlen wird.«

Dieses Problem hatte Ramage schon manche schlaflose Stunde bereitet. Zahlen oder nicht zahlen – das war hier die Frage . . . Vielleicht war das Lissabon-Postschiff auf dem Weg nach Falmouth gekapert worden, und sein Kommandant hatte Ramages Brief an den Ersten Seelord mitsamt der anderen Post im Meer versenkt. Oder er hatte die Postsäcke nicht mehr versenken können, und die Franzosen wußten bereits, daß Ramage, dieser Wichtigtuer, an Bord einer französischen Prise im Hafen von Lissabon saß. Dann würde der französische Konsul in Lissabon bald zu der Überzeugung gelangen, daß man eine gewisse Kehle durchschneiden müsse. Vielleicht auch noch die Kehle Kerguelens, falls der wirklich royalistisch eingestellt war.

»Glauben Sie, daß sie zahlen werden?« unterbrach Yorke seine Gedanken.

Verdammt, immer wieder dieselbe Frage . . . Bowen und Southwick starrten ihn an, als sei er plötzlich ein Fremder. Was war denn los? Was war geschehen? Hatten sie . . .

»Sie müssen sich ausruhen, Sir«, sagte Bowen, stand auf und kam auf ihn zu. Auf einmal fühlte sich Ramage unendlich müde. Es war eine Erschöpfung, die kein Schlaf jemals vertreiben konnte. Denn wenn er irgendwann erwachte, würde immer noch dieses Gefühl da sein, daß alles vergebens war, alle Mühe, alle Gedanken ... Und er wollte auch gar nichts mehr tun, nichts mehr denken. Er hatte nicht mehr die Kraft dazu. Die drei Männer schienen vor seinen Augen zu verschwimmen. Bowens Gesicht, das sich über ihn neigte, schien ihm riesengroß.

15

Langsam verstrichen die Tage. Much saß meist in seiner Kabine und las die Bibel, während Wilson militärische Handbücher studierte. Southwick und Bowen spielten in stiller Verzweiflung Schach. Und Ramage und Yorke, die stundenlang an Deck spazierengingen, kannten das Stadtbild von Lissabon mittlerweile so gut, daß sie kaum noch hinschauten.

Endlich rückte der Tag heran, an dem das Postschiff eintreffen sollte. Am Vortag stand Yorke neben Ramage an der Reling. »Sollen wir Kerguelen fragen, ob wir Chamberlain besuchen dürfen?«

Ramage zuckte mit den Schultern. »Das wäre sinnlos – außer Sie wollen einen Stadtbummel machen.« Wieder einmal spürte er, daß seine Energie geschwunden war, daß er kaum noch Initiative entwickelte.

Auch Yorke schien das zu bemerken. Er sah Ramage forschend an. »Meinen Sie wirklich?«

»Ja. Bis jetzt kann er noch keine Nachricht erhalten haben. Und wenn die Regierung bereit ist zu zahlen, wäre Chamberlain so beeindruckt, daß er uns das sofort mitteilen würde. Wenn die Regierung sich weigert, würde er uns in seiner Schadenfreude genauso schnell informieren ...«

Er brach ab, als Yorke sich plötzlich abwandte und nach Westen zeigte, zur breiten Mündung des Tejo. Eine kleine Brigg, die der *Arabella* sehr ähnlich sah, segelte mit einem frischen Westwind heran. »Das Postschiff!« rief Yorke. »Munter und unversehrt – und einen Tag früher als geplant! Hatte die Brigg so gutes Wetter? Oder wurde sie einen Tag früher losgeschickt, weil sie gute Nachrichten bringt?«

Auch Ramage hegte diese Hoffnung. Und während das Postschiff näher kam, begann er die langen Tage des Wartens zu vergessen. Southwick, Bowen, Wilson und Much kamen an Deck, und Kerguelen gesellte sich zu ihnen. Bald war die Brigg nahe genug, daß sie die Menschen an Deck erkennen konnten, aber natürlich hielt der Kommandant gebührenden Abstand von der französischen Prise.

»Sie hat eine Menge Passagiere an Bord«, bemerkte Southwick.

Ramage starrte düster auf das Postschiff. In irgendeiner Schublade an Bord lag dort der Brief, der ihm mitteilen würde, wie seine Zukunft aussah. Würde er als freier Mann seine Karriere fortsetzen können – oder als diskreditierter Leutnant in einem französischen Gefängnis landen? Die nächsten beiden Stunden würden schlimmer sein als die ganzen letzten Monate.

Genau zwei Stunden, nachdem das Postschiff am Kai angelegt hatte, fuhr ein Boot zur *Arabella*, und Kerguelen ließ Ramage an Deck rufen. Mit dem Boot war ein Abgesandter des Postmeisters gekommen. Er überzeugte sich, daß es tatsächlich Leutnant Ramage war, mit dem er sprach, dann übergab er ihm einen versiegelten Brief und sagte, daß er auf Antwort warte.

Als Ramage sich abwandte, um in seine Kabine hinunterzugehen, spürte er, daß alle Freibeuter ihm nachstarrten. Sie wußten, daß dieser Brief, den er in der Hand hielt, eine große Geldsumme versprechen konnte, eine Summe, die Kerguelen unter den Männern aufteilen würde.

Yorke saß auf einer der Kojen und las ostentativ in einem Buch. Bowen erklärte dem offensichtlich verwirrten Southwick ein Schachproblem. Alle drei bemühten sich krampfhaft, nicht zu zeigen, wie neugierig sie auf den Brief waren.

Ramage brach das grüne Wachssiegel auf. Der Umschlag enthielt keinen Brief Lord Spencers, sondern eine Nachricht des Postmeisters. »Mylord«, hatte Chamberlain geschrieben, »soeben habe ich eine dringende Botschaft Lord Aucklands erhalten, die das Postschiff *Lady Arabella* betrifft, gleichzeitig einen Brief der Admiralität an Sie, den ich nicht an Bord der Prise zu schicken wage. Ich erwarte Sie in meinem Haus, wenn Sie die Brigg verlassen können. Andernfalls seien Sie bitte so freundlich und übergeben Sie meinem Abgesandten einen versiegelten Brief mit Instruktionen.«

Hm . . . Mr. Chamberlains Benehmen hat sich entschieden geändert, dachte Ramage. Aber warum tut er so geheimnisvoll? Befürchtet er, daß der Brief der Admiralität in falsche Hände fallen könnte?

»Von Chamberlain«, sagte er. »Ich soll zu ihm kommen.«

»Das wird Kerguelen sicher erlauben«, meinte Yorke. »Darf ich Sie begleiten?«

Ramage nickte, und Yorke erhob sich, griff nach Hut und Mantel.

Southwick sah immer noch verwirrt aus, und Ramage sagte: »Ich weiß leider nicht, wie sich die Admiralität entschieden hat. Der Postmeister hat keinerlei Andeutungen gemacht.«

Yorke folgte ihm an Deck, wo Kerguelen auf und ab schritt, mit gesenktem Kopf, die Hände hinter dem Rücken verschränkt. Als er Ramage sah, kam er zu ihm und fragte abrupt: »Das Geld – ist alles geregelt?«

»Der Postmeister möchte, daß ich ihn aufsuche. Er hat Depeschen aus London erhalten.« Ramage wollte ihm Chamberlains Brief zu lesen geben, aber Kerguelen winkte ab.

»Benutzen Sie unser Boot. Der Abgesandte kann seine Leute mit ihrem Kahn nach Hause schicken.« Er wandte sich ab und erteilte die entsprechenden Befehle. »Glauben Sie, daß alles planmäßig verlaufen wird?« fragte er, als seine Männer das Boot auszusetzen begannen.

Ramage imitierte ein gallisches Schulterzucken und schwenkte den Brief durch die Luft. »Der Postmeister hat nicht geschrieben, daß es irgendwelche Probleme gibt.« Plötzlich wünschte sich Ramage, daß Kerguelen mit zum Postmeister käme. Der Franzose hatte sich bisher ehrenhaft benommen. Er war mit dem Geschäft einverstanden gewesen, hatte das Ehrenwort der Briten akzeptiert und sein Bestes getan, um ihnen den Aufenthalt an Bord so angenehm wie möglich zu machen. Aber nun waren sie an einem Punkt angelangt, wo das Ehrenwort ehrlicher Männer keine Rolle mehr spielte. Was weiterhin geschah, würde von hoher Politik bestimmt sein. Was Lord Auckland oder das Ministerium entschieden hatte, war vielleicht mit einem Geheul aus den Reihen der Opposition quittiert worden. Und wenn Leutnant Ramages Ehrenwort oder seine Freiheit geopfert werden mußten, um dieses Geheul zum Schweigen zu bringen ... Ja, beschloß Ramage, Kerguelen verdiente nicht nur zu wissen, was vorging, er sollte auch dabei sein, wenn es passierte. »Darf Mr. Yorke mich begleiten?«

»Natürlich.«

»Kommen Sie bitte auch mit.«

»Ich? Warum?« Kerguelen versuchte nicht, seine Überraschung zu verbergen.

»Ich möchte es«, erwiderte Ramage schlicht.

Kerguelen schien zu begreifen, daß Ramages Beweggründe ehrenwert waren, daß aber nicht darüber debattiert werden sollte. »Geben Sie mir eine Minute Zeit zum Umziehen.«

Als die drei Männer in Chamberlains Haus eintrafen, nahm ihnen ein portugiesischer Lakai Mäntel und Hüte ab und führte sie zu einer Sitzgruppe in der großen Halle. Ramage warf Yorke einen düsteren Blick zu. Chamberlain wollte offenbar die Wichtigkeit seiner Person demonstrieren, indem er seine Besucher warten ließ. Nach zwanzig Minuten kam der Lakai zurück und führte die drei Männer in den großen, kühlen Raum, den der Postmeister als Büro benutzte. Chamberlain saß hinter seinem Schreibtisch und hielt den Kopf über seine Papiere gesenkt, bis Ramage vor ihm stand. Dann zuckte er gekonnt zusammen, setzte ein dünnes Lächeln auf und kam mit ausgestreckter Hand um den Schreibtisch herum.

»Ah, Leutnant, ich freue mich, Sie wiederzusehen. Und Sie, Mr. Yorke...« Seine Stimme erstarb, als er Kerguelen entdeckte.

Ramage nahm den Arm des Postmeisters und sagte lächelnd: »Darf ich Ihnen Monsieur Kerguelen vorstellen, den Prisenkommandanten der *Arabella*? Mon capitaine – das ist der Postmeister, Mr. Chamberlain.«

Der Franzose verbeugte sich, und Chamberlain begann zu stottern: »Leutnant! Ich – ich kann hier nicht erlauben...«

»Dann reden wir doch draußen auf der Straße«, sagte Ramage mit gefährlich ruhiger Stimme. »Da würden wir uns auf neutralem Boden befinden.«

»Aber ich...«

»Bitte sagen Sie uns nun, ob Sie bereit sind, Kapitän Kerguelen das Geld auszuzahlen.«

»Nein!« rief Chamberlain. »Ich werde das Geld weder beschaffen, noch werde ich Ihnen und Mr. Yorke gestatten, es zu bezahlen.«

Ramage sah Kerguelen an. Das Gesicht des Franzosen war ausdruckslos. Es war unmöglich, seine Gedanken zu erraten.

»Vielleicht wären Sie so freundlich, Kapitän Kerguelen die Gründe auseinanderzusetzen.«

»Das werde ich ganz gewiß nicht tun.« Chamberlain ließ sich auf seinen Stuhl fallen. »Ich werde einem feindlichen Freibeuter – einem Piraten nicht erklären, warum ich mich so oder so entschieden habe.«

Ramages Stimme sank zu einem Flüstern herab. »Man hat Sie nicht gebeten, Ihre Entscheidungen zu erklären. Sie haben gar nicht das Recht, in diesem Fall irgendwelche Entscheidungen zu treffen. Man hat Sie nur ersucht, einen Parlamentsbeschluß zu erläutern. Da Sie sich weigern, werde ich dem Kapitän diesen Beschluß erklären, bevor ich mein Ehrenwort zurückziehe.« Ramage wandte sich an Kerguelen und erklärte ihm, daß es britischen Offizieren seit kurzem verboten sei, dem Feind Geld zu geben. Der Franzose hörte zu, nickte gelegentlich, und als Ramage geendet hatte, zuckte Kerguelen ausdrucksvoll mit den Schultern.

»Hiermit ziehe ich mein Ehrenwort zurück«, sagte Ramage.

»Ich auch«, fügte Yorke hinzu. »Wir sind also wieder Gefangene.«

»Leutnant!« schrie Chamberlain. »Das können Sie doch nicht machen!«

Ramage starrte ihn nur an, aber Yorke sagte verächtlich: »Zählen Sie Ihre Postsäcke! Und überlassen Sie Ehrenangelegenheiten den Leuten, die was davon verstehen!«

Chamberlain sah hilflos zu Ramage auf. »Aber ich habe einen Brief für Sie«, jammerte er. »Vom Ersten Lord der Admiralität. Und einen Brief vom Generalpostmeister – von Lord Auckland persönlich.«

Kerguelen reagierte schneller als Ramage. »Widerrufen Sie Ihr Ehrenwort, wenn wir wieder an Bord der Brigg sind, Leutnant. Ich warte in der Halle, bis Sie fertig sind.« Er ging hinaus und schloß leise die Tür hinter sich.

Chamberlain wollte sprechen, aber Yorke sah, daß Ramage blaß geworden war. Er wußte auch, was es zu bedeuten hatte, daß der Leutnant über die Narbe an seiner Schläfe strich. Aber der Postmeister war viel zu dumm, um sich von diesen schmalen Augen, diesen zusammengepreßten Lippen warnen zu lassen. Deshalb sagte Yorke hastig: »Mr. Chamberlain, Sie haben Mr. Ramage zwei Briefe zu übergeben, und das ist Ihre einzige Funktion. Sie sind der Postmeister von Lissabon, und diese Angelegenheit fällt nicht in Ihren Kompetenzbereich. Mr. Ramage und ich haben Captain Kerguelen unser Ehrenwort gegeben und schon lange, bevor wir in Lissabon ankamen, mit ihm besprochen, daß wir ihm die *Arabella* für zweitausendfünfhundert Pfund abkaufen. Das ist gleichzeitig der Preis für unsere Freiheit. Unser Ehrenwort sollte gelten, bis das Geld aus England eintrifft. Dann erzählten Sie uns von diesem neuen Parlamentserlaß, und Mr. Ramage schrieb dem Ersten Lord einen Brief. Ihren Worten entnehme ich, daß die Regierung nicht mit unserer Abmachung einverstanden ist. Sie will unser Ehrenwort also nicht gelten lassen. Das bedeutet aber nicht, daß wir es ebenso verleugnen müssen. Wir sind also wieder Kriegsgefangene, und die *Arabella* bleibt eine französische Prise.«

»Aber das ist unmöglich!« rief Chamberlain verzweifelt. »Sie dürfen nicht an Bord zurückgehen und diesen Piraten mit der *Arabella* davonsegeln lassen . . .«

»Nein?« unterbrach ihn Ramage kalt. »Schreiben Sie Lord Auckland doch, wie Sie zwei britische Gentlemen dazu verleiten wollten, ihr Ehrenwort zu brechen. Und jetzt geben Sie mir den Brief der Admiralität.«

Chamberlain schloß mit zitternden Fingern ein Schubfach in seinem Schreibtisch auf und reichte Ramage einen Umschlag mit dem vertrauten Ankersiegel der Admiralität. Ramage steckte den Umschlag in die Tasche.

»Wollen Sie den Brief denn nicht lesen?« fragte der Postmeister ungläubig.

»Doch, aber nicht jetzt.«

»Aber wenn er nun eine Order enthält . . .«

»Sie haben gesagt, daß das Geld nicht zur Verfügung steht und daß Mr. Yorke und ich unsere Schuld nicht mit privaten Mitteln begleichen dürfen. Das ist alles, was im Moment zählt.«

»Aber Lord Auckland . . .« Chamberlain brach nervös ab, und Ramage sah, daß er einen anderen Brief mit aufgebrochenem Siegel zwischen den Fingern drehte.

»Was ist mit Lord Auckland?«

»Nun, er schreibt, daß – obwohl . . .« Wieder brach er ab, und instinktiv traten Ramage und Yorke einen Schritt näher an den Schreibtisch heran. Sie spürten, daß der Postmeister ihnen etwas Wichtiges verschwieg. »Warum lesen Sie nicht die Order des Ersten Seelords, Leutnant?«

»Es geht hier um ein Problem der Postverwaltung, Mr. Chamberlain«, erwiderte Ramage. »Sie vertreten die Postverwaltung und haben uns – und Captain Kerguelen – bereits gesagt, daß die Regierung kein Geld zur Verfügung stellt und uns verbietet, die *Arabella* mit unserem eigenen Geld zu kaufen. Von diesem Augenblick an waren wir wieder Gefangene.«

Chamberlain blickte sich gehetzt um wie ein Tier, das in der Falle sitzt.

»Ich glaube, Sie sollten uns jetzt endlich sagen, was Lord Auckland geschrieben hat«, schlug Ramage im Konversationston vor.

Chamberlain rang mühsam nach Fassung. »Das ist vertraulich. Ich werde Sie, Leutnant Ramage, als Offizier des Königs informieren, aber . . .« Er warf einen bezeichnenden Blick auf Yorke.

»Dann behalten Sie's für sich«, sagte Ramage abrupt. »Mr. Yorke war ebenso wie ich Captain Kerguelens Verhandlungspartner und hat ein Recht zu erfahren, was beschlossen wurde. Außerdem weiß er über diese Sache ohnehin viel mehr als Sie. Aber ich glaube, wir verschwenden nur unsere Zeit. Sie können in Ihrem nächsten Bericht erwähnen, daß wir unser Ehrenwort zurückgezogen haben, da die Regierung mit unserem Arrangement nicht einverstanden war. Wenn Sie uns jetzt entschuldigen wollen . . .«

Als Ramage sich abrupt abwandte, las Yorke helle Verzweiflung in Chamberlains Augen. Schweiß perlte auf der Stirn des Postmeisters, er leckte sich nervös die Lippen. Yorke legte eine Hand auf die Tischplatte und beugte sich leicht vor. »Gibt es wirklich nichts, was wir noch wissen sollten, Mr. Chamberlain?« drängte er.

»Ich . . . Nun, seine Lordschaft hat . . . Ich habe unter gewissen Umständen die Befugnis . . .«

Ramage wirbelte herum und stieß hervor: »Geben Sie mir Lord Aucklands Brief!«

Es war eine reine Reflexbewegung, als ihm der Postmeister den Brief hinhielt. Yorke wußte, daß Ramage in dem Augenblick, da er den Brief gelesen und herausgefunden hatte, welches Spielchen Chamberlain trieb, vermutlich die Beherrschung verlieren würde. Er würde sich wütend auf den Postmeister stürzen, und deshalb sagte Yorke: »Mr. Chamberlain, wenn Sie sich vielleicht fünf Minuten irgendwelchen anderen Pflichten widmen könnten, damit Mr. Ramage und ich . . .«

»Oh, gewiß«, sagte der Postmeister dankbar und floh aus dem Zimmer.

Ramage las den Brief im Stehen, dann ließ er sich auf einen Stuhl fallen und hielt Yorke das Blatt hin. »Ein Glück, daß Sie den Schurken hinausgeschickt haben. Hatten Sie es erraten?«

Yorke gab keine Antwort und begann zu lesen: »Absolut notwendig, daß Leutnant Ramage seine Freiheit wieder erlangt . . . Parlamentserlaß verbietet der Regierung zwar zu zahlen . . . Aber wenn Sie seine Freilassung arrangieren können . . .« Bei dieser Stelle hörte Yorke zu lesen auf und starrte Ramage an. Dann nahm er sich hastig die zweite Seite des Schreibens vor: »Sollte es Ihnen nicht möglich sein, Leutnant Ramages Freilassung in die Wege zu leiten, wird das Parlament verfügen, daß der französische Prisenkommandant in diesem speziellen Fall das Geld von britischer Seite bekommt. Man rechnet damit, daß dieser Sondererlaß binnen weniger Tage vom Ober- und Unterhaus gebilligt wird. Ich erwarte, daß das nächste Postschiff Ihnen die Order bringen wird, die Bedingungen des Vertrages, den Leutnant Ramage mit dem französischen Prisenkommandanten abgeschlossen hat, zu erfüllen, sollten Sie nicht auf andere Art die Freilassung des Leutnants erwirkt haben. Lord Spencer wird dem Leutnant schreiben und ihm neue Instruktionen übergeben, und Sie werden dafür sorgen, daß Leutnant Ramage den Brief erhält . . .«

»Was um alles in der Welt wollte Chamberlain denn tun?« fragte Yorke verwirrt.

»Ich will verdammt sein, wenn ich das weiß«, sagte Ramage seufzend. »Vielleicht dachte er, wir seien bereit, Kerguelen zu betrügen, und er könnte sich eine Feder an den Hut stecken und bekäme einen Glückwunschbrief von Lord Auckland, weil er der Regierung Geld erspart hat.«

Yorke nickte. »Einem Kindergemüt wie Chamberlain müßte das sehr einfach vorkommen. Wir sind in einem neutralen Hafen, britische Kriegsschiffe sind in der Nähe, und im Büro des Postmeisters, das sich auf neutralem Boden befindet, könnte Kerguelen uns nicht wieder gefangennehmen. Soll Kerguelen doch den Tejo hinuntersegeln, hinter der Flußmündung wird ihn schon eine britische Fregatte erwarten.«

»Genau. Ich frage mich allmählich, ob auch Chamberlain mit den verschwundenen Postschiffen zu tun hat.«

»Nein, sicher nicht«, widersprach Yorke. »Er ist nicht unehrlich. Er hat nur Angst vor Lord Auckland und fürchtet die Maßnahmen Seiner Lordschaft, falls er versagt. Stellen Sie sich vor, wie stolz und glücklich er nach London schreiben würde, daß er Sie nicht nur befreit, sondern auch das Postschiff zurückgewonnen habe, ohne einen Penny zu bezahlen. Wahrscheinlich ist dies das erste- und letztemal in seinem Leben, daß er mit dem Ministerium zu tun hat.«

»Für mich ist es auch das erstemal«, sagte Ramage seufzend.

»Ich will Ihnen nicht schmeicheln und deshalb nicht näher auf die Unterschiede zwischen Chamberlains Persönlichkeit und der Ihren eingehen. Aber was machen wir nun mit Kerguelen? Ich könnte es ihm nicht einmal übelnehmen, wenn er die ganze Sache abblasen würde. Das hätten wir dann Chamberlains Theater zu verdanken.«

»Ich finde, bis jetzt war er verdammt anständig. Aber es war ein Fehler, ihn hierher mitzubringen.«

»O nein. Wenn wir an Bord zurückgekommen und ihm erzählt hätten, wir müßten noch zwei Wochen warten, hätte er geglaubt, daß wir irgendwelche Tricks versuchen. Warum holen wir Chamberlain nicht einfach zurück und zwingen ihn, Kerguelen die ganze Sache zu erklären?«

»Er würde Kerguelen nur wieder beleidigen.«

»Dann drohen Sie ihm doch! Sagen Sie ihm, Sie würden Lord Spencer genau erzählen, was hier vorgefallen ist.«

»Das können wir nicht beweisen.«

»Doch. Ihr Wort und das meine – gegen das Chamberlains.«

»Also gut, ich werde es versuchen«, sagte Ramage widerwillig. »Aber ich bin so verflucht wütend, daß ich mich nur mühsam beherrschen kann. Am liebsten würde ich ihm an den Kragen gehen.«

Yorke grinste. »Ich weiß. Aber wir werden ihn auch auf die sanfte Tour herumkriegen. Wie Sie ja selbst festgestellt haben, sind Stolz und Eitelkeit seine schwachen Stellen.« Er ging zur Tür und rief nach dem Postmeister, der sofort erschien. Ängstlich wie ein Schuljunge, der sich beim Direktor melden muß, betrat er sein Büro.

»Setzen Sie sich«, sagte Ramage brüsk. »Nehmen Sie Lord Aucklands Brief, rücken Sie Ihre Brille zurecht und lesen Sie ihn ganz langsam vor – aber laut!«

Der Postmeister gehorchte eingeschüchtert, und als er den Brief hastig vorgelesen hatte, hob Ramage die Hand. »Nicht so schnell! Den letzten Absatz wollen wir noch einmal hören.«

Chamberlain zog sein Taschentuch hervor, wischte sich die Stirn ab und las den letzten Absatz zum zweitenmal vor. Als er den Kopf hob, starrte Ramage ihn an. Chamberlain senkte den Blick sofort wieder, faltete den Brief zusammen und begann das Tintenfaß hin und her zu rücken. Keiner der drei Männer sprach. Chamberlain wand sich in seinem Stuhl und versuchte zu lächeln, aber seine Gesichtsmuskeln schienen erstarrt zu sein. Als Ramage das Wort ergriff, war seine Stimme nur ein Flüstern. »Was hatten Sie vor, Mr. Chamberlain?«

»Ich dachte . . . Ich hielt es für das Beste . . .« Seine Stimme erstarb, und er starrte das Tintenfaß an.

»Seltsam, Mr. Chamberlain, daß Lord Auckland so um meine Freilassung besorgt ist, nicht wahr?«

»Ich muß zugeben, daß ich darüber nicht nachgedacht habe.«

»Warum tun Sie es dann nicht jetzt?«

»Nun, ich nehme an – Ihr Vater, der Earl of Blazey . . . Ist er mit Lord Auckland befreundet?«

»Das spielt keine Rolle. Der Neffe des Premierministers saß monatelang in einem französischen Gefängnis, und seinetwegen traf das Parlament keine spezielle Verfügung. Er wurde genauso gegen einen französischen Gefangenen ausgetauscht wie seine Kameraden.«

»Dann weiß ich nicht . . .«, stammelte der Postmeister hilflos.

»Überlegen Sie!« stieß Ramage hervor.

Plötzlich stockte Chamberlains Atem. Dann flüsterte er: »Sie sind doch nicht etwa von der Postverwaltung mit einer geheimen Mission betraut worden?«

Ramage hielt den Blick des Mannes fest, ohne zu antworten, und sah, wie das Blut aus Chamberlains Wangen wich und das Entsetzen seine Augen weitete. Als der Postmeister Ramages Blick auswich, sah er, daß auch Yorke ihn anstarrte. Er schluckte krampfhaft, als wäre ihm eine harte Brotkruste im Hals steckengeblieben. »Wie konnte ich das denn wissen?«

»Ich habe es Ihnen bei meinem ersten Besuch gesagt, aber Sie waren so von Ihrer eigenen Bedeutung überzeugt, daß es Ihnen gar nicht aufgefallen ist. Wie dem auch sei, es gibt keine Entschuldigung für Ihr Verhalten. Haben Sie erwartet, ich würde mein Ehrenwort brechen, damit Sie das Geld in die eigene Tasche stecken und behaupten können, die Franzosen hätten es genommen und sich dann trotzdem mit der *Arabella* aus dem Staub gemacht?«

»Wie – wie können Sie so etwas sagen?« stotterte Chamberlain entnervt.

»Es wäre durchaus möglich, daß auch Lord Auckland Ihnen diese Frage stellt.« Ramage wußte, daß er Chamberlain nun genug erschreckt hatte, um sich dem Problem Kerguelen zuzuwenden. »Wahrscheinlich haben Sie mit Ihrem unglaublichen Benehmen alles verdorben. Ich könnte es Kapitän Kerguelen nicht übelnehmen, wenn er zu der Überzeugung käme, er hätte es mit Betrügern zu tun. Dann besteht er vielleicht darauf, uns wieder mit an Bord zu nehmen und auf der Stelle nach Frankreich zu segeln.«

»Wie könnten Sie mich dafür verantwortlich machen . . .«

»Ich stehe gar nicht zur Debatte. Lord Auckland ist der Mann, der über Ihre Zukunft zu entscheiden hat. Aber ich will Ihnen wenigstens Gelegenheit geben, den Schaden wieder gutzumachen, den Sie angerichtet haben.«

»Was – was soll ich tun?« wisperte Chamberlain, den Tränen nahe.

»Bitten Sie Kerguelen, noch ein oder zwei Wochen auf das Geld zu warten. Sie würden es ihm dann sofort übergeben. Und versichern Sie ihm auch, daß alles, was Sie zuvor gesagt haben, Ihrer blühenden Phantasie entsprungen ist.«

»Wie kann ich das?« jammerte Chamberlain. »Er wird mir ohnehin kein Wort glauben.«

»Gut, dann werden Mr. Yorke und ich als seine Gefangenen auf die Brigg zurückkehren. Sie können Lord Auckland mitteilen, daß wir dank Ihres diplomatischen Geschicks nach etwa zehn Tagen in Frankreich eintreffen werden, und ihn bitten, die Admiralität zu informieren.«

Chamberlain sprang auf und rannte zur Tür. »Ich – ich werde es

versuchen«, stotterte er. Ramage sah, daß der Postmeister Lord Aucklands Brief mitgenommen hatte.

Sobald sich die Tür geschlossen hatte, warf Ramage seinem Beglei-
ter einen fragenden Blick zu. »War ich zu grausam?«

»An Ihrer Stelle hätte ich ihm den Hals umgedreht«, sagte Yorke.
»Aber was passiert, wenn er Kerguelen nicht überreden kann?«

»Wenn er ihm Teile des Briefs vorliest, könnte er es schaffen.«

Außerdem, überlegte Ramage, würde der Franzose bestimmt lieber
noch zwei Wochen bleiben, um auf die zweitausendfünfhundert
Pfund zu warten, statt auf das Geld zu verzichten und ein Risiko einzugehen, indem er Frankreich ansteuerte.

Die Tür flog auf, und ein schwitzender Chamberlain erschien. »Er
will mit Ihnen reden.«

»Dann führen Sie ihn herein.«

Kerguelen trat ein, und Ramage bat ihn, vor Chamberlains Schreibtisch Platz zu nehmen. Der Franzose sah verwirrt, aber nicht mißtrauisch aus.

»Die Verzögerung tut mir sehr leid«, sagte Ramage. »Ich hoffe, Mr.
Chamberlain hat Ihnen alles erklärt.«

Kerguelen verstand nicht. »Dieser Lord Auckland . . .«

»Sie haben den Brief gesehen?«

»Ihr Postmeister hat ihn mir auszugsweise vorgelesen.«

»Sehr gut. Lord Auckland ist einer der beiden Minister, die für unsere Postverwaltung verantwortlich sind. Er hat diesen Brief geschrieben, nachdem er einen speziellen Parlamentserlaß erwirkt hat. Die Regierung wird zahlen und . . .«

Kerguelen unterbrach ihn und zeigte auf Chamberlain. »Aber dieser Mann hat behauptet, sie würde nicht zahlen.«

»Dieser Mann«, erklärte Ramage verächtlich, »ist ein Beamter, der
seine Machtbefugnisse überschritten hat. Er wollte sich ein Sonderlob
des Ministers verdienen. Wahrscheinlich wird er bestraft werden. Er
hat auch mich in die Irre geführt, bis ich darauf bestanden habe, Lord
Aucklands Brief zu lesen. Danach war mir alles klar. Wenn Sie den
Brief ganz lesen wollen . . . Chamberlain, legen Sie ihn auf den Tisch.«

Der Postmeister gehorchte, aber Kerguelen schob den Brief beiseite.
»Mr. Ramage, können Sie mir versprechen, daß das Geld eintreffen
und mir übergeben wird, ohne daß man mir Fallen stellt?«

»Ich gebe Ihnen mein Wort«, sagte Ramage.

»Ich gebe Ihnen auch das meine«, fügte der junge Reeder hinzu.

»Ich auch«, sagte Chamberlain eifrig. »Sogar schriftlich.«

Die drei Männer schwiegen, und Chamberlain lief rot an. Ramage

167

erhob sich. »Wenn wir also unser Ehrenwort erneuern dürfen, könnten wir in der Stadt essen, bevor wir an Bord zurückkehren. Dürfen wir Sie bitten, unser Gast zu sein, Kapitän?«

»Es wäre schade, die Freuden von Lissabon zu versäumen. Aber ich glaube, Sie sind besser meine Gäste, bis das nächste Postschiff eintrifft.«

»Bitte, nehmen Sie meinen Wagen«, sagte Chamberlain dienstbeflissen. »Er steht Ihnen den ganzen Tag zur Verfügung, wenn Sie sich die Stadt ansehen wollen.«

Als Ramage in seine Kabine an Bord zurückgekehrt war, setzte er sich auf eine Koje und öffnete endlich den Brief der Admiralität. Während des Dinners und der einstündigen Stadtrundfahrt hatte er ständig daran denken müssen, daß er ungeöffnet in seiner Jacke steckte. Er hatte das Gefühl gehabt, ein glühendes Stück Eisen mit sich herumzuschleppen. Aber er war entschlossen gewesen, den Brief erst zu lesen, wenn er wieder an Bord war. Ein kindischer Test seiner Willenskraft, sagte er sich, aber es war ohnehin egal, ob er das Schreiben jetzt oder erst in einer Woche las. Was das Schiff oder die Freilassung der britischen Gefangenen betraf, so kam es einzig und allein auf den Brief des Generalpostmeisters an Chamberlain an.

Als er den Brief des Ersten Seelords las, erkannte er, daß er in den letzten Stunden wenig versäumt hatte. Der Brief war vom Sekretär der Admiralität, Evan Nepean, unterzeichnet. Nach den üblichen einleitenden Phrasen hieß es: »Im Auftrag meiner Lord Commissioners teile ich Ihnen mit, daß die Admiralität Ihr Vorgehen billigt, was die Verhandlungen mit dem französischen Prisenkommandanten betrifft.« Dann erläuterte Nepean den Erlaß, der es verbot, Franzosen Geld zu geben, und fuhr fort: »Unter diesen besonderen Umständen, die nicht in Erwägung gezogen wurden, als die erste Verfügung getroffen wurde, haben Ihre Lordschaften der Regierung Seiner Majestät empfohlen, einen speziellen Erlaß auszuarbeiten . . . Ihre Lordschaften haben mich weiterhin beauftragt, ihr Mißbehagen über den Wortlaut Ihres Berichts zum Ausdruck zu bringen, in dem genauere Angaben fehlen. Nun kann die Admiralität die Postverwaltung noch immer nicht instruieren, wie sie vorgehen muß, um den Verlust weiterer Postschiffe zu verhindern. Sie kann andererseits keine rechtlichen Schritte unternehmen, falls sich irgendwelche Männer im Dienst der Postverwaltung der von Ihnen nicht näher bezeichneten Verbrechen schuldig gemacht haben. Sie werden deshalb aufgefordert, sofort einen zweiten Bericht mit genauen Angaben abzufassen, ohne Rücksicht auf die Gefahr, daß er in unbefugte oder feindliche Hände fallen könnte. Ihre Lordschaften haben mich schließlich noch dazu ermächtigt, ihr Mißvergnügen darüber auszudrücken, daß Sie für Ihre ungenaue Berichterstattung nur vage Gründe angeführt haben.«

Ramage faltete den Brief zusammen und steckte ihn in die Tasche. Das ›Mißvergnügen‹ Ihrer Lordschaften konnte das Ende seiner Karriere bedeuten. Aber vielleicht würde die Tatsache, daß sein Vorgehen ›gebilligt‹ wurde, das ›Mißvergnügen‹ ausgleichen.

16

Es dauerte vierzehn Tage, bis das nächste Postschiff aus Falmouth in Lissabon eintraf – vierzehn Tage, die Ramage meist an Land verbrachte. Kerguelen bestand darauf, daß Ramage, Bowen, Yorke und Southwick ihn bei Ausflügen in die Nachbarschaft begleiteten, und überraschte sie dabei durch eine profunde Kenntnis der portugiesischen Architektur.

Am vierzehnten Tag gesellte sich Kerguelen kurz nach Tagesanbruch zu Ramage und Yorke, die bereits an Deck standen. In den letzten beiden Wochen hatte ein steifer Nordwest geweht, genau der richtige Wind, um die Fahrt des nächsten Postschiffs zu beschleunigen. Der Franzose begrüßte die beiden Männer und hob dann sein Fernrohr an die Augen, um den Fluß seewärts abzusuchen.

»Nichts zu sehen«, sagte er, nachdem er das Teleskop wieder zusammengeklappt hatte. »Aber wir müssen dem Schiff noch ein oder zwei Tage Zeit geben.« Dann fügte er grinsend hinzu: »Vielleicht hat Ihre Regierung Schwierigkeiten, das Geld aufzutreiben?«

»Sie müßten ja nur die Steuern erhöhen«, scherzte Yorke.

Bis zu diesem Augenblick hatte Ramage den Parlamentserlaß aus seinen Gedanken verdrängt. Aber jetzt, als er auf dem Vordeck der *Arabella* stand und die Fregatten beobachtete, die mit der Strömung den Tejo hinabsegelten, während sich immer noch kein Postschiff am Horizont abzeichnete, begann er sich Sorgen zu machen. Angenommen, die Opposition hatte die Gelegenheit ergriffen, die Regierung in Verlegenheit zu stürzen, indem sie sich dem Sondererlaß widersetzte?

Sie aßen gerade in ihrer Kabine zu Mittag, als Kerguelen eintrat und berichtete, das Postschiff sei gesichtet worden. Eine halbe Stunde später segelte es an der *Arabella* vorbei und steuerte den Ankerplatz der Postverwaltung an. Der Name *Princess Louise* leuchtete in Goldbuchstaben am Heck, und darunter stand der Name des Hafens, in dem das Schiff registriert war – Falmouth.

»Gehen Sie heute abend zu Chamberlain?« fragte Yorke.

Ramage schüttelte den Kopf. »Wir werden von ihm hören. Wenn die Zollformalitäten erledigt sind, wird es schon fast dunkel sein, und ich bezweifle, daß die Post noch heute abend von Bord gebracht wird.«

»Aber der Kommandant wird doch die Post, die uns interessiert, sicher in seiner Kajüte aufbewahren – hinter Schloß und Riegel?«

Ramage grinste. »Bestimmt. Ich sehe keinen Grund, Chamberlain Gelegenheit zu geben, sich aufzuspielen. Wenn wir heute abend zu ihm gehen, kann er uns sagen, wir sollen morgen früh wiederkommen.«

»Daran habe ich nicht gedacht«, gab Yorke zu. »Sie scheinen in den Gehirnen dieser Leute zu lesen.«

»Ich habe genug bittere Erfahrungen mit ihnen gemacht. In der Navy lernt man sehr rasch, daß nicht die Franzosen die schlimmsten Feinde der britischen Seefahrer sind, sondern die Federfuchser in den Behörden. Mit den Franzosen kommt man klar, denn man weiß ja, daß sie einen töten wollen. Aber die eigenen Beamten versuchen einen zu betrügen und machen einem das Leben schwer, indem sie ihre Macht mißbrauchen. Sie denken nicht an die Familien, die verhungern müssen, weil die Matrosen ihnen kein Geld schicken können. Haben Sie schon mal einen Mann, der im Gefecht sein Bein verloren hat, umherhumpeln sehen, um die Pension zu kassieren, die ihm zusteht? Er wird von einem Amt ins andere geschickt, von Plymouth nach London und von dort nach Portsmouth. Neunzig Prozent der Beamten sind entweder dumm, korrupt oder faul. Und manche sind all dies zusammen.«

»Und die restlichen zehn Prozent?«

»Die sorgen dafür, daß die Navy funktioniert. Um fair zu sein – man findet denselben Prozentsatz auch anderswo, im Kriegsministerium, in der Postverwaltung, im Schatzamt, kurz in jedem verdammten Amt.«

Yorke nickte. »Nun, da wir an diesem Punkt der Konversation angelangt sind – wollen wir Bowen und Southwick nicht vom Schachbrett weglocken und zu einer Partie Faro überreden?« Er öffnete ein Schubfach und nahm die Karten heraus.

Als Bowen mischte, fragte er: »Was wohl mit Stevens passiert sein mag?«

»Ich nehme doch an, daß er Gefangener an Bord der *Rossignol* ist«, sagte Yorke.

»Und dieser verfluchte Arzt wohl auch«, fügte Southwick hinzu. »Hoffentlich hat er Nierensteine – oder etwas ähnlich Schmerzhaftes.«

»Er sollte aber wenigstens so lange am Leben bleiben, daß er auf dem Tyburn baumeln kann«, meinte Bowen.

»Aye, und Stevens auch.«

»Stevens ist ein Schwächling«, meinte Bowen. »Ich glaube, er stand völlig unter dem Einfluß des Arztes.«

Yorke nickte. »Das hat auch Much gesagt.«

»Sie werden alle beide den Kopf aus der Schlinge ziehen«, sagte Ramage seufzend und griff nach seinen Karten.

»Warum?« fragte Yorke. »Es gibt doch genug Beweismaterial gegen sie.«

»Ja. Aber wird das Gericht diese Art der Beweisführung zulassen? Außerdem glaube ich, daß die Regierung die ganze Sache vertuschen wird. Können Sie sich das Geschrei im Parlament vorstellen, wenn bekannt wird, daß die meisten Postschiffe in den letzten ein oder zwei Jahren nur gekapert wurden, weil die Kommandanten und die Besatzungen Hochverräter waren?«

»Aber wie könnten sie das alles denn geheimhalten?« fragte Southwick.

»Die Wahrheit käme nur ans Licht, wenn einer von uns ein Mitglied der Opposition informierte«, erklärte Ramage. »Und das würde das Ende unserer Karrieren in der Navy bedeuten. Aber Sie . . .« Er wies mit seinen Karten grinsend auf Yorke. »Die Opposition wäre Ihnen ewig dankbar, wenn Sie ihr alles erzählten. Sie bekämen nicht nur einen Sitz im Parlament, sondern auch den Titel eines Baronets, wenn die Oppositionspartei die nächste Wahl gewinnt. Dann sind Sie ein gemachter Mann.«

»Fragt sich nur, ob ich das auch will«, entgegnete Yorke. »Aber im Ernst, glauben Sie wirklich, daß die beiden davonkommen werden?«

»Die Chancen, daß man die Einzelheiten meines Berichts glaubt, sind gering, wenn man die Geschichte auch vielleicht in großen Zügen akzeptieren wird. Aber dem Tyburn entgehen die beiden auf jeden Fall. Wenn man mir glaubt, wird die Postverwaltung Stevens kündigen. Natürlich bekommt er sein Schiff zurück, weil es ihm ja gehört. Der Arzt wird zweifellos eine Praxis in Falmouth eröffnen, und die alten Damen werden entzückt zuhören, wenn er von seinen Abenteuern erzählt.«

»Spielen wir lieber Karten«, sagte Yorke. »Der Teufel soll die Post holen!«

Am nächsten Morgen kam ein Boot längsseits, und ein Bote überbrachte Chamberlains Brief. Das Schreiben war sehr kurz: Würden Leutnant Ramage, Mr. Yorke und Captain Kerguelen das Haus des Postmeisters bitte zu einem beliebigen Zeitpunkt aufsuchen? Mr. Ramage möge dem Abgesandten sagen, wann er zu kommen gedenke, dann würde eine Kutsche am Kai warten.

Als die drei Männer bei Chamberlain eintrafen, mußten sie nicht in der Halle warten, sondern wurden sofort ins Büro geführt. Mr. Chamberlain sprang von seinem Stuhl auf, lief hinter dem Schreibtisch hervor und schüttelte ihre Hände mit dem Eifer eines verarmten Onkels, der von seinen drei reichen Neffen finanzielle Unterstützung erhofft. »Ah! Ich nehme an, Sie haben die Ankunft des Postschiffs beobachtet?«

»Ja«, sagte Ramage. »Die Brigg könnte ein neues Großmarssegel vertragen.«

»Die Segelmacher sollten das Unterliek nach dem Vorbild der Kriegsschiffe flachschneiden, so daß es wieder gut steht«, meinte Yorke lächelnd.

Kerguelen beeilte sich, sein Scherflein zur Konversation beizutragen. »Ich war überrascht, als ich sah, wie wenig Ersatzsegel Ihre Postschiffe an Bord haben. Wir Freibeuter haben mindestens einen vollständigen zweiten Segelsatz.«

»Sie können sich das auch leisten«, sagte Chamberlain, und dann trieb ihm seine Taktlosigkeit das Blut in die Wangen. »Übrigens«, sagte er und bemühte sich sehr, seiner Stimme einen beiläufigen Ton zu geben, »ich habe einen Brief vom Generalpostmeister bekommen.«

»Tatsächlich?« rief Ramage höflich. »Und wie geht es Seiner Lordschaft?« Bevor Chamberlain antworten konnte, wandte sich der Leutnant an Yorke. »Wollten Sie Mr. Chamberlain nicht nach dem Ursprung der hiesigen Volksmusik fragen?«

Yorke schauderte. »Ja, das hatte ich vor, aber der Morgen ist viel zu schön für ein so trauriges Thema. Und wie geht es Lady Auckland?« Er sah Chamberlain fragend an. »Ich hoffe doch sehr, daß sie bei guter Gesundheit ist?«

»Das hat Seine Lordschaft nicht erwähnt«, gestand der Postmeister unglücklich. »Aber wenn es ihr schlecht ginge, hätte er es mir bestimmt mitgeteilt.«

Kerguelen seufzte tief. »Ach, dieser englische Winter ist Gift für die

Gesundheit – mit all dem Regen und Nebel und Husten und Fieber . . .«

»Ja, ja«, sagte Chamberlain. »Nun, Gentlemen, wenn Sie Platz nehmen wollen . . .« Er wies auf die Stühle und sperrte wichtigtuerisch ein Schubfach seines Schreibtischs auf.

Kergeulen zwinkerte dem Postmeister zu. »Aber Sie haben Ihre Gemahlin in diesem gräßlichen englischen Klima zurückgelassen und sich hier im sonnigen Süden einen zweiten Haushalt angeschafft, was?«

»Natürlich nicht«, sagte Chamberlain schockiert. »Meine Frau ist hier.«

»Oh, in Lissabon kann man gewisse Vergnügungen viel leichter arrangieren als in England«, meinte Kerguelen mit einem wissenden Lächeln.

Ramage fand, daß nun die Reihe wieder an ihm war, Mr. Chamberlain in neue Verlegenheit zu stürzen. »Wir würden uns ja gern noch länger über Mrs. Chamberlain unterhalten«, sagte er tadelnd, um anzudeuten, wie unangebracht es sei, daß Chamberlain über sein Privatleben reden wolle, während doch wichtige Staatsgeschäfte zu besprechen waren. »Aber ich glaube, daß Sie uns jetzt endlich mitteilen sollten, was Seine Lordschaft geschrieben hat.«

Chamberlain klammerte sich an der Tischkante fest, was verriet, wie mühsam er sich beherrschte. »Gewiß, Leutnant, verzeihen Sie . . .« Er griff in die Schublade und nahm den Brief heraus. »Seine Lordschaft schreibt, daß der Sondererlaß im Parlament angenommen wurde, ohne daß man sich zu einer Abstimmung gezwungen sah. Er hat mich ermächtigt, die vereinbarte Summe gegen eine notariell beglaubigte Quittung auszuzahlen. Außerdem wurde beschlossen, was mit dem Schiff geschehen soll, nachdem die Prisenbesatzung von Bord gegangen ist.« Er warf Ramage einen flehenden Blick zu, als wolle er ihn ersuchen, in Gegenwart Kerguelens keine näheren Fragen zu stellen. »Ich habe auch Lord Spencers Order für Sie, Leutnant.« Er nahm noch zwei Umschläge aus der Schublade. »Vielleicht möchten Sie hineinsehen, während ich mit Captain Kerguelen die Einzelheiten der Geldübergabe bespreche?«

Ramage nahm die beiden Briefe. »Ich warte draußen in der Halle.« Er verließ das Büro im Bewußtsein, daß Yorke dem Postmeister auf die Finger schauen würde.

Er setzte sich in den bequemsten Stuhl, den er in der Halle fand, und öffnete den ersten der beiden Umschläge. Wieder waren die Instruktionen von Evan Nepean unterzeichnet. Der Sekretär teilte ihm mit, daß der Postmeister die finanzielle Seite der Angelegenheit zwar allein regeln, aber mit Ramage besprechen solle, zu welchem Zeitpunkt die Prisenbesatzung von Bord zu gehen habe. Auf diesen Zeitpunkt komme es an, betonte Nepean, denn von da an stünde die *Arabella* unter dem Kommando der Admiralität, nicht mehr der Postverwaltung. Ramage sei dann Kommandant der Brigg, und die entsprechende Order sei im zweiten Umschlag zu finden, zusammen mit der neuesten Signalordnung.

Alle Passagiere an Bord müßten nach Hause gebracht werden, fuhr Nepean fort. Die ursprüngliche Schiffsbesatzung stehe unter Ramages Kommando, und damit seien ihre Schutzpässe ungültig. Lord Auckland hätte dem Postmeister zu diesem Punkt entsprechende Instruktionen erteilt. Wenn es Schwierigkeiten gebe, müsse sich Ramage an den ranghöchsten britischen Marineoffizier in Lissabon wenden. Ihre Lordschaften legten Wert darauf, daß Ramage bei erster Gelegenheit den Hafen von Plymouth ansteuere und sofort in London Bericht erstatte.

Ramages Hände zitterten vor Erregung, als er das zweite Siegel erbrach. Er hatte wieder ein Schiff. Die Order enthielt nichts Neues, nur daß er die Brigg so schnell wie möglich nach Plymouth bringen solle. Wie gut, daß er ein Dutzend Tritons hatte, um die Postmatrosen ›aufzumuntern‹.

Er ging zurück ins Büro und war so guter Laune, daß er den Postmeister freundlich, ja sogar liebenswürdig anlächelte. Auch Kerguelen sah zufrieden aus. Offenbar hatte es bisher keine Schwierigkeiten gegeben. Der Franzose saß vor dem Schreibtisch, studierte ein paar Papiere, und Chamberlain erwiderte Ramages Lächeln.

»Ah, Leutnant! Der Captain hier ist mit dem Wortlaut der Quittung einverstanden. Wir haben uns auch über den Modus der Bezahlung geeinigt, und die Transaktion wird hier stattfinden, um vier Uhr nachmittags. Dann wird auch ein Notar zugegen sein. Sie und der Captain müssen jetzt nur noch die Schiffsübergabe besprechen. Wir sind übereingekommen, daß von unserer Seite wegen der – äh – Plünderungen keine Ansprüche gestellt werden. Der Captain wird seinerseits keine Ansprüche anmelden, wenn Tote oder Verwundete . . .«

»Freut mich zu hören«, fiel ihm Ramage ins Wort. »Nun, mon capitaine, wann wollen Sie uns die *Arabella* zurückgeben?«

Kerguelen runzelte die Stirn und schien mit sich zu kämpfen. Einerseits wollte er das Schiff nicht übergeben, bevor er das Geld bekommen hatte, andererseits wollte er nicht mißtrauisch erscheinen.

»Sagen wir – um Mitternacht?« schlug Ramage vor. »Bis dahin

wird alles geregelt sein.« Er wies auf die Papiere, die vor Kerguelen lagen.

Der Fanzose nickte erleichtert, und Chamberlain sagte: »Sehr gut, Gentlemen. Ich werde dafür sorgen, daß dieser Zeitpunkt in der Quittung erwähnt wird.« Er rieb sich die Hände und sah Ramage fragend an. »Das wäre wohl alles? Wir sehen uns am Nachmittag.«

Er bot seinen drei Besuchern wieder für den Rest des Tages seine Kutsche an. Als sie das Büro verließen, rief er Ramage zurück und überreichte ihm einen Brief. »Beinahe hätte ich vergessen, Ihnen den zu geben. Den Brief hat mir ein Passagier des Postschiffs anvertraut, mit der Bitte, ihn an Sie weiterzuleiten.«

»Danke«, sagte Ramage und folgte Yorke und Kerguelen zum Ausgang. Als der Kutscher das Trittbrett herunterließ, starrte Ramage ungläubig auf den Umschlag. Diese Handschrift . . . Was hatte Chamberlain gesagt? Einer der Passagiere hatte ihm diesen Brief gegeben? Aber wahrscheinlich war der Passagier nur Überbringer . . .

»Stimmt was nicht?« fragte Yorke.

»Einen Moment, bitte – ich muß das erst mal lesen.«

Er brach das Siegel auf, und langsam begannen sich der Garten, das Haus und die Kutsche um ihn zu drehen. Einen Augenblick später hielten ihn Yorke und Kerguelen fest. »Es geht schon wieder . . .«, stammelte er. »Es war nur der Schreck . . . Könnten Sie mich bitte vor unserer Botschaft absetzen?« Er steckte den Brief in die Tasche, holte ein paarmal tief Luft und stieg dann in die Kutsche. Als die beiden anderen Männer sich zu ihm gesetzt hatten und der Kutscher die Peitsche schwang, erzählte er ihnen, was in dem Brief stand.

17

In der Halle der britischen Botschaft standen zwei livrierte Lakaien mit Perücke und warteten offensichtlich auf Ramage. Aber ebenso offensichtlich hatten sie nicht erwartet, daß seine Uniform seit vielen Wochen der Fürsorge eines Stewards entbehrt hatte und daß er keinen Säbel trug. Denn letzterer gehörte zur Ausstattung jedes Offiziers, der die Botschaft betrat.

Aber als Ramage seinen Namen nannte, waren die beiden doch diszipliniert genug, um keine Überraschung zu zeigen. Der Ältere lächelte und sagte: »Man hat sich schon – äh – Sorgen um Sie gemacht, Mylord. Sie wurden früher erwartet.«

Ramage nickte und setzte sich, während der jüngere Lakai in einem Korridor verschwand, um seine Ankunft anzukündigen.

»Seine Exzellenz hat jede halbe Stunde nachgefragt, ob Sie schon eingetroffen seien, Sir.«

Wieder nickte Ramage. Er war jetzt nicht in der Stimmung für Konversation, wenn es auch beruhigend war zu wissen, wie besorgt der britische Botschafter, Mr. Hookham Frère, um seine Landsleute war.

Ramage war einfach zu nervös, um stillzusitzen. Aber weil er in Gegenwart des Lakaien nicht aufgeregt umherlaufen wollte, zog er den Brief aus der Tasche, faltete ihn auseinander, strich das Papier glatt und las die wenigen Worte noch einmal, sorgfältig formulierte Worte in zierlicher Handschrift. Sie sagten ihm viel und ließen doch so vieles unausgesprochen. Aber sie beschleunigten seinen Herzschlag, wann immer er sie las.

»Sir – wenn Sie meinem Kollegen folgen würden . . .«

Verwirrt hob Romage den Kopf. Der ältere Lakai sah auf ihn herab und hüstelte verlegen, als hätte er die Worte schon ein paarmal wiederholt. Ramage faltete den Brief hastig zusammen, steckte ihn weg und stand auf. »Ich war in Gedanken woanders . . . Danke.« Der Lakai lächelte verständnisvoll und verbeugte sich.

Ramages Absätze knallten unangenehm laut auf dem polierten Mosaikboden. Er war nun seit Monaten das weiche Holz von Decksplanken gewöhnt. Die Korridore waren kühl, denn alle Fenster standen offen. Aber ihm war heiß, und das Hemd klebte an seiner Haut. Nervös, verwirrt und aufgeregt folgte er dem Mann eine breite Treppe hinauf, dann durch einen anderen Korridor. Plötzlich blieb der Mann stehen, klopfte leise an eine Tür und öffnete sie. »Lord Ramage«, verkündete er mit sanfter Stimme und ließ den Leutnant eintreten.

Es war ein großer Raum mit hoher Decke und hellblauen Wänden, geschmückt mit Porträts in schweren Goldrahmen, mit mehreren Stühlen aus Nußbaum und Rohrgeflecht und mit einem Sofa, Bücherregalen und einem kleinen Schreibtisch. Auf dem Marmorboden lagen dicke Teppiche, die Vorhänge aus schwerem blauem Samt waren aufgezogen, um das Sonnenlicht hereinzulassen.

Sie stand an einem Fenster, eine kleine reglose Gestalt, die ihm unsicher aus braunen Augen entgegensah. Nervös hob sie eine Hand, um sich eine rabenschwarze schimmernde Haarsträhne aus der Stirn zu streichen. Als die Tür ins Schloß fiel, rannte sie wortlos auf ihn zu. Ihr Kuß ließ ihn alles vergessen, was in diesem letzten

Jahr geschehen war. Raum und Zeit lösten sich in Nichts auf. Es gab nur noch Gianna, die in seinen Armen lag: ein Traum, der plötzlich in diesem fremden Zimmer der britischen Botschaft unglaubliche Wirklichkeit geworden war.

»Wo warst du nur so lange?« flüsterte sie. »Wir hatten solche Angst . . .«

»Der Postmeister hat mir deinen Brief erst vor einer halben Stunde gegeben.«

»Mr. Frère macht sich solche Sorgen. Er denkt, der Franzose will vielleicht das Geld einstecken und dich dann trotzdem umbringen. Er schreibt gerade eine Order für eine der Fregatten – o Nico!« Sie klammerte sich an ihn, halb lachend, halb weinend. »Dieser verdammte Postmeister hat mir versprochen, dir den Brief sofort zu geben.«

»Jetzt bin ich ja hier«, sagte Ramage und küßte die Tränen von ihren Wangen. »Und du auch. Aber wie – ich meine, warum . . .«

Sie verschloß ihm den Mund mit einem Kuß. »Ich wollte dich sehen. Also ging ich in Falmouth an Bord der *Princess Louise*, und da bin ich. Du bist mir doch nicht böse?« Sie sah ihn erschrocken an.

»Natürlich nicht. Aber wir gehen morgen in See . . .« Plötzlich erinnerte er sich an die Bemerkung, die sie über Mr. Frère gemacht hatte. »Was macht der Botschafter? Du hast gesagt . . .«

»Oh, er wollte einer der Fregatten befehlen, dich zu retten.«

»Rasch! Ich muß ihn sofort sprechen. Mein Gott! Das könnte alles verderben.«

»Augenblick, Nico!« protestierte sie.

»Komm!« Er nahm ihre Hand und zog sie zur Tür. »Ich darf das Leben meiner Männer nicht aufs Spiel setzen.«

Der Botschafter war ebenso liebenswürdig wie tüchtig. Als Ramage und Gianna in seinem Büro ankamen, hatte er bereits eine Order an die Fregatte geschickt, die seine frühere Order widerrief. Ein zweites Schreiben war unterwegs zum Postamt mit der Frage, warum der Postmeister den Botschafter nicht sofort über die Arrangements bezüglich des Lösegelds informiert hatte. Chamberlain könne von Glück reden, daß Ramage endlich in der Botschaft eingetroffen sei.

Nachdem Ramage höflich Frères Einladung, ein paar Tage in der Botschaft zu bleiben oder wenigstens mit ihm zu dinieren, abgelehnt hatte, erklärte er, daß er in wenigen Stunden mit der *Arabella* Richtung England absegeln würde. Zuvor hätte er noch viel zu erledigen. Frère nickte verständnisvoll und warf Gianna einen fragenden Blick zu. Zu Ramages Überraschung bedankte sie sich bei ihm für die Gastfreundschaft und teilte ihm mit, sie würde die Botschaft in einer

Stunde verlassen. Ramage hatte vorschlagen wollen, sie solle in der Botschaft bleiben, denn hier sei sie komfortabler untergebracht als in einem Hotel, während sie auf die Abfahrt des nächsten Postschiffs warte. Aber Gianna mußte ihre Gründe haben.

Sie gingen zurück in das Zimmer im ersten Stock. Gianna plauderte fröhlich und richtete ihm Grüße von seinen Eltern aus. Sie war so aufgeregt, daß sie nicht bemerkte, wie schweigsam Ramage war. Warum wollte sie nicht hierbleiben? fragte er sich. Es paßte ihm nicht, daß sie ohne Anstandsdame in einem Hotel wohnen sollte. Und ohne Leibwächter ... Die Franzosen hatten sie in Italien gefangennehmen wollen – und sobald sie entdeckten, daß sie allein in Lissabon war, würden sie versuchen, sie zu entführen.

Ramage schloß die Tür hinter sich und wies auf einen Stuhl. »Setz dich. Ich muß dir ein paar Fragen stellen.«

»Das hat doch Zeit. So serioso, Nico? Ich habe diese weite Reise gemacht, um dich zu sehen. Hast du mich denn in Westindien vergessen? Liebst du mich nicht mehr?«

»Ich liebe dich!« stieß er hervor. »Deshalb mache ich mir ja solche Sorgen. Liebe und Krieg passen einfach nicht zusammen.«

»Wenn mich dieser Bonaparte nicht aus Volterra vertrieben hätte, wären wir uns nie begegnet«, erinnerte sie ihn. »Also darfst du so etwas nicht sagen ...«

Dieses Lächeln, dachte Ramage, dieser Körper mit den kleinen runden Brüsten – dieses schmale, feingezeichnete Gesicht ... Sein Blick glitt über die Gestalt, die unter dem weißen Kleid verborgen war, über den flachen Bauch, die runden Schenkel, die langen, schlanken Beine ...

»Ich weiß, was du jetzt denkst«, sagte sie.

»Ja, verdammt!« rief er wütend. »Ich denke, daß diese Gianna schrecklich lästig ist. Warum konnte sie nicht in St. Kew bleiben, warum muß sie mir hier im Weg sein und ...« Hilflos suchte er nach Worten. Nun waren sie kaum zehn Minuten beisammen, und schon stritten sie. Warum, zum Teufel, konnte sie ihn nicht verstehen? »Hör mir jetzt zu, Gianna. Bringen wir es hinter uns.«

»Da siehst du es. Du liebst mich nicht mehr.«

»Nein– o Liebling ...«

»Du liebst mich also nicht mehr. Du hast es soeben gesagt.«

»Nein – ich meine, ich habe nein gesagt, weil ich ...«

Sie brachen beide in Gelächter aus. Gianna sprang auf, drückte ihn auf einen Stuhl, dann ließ sie sich vor ihm auf dem Boden nieder und legte eine Hand auf sein Knie. »Fragen Sie mich, was Sie wollen, Sir.«

»Sehr gut, Signorina. Sag mir, wie alles angefangen hat, vom Frühstück des Tages an, an dem du auf diese Idee gekommen bist.«

»Ich habe nicht gefrühstückt. Dein Vater beschwert sich immer, weil ich zu wenig zum Frühstück esse. Aber dieser Porridge . . . Ich werde davon dick wie ein Fischweib. Nun, Lord Spencer schrieb deinem Vater und schilderte die Schwierigkeiten, die du hattest – und daß das Parlement deinetwegen eine neue Verfügung treffen mußte. Dein Vater mußte schrecklich lachen. Er fand es sehr komisch, daß du der Anlaß einer neuen Parlamentsverfügung warst. Da wurde ich sehr böse.«

»Warum? Ich habe die Sache noch nicht von diesem Standpunkt aus betrachtet, aber es ist tatsächlich amüsant.«

»Amüsant? Und was wäre passiert, wenn diese Kretins im Parlament sich geweigert hätten, eh?«

Ramage lachte. Dieses ›eh‹ und die nach oben gedrehten Handflächen waren typisch italienisch.

»Ja, du lachst! Aber wenn du in einem französischen Gefängnis gelandet wärst, hätte ich jahrelang auf dich warten müssen. Und wäre alt und faltig geworden, viel zu häßlich für dich . . . Oh, glaub’ nur ja nicht, daß du mich mit einem flüchtigen Kuß zum Schweigen bringen kannst. So einfach ist die Sache nicht. Meine ganze Jugend hätte ich vergeudet, um auf dich treulosen Mann zu warten . . .«

»Moment mal«, unterbrach Ramage sie sanft. »Die Franzosen haben mich nicht gefangengenommen, und du bist noch nicht mal zwanzig.«

»Jetzt machst du dich über mich lustig!« Wütend sprang sie auf und trommelte mit beiden Fäusten gegen seine Brust. Er umklammerte ihre Handgelenke, zog sie auf seinen Schoß und küßte sie.

»Sei doch nicht so wütend! Du klapperst ja mit den Zähnen vor Zorn.«

Sie rückte von ihm ab. »Hiermit teile ich dir mit, daß ich dich nicht mehr liebe.«

»Gut, ich werde es mir merken. Und was geschah, nachdem Lord Spencer meinem Vater geschrieben hatte?«

»Ich sagte deinen Eltern, daß ich nach Lissabon reisen und dich freikaufen würde, wenn der Sondererlaß nicht durchkommt.«

»Aber . . .«

»Kein Aber! Laut Gesetz darf kein Brite einem Franzosen Geld geben. Aber es steht nirgends geschrieben, daß eine Ausländerin nichts zahlen darf. Außerdem wäre es ja mein eigenes Geld gewesen. Bin ich etwa nicht die Marchesa di Volterra?«

Er nickte halb betäubt, halb überwältigt von ihrer Logik und Großzügigkeit. »Was hat Vater gesagt?«

»Zuerst war er sehr böse. Er hat ein noch schlimmeres Temperament als du. Dann meinte deine Mutter, es sei ohnehin ein dummes Gesetz, weil es offensichtlich Verräter daran hindern solle, Spione zu bestechen, und dergleichen mehr. Das Parlament war so dumm, daß es das Gesetz nicht richtig formuliert hat. Da überlegte es sich dein Vater anders. Er gab deiner Mutter recht und meinte nun auch, es sei der Zweck des Gesetzes, nicht der Wortlaut, nach dem wir uns richten sollten. Und dann wurde er wieder böse, weil ich sagte, mir seien sowohl der Zweck als auch der Wortlaut des Gesetzes egal. Ich würde dich so oder so vor den Franzosen retten.«

»Und was sagte er?«

»Nun, ich ging in diesem Augenblick aus dem Zimmer, und deine Mutter war böse auf ihn. Aber als ich zurückkam, hatte er festgestellt, wann das nächste Postschiff nach Lissabon abging und einen Leibwächter für mich ausgesucht.«

»Einen Leibwächter?« rief Ramage.

»Ja, einen seiner Gutsarbeiter. Er hat mich als Passagier auf der *Princess Louise* begleitet.«

»Und wo ist er jetzt?«

Gianna zuckte mit den Schultern. »An Bord. Hier in Lissabon brauche ich ihn ja nicht.«

Ramage runzelte die Stirn. »Aber die *Princess Louise* fährt um Mittag ab. Jetzt ist es . . .« Er zog seine Uhr hervor. »Verdammt, es ist schon nach zwölf! Das nächste Postschiff segelt erst in zwei Wochen.«

»Warum regst du dich so auf? Mein Leibwächter kehrt doch nach England zurück. Er ist an Bord geblieben.«

»Aber ich segle morgen . . . Du wirst dann ganz allein hier sein, Gianna. Du solltest wirklich in der Botschaft bleiben.«

Sie sah ihn verwirrt an. »Aber ich komme doch mit dir! Das Postschiff hat genug Platz für Passagiere. Eine ganze Woche mit dir – wie in den alten Tagen auf dem Mittelmeer.«

»Das geht nicht«, unterbrach er sie. »Tut mir leid, aber . . .«

»Warum nicht?« fragte sie bestürzt.

»Weil die *Arabella* kein Postschiff mehr ist. Wenn mir die Franzosen die Brigg übergeben, steht sie unter Order der Admiralität und unter meinem Kommando.«

»Dann ist ja alles in Ordnung.«

»Keineswegs. Die Brigg ist in schlechtem Zustand. Das ganze Achterschiff ist morsch. Du wärst nicht sicher an Bord.«

»Dann darfst auch du nicht mit ihr segeln«, entgegnete Gianna prompt. »Sag das der Admiralität und warte mit mir auf das nächste Postschiff.«

»So lange kann ich nicht warten. Außerdem habe ich meine Befehle, und die halbe Besatzung wird vermutlich meutern.«

»Meutern?« Sie kreischte beinahe. »Wollen sie das Schiff in ihre Gewalt bringen und nach Frankreich segeln? Dann stecken sie dich doch in ein Gefängnis – Madonna! Nachdem ich mir soviel Mühe gemacht habe . . .«

»Keine Angst«, tröstete Ramage, »ich habe ja Southwick und Jackson bei mir. Und Stafford und Rossi. Du erinnerst dich doch an sie? Wir werden mit den Meuterern schon fertig.«

»Nun, wenn es keinen Grund zur Sorge gibt, kann ich ja mitkommen.«

»Ein Kriegsschiff darf keine Passagiere an Bord nehmen« sagte er und wich ihrem Blick aus. Er erinnerte sich an einen Zusatz zu seiner Order, der klarstellte, daß Yorke ihn als Passagier begleiten durfte.

Gianna spürte, daß er Ausflüchte machte, und stand auf. »Ich werde mit Mr. Frère sprechen und ihm sagen, daß er dir befehlen soll, mich mitzunehmen. Als er beschloß, diese Fregatte zu mobilisieren, erzählte er mir nämlich, daß er als Botschafter einem Schiffskommandanten Befehle geben kann. Er hat doch recht, nicht wahr, Leutnant?«

Mr. Frère hatte recht, und Ramage wußte es nur zu gut. »Liebling – es wäre zu gefährlich.«

Sie wies auf ihre linke Schulter. »Hast du vergessen, daß die Franzosen mich schon einmal angeschossen haben?«

»Natürlich habe ich es nicht vergessen. An die Nacht in diesem verdammten Boot werde ich mich bis an mein Lebensende erinnern. Ich war halb wahnsinnig vor Angst um dich . . .«

»Siehst du, Nico! Du hast dir nur eine einzige Nacht um mich Sorgen gemacht, und ich muß mich jede Nacht um dich sorgen – wochenlang, monatelang . . .«

Ramage seufzte tief auf. »Also gut . . . Pack deine Sachen zusammen, dann gehen wir an Bord. Aber beeil dich! Sonst kannst du auf das nächste Postschiff warten.«

»Kommandier mich nicht so herum!« rief sie ärgerlich. »Und ich dumme Gans komme auch noch hierher, um dich zu retten. Diese weite Reise . . . Oh, ich wünschte, ich wäre in England geblieben und du würdest in einem französischen Gefängnis vermodern, jahrelang . . .«

Er nahm sie in die Arme und küßte sie. »Und du würdest dich langsam in eine alte Walnuß verwandeln . . .«

Die beiden kräftigen Bootsgasten ächzten und stöhnten, als sie Giannas Truhe auf die mittlere Ducht stellten. »Du hast mir gesagt, daß du nicht viel Gepäck besitzt«, sagte Ramage sanft. »Aber die beiden Burschen sind sicher anderer Meinung.«

»Es ist doch nur eine Truhe. Ich hätte viel mehr mitgenommen, wenn deine Mutter kein Machtwort gesprochen hätte.«

Ramage wußte, daß seine Mutter nur ungern mit leichtem Gepäck verreiste, und schauderte bei dem Gedanken, was Gianna alles hatte mitnehmen wollen. Die Truhe wurde festgebunden, und die Bootsgasten blickten sich verwirrt an. Nun war kaum noch Platz für zwei Passagiere in dem kleinen Boot, das durch fröhliche Bemalung wettmachte, was ihm an Stabilität fehlte. Ramage zeigte auf die vorderste Ducht, und als die Männer protestierten und meinten, die Gischt würde Gianna bespritzen, hob er seinen Umhang hoch.

Fünf Minuten später saßen die beiden im Boot, in den Umhang gewickelt. Ein Luggersegel wurde gehißt, und das Boot hielt auf die *Arabella* zu.

Ramage sah, daß das Beiboot des Postschiffs achtern festgemacht war. Wahrscheinlich hatte Kerguelen es zurückgeschickt mit dem Befehl, die Bootsbesatzung solle später noch einmal zum Kai rudern, wenn Ramage und Yorke die Freuden Lissabons hinreichend genossen hatten. Die Freibeuter nahmen es offenbar nicht sonderlich genau mit der Wache. Kein Mann war an Deck. Nun, es würden sich schon zwei Matrosen finden, die Giannas Truhe an Bord hievten.

Noch vierzig Meter ... Er wandte sich Gianna zu und grinste. »Bald sind wir daheim.«

Plötzlich drang eine tiefe Stimme zu ihm herunter: »Welches Schiff?«

»*Triton!*« schrie der verwirrte Ramage automatisch. Diese Antwort bedeutete, daß *Tritons* Kommandant im Boot saß. Er erkannte seinen Irrtum erst, als Gianna ihn anstieß. »Halt – nein, *Lady Arabella!*« rief er, und plötzlich tauchten zwei Dutzend Gesichter über der Reling auf, grinsend und frisch rasiert, die Hüte waagrecht auf den sorgfältig gekämmten Haaren. Es waren die Gesichter der Tritons und der Franzosen – und Southwick, Kerguelen, Yorke, Bowen und Wilson.

Als er Gianna an Bord half, flüsterte er ihr zu, daß Yorke und Kerguelen sich beeilt haben mußten, um auf die Brigg zurückzukehren und eine Überraschung vorzubereiten. Die Pfeife des Bootsmanns schrillte, und Kerguelen trat vor, nahm schwungvoll seinen Hut ab und machte eine elegante Verbeugung. »Mademoiselle – willkommen an Bord der *Lady Arabella.*«

Ramage stellte den Franzosen vor, dann Yorke, Bowen, Much und Wilson, und Gianna war ganz die kühle Marchesa. Als sie sah, daß keine Fremden mehr zu begrüßen waren, wandte sie sich an Southwick. Während der alte Segelmeister ungeschickt von einem Bein aufs andere trat und nicht recht wußte, ob er salutieren sollte oder nicht, ging die Marchesa zu ihm, legte ihm die Hände auf die Schultern und küßte ihn auf die Wange. Die Freibeuter waren ein dankbares Publikum. Sie schrien begeistert, und einen Augenblick später stimmten die Tritons mit ein.

»Mr. Souswick«, sagte Gianna, und Ramage erinnerte sich, daß es ihr schon immer schwergefallen war, das englische »th« auszusprechen, »Sie sehen um fünf Jahre jünger aus.«

»O danke, Ma'am. Wir freuen uns alle sehr, daß Sie gekommen sind.«

»Weil ich Ihnen soviel Mühe machen werde, eh?« Der alte Mann wurde rot, und Gianna lachte. »Ich glaube Ihnen kein Wort. Nicholas hat den halben Vormittag damit verschwendet, mir zu erzählen, was für ein Ärgernis Frauen an Bord seien.« Sie sah sich um. »Jackson! Stafford! Und Sie, Rossi! Stabene? Piu grasso – Sie bekommen zuviel zu essen bei der Navy.«

Innerhalb einer Minute war Gianna umringt von den Ex-Tritons, die sie alle persönlich an Bord begrüßen wollten. Als Ramage sich umwandte, um mit Kerguelen zu sprechen, sah er überrascht, daß drei muskulöse Franzosen die Truhe an Bord hievten. Dabei fluchten sie gutgelaunt und ergingen sich in Vermutungen, wie viele Meter geschmuggelter französischer Spitze wohl an die Kleider genäht waren, die in der Truhe steckten.

Kerguelen schlug Ramage auf die Schulter. »Sie hätten wohl nicht erwartet, daß französische Halsabschneider als Amors Assistenten fungieren würden.«

»Und Sie haben sich wohl noch nie zuvor als Amor betrachtet«, erwiderte Ramage grinsend. »Aber ich danke Ihnen sehr. Wer ist denn auf die Idee gekommen, ein Empfangskomitee zu bilden?«

»Yorke und ich beschlossen, früher an Bord zurückzukehren und Ihre Kajüte in Ordnung bringen zu lassen. Ich ließ Ihre Leute frei, und da . . .«

»Wieso wußten Sie, daß die Marchesa mit uns segeln würde?«

»Nicht einmal ein Engländer könnte so grausam sein, sie auf die *Princess Louise* zurückzuschicken. Jedenfalls, als die Kajüte fertig war, gerieten Southwick und dieser Amerikaner vor Aufregung ganz aus dem Häuschen und begannen das Deck zu scheuern. Und dann fragten meine Leute, was denn eigentlich los sei. Als ich Ihnen erklärte, daß Ihre Verlobte an Bord kommt, halfen sie Ihren Männern. Als die Brigg blitzblank war, verschwanden sie unter Deck und kamen eine halbe Stunde später wieder zum Vorschein, rasiert und gekämmt.« Kerguelen trat näher an Ramage heran und senkte die Stimme. »Alle außer den ehemaligen Postschiffsmatrosen. Sie haben sicher schon bemerkt, daß sie nicht an Bord sind?« Als Ramage nickte, fügte der Franzose hinzu: »Behalten Sie die Burschen im Auge, mein Freund! Ich sah mehr, als Sie sich vorstellen können, nachdem wir das Schiff gekapert hatten ...«

Mit diesen Worten wandte er sich ab und ging in seine Kajüte hinunter, um sich auf den Besuch bei Chamberlain vorzubereiten. Ramage sah, daß Yorke, Bowen und Much ihn beobachteten.

»Sie haben seit Monaten nicht mehr so glücklich ausgesehen«, meinte Yorke.

»Ist das ein Wunder?« rief Bowen aus. »Sie ist die schönste Frau, die ich je gesehen habe.«

»Und ihre Haltung ist königlich«, fügte Much hinzu. »Ist sie wirklich eine Fürstin, Sir?«

»Nicht ganz«, antwortete Ramage. »Sie ist Regentin von Volterra, einem kleinen Staat in Italien – das heißt, sie war es, bis die Franzosen dort einfielen. Sie konnte gerade noch rechtzeitig entkommen.«

»Ja, das hat Southwick uns erzählt«, sagte Bowen.

Endlich konnte sich Gianna von den Tritons losreißen. »Oh, es ist wie in alten Zeiten: Hoffentlich passiert etwas Aufregendes, während wir nach England segeln.«

»Komm, ich zeige dir deine Kabine«, sagte Ramage hastig. »Oh, lassen Sie die Truhe ruhig stehen, Jackson. Die Franzosen haben sie an Bord gehievt und werden sie auch unter Deck bringen.«

Giannas Ankunft gestaltete die letzte Stunden, die das Postschiff im Hafen von Lissabon verbrachte, zu einem bizarren Fest. Es begann mit Yorkes Vorschlag, Kerguelen zum Dinner einzuladen, worauf Gianna verlangte, daß Rossi ihr bei den Vorbereitungen half. Während die beiden in der Kombüse rumorten, kam Kerguelen von seinem Besuch bei Chamberlain zurück. Seine Freibeuter schienen sich mehr für die Fässer zu interessieren, die er mitbrachte, als für die Segeltuchtaschen, in denen offenbar das Geld steckte. Der Franzose erklärte, er hätte Wein für seine Männer gekauft, damit sie gebührend feiern könnten, und eine Kiste Champagner als Geschenk für Ramage.

Um Mitternacht, als die *Arabella* offiziell übergeben wurde, prosteten sich die Tritons und die Freibeuter mit Weinkrügen zu und sangen auf dem Vordeck wilde Lieder, während Ramage und Kerguelen auf dem Achterdeck mit Champagner anstießen, umringt von Gianna, Yorke, Southwick, Bowen, Wilson und Much.

»Eine Rede!« lallte Wilson. »Wir wollen eine Rede hören!«

»Die Marchesa soll sprechen«, schlug Yorke schwärmerisch vor. »Ich bin so beschwipst, daß ich schon drei Marchesas sehe, und ich weiß nicht, welche die schönste ist.«

Kerguelen zog seine Uhr hervor und hielt sie unter die Laterne. »Zwei Minuten nach Mitternacht«, sagte er feierlich, »die *Lady Arabella* beginnt ein neues Leben. Was könnte diesen Anlaß schöner würdigen als ein Wort aus Ihrem Mund, Mademoiselle?«

Gianna nickte und stellte ihr Glas auf das Kompaßhaus. »Ja, ich werde eine Rede halten. Das letztemal, als ich einen Franzosen sah, schoß er mich in die Schulter. Ich hatte gehofft, ich würde nie mehr einem begegnen, bevor dieser gräßliche Krieg zu Ende ist. Aber ich war neugierig auf den Franzosen, von dem Nicholas mit so großem Respekt sprach. Ich werde darum beten...« Sie senkte die Stimme und sprach sehr langsam, damit keiner die Bedeutung ihrer Worte mißverstand, »...daß ihr beide euch erst wiedersieht, wenn der Krieg vorbei ist.« Dann sah sie sich um und rief fröhlich: »Oh, ich bin so eifersüchtig auf euch alle. Ihr konntet mit Nicholas zusammen sein, während ich in England auf ihn warten mußte.«

»Sie haben nicht viel versäumt, Ma'am«, sagte Southwick. »Die meiste Zeit war er schlecht gelaunt, weil er Sehnsucht nach Ihnen hatte.«

»Gut gesprochen«, meinte Yorke.

In diesem Augenblick läuteten die Glocken von Lissabon zur Mitternacht. Kerguelen zog seine Uhr hervor und starrte sie seufzend an. »Nun muß ich mir wohl eine neue Uhr kaufen.« Er schwieg einen Augenblick, dann fuhr er leiser fort: »Nun gehört die Brigg Ihnen, Leutnant. Wollen Sie einen Augenblick warten?« Mit diesen Worten ging er unter Deck.

Yorke sah Ramage an, der mit den Schultern zuckte. Kerguelen konnte wenig Schaden anrichten, die meisten seiner Leute grölten betrunken auf dem Vordeck. Nach zwei Minuten kam der Franzose zurück, mit drei Säbeln unter dem Arm. »Erlauben Sie«, sagte er. »Leutnant Ramage, es ist mir eine große Ehre, Ihnen Ihren Säbel zurückzugeben.« Er überreichte die Waffe mit schwungvoller Geste. »Mr. Southwick, ich glaube, das ist Ihrer. Und Captain Wilson...«

Ramage verbeugte sich. »Mon capitaine, im Namen aller Ihrer ehemaligen Gefangenen auf diesem Schiff möchte ich Ihnen danken, daß Sie so großzügig waren und . . .« Ramage brach ab, aber Kerguelen wußte ohnedies, was der junge Leutnant sagen wollte. So schüttelten die beiden Männer einander nur stumm die Hände.

Im Morgengrauen wurden die letzten Freibeuter an Land gebracht, das Boot der *Arabella* wurde an Deck geholt, und Ramage, der in die große Achterkajüte übersiedelt war, ließ Southwick und Much zu sich kommen. Southwick teilte die Wachen ein, und Ramage war überrascht, als der Erste ihn vor seinem Sohn Ned warnte. »Traurig, daß ich das als Vater sagen muß . . . Obwohl er ein guter Seemann ist, bleibt er doch ein Taugenichts. Ich werde zwar versuchen, ihm ins Gewissen zu reden, Mr. Ramage, aber Sie sollten ihm genausowenig trauen wie dem Bootsmann. Sie dürfen keinem der Postschiffsmatrosen trauen.«

Ramage starrte ihn verblüfft an. »Keinem?«

»Höchstens einem oder zwei. Am besten verlassen Sie sich auf Ihre Leute von der Navy.«

»Aber ich kann die Postleute doch nicht alle gefangensetzen.«

»Nein, aber sagen Sie Ihren Männern, daß jeder einen bestimmten Matrosen im Auge halten soll – für alle Fälle.«

»So schlimm ist es, Mr. Much?«

»Ja, so schlimm, Mr. Ramage.«

»Könnten Sie Mr. Southwick helfen, eine neue Wachrolle aufzustellen?«

Much nickte. »Und Ihre Männer, Sir?«

»Ich könnte Jackson zum Bootsmann ernennen, aber dann würde ich mit dem jetzigen Bootsmann Ärger bekommen. Was die anderen betrifft – sie sind absolut verläßlich und haben schon oft an meiner Seite gekämpft.«

»Und welches ist meine Position, Sir?«

»Nun, die *Arabella* ist jetzt ein Kriegsschiff unter meinem Kommando. Mr. Southwick ist mein Segelmeister, Bowen der Schiffsarzt. Sie, Mr. York und Captain Wilson sind Passagiere wie die Marchesa. Aber es wäre schön, wenn Sie mir helfen könnten. Die Postschiffsmatrosen müssen gemustert werden, ihre Schutzpässe sind ungültig.«

Als Much und Southwick gegangen waren, um die Wachrolle aufzustellen, blieb Ramage noch ein paar Minuten in der Kajüte sitzen, um seinen lauwarmen Kaffee zu trinken. Die *Arabella* war seeklar. Kerguelen hatte während der letzten Tage die Wasserfässer auffüllen lassen, und Much hatte versichert, daß genügend Proviant an Bord sei. Verdammt, das morsche Achterschiff . . . Southwick und Much mußten sich den Schaden ansehen, wenn sie mit der Wachrolle fertig waren, und dann Bericht erstatten. Während der Fahrt nach England würde die *Arabella* nicht auseinanderbrechen, aber vielleicht später. Und da die Admiralität die Brigg übernommen hatte... O Gott, es war höchste Zeit, daß er sich der Besatzung präsentierte. Erst von diesem Augenblick an hatte er nach dem Gestz das Kommando an Bord. Er stand auf und merkte, daß er gräßliche Kopfschmerzen hatte, verließ die Kajüte und klopfte an Southwicks Tür. »Bitte alle Mann an Deck!«

Dann wusch er sich das Gesicht und hoffte, das würde ihn erfrischen. Sobald er die Schritte an Deck hörte, legte er seinen Säbel an, setzte den Hut auf und griff nach der Order, die ihm Nepean geschickt hatte.

Als er an Deck kam, hatte sich die Besatzung schon versammelt. Je ein Dutzend Mann stand zu beiden Seiten des Kompaßhauses. Bowen, Southwick, Yorke, Much und Wilson warteten an der Heckreling. Er war froh, daß Gianna noch schlief. Ihre Anwesenheit hätte die Männer nur abgelenkt. Sie würden sich ohnehin kaum auf seine Worte konzentrieren, da sie alle mit rotgeränderten, verschlafenen Augen in die Welt blickten. Aber was er ihnen zu sagen hatte, würde sie schon aufwecken, vor allem die Postschiffsmatrosen.

Automatisch registrierte er, daß ein leichter Nordost wehte. Das Schiff begann zu schaukeln, als die Tide wechselte. Die Sonne schien schwach, aber immer noch warm, und die Wolken verrieten, daß das gute Wetter noch ein oder zwei Tage anhalten würde.

Er ließ den Blick über die Männer wandern. Die Postschiffsmatrosen standen in lässiger, fast unverschämter Haltung da, die Tritons kerzengerade. Southwick marschierte mit hocherhobenem Kopf auf Ramage zu, die linke Hand an der Säbelscheide. »Besatzung vollzählig angetreten, Sir.«

»Danke, Mr. Southwick.«

Der Segelmeister kehrte zu den Passagieren zurück. Verdammt, die Flagge... In der Hektik, während die Freibeuter die Brigg verlassen hatten, war die Flagge nicht gehißt worden. Aber die Postschiffsmatrosen würden das Versäumnis wahrscheinlich gar nicht bemerken. »Mr. Southwick, lassen Sie bitte die Flagge hissen.«

Der Segelmeister zuckte nur leicht zusammen, was außer Ramage niemandem auffiel. Daß ihm das entgangen war...

Jackson trat einen Schritt vor, wandte sich nach achtern und marschierte zur Flaggleine. Ramage sah, daß ein großes Bündel unter seinem Arm steckte. Dieser verdammte Amerikaner dachte auch an alles. Jackson hatte begriffen, daß gerade in diesem Augenblick ein eindrucksvolles Ritual erforderlich war. Er befestigte den oberen Knebel der Flagge an der Leine, dann den unteren, schlug die Hacken zusammen und sah Southwick an.

»Hissen Sie die Flagge!« stieß der Segelmeister hervor.

Die Brise fing sich in der Fahne, und Ramage wünschte sich einen Trommler an Bord, der die Zeremonie mit ein paar Wirbeln hätte begleiten können. Als die Flagge gehißt war, kehrte Jackson an seinen Platz zurück. Jeder, der mit der Routine der Navy nicht vertraut war, mußte glauben, das Ritual sei völlig korrekt über die Bühne gegangen.

Ramage zog seine Bestallung aus der Tasche, faltete sie auseinander und begann mit klarer Stimme zu lesen: »»Die Lord Commissioners der Admiralität des Vereinigten Königreichs und Irlands beauftragen Leutnant Lord Ramage, das Kommando über die Königliche Postbrigg *Lady Arabella* zu übernehmen . . .«‹«

Er machte eine Pause und sah aus den Augenwinkeln, daß die Postschiffsmatrosen unruhig wurden und einander anstarrten. Er hätte gern ihre Gesichter genauer gesehen, aber er würde früh genug Bescheid wissen, da Southwick, Yorke und Bowen wie die Habichte aufpaßten. Er blickte auf das Dokument nieder und las weiter: »»Offiziere und Besatzung besagter Brigg haben sich seinen Anordnungen zu fügen . . .«‹« Wieder machte er eine Pause, damit die Männer die Bedeutung dieser Worte erfassen konnten, und hörte Füßescharren als Ausdruck wachsenden Unbehagens.

»»Sie werden die Kriegsgesetze befolgen und jeden Befehl und alle Instruktionen, die sie vielleicht zusätzlich empfangen . . .«‹«

Ramage machte wieder eine Pause, denn es kam ihm darauf an, daß der nächste Satz ihre ungeteilte Aufmerksamkeit fand. Noch einmal ließ er die Augen langsam von einem Mann zum anderen gleiten. Er konnte beruhigt sein, sie starrten ihn alle wie hypnotisiert an. Er hob die Order ein Stück höher. »»Niemand darf sich seiner Verantwortung entziehen, andernfalls muß er mit strengster Bestrafung rechnen . . .«‹«

Er las die restlichen Sätze, dann faltete er das Blatt langsam zusammen. Nun war er dem Gesetz nach der Kommandant der Brigg und verantwortlich für alles, was an Bord geschah, ob es nun um die Kampfmoral der Besatzung ging oder ob eine Leine im Sturm riß. In der Stille, die nun folgte, überlegte er, daß er über diese Männer mehr Macht als der König hatte. Er konnte sie auspeitschen lassen – das durfte der König nicht. Er konnte sie im Sturm in die Takelage schicken oder in ein Gefecht, aus dem keiner lebend zurückkommen würde. Und er konnte jeden mit dem Tode bestrafen, der sich weigerte, einen Befehl auszuführen. Wenn er ein guter Kommandant war, würde die Besatzung ihn wie einen Vater lieben. Obwohl ihm die Kriegsgesetze gestatteten, einen Übeltäter so lange auspeitschen zu lassen, bis er um Gnade flehte, gehörte es auch zu den Pflichten eines guten Kommandanten, geduldig zuzuhören, wenn die Männer mit ihren Sorgen zu ihm kamen.

Es war üblich, daß ein neuer Kommandant eine kurze Rede hielt. Das würde den Leuten Gelegenheit geben, ihn besser kennenzulernen. »Einige von euch haben noch nie zugehört, wenn so eine Order verlesen wurde«, begann er. »Damit es keine Mißverständnisse gibt, will ich euch mitteilen, daß die Postverwaltung und die Admiralität gemeinsam beschlossen haben, was mit der *Arabella* geschehen soll. Ich soll das Kommando übernehmen und die Brigg zurück nach England bringen. Ihr alle steht nun im Dienst der Royal Navy. Die Schutzbriefe sind ungültig, und ihr müßt euch den Kriegsartikeln unterwerfen. Diejenigen unter euch, die nicht wissen, was das heißt, können sich von denen, die Bescheid wissen, belehren lassen. Seit dieses Schiff Jamaika verlassen hat, haben wir gemeinsam einige seltsame Abenteuer bestanden. Der Erste Lord der Admiralität und der Generalpostmeister haben meinen Bericht darüber gelesen – einen sehr ausführlichen Bericht.«

Er fand, daß es in diesem besonderen Fall gestattet war, ein wenig zu übertreiben. Aber er durfte die Leute nicht zu sehr erschrecken, denn wenn sie Angst vor dem Galgen hatten, würden sie sich weigern, die Brigg nach England zu bringen. Also mußte er sie wieder ein bißchen beruhigen. »Man hat die Verhandlungen gebilligt, die ich mit dem Prisenkommandanten geführt habe, um unsere Freilassung und die Rückgabe des Schiffes zu erwirken. Nun werdet ihr nicht in einem französischen Gefängnis landen, sondern daheim in England, bei euren Familien. Während ich die Brigg kommandiere, wird Mr. Southwick Segelmeister sein. Mr. Bowen ist der Schiffsarzt. Mr. Much wird seine wohlverdiente Ruhe genießen, aber mit Wache gehen, wenn es nötig sein sollte, ebenso Mr. Yorke.«

Wieder blickte er sich um. Er konnte sicher sein, daß jeder Postschiffsmatrose ihm aufmerksam zuhörte. Ob er sich auch auf die Loyalität dieser Leute verlassen konnte, war eine andere Frage.

Die Privatfracht . . . Plötzlich wußte er, was die Postschiffsmatrosen hören wollten. Zum Teufel, die Postverwaltung hatte verboten, private Handelsware mit an Bord zu nehmen, also konnte er nicht davon sprechen. Aber er fand einen Ausweg. »Wenn einer von euch beim Angriff der Freibeuter persönliches Eigentum verloren hat, soll er mir eine Liste geben, bevor wir in England ankommen. Davon abgesehen sollt ihr eure Sachen ordentlich wegstauen – ganz so, als wärt ihr auf einer normalen Fahrt. In einer Stunde laufen wir aus. Der erste Mann, der die englische Küste sichtet, bekommt eine Guinee.« Er wandte sich um. »Machen Sie bitte weiter, Mr. Southwick«, sagte er, dann ging er in seine Kajüte hinunter.

Yorke gesellte sich zu ihm, nachdem er höflich an die Tür geklopft hatte. Damit akzeptierte er stillschweigend, daß sich ihre Beziehung geändert hatte, seit Ramage Kommandant der Brigg war. »Ich möchte nicht darauf wetten«, sagte er, »aber ich glaube, Sie haben die Burschen im Griff.«

»Ich habe gehört, wie sie mit den Füßen scharrten und mit den Zähnen knirschten.«

»Nur am Anfang. Später sah ich dann, wie ein paar immer wieder zur Rahnock schielten, als sähen sie dort schon eine Schlinge baumeln.«

Ramage lächelte gequält. »Je früher wir auf hoher See sind, desto besser. Ein Monat auf Reede verdirbt auch die besten Männer.«

Er schnallte seinen Säbel ab und steckte ihn ins Gestell, dann schloß er die Order in einem Schubfach ein. Aus alter Gewohnheit wollte er den Wachposten vor der Tür rufen, um Mr. Southwick holen zu lassen, als ihm einfiel, daß die *Arabella* nicht viel mehr war als ein kleines Bumboot. Es gab weder Seesoldaten noch Stewards an Bord. Aber bevor er nicht ganz genau wußte, wie die Stimmung unter den Postmatrosen war, würde ein bewaffneter Triton vor seiner und Southwicks Tür Wache halten. Plötzlich kam ihm ein Gedanke, und er fragte Yorke: »Würde es Ihnen etwas ausmachen, mit Southwick eine Kabine zu teilen?«

»Natürlich nicht.«

»Dann könnte ein Mann Sie beide bewachen, auch Bowen und Wilson in der nächsten Kabine und die Marchesa.«

»Vergessen Sie Much nicht. Ich bezweifle, daß er bei den Postleuten beliebt ist.«

»Den habe ich vergessen«, gab Ramage zu. »Aber derselbe Posten kann auch noch die vierte Kabine bewachen. Much soll dorthin übersiedeln.«

»Ein unangenehmes Gefühl, wenn man sich nicht auf alle Leute verlassen kann . . .«

Ramage nickte. »Aber wir haben ja die Tritons.« Er ging zur Tür und rief nach Southwick und Much, und als sie kamen, erteilte er seine Instruktionen bezüglich der Kabinen und Wachposten. »Wenn Sie schlafen, achten Sie immer darauf, daß Ihre geladenen Pistolen griffbereit neben der Koje liegen. Und warnen Sie auch Wilson und Bowen. Die Postschiffsmatrosen dürfen nur ans Ruder.« Als Much ihn verwirrt ansah, fügte er hinzu: »Am Ruder können sie nicht viel anstellen, und man kann sie gut im Auge behalten.« Dann wandte er sich an Southwick. »Wir segeln, sobald die Wachrolle fertig ist. Ich möchte die Tide nutzen.«

Eine Stunde später hatten sie Anker gelichtet, und die *Arabella* glitt den Fluß hinab, dem offenen Meer entgegen. Southwick rief den Männern am Ruder gelegentlich Befehle zu, um den Fregatten auszuweichen, die gegen die Strömung ankämpften. Die Wolken lösten sich auf, und als sie die Mündung erreichten, sprang der Wind um.

Gianna war an Deck gekommen, als das Schiff den Ankerplatz verlassen hatte, und stand nun an der Heckreling. Ramage fing einen Blick von ihr auf und wußte, daß sie glücklich und zufrieden war. Sie hatte seinen schweren Bootsumhang über die Schultern gelegt; ein Seidentuch in Blau und Gold, den Nationalfarben Volterras, schützte ihre Haare vor dem Wind.

Yorke ging zu Ramage und sagte leise: »Ich habe noch nie etwas so Schönes gesehen.«

Ramage brauchte sich nicht umzudrehen. Er wußte, wie dekorativ Gianna vor dem blaßblauen Himmel und der Kulisse der Stadt stand. Die harten vertikalen Linien der Kloster- und Kirchtürme wurden vom sanften rosa Licht der Morgensonne gemildert. Gianna ... Er brachte sie wieder zurück, nicht in ihre Heimat, sondern in die seine, die sie ohne Zögern verlassen hatte, um ihm in Lissabon beizustehen. Ein bestürzender Gedanke, daß eine Frau bereit war, ihr Leben für ihn aufs Spiel zu setzen ...

Yorke hatte seine Gedanken anscheinend erraten. »Sie hat ein großes Risiko auf sich genommen, als sie hergekommen ist«, sagte er leise. Als Ramage nickte, fügte der junge Reeder hinzu: »Was würden die Franzosen tun, wenn die Marchesa in ihre Hände fiele?«

»Sie würden sie vermutlich ermorden, denn Gianna stellt eine Bedrohung für sie dar. Sie könnte drei Viertel der toskanischen Bevölkerung zusammentrommeln, wenn die Leute wüßten, daß sie auf den Hügeln wartet, um sie im Kampf anzufeuern.«

»Das wäre ein Massaker. Bauern mit Mistgabeln gegen Bonapartes Armee ...«

»Vielleicht – aber in ein paar Jahren nicht mehr. Napoleon wird seine erprobten Truppen bald anderswo einsetzen müssen, und eine Besatzungsarmee läßt erfahrungsgemäß bald in ihrer Wachsamkeit nach, wenn sie nichts zu tun hat.«

Das vertraute Dröhnen der Decksplanken verriet, daß Wilson im Anmarsch war. »Guten Morgen, Captain«, sagte er fast schüchtern, als wüßte er nicht recht, wie er Ramage nun gegenübertreten sollte, nachdem dieser zu neuen Würden gelangt war. »Ich mache gerade meinen Morgenspaziergang an Deck. Vielleicht möchte die Marchesa mich begleiten. Habe ich Ihre Erlaubnis, sie zu fragen?«

Ramage grinste. »Aber sicher. Ich glaube, sie hat Sie ohnehin schon gehört«, fügte er hinzu, da das ›Flüstern‹ des Soldaten vermutlich bis zum Vordeck gedrungen war.

Gianna raffte die Falten des Umhangs zusammen. »Wie nett von Ihnen, Captain Wilson! Mir ist kalt, und da wird mir ein bißchen Bewegung guttun.«

»Eine Meile vor dem Essen, Ma'am«, sagte Wilson und schlenderte an ihrer Seite davon. »Es ist das Bier, müssen Sie wissen. Ich trinke zuviel, und das macht dick . . .«

Yorke zwinkerte Ramage zu. »Es scheint mir eine halbe Ewigkeit her zu sein, seit er uns das zum erstenmal erzählt hat.«

»Nur sieben oder acht Wochen. Aber diese Zeit kann man nicht mit dem Kalender messen.«

»Möchte bloß wissen, was mit Stevens und Farrell passiert ist.«

»Wahrscheinlich sitzen sie in einem französischen Gefängnis. Oder man hat sie schon gegen zwei französische Kriegsgefangene ausgetauscht. Vielleicht haben sie sich sogar beim Postmeister über mich beschwert. Ich bin gespannt, was Lord Auckland dem Ersten Seelord erzählen wird, wenn er ihre Version gehört hat.«

»Hoffentlich hat eine unserer Fregatten die *Rossignol* gekapert, und eine britische Kanonenkugel hat die beiden von Bord gefegt.«

Southwick kam auf die beiden Männer zu. »Wenn Sie erlauben, Sir, möchte ich jetzt das Achterschiff inspizieren. Vielleicht könnte mir Much helfen.«

»Gut. Danach möchte ich einen detaillierten Bericht haben«, sagte Ramage.

Die *Arabella* kam gut voran. Die Brise war der Brigg wohlgesinnt und sprang jedesmal um, wenn sie eine Landzunge rundete, so daß sie immer Rückenwind hatte. Kurz vor Mittag übernahm Much die Schiffsführung, damit Southwick den Bericht für Ramage schreiben konnte. Danach brachte der alte Mann die engbeschriebenen Blätter in die Kajüte und ließ sich ächzend nieder. Er spürte noch immer alle Muskeln, nachdem er unter Deck umhergekrochen war, um auch an fast unzugänglichen Stellen das Holz zu prüfen. »Wenn wir in England wären«, sagte er zu Ramage, »hätte uns kein Werftarbeiter lossegeln lassen. Die Knies am Heck und an Steuerbord und fast alle Spanten sind schwammig. Der Achtersteven ist ganz weich – zumindest dort, wo ich ihn abklopfen konnte. Fast das ganze Achterschiff ist weich wie Käse. Es macht mich ganz nervös, darüber zu reden, weil wir nichts dagegen tun können.«

Ramage legte eine Hand auf Southwicks Arm. »Kopf hoch! Wenn der Schaden bei einem Gefecht entstanden wäre, würden Sie sich auch nicht darüber aufregen.«

»Das stimmt, aber eine Kanonenkugel reißt das Holz auf, und man kann das Ausmaß des Schadens erkennen. Diese Fäulnis dagegen ist heimtückisch. Man kann nicht feststellen, wie weit das Schiff gelitten hat.«

»Solange die *Arabella* bis Falmouth durchhält . . .«

»Aye, solange der Achtersteven hält, wird auch das Ruder halten. Vergessen Sie nur nicht, daß die Heckgeschütze unbrauchbar sind.«

»Darüber werden wir uns wohl kaum Gedanken machen müssen. Zerbrechen Sie sich nicht mehr den Kopf über das morsche Holz. Gerade ist mir eingefallen, daß ich in Lissabon vergessen habe, die Zollformalitäten zu erledigen. Das findet dieser verdammte Postmeister sicher viel tragischer als ein morsches Schiff.«

Nach dem Mittagessen bat Ramage die Marchesa, in ihrer Kabine zu bleiben, und ließ die Besatzung nach achtern kommen. Als er die Männer der Reihe nach ansah, las er in den Gesichtern der Postschiffsmatrosen Abneigung, sogar Haß, was durch das freundliche Grinsen der Tritons um so deutlicher zum Ausdruck kam.

»Die Decks sehen ganz gut aus«, sagte Ramage. »Aber in der Zeit, die ihr dazu gebraucht habt, hättet ihr auch einen halben Zoll Holz von den Planken scheuern können. Jetzt, da ihr was im Magen habt, können wir an den Waffen üben. Ich nehme doch an, daß sich auch die Postkameraden an ein bißchen Drill erinnern. Aber um eure Erinnerung aufzufrischen, will ich euch zeigen, wie das gemacht wird.« Er nahm den Schlüssel zur Pulverkammer und seine Uhr aus der Tasche. »Die Postschiffsmatrosen dort hinüber zum Großmast, die Tritons bleiben stehen!«

Sobald die Besatzung in zwei Gruppen geteilt war, rief Ramage die beiden Schiffsjungen zu sich. »Wißt ihr, was Pulveräffchen sind?«

Die beiden waren vor Verlegenheit puterrot angelaufen und erklärten, ja, das wüßten sie.

»Sehr gut. Ihr werdet jetzt so schnell laufen wie noch nie in eurem Leben, verstanden? Mr. Much!« Der Erste trat vor, und Ramage gab ihm den Schlüssel zur Pulverkammer. »Bitte übernehmen Sie das Kommando unter Deck.«

Nun wandte sich Ramage an die Tritons. »Jackson, Rossi, Stafford und Maxton! Ihr bedient Kanone Nummer eins an Steuerbord. Jackson ist Stückführer, Maxton sein zweiter Mann. Rossi wischt aus, und Maxton lädt. Die restlichen Tritons stellen die Wassereimer daneben, bespritzen das Deck und bestreuen es mit Sand.«

Rasch wurden zwei Eimer an Deck gebracht, zu beiden Seiten der Kanone aufgestellt und mit Wasser gefüllt. Ein halbes Dutzend Wassereimer wurde über den Planken zwischen der Kanone und der Luke entleert, durch die die Jungen mit dem Pulver kommen würden. So verhinderte man, daß sich umherfliegende Pulverstäubchen entzündeten, wenn die Lafette im Rückstoß binnenbords ruckte. Ein Mann streute Sand, damit die Füße auf den nassen Planken nicht rutschten.

Da die Kanone von den Laschings gehalten wurde, konnte sie sich nicht bewegen, auch wenn die Brigg im Seegang arbeitete. Der »Wurm«, ein korkenzieherähnliches Instrument am Ende einer Stange, Schwamm und Ladestock waren noch an der Reling festgelascht. Zwei Handspaken zum Richten der Kanone hingen daneben. Ein halbes Dutzend Kugeln lagen wie schwarze Orangen in halbrunden Vertiefungen zu beiden Seiten der Stückpforte. Ramage hatte die Kugeln bereits inspiziert. Während der letzten Monate waren sie gestrichen worden, aber er fragte sich, wann sie zum letztenmal durch ein Kugelmaß gerutscht waren, so daß festgestellt werden konnte, ob sie trotz der übermalten Roststellen noch völlig rund waren und ins Rohr paßten. Aber er hatte kein Kugelmaß an Bord, und so konnte er in dieser Hinsicht nichts tun.

Er sah auf seine Uhr und hob eine Hand. Much und Jackson beobachteten ihn gespannt. Plötzlich rief er: ›Kanone eins an Steuerbord laden und ausfahren!«

Much verschwand blitzschnell in der Luke, gefolgt von den beiden Jungen. Er würde die Pulverkammer aufsperren und die schweren Filzvorhänge herabrollen, die dafür sorgten, daß kein Funke das in der Kammer gelagerte Pulver entzünden konnte. Inzwischen würde er schon die Schuhe ausgezogen haben und fluchend im Dunkeln umhertasten, weil er vergessen hatte, eine Laterne außen vor das V-förmige Doppelfenster der Pulverkammer zu stellen. Wegen der Feuergefahr durfte man keine Laterne mit in die Kammer nehmen. Und er würde ein Paar Filzpantoffel suchen, die alle tragen sollten, die in der Pulverkammer arbeiteten.

Er würde den Jungen zwei leere Patronenschachteln in die Hände drücken. Die beiden würden die Deckel abheben, Much gab ihnen zwei Pulverladungen, jeder Junge würde eine in seine Schachtel legen und zur Treppe laufen.

Die Geschützbedienung unter Jacksons Kommando hatte inzwischen die Laschings gelöst, das Werkzeug bereitgelegt und die Kanone an den Taljen binnenbords gezogen. Maxton riß dem einen Jungen, der keuchend angelaufen kam, die Ladung aus der Hand, steckte sie in die Mündung und drückte sie mit dem Ladestock fest. Rossi war inzwischen unter Deck gelaufen und hatte Ladepfropfen, Zündeisen und Pulverhorn aus der Pulverkammer geholt. Jetzt steckte er einen Pfropfen in die Mündung, der ebenfalls festgerammt wurde. Eine Sekunde später wurde die Kugel hineingeschoben.

Jackson fuhr mit dem langen dünnen Eisen in das Zündloch und durchlöcherte damit die Kartusche. Dann schüttelte er aus dem Pulverhorn etwas Pulver in das Loch; die lange Abzugsleine lag bereits zusammengerollt auf der Lafette. Nun befahl Jackson, die Kanone auszufahren. Maxton und Rossi sprangen zurück, jeder packte eine Handspake, um das Rohr zu richten. Jackson entrollte die Leine, Stafford hielt die Hand über dem Schloß, bereit, es zu spannen. Jackson gab den Befehl, der Cockney spannte das Schloß und sprang dann zur Seite, um nicht im Weg zu stehen. Jackson fiel auf das rechte Knie, streckte das linke Bein seitlich aus und rief: »Kanone eins fertig, Sir!«

Ramage sah auf seine Uhr. »Feuer!«

Jackson griff nach der Abzugsleine. Plötzlich gab die Kanone ein heiseres Bellen von sich. Dann sprang sie im Rückstoß nach hinten, die Lafette rumpelte, bis sie von dem dicken Haltetau zum Stehen gebracht wurde, das zu beiden Seiten an der Bordwand befestigt war und durch einen Ring am Geschützboden führte.

Fast zwei Minuten waren verstrichen, seit Ramage den Befehl gegeben hatte – nicht schlecht, aber auch nicht sonderlich gut. »Lascht die Kanone wieder fest und bringt das Material in die Pulverkammer zurück!«

Southwick kam mürrisch auf Ramage zu. »Die Burschen sind rostig geworden. Kein Wunder bei dem geruhsamen Leben in den letzten Wochen. Wenn Sie mir eine halbe Stunde Zeit geben, Sir . . .«

»Abwarten.« Ramage grinste. »Wenn Sie das für langsam halten, sollen Sie erst mal sehen, was die Postschiffsmatrosen treiben.«

Der Schwamm, der Wurm, der Ladestock und die Handspaken waren wieder festgemacht worden, die kleine Haube aus Segeltuch saß auf dem Schloß, um dessen Mechanismus und den Flintstein vor Gischt zu schützen. Ramage wandte sich an die Postschiffsmatrosen.

»Bootsmann! Suchen Sie Ihre vier besten Männer als Geschützbedienung aus! Ein fünfter soll Pfropfen, Zündeisen und Pulverhorn aus der Pulverkammer holen.«

Vier Postschiffsmatrosen schlenderten zur Kanone. Ein fünfter stellte sich an die Luke, und die beiden Jungen gingen zu ihm. Ramage sah sich um. »Alles bereit?«

Die Männer murmelten zustimmend, und Ramage befahl: »Kanone eins an Steuerbord laden und ausrennen!«

Während der fünfte Mann und die Jungen nach unten rannten, begannen die vier Postschiffsmatrosen die Laschings zu lösen. Aber Ramage bemerkte, daß sie die Taljen nicht überprüften. Das bedeutete, daß die Taue in den Blöcken schleifen, sich verheddern und festsitzen würden. Die Männer lösten die Bändsel, die Ladestock, Wurm und Schwamm hielten, und warfen alles auf dieselbe Seite der Kanone. Das würde Zeit kosten, denn der Mann, der das Rohr säuberte, arbeitete auf der einen Seite und der Matrose, der die Ladung feststieß, auf der anderen. Die beiden Handspaken folgten und wurden mit einem Fußtritt beiseite befördert, als der Mann nach einer Kugel griff und sie in seiner Hast fallen ließ.

Southwick hob eine Braue. Es war noch gar nicht nötig, eine Kugel anzurühren, da der erste Junge noch nicht mit der Kartusche angekommen war. Der fünfte Mann erschien mit Ladepfropfen, Zündeisen und Pulverhorn. Als der Stückführer ihm das Pulverhorn aus der Hand riß, ließ der fünfte Mann in seiner Aufregung die Ladepfropfen fallen, die nach achtern rollten. Er war so verwirrt, daß er erst einmal alle einsammelte, statt den ersten besten zu packen und ihn den beiden Männern zu geben, die an der Mündung der Kanone standen.

Der Junge kam mit der Kartusche an, ein Matrose griff danach und stopfte sie in die Mündung. Dann sah er sich aufgeregt nach dem Ladestock um und entdeckte ihn auf der anderen Seite der Kanone. Ramage sah auf seine Uhr – zwei ganze und eine Viertelminute.

Alle mußten warten, bis der Mann mit den Ladepfropfen zurückkam. Ein Pfropfen wurde ins Rohr gesteckt und festgerammt. Der Matrose, der das Rohr gesäubert hatte, versuchte die Kugel hineinzustecken, war aber so ungeschickt, daß er sie fallen ließ. Sie rollte übers Deck. Endlich war eine Kugel im Rohr, wurde festgestoßen, das Zündpulver lag in der Pfanne, und die Kanone war bereit, ausgefahren und abgefeuert zu werden. Die Männer zerrten an den Taljen. Da bemerkte Ramage, daß der Stückführer die Reißleine schon straffzog; der zweite Stückführer spannte den Hahn, ohne auf den Befehl zu warten. Wenn sich die Kanone nur noch um wenige Zoll nach vorn bewegte, würde der Schuß von selbst losgehen. Und ihr Rückstoß würde den Stückführer vermutlich töten.

»Halt!« schrie Ramage, und die Männer erstarrten.

Als er auf die Kanone zuging, sah er dem Stückführer an, daß dieser gar nicht wußte, was er falsch gemacht hatte. Ramage nahm ihm die Reißleine aus der Hand. »Du Narr! Der Hahn ist gespannt. Wenn du das Geschütz noch um ein paar Zoll weiter ausgefahren hättest, wäre es losgegangen, und der Rückstoß hätte dich getötet – und vielleicht noch ein paar andere. Und du . . .« Er wandte sich an den zweiten Stückführer. »Du darfst den Hahn einer Kanone niemals anrühren, bevor der Stückführer es befohlen hat. Und jetzt macht weiter!«

Er ging nach achtern zurück, blaß vor Wut, und sah auf seine Uhr. Fast viereinhalb Minuten. Endlich rief der Stückführer: »Kanone Nummer eins fertig, Sir!«

»Feuer!« Wieder sah Ramage auf seine Uhr.

Als sich die Rauchschwaden aufgelöst hatten, rief er den Bootsmann zu sich. »Die erste Mannschaft hat eine und eine Dreiviertelminute gebraucht. Raten Sie mal, wie lange es bei Ihren Leuten gedauert hat.«

»Drei Minuten, Sir?« fragte der Mann nervös.

»Das wäre großartig. Aber es waren sechseinviertel Minuten. Angeblich waren das Ihre besten Leute, aber wie Sie sicherlich gesehen haben, hätten sie sich beinahe umgebracht. Und jetzt werden Sie mit Ihren Männern exerzieren, bis sie sich wünschen, daß das Schießpulver nie erfunden worden wäre!«

Er wandte sich an den Segelmeister, der düster bemerkte: »Und dabei war das erst die Leeseite . . .«

Die Tatsache, daß sich das Postschiff nach Lee neigte, bedeutete, daß das Gewicht der Kanone den Männern an den Taljen half, wenn sie sie ausfuhren. Hätten sie an der anderen Seite exerziert, hätten sie die Kanone das schräge Deck hinaufziehen müssen.

»Zwei Stunden Geschützexerzieren – sofort«, sagte Ramage ärgerlich zu Southwick. »Die Leute sollen keine Kugeln abfeuern, nur das Laden, Festrammen und Auswischen üben. Jackson!« Als der Amerikaner nach achtern kam, befahl Ramage: »Wenn der Bootsmann seine Leute in Vierergruppen eingeteilt hat, werden Sie, Stafford, Rossi und Maxton jede Stückmannschaft einzeln drillen. Sorgen Sie dafür, daß die Männer begreifen, worum es geht. Wenn Sie glauben, daß die Leute einwandfrei arbeiten, melden Sie sich bei mir.«

Eine Stunde war verstrichen, als Jackson zum Rapport kam. Ramage ließ sich eine weitere Stunde lang die neuerworbenen Fertigkeiten der Postschiffsmatrosen vorführen, bis sie in Schweiß gebadet waren. Rossi, Maxton und Stafford standen neben den drei Kanonen, mit denen exerziert wurde, und feuerten die Mannschaften an. Jackson lief fluchend zwischen den Kanonen hin und her. Alle zehn Minuten stoppte Ramage die Geschwindigkeit der einzelnen Crews. Anfangs war ein kleiner Fortschritt zu erkennen, doch als die Männer müde wurden, ließen die Leistungen wieder nach.

Um fünf Uhr befahl er, die Kanonen festzuzurren und die Pulverkammer abzusperren. Er sah zu den Segeln auf und konnte es kaum erwarten, mit den Postschiffsmatrosen in der Takelage zu exerzieren. Das hatte er sich für den nächsten Tag vorgenommen.

18

Am frühen Abend machte die *Arabella* sieben Knoten vor einem frischen Backstagswind. Die Os Farilhoes, von der untergehenden Sonne bestrahlt, lagen acht Meilen an Steuerbord querab. Southwick, der für die Navigation verantwortlich war, beschwerte sich über die französischen Karten. »Komisch, daß Stevens keine Karte von den Gewässern südlich Brests hatte. Wenn er nun schlechtes Wetter gehabt hätte und zur spanischen Halbinsel oder in den Golf von Biskaya abgetrieben worden wäre? Diese verdammten französischen Karten sind zwar besser als nichts, aber ich traue ihnen nicht.«

»Kerguelen ist immerhin parallel zur Küste nach Lissabon gesegelt, ohne daß wir auf Grund gelaufen sind«, meinte Ramage besänftigend. »Wahrscheinlich hat er seine Karten mitgenommen, weil er den britischen nicht traute.«

»Oder weil er weiß, daß es auf britischen Postschiffen zu wenig Karten gibt. Aber dieser Unfug, den Nullmeridian in Paris festzusetzen! Warum nicht in Greenwich, wie es jeder vernünftige Mensch macht?«

Ramage grinste, begann an Steuerbord auf und ab zu gehen und blickte übers Meer. Sir Pilcher saß auf der anderen Seite des Atlantiks, die Admiralität und die Lombard Street befanden sich ein paar hundert Meilen weiter nördlich. Es würde nicht einfach sein, Ihre Lordschaften davon zu überzeugen, daß so viele britische Postschiffe niederträchtigen Verrätern zum Opfer gefallen waren. Aber das alles lag noch weit hinter dem Horizont, und er wollte erst einmal Giannas Gesellschaft genießen. Vor zehn Minuten erst war sie unter Deck gegangen, um sich für das Abendessen umzuziehen, und schon vermißte er sie.

Langsam ließ er die Augen über den Horizont wandern. Der Wind hatte eine Geschwindigkeit von etwa fünfzehn Knoten. Im Westen lag die übliche drohende Abendwolke, hinter der die Sonne verschwand.

Als er den Männern zusah, die den Sand von den Decksplanken wuschen, stellte er wieder einmal fest, wie sehr sich die Postschiffsmatrosen von den Tritons unterschieden. Letztere arbeiteten eifrig, und ihre ökonomischen Bewegungen bewirkten, daß sie mit möglichst wenig Kraftaufwand möglichst viel leisteten. Die Postschiffsmatrosen hingegen arbeiteten mit sichtlichem Widerwillen und ungeschickt wie eine Schar Landratten. Natürlich mußte er bei seiner Beurteilung berücksichtigen, daß sie ihn als Kommandanten nicht anerkannten. Das kam immer wieder deutlich zum Ausdruck. Sie haßten das Geschützexerzieren und hielten es für überflüssig, jeden Tag das Deck zu schrubben. Es paßte ihnen auch nicht, daß Ramage vier Ausguckposten aufgestellt hatte, je einen an den Steuer- und Backbordseiten von Bug und Heck. Stevens hatte sich mit einem Ausguck am Bug begnügt. Die Übung, die ich für morgen geplant habe, wird ihnen noch weniger gefallen, dachte Ramage grimmig. Er würde sie drillen, bis sie umfielen. Aber wenn sie zusammenkrachten, würde er dafür sorgen, daß es auf gut geschrubbten Decksplanken geschah.

Als Yorke auf ihn zuschlenderte, bat Ramage ihn in seine Kajüte. Sie stiegen nach unten. Ramage nickte, als der Matrose salutierte, den er als Wache vor seiner Tür postiert hatte, dann führte er Yorke hinein und bot ihm Platz an. »Morgen bei Sonnenuntergang werden sich die Postschiffsmatrosen wünschen, daß sie nie das Licht der Welt erblickt hätten.«

»Oho! Was haben Sie vor?«

»Erst einmal vier Stunden Geschützexerzieren. Dann eine Stunde Segeltrimmen. Und wenn sie nicht spuren, noch eine Stunde mehr.«

»Lohnt sich denn das? Wir werden in Plymouth ankommen, bevor die Leute den letzten Schliff haben.«

»Ich lasse die Leute schuften, bis sie umfallen, weil das die einzige Möglichkeit ist, sie zu bestrafen.«

»Warum überlassen Sie das nicht dem Richter?« fragte Yorke sanft.

»Dem Richter?« rief Ramage verächtlich. »Diese Schurken werden gar nicht erst vor einen Richter kommen. Und wenn – wie können wir denn beweisen, was wir mit unseren eigenen Augen gesehen haben? Ihr Wort steht gegen das unsere, und ein gerissener Anwalt wird den Richter überzeugen, daß wir gar nichts gesehen haben und nur lästige Unruhestifter sind.«

»Aber man wird die Männer doch sicher verhaften.«

»Das bezweifle ich. Die Postverwaltung, vielmehr die Regierung, wird die Sache diskret behandeln. Und für einen Politiker ist das Wort ›diskret‹ gleichbedeutend mit ›geheim‹.«

»Das kann ich mir nicht vorstellen.«

»Mein lieber Freund, wer hat die eigentliche Macht in London?«

»Die Kaufleute und die Bankiers, nehme ich an.«

»Genau. Und welche Kaufleute sind am einflußreichsten?«

»Die Westindienhändler. Aha, ich hab's begriffen.«

»Ja, das sind die mächtigsten. Und sie haben am meisten verloren, weil so viele Westindien-Postschiffe verschwunden sind. Ich bin sicher, daß die Regierung sich vor allem dem Druck dieser Männer beugte, als sie endlich ewas unternahm. Wenn die Postverwaltung in etwa drei Monaten erklärt, die Verluste seien gestoppt worden, ohne nähere Angeben zu machen, ist alles gut. Aber wenn der Generalpostmeister vor dem Parlament erklärt, die Postschiffe seien verschwunden, weil die Kommandanten und Besatzungen geldgierige Hochverräter waren, sieht die Sache schon anders aus. Die Parlamentarier würden der Regierung das Vertrauen entziehen, und die Opposition käme vermutlich ans Ruder.«

»Deshalb glauben Sie, daß diese Witzbolde . . .«, Yorke wies nach oben, wo die Postschiffsmatrosen noch immer das Deck schrubbten, ». . . nicht vor Gericht gestellt werden?«

»Bestimmt nicht. Aber wenn ich mit ihnen fertig bin, werden sie sich noch wünschen, daß man sie vor den Richter geschleppt hätte. Ich sehe nämlich nicht ein, warum sie ungestraft davonkommen sollen.«

»Das wäre aber Ihren Leuten gegenüber ungerecht.«

Ramage schüttelte den Kopf. »Die Tritons sind das gewöhnt. Sie erledigen ihre Arbeit so schnell, daß sie danach in Ruhe zuschauen können, wie sich die Postleute abrackern.«

»Das stimmt.«

»Außerdem sind müde Matrosen weniger gefährlich. Wenn sie Schwierigkeiten machen wollen . . .« Er brach ab, als die Stimme des Wachtpostens durch die geschlossene Tür drang.

»Die Marchesa, Sir!«

Gianna klopfte und trat ein. »Wie dunkel es hier drin ist, Nicholas . . . Oh, Mr. Yorke, störe ich?«

»Nein«, versicherte Yorke hastig, »aber ich habe was ganz Dringendes zu tun.« Als er sah, daß Ramage fragend die Brauen hob, zeigte er auf die Lampe, die am Schott über dem Schreibtisch befestigt war. »Ich muß dafür sorgen, daß sie angezündet wird. Wir können soviel Schönheit doch nicht im Dunkeln lassen.«

»So schön ist Nicholas gar nicht«, meinte die Marchesa mit unbewegter Miene. »Kommen Sie, Mr. Yorke, setzen Sie sich wieder. Ich finde es gemütlich im Halbdunkel. Jetzt erzählt mal, was ihr in Westindien getrieben habt.«

»Nicht viel«, erwiderte Yorke vorsichtig. »Es war verdammt heiß.«

»Zu heiß, um mit schönen Frauen zu flirten?«

Yorke nickte eifrig. »Viel zu heiß.«

»Aber die raschelnden Palmblätter, der riesengroße Mond, das duftende Mandelbackwerk – das alles muß doch sehr romantisch gewesen sein, Mr. Yorke.«

»Ja, aber man kann die Palmblätter nicht rascheln hören, weil die Moskitos so laut summen. Und weil sie einen stechen, kann man nicht geruhsam in den Mond starren.« Yorke hoffte, daß er sie überzeugt hatte. Während er ihre ausdrucksvolle Schönheit bewunderte und ihrer klangvollen Stimme mit dem bezaubernden Akzent lauschte, dachte er, was für ein glücklicher Mann Ramage doch war.

Ob er sie jemals heiraten würde? Wohl kaum. Wenn sie nach Volterra zurückkehren sollte, um dort wieder die Regentschaft zu übernehmen, würden die Toskaner wahrscheinlich keinen ausländischen Ehemann akzeptieren. Auch die Religion war ein Hindernis. Ramage war Protestant, Gianna vermutlich römisch-katholisch. Das wäre sicher das Hauptproblem. Sonst würde alles zu Ramages Gunsten sprechen. Er war Erbe einer der ältesten Grafschaften Englands, er sprach perfekt italienisch und kannte Land und Leute. Aber würde man Gianna erlauben, den Mann zu heiraten, den sie liebte? Würde sie nicht eher aus politischen oder dynastischen Gründen gezwungen werden, etwa den dicken, langweiligen Herrscher eines Nachbarstaates zu ehelichen? Wenn es jemals dazu kommen sollte, hatte Yorke jetzt schon Mitleid mit dem armen Kerl. Wie konnte er jemals mit den Erinnerungen konkurrieren, die Gianna im Herzen trug – Erinnerungen an den hübschen Engländer, der sie vor der napoleonischen Kavallerie gerettet und auf sein Schiff gebracht hatte?

»Einen Penny für Ihre Gedanken, Mr. Yorke . . .«

»Oh – ich . . .« Yorke brach verlegen ab. »Ich habe eben an Ihre heimlichen Bewunderer gedacht, Ma'am.«

»Und wer sind die?«

»Die Tritons an Bord, unser tapferer Captain Wilson, Much und Bowen . . .«

»So wenige?« neckte sie ihn.

»Ich schließe mich selbst nicht ein, weil ich mit Erlaubnis des Kommandanten kein Geheimnis aus meiner Bewunderung machen muß.«

Ramage hob warnend den Zeigefinger. »Wenn Sie glauben, daß Sie sich mit so plumpen Schmeicheleien einen zusätzlichen Tanz verdienen können, dann verschwenden Sie nur Ihre Zeit.«

»Mit wem will Mr. Yorke denn tanzen?« fragte Gianna. »Und wann?«

»In einem schwachen Augenblick, als unsere Chancen, England jemals wiederzusehen, sehr gering waren, habe ich ihm versprochen, in London dir zu Ehren einen Ball zu geben. Und ich habe ihm gesagt, daß er dann mit dir tanzen darf.«

»Mr. Yorke, ich werde den Ball selbst geben, und Sie können mit mir tanzen, so oft Sie wollen. Aber jetzt müßt ihr beide mich entschuldigen. Ich möchte nachsehen, wie weit Rossi mit dem Abendessen ist.«

»Kein Wunder. Zwei Köche in einer Küche . . .«

»Dieser Rossi ist kein Koch, sondern ein Giftmischer.«

Mit diesen Worten verließ sie die Kajüte, und die beiden Männer saßen nun in fast völligem Dunkel. Sie ist keine klassische Schönheit, überlegte Yorke. Diese wirkt oft kalt. Ihr Mund war zu groß, auch die Augen funkelten viel zu lebhaft. Ihre Haut schimmerte goldbraun, nicht alabasterweiß und rosa, wie es sich für eine klassische Schönheit geziemte. Und doch – wenn sie einen der großen Bälle des Prinzen von Wales besuchte, würden ihr alle Blicke folgen.

»Essen Sie mit uns?« fragte Ramage.

»Nein, ich esse lieber in der Messe mit den anderen Offizieren. Der Kommandant eines Kriegsschiffes muß allein dinieren – es sei denn, er hat einen charmanten Passagier an Bord. Außerdem braucht ihr beiden bei eurem ersten gemeinsamen Abend nach so langer Zeit sicher keinen Chaperone.«

Die Seeluft hatte Gianna müde gemacht, und als Rossi das Geschirr abgeräumt hatte, lächelte sie Ramage kläglich an und sagte, daß sie zu Bett gehen wolle. Er begleitete sie zu ihrer Kabine und ging dann an Deck, um sich mit Southwick zu unterhalten, der die Wache hatte.

Die portugiesische Küste war eine vage dunkle Linie am östlichen Horizont. Ramage wollte nicht zu weit in den Atlantik hinaussegeln. Er würde nur wenige Meilen vom Kap Finisterre abhalten, obwohl die spanischen Stützpunkte Coruna und Ferrol in der Nähe des Kaps lagen. Aber die britischen Fregatten würden die Spanier im Auge behalten, und das Postschiff war in Küstennähe vermutlich sicherer als weiter draußen. Nach einem kurzen Blick auf die Schiefertafel, die Kurs und Geschwindigkeit der *Arabella* zeigte, sah Ramage zu den beiden

Rudergängern hinüber, deren Gesichter vom Licht des Kompaßhauses schwach beleuchtet waren. Dann nickte er Southwick zu und kehrte in seine Kajüte zurück. Da er noch nicht müde war, begann er mit dem Entwurf des Berichts, den er der Admiralität vorlegen mußte.

Er schrieb eine Stunde lang, strich Wörter und Sätze durch, zerriß ganze Seiten und begann wieder von vorn. Die *Arabella* stampfte nicht heftig, aber doch so stark, daß er das Tintenfaß einkeilen mußte. Er war froh, daß der Schreibtisch quer ans Schott gebaut war, so daß er nach vorn blicken konnte. So war das Schreiben weniger anstrengend, als wenn er nach einer der Schiffsseiten hätte blicken müssen.

Der Wachtposten klopfte an die Tür und sagte leise: »Mr. Yorke, Sir.«

Ramage hob den Kopf, als der Reeder eintrat. »Wollen Sie Schach spielen?« fragte er spöttisch.

»Um Gottes willen! Ich habe stundenlang gegen Bowen gekämpft. Er scheint zu glauben, daß es reine Bosheit von Ihnen war, Southwick die Wache zu übertragen, weil Sie ihm den Schachpartner wegnehmen wollen.«

»Southwick denkt darüber sicher anders.« Ramage erhob sich von seinem Schreibtisch und setzte sich an den Tisch an der anderen Seite der Kajüte.

»Seien Sie da nicht so sicher.« Yorke nahm ihm gegenüber Platz. »Southwick hat sich schon anstecken lassen. Bevor wir Lissabon verließen, hat er Bowen dreimal hintereinander geschlagen.«

»Oh? Das wußte ich gar nicht.«

»Kein Wunder. Bowen war schrecklich verwirrt, und Southwick konnte es selbst kaum glauben. Ich denke, daß Bowen mit der Zeit leichtsinnig wurde.«

»Wenn Sie einen Drink möchten . . .« Ramage zeigte auf den Schrank, in dem Flaschen und Gläser in einem Gestell steckten.

»Nein, danke, ich will heute nicht zu tief schlafen.« Als Ramage ihn fragend ansah, fügte Yorke hinzu: »Die Postschiffsmatrosen . . . Ich traue diesem Bootsmann nicht über den Weg.«

»Ich glaube, der hat schon als Baby die Hand aus der Wiege gestreckt, um seinem Vater das Geld aus der Tasche zu ziehen.«

Yorke warf einen Blick zum Schreibtisch hinüber, der mit Papier übersät war. »Ich wollte Sie nicht bei der Arbeit stören.«

»Ich habe versucht, meinen Bericht für die Admiralität zu entwerfen. Aber dazu habe ich noch genug Zeit.«

»Ich habe gesehen, wie sich Much mit einem Federkiel am Kinn kratzte.«

»Ich habe ihm gesagt, er soll auch einen Bericht schreiben, den kann ich dann meinem beifügen.«

»Er scheint ein ebenso begeisterter Schriftsteller zu sein wie Sie.« Yorke griff nach einer der Pistolen, die auf dem Sofa lagen. »Wie ich sehe, befolgen Sie Ihre eigenen Anordnungen nicht. Diese Waffe ist nicht geladen.«

Ramage wies auf das Sofa. »Da sind Patronen, Pfropfen und Pulver . . .«

»Waffenaufseher ist so ungefähr der einzige Job, den ich noch nicht hatte, seit ich mit Ihnen zusammen bin. Ich liebe Waffen – allerdings nicht als Mordwerkzeuge.« Er ließ das Schloß ein paarmal aufschnappen, um den Funken am Flintstein zu prüfen. »Ich liebe den kunstvollen Mechanismus. Natürlich nicht bei diesen schweren Navy-Pistolen, aber bei guten Duellpistolen, zum Beispiel von Henry Nock.« Er nahm die Pulverflasche und begann die Waffe methodisch zu laden.

»Ich denke genauso«, sagte Ramage. »Eine Schußwaffe an sich ist ein hübsches, harmloses Ding. Ein Stück Metall mit Flintstein und ein bißchen Holz. Von allein kann es überhaupt nichts Böses tun – bis man es in die Hand nimmt.«

»Ein interessanter Standpunkt.« Yorke begann die zweite Pistole zu laden. »Wer ist der Mörder – die Waffe, aus der die Kugel kommt, oder der Mann, der den Finger am Abzug hat?«

Ramage lehnte sich in seinem Stuhl zurück und schlug die Beine übereinander. »Es lohnt sich nicht, über diese Frage zu diskutieren, mein Freund . . .« Er brach ab und lauschte. Das Ruder knarrte, als das Rad um ein oder zwei Speichen auf die eine oder andere Seite gedreht wurde. Er stellte sich vor, wie der Steuermannsgehilfe im schwachen Licht auf den Kompaß blickte und den Männern am Ruder Anweisungen erteilte. Die Ausgucks würden ins Dunkel starren, und Southwick würde an Deck auf und ab gehen. Ein oder zweimal hatte er den Wachposten vor der Tür hüsteln hören. Manchmal killte ein Segel, wenn die Brigg stampfte. Der Rumpf knarrte wie immer. Er wußte nicht recht, was er eigentlich gehört hatte. Wahrscheinlich nur das ferne Kreischen einer Möwe, die der Anblick der *Arabella* erschreckt hatte.

»Ach«, fuhr er fort und griff nach einer der Pistolen, »alte Damen und Pfarrer halten diese Waffen für Teufelswerkzeug. Aber es ist der Mensch, der böse ist, nicht die Pistole. Eine Pistole . . .« Wieder dieses Geräusch – und dann ein dumpfer Schlag, als sei irgendein Wrackteil gegen den Rumpf gestoßen. Yorke blickte zur Tür, und Ramage wußte, daß der Freund es auch gehört hatte. Als er fragend die Brauen hob, zuckte Yorke mit den Schultern. Und dann knarrte eine Planke.

Es gab viele Planken in dieser Brigg, aber so knarrte nur eine. Das Ende einer Planke im Korridor hatte sich gelockert, in der Nähe von Ramages Tür. Er hatte wütend geflucht, als er mit den Zehen dagegengestoßen war, und den Wachposten erschreckt. Als er dann die Planke festtrat, hatte sie geknarrt. Er hatte sich vorgenommen, dem Zimmermann zu sagen, daß er sie festmachen sollte.

Aber sie knarrte nur so, wenn jemand drauftrat. Der Wachposten mußte jeden sehen, der über die Planke ging, wenn er nicht gerade mit der rechten Schulter am Schott lehnte und nach Steuerbord blickte. Oder es war der Wachposten selbst, der auf die Planke getreten war – oder Bowen oder Wilson, die an Deck gingen, um frische Luft zu schnappen. Ramage wurde nervös. Er beugte sich vor, um die Pistole auf das Sofa zurückzulegen, aber im selben Moment hörte er ein leises Aufstöhnen und einen dumpfen Schlag. Lautlos erhob er sich und schlich zur Tür, die Pistole immer noch in der Hand, dicht gefolgt von Yorke. Ramage bedeutete seinem Freund, er möge links von der Tür Stellung beziehen, er selbst stellte sich an die andere Seite, flach gegen das Schott gepreßt, und beobachtete den Türgriff.

Die Laterne über dem Schreibtisch verbreitete so schwaches Licht, daß er den Griff kaum sehen konnte. Ja . . . Er schob sich leicht nach oben. Jeder, der nachsehen wollte, ob er in der Koje am Achterende der Kajüte lag oder am Schreibtisch an der Steuerbordseite saß, würde die Tür mindestens einen Fußbreit öffnen müssen. Und Leute, die einen Raum betraten, blickten erst einmal auf alles, was sich in Augenhöhe befand. Langsam und lautlos duckte er sich.

Ein schwarzer Spalt tat sich auf, als jemand langsam die Tür öffnete, sehr vorsichtig, damit keine Angel quietschte. Der Spalt wurde breiter, um einen Zoll, um zwei Zoll – vier – fünf. Wer da hinter der Tür stand, konnte nun einen Teil der Kajüte sehen, aber weder die Koje noch den Schreibtisch. Acht Zoll – neun . . . Jetzt sah er wahrscheinlich den leeren Stuhl am Schreibtisch. Elf, zwölf . . . Nun sah er den ganzen Schreibtisch und mußte annehmen, daß der Kommandant in seiner Koje lag.

Plötzlich flog die Tür sperrangelweit auf, und der Bootsmann sprang in die Kajüte, eine Pistole in jeder Hand, und schrie die Koje an: »Keine Bewegung!«

Er brauchte ein paar Augenblicke, um zu begreifen, daß niemand darin lag. Und als er sich umzusehen begann, schoß ihn Ramage ins Bein. Der Mündungsblitz blendete den Mann sekundenlang, der Schuß krachte ohrenbetäubend. Als der Bootsmann vornüber zu Boden fiel, nahm ein anderer Mann mit erhobener Pistole seinen Platz ein. Spöttisch blickte er auf den geduckten Ramage, der die leergeschossene, rauchende Waffe langsam sinken ließ. »Jetzt sind Sie dran, Captain. Wollen Sie uns nicht helfen, das Schiff zurückzuerobern?«

Ramage richtete sich auf und sah auf den Bootsmann hinab. Der Mann hatte die Pistolen fallen lassen. Er krümmte sich und umklammerte mit beiden Händen sein Bein direkt über dem Knie. Ramage wußte, daß er Zeit gewinnen mußte, wenn er am Leben bleiben wollte. »Soll ich dem Offizier auf Wache eine schriftliche Order zukommen lassen?« fragte er mit eisiger Stimme. Er hatte den Matrosen erkannt und wußte, daß der Mann Harris hieß. »Oder soll ich mich lieber mit der Admiralität in Verbindung setzen?«

»Hören Sie auf mit dem Unsinn!« stieß Harris hervor. »Der Schuß hat diesen verdammten Sklaventreiber Southwick sicher schon alarmiert. Ich warne Sie – wenn er eine falsche Bewegung macht, erschieße ich Sie. Übrigens, Sie sind schon unsere zweite Geisel, Captain.«

Ramage überlegte blitzschnell. Der Bootsmann und Harris mußten sich aus ihren Hängematten oder von ihren Posten davongestohlen haben, ohne daß die Tritons etwas merkten. Dann hatten sie den Wachposten niedergeschlagen, und nun wollten sie Ramage als Geisel nehmen. Sie hofften, daß Southwick ihnen das Schiff übergeben würde, wenn sie mit Ramage an Deck gingen und ihm einen Pistolenlauf in den Rücken rammten. Das sollte der Preis für Ramages Leben sein. Und dann würden sie einen französischen oder spanischen Hafen ansteuern, das Schiff dem Feind überantworten und ihre Freiheit genießen. Vermutlich dachten sie – welch schreckliche Ironie – daß in England der Galgen auf sie wartete . . . Plötzlich erinnerte er sich, daß Harris von einer ›zweiten Geisel‹ gesprochen hatte. Wer war die erste?«

»Kommen Sie, Captain, bringen wir's hinter uns, bevor der Bootsmann verblutet. Vergessen Sie nicht: eine falsche Bewegung, und Sie sind tot.«

Ramage hoffte, daß Yorke sich weiterhin abwartend verhielt, weil er Harris noch ein bißchen ausfragen wollte. »Sie sind ein mutiger Bursche«, sagte er. »Sie und auch der Bootsmann. Ihr wollt ganz allein das Schiff in eure Gewalt bringen?«

»Für Postschiffsmatrosen wäre das ein Kinderspiel«, sagte Harris spöttisch. »Aber wir sind nicht nur zu zweit. Die Kameraden warten nur auf meinen Befehl. Und dann werden wir diesem verdammten Mr. Southwick zeigen, was man mit einer so hübschen Brigg alles machen kann. Waren Sie jemals in einem spanischen Gefängnis?«

»Nein. Aber Sie waren sicher schon in einem englischen.«

»Noch nie. Und dort werde ich auch nicht landen. Das habe ich mir geschworen.«

»Hoffentlich müssen Sie Ihren Schwur nicht brechen«, sagte Ramage. »Kennen Sie übrigens Mr. Yorke?«

»Den Passagier? Nein, warum?«

»Ich habe mich nur gefragt ... Sie sind Harris, nicht wahr, der Bootsmannsgehilfe?«

»Aye, der bin ich. Und jetzt wollen wir ...«

»Drehen Sie sich nicht um, Harris, sonst werden Sie erschossen«, sagte Ramage gelassen. »Mr. Yorke steht nämlich direkt hinter Ihnen – mit einer geladenen Pistole.«

Der Mann schien zu erstarren. Doch dann entspannten sich seine Muskeln wieder. »Das ist ein dummer Trick. Einen Postschiffsmatrosen können Sie nicht so leicht ins Bockshorn jagen. Außerdem haben wir ja die Marchesa. Das wußten Sie nicht, was?«

In diesem Augenblick preßte sich eine Pistolenmündung in Harris' Nacken, und Yorke sagte gedehnt: »Wie Sie sehen, können wir es sogar mit Postschiffsmatrosen aufnehmen.« Er spannte den Hahn, und das metallische Klicken ging Harris durch Mark und Bein. Entsetzt hielt er den Atem an.

Ramage sah, wie der Bootsmannsgehilfe die Augen verdrehte und versuchte, nach hinten zu blicken. Blitzschnell trat er vor und riß Harris die Pistole aus der Hand. Vor der Tür hörte er mehrmals die Planke knarren, und als er sich umwandte, sah er Southwick vorsichtig durch die Tür spähen. Der alte Mann hielt eine Muskete in der Hand, deren Lauf im Halbdunkel so groß wie eine Kavallerietrompete wirkte. Im nächsten Augenblick bohrte sie sich in Harris' Magen.

»Kommen Sie rein, Southwick!« rief Ramage. »Ist das Ruder in unserer Hand? Was ist mit den Postschiffsmatrosen an Deck?«

»Die liegen alle drei schön aufgereiht neben dem Kompaßhaus. Wir haben sie niedergeschlagen, als wir den Schuß hörten. Der Erste steht am Ruder.«

»Sehr gut. Gegen die anderen können wir noch nicht vorgehen, weil sie die Marchesa als Geisel genommen haben. Arretieren Sie diesen Mann und sagen Sie Bowen, er solle sich um den verletzten Bootsmann hier kümmern.«

»Kommt rein!« rief Southwick über die Schulter. »Rossi, Maxton – dieser Mann steht unter Arrest. Legt ihn in Ketten und bewacht ihn gut!«

»Accidente!« rief der italienische Matrose, und eine Sekunde später war er in der Kajüte, ein Messer in jeder Hand. Geduckt stand er hinter Harris, während Maxton dem Mann einen Säbel unter die Nase hielt. »Komm mit!« stieß Maxton hervor und ging rückwärts zur Tür. »Und daß du mir ja nicht stolperst!«

Ramage sah den Arzt in der Tür auftauchen, gefolgt von Wilson. »Ah, Bowen! Wir haben einen Patienten für Sie. Einen rebellischen Bootsmann.«

»Der Wachtposten ist tot«, sagte Bowen leise. »Sein Schädel wurde zertrümmert.«

Der Wachtposten tot und Gianna eine Geisel ... Ramage fühlte, wie ihm ein kalter Schauer über den Rücken jagte. Die Farben in der schwach erleuchteten Kajüte wurden plötzlich heller und greller. Er kannte dieses Symptom und wußte, daß er selbst in diesem Augenblick sein größter Feind war. Von dieser kalten Wut wurde er nur selten befallen – aber wenn sie ihn packte, dann kannte er weder Furcht noch Erbarmen.

Er verfluchte sich selbst, weil er zugelassen hatte, daß Rossi und Maxton den Bootsmannsgehilfen abführten. Er hatte dem Mann noch ein paar Fragen stellen wollen. Nun hielt er Bowen am Arm fest, der sich gerade über den stöhnenden Bootsmann beugen wollte. »Wer ist der Tote?«

»Duncan, Sir.«

Duncan – der junge Schotte, der seit dem Mittelmeer an seiner Seite gekämpft hatte ... Und nun war er von einem Landsmann ermordet worden, weil er gerade in die andere Richtung geblickt und die Bedeutung der knarrenden Planke nicht gekannt hatte.

Ramage packte den ächzenden Bootsmann an der Schulter und drehte ihn auf den Rücken. Das Gesicht des Verletzten war grau, er hatte viel Blut verloren, das nun die Planken dunkel färbte. »Was haben Sie mit der Marchesa gemacht?« Ramages Stimme war nur ein heiseres Flüstern.

»Oh, diese Schmerzen!« jammerte der Bootsmann. »Um Gottes willen, Sir ... Ich verblute ...«

»Wo ist die Marchesa?«

»Sir, mein Bein ist zerschmettert – oh ...« Er schloß die Augen, als das Schiff seinen Körper plötzlich hin und her warf.

Ramage richtete sich auf und blinzelte dem Arzt zu. »Untersuchen Sie ihn, Bowen, und sagen Sie mir, wie schwer er verletzt ist. Und wann er sterben wird.«

Der Arzt wies auf die Laterne. Yorke nahm sie vom Haken und hielt sie so, daß ihr Licht auf das Bein des Verletzten fiel. Bowen schnitt die

Hose auf und schob sie hoch. Ramage konnte sehen, daß die Wunde schmerzhaft, aber nicht gefährlich war. Bowen blinzelte ihm zu. »Ich muß die Blutung zum Stillstand bringen, sonst stirbt er.«

»Haben Sie das gehört, Bootsmann?« fragte Ramage. »Sie werden verbluten – in etwa fünf Minuten. Also, was ist mit der Marchesa passiert?«

»O Gott, ich sterbe . . . Die Schmerzen, Sir . . . Ich habe eine Frau und zwei Kinder . . .«

»Der Wachposten hatte drei Kinder. Wer hat ihn erschlagen?«

Aber Bowen war ein gewissenhafter Arzt und sagte: »Sir, ich kann nicht verantworten, daß . . .«

»Sie sind nicht verantwortlich«, unterbrach ihn Ramage und kniete neben dem Bootsmann nieder. »Wenn ich mich nicht irre, haben Sie noch fünf Minuten zu leben. Was ist mit der Marchesa geschehen?«

»Die ermorden mich, Sir, wenn ich es sage . . . Oh, diese Schmerzen . . . Wenn ich es Ihnen sage, kann mich dann der Arzt . . .«

»Ja, denn ich will Sie noch für den Henker aufheben.«

»Es war Harris«, flüsterte der Mann. »Er hat sie geknebelt, aus der Kajüte geschleppt und den anderen übergeben.«

»Und wer hat den Wachposten getötet?«

»Auch Harris, Sir. Ich fing ihn nur auf, als er zusammenbrach.«

Ramage hob die beiden Pistolen des Bootsmanns auf, überprüfte, ob sie geladen waren, und winkte Bowen zu. »Machen Sie weiter, Mr. Bowen. Ich sehe jetzt nach, was an Deck los ist. Kommen Sie mit?«

Yorke griff nach Harris' Pistole, die Ramage auf das Sofa geworfen hatte. »Mit Vergnügen«, sagte er.

Captain Wilson, immer noch im Nachthemd, stand schon in der Tür, eine Pistole in jeder Hand, und folgte ihnen.

An der Luke verhielt Ramage ein paar Sekunden, bis sich seine Augen an das Dunkel gewöhnt hatten. Dann sah er Much und Southwick neben einem Mann am Ruder stehen und ein anderer, offenbar Stafford, richtete zwei Pistolen auf drei Gestalten, die neben dem Kompaß lagen. Die Männer, die an der Heckreling warteten, waren anscheinend die übrigen Tritons.

Plötzlich tauchte Jackson neben Ramages Ellbogen auf. »Mr. Southwick hat gesagt, wir sollen warten, bevor wir die Postschiffsmatrosen unschädlich machen. Er sagt, sie hätten die Marchesa gekidnappt.«

Ramage nickte und begann zu rechnen. Der Bootsmann, Harris und die drei Männer am Kompaßhaus waren fünf. Ein Postschiffsmatrose war getötet worden, als die Franzosen die *Arabella* gekapert hatten.

Dann waren also noch sechs unter Deck, außerdem die beiden Jungen. Ein Triton war tot, einer stand am Ruder, zwei bewachten Harris, einer die drei Postschiffsmatrosen, die neben dem Kompaßhaus lagen. Zwei weitere wurden als Ausguck gebraucht. Dann blieben also noch fünf Tritons übrig – plus Yorke und Wilson. Southwick mußte das Schiff führen, und Much mußte am Ruder aushelfen, wenn es für einen Mann zu anstrengend wurde.

Sieben Mann gegen sechs Postschiffsmatrosen, die Gianna als Geisel festhielten. Denk nach, befahl er sich verzweifelt, wenn du jetzt ein paar Augenblicke klar denkst, kannst du ihr Leben retten. Ein einziger Fehler kann sie töten. Er umklammerte den Pistolengriff, als wolle er ihn zerquetschen.

Ich muß herausfinden, was die Meuterer planen, sagte er sich. Offenbar wollten sie Gianna und mich als Geiseln nehmen und Southwick damit zwingen, mit ihnen in einen spanischen Hafen zu segeln. Nun hatten sie den Bootsmann und Harris verloren. Hatten sie nun keinen Anführer mehr? Wahrscheinlich, denn der intelligenteste Mann, der Anführer, hatte den schwierigsten Teil des Plans ausgeführt und den verläßlichsten Kameraden mitgenommen. Ramage vermutete, daß Harris dieser Anführer war, denn der Bootsmann hatte bisher keinen sonderlich intelligenten Eindruck auf ihn gemacht. Wahrscheinlich hatte Harris die Marchesa den sechs anderen Postschiffsmatrosen übergeben, bevor er in Ramages Kajüte gekommen war. Die sechs Männer hatten den Schuß gehört, aber sie wußten nicht, wer ihn abgefeuert hatte. Sie wußten nur, daß Harris und der Bootsmann nicht zurückgekommen waren und daß die Brigg sich immer noch in der Hand des Gegners befand.

Ihre einzige Waffe ist Gianna, dachte Ramage. Wenn sie Gianna töten, werden sie das Schiff nie in ihre Gewalt bekommen – das wissen sie. Sie müssen damit rechnen, daß wir die Luke bewachen und nach Plymouth segeln, mit sechs Meuterern, die unter Deck festsitzen.

Vermutlich überlegten die sechs jetzt fieberhaft, was sie tun sollten. Sogar der Dümmste mußte wissen, daß Gianna ihnen nur von Nutzen sein konnte, wenn sie am Leben blieb. Aber kann ich mich darauf verlassen? fragte sich Ramage. Ich muß – dieses Risiko muß ich eingehen. Harris ist der Mann, der meine Fragen beantworten kann, aber ich brauche bestimmt zehn Minuten Zeit, um ihn zum Sprechen zu bringen. Wenn ich versuche, den Bootsmann auszufragen, wird Bowen protestieren. Doch der Bootsmann wird eher reden als Harris. Also werde ich mit dem Bootsmann anfangen, und wenn Bowen zu weichherzig ist, kann er sich ja in seine Kabine zurückziehen. Meine

Fragen und die Antworten des Bootsmanns können Giannas Leben retten.

Hatte er auch nichts vergessen? Giannas Bild schob sich immer wieder zwischen seine Gedanken.

Ramage ging zum Kompaßhaus und winkte Southwick, Yorke, Much und Wilson zu sich. Rasch erteilte er seine Befehle. »Southwick, Sie haben die Wache und bleiben mit Much und dem Rudergänger an Deck. Die drei Männer hier müssen gefesselt werden.«

Er wies auf die Postschiffsmatrosen, die neben dem Kompaßhaus lagen und von einem Triton mit zwei Pistolen in Schach gehalten wurden. »Sie werden nicht bewacht, da wir keinen Mann entbehren können. Ich nehme Jackson, Stafford und Rossi mit. Maxton kann Harris bewachen. Suchen Sie zwei Männer aus, die Captain Wilson unterstützen, die anderen bleiben bei Ihnen. Wilson, Sie bewachen mit zwei Leuten die Luke. Nehmen Sie Musketen, aber seien Sie vorsichtig. Ich will keine Schießerei. Vielleicht beauftragen sie einen Mann, mit uns zu verhandeln. Aber lassen Sie nur diesen einen Mann an Deck – nicht mehr. Ist das klar?«

Er legte eine Hand auf Jacksons Arm. »Holen Sie Rossi und sagen Sie Maxton, er soll gut auf Harris aufpassen. Wenn der Gefangene Schwierigkeiten macht, soll er ihn bewußtlos schlagen. Aber ich will, daß er am Leben bleibt.«

Dann wandte sich Ramage an Yorke. »Habe ich irgend etwas vergessen?«

»Nicht, daß ich wüßte. Ich glaube, wir haben noch eine halbe Stunde Zeit, bevor die Meuterer sich überlegt haben, was sie tun werden. Sollen wir uns mit dem Bootsmann unterhalten?«

Ramage nickte. »Ich nehme Rossi und Stafford mit. Entweder der Bootsmann oder Harris werden reden.«

Sie fanden den verwundeten Bootsmann auf einem Tisch im Salon, mit Riemen über Brust und Hüfte festgebunden, damit ihn die Bewegungen des Schiffs nicht abwerfen konnten. Die große Lampe schwang hin und her und ließ unheimliche Schatten durch den Salon tanzen. Bowen beugte sich gerade über das verletzte Bein. Er hob den Kopf, als die zwei Männer eintraten, und Ramage sah, daß sein Gesicht schweißüberströmt war. »Ah – Sie kommen zu spät, um mir zu helfen. Es war verdammt mühsam. Ich bin gerade fertig. Vielleicht könnten mir zwei Mann helfen, ihn auf das Sofa zu legen. Dort spürt er das Schaukeln nicht so stark wie auf dem harten Tisch.«

»Haben Sie ihn zusammengeflickt?« fragte Ramage.

»Ja, an beiden Seiten. Die Kugel hat das Bein durchschlagen, aber nicht den Knochen und die Schenkelarterie getroffen. Das hat ihm das Leben gerettet.«

Der Bootsmann stöhnte und sah zu Ramage auf. »Einen Tropfen Rum, Sir, um die Schmerzen zu betäuben . . .«

In diesem Augenblick klopfte es an der Tür, und Jackson kam mit Rossi und Stafford herein. Ramage trat näher an den Tisch heran. »Erst einmal werden Sie mir ein paar Fragen beantworten.«

Der Bootsmann wimmerte herzerweichend. »In meinem Zustand kann ich doch nicht . . .«

»Sie leben«, unterbrach ihn Ramage, »das genügt. Seien Sie dankbar dafür. Sagen Sie mir, wer die Meuterei angezettelt hat.«

Der Bootsmann schluckte und schwieg.

»Die Meuterei ist fehlgeschlagen«, sagte Ramage. »Sie brauchen kein Blatt mehr vor den Mund zu nehmen.«

»Ich – kann nicht reden. Ich wage es nicht.«

»Warum nicht?«

»Meine Kameraden würden mich umbringen.«

»Harris ist gefesselt.«

»Er wird einen Weg finden, ich weiß es.«

Ramage nickte Yorke triumphierend zu. Eine Frage war bereits beantwortet. »Was wollte Harris tun, nachdem er die Marchesa und mich als Geiseln genommen hatte?«

Der Bootsmann starrte zu der schaukelnden Lampe hinauf. Der Schweiß lief ihm in Strömen über das Gesicht. Ramage legte ihm eine Hand auf die Schulter. »Vergessen Sie nicht, daß Sie jetzt kein Postschiffsmann mehr sind. Sie stehen im Dienst der Navy. Sie müssen sich den Kriegsartikeln unterwerfen. Auf Meuterei und Mord steht die Todesstrafe. Auch der Angriff auf einen ranghöheren Offizier wird mit dem Tod bestraft. Sie haben sich all dieser Verbrechen schuldig gemacht.«

Er brach ab, verdrängte den Gedanken an Gianna, die in der Gewalt der Meuterer war, und sprach langsam, mit ruhiger Stimme weiter. »Sie werden hängen, Bootsmann. Sie werden an der Rahnock eines Kriegsschiffes baumeln. Was die Kriegsartikel betrifft, so sind Sie bereits ein toter Mann. Sie haben nur eine einzige Möglichkeit, den Kopf vielleicht noch aus der Schlinge zu ziehen – wenn das Gericht Sie als Kronzeuge vorlädt. Das heißt, daß Sie alles sagen müssen, was Sie wissen. Haben Sie verstanden?«

Der Mann sagte nichts.

»Ich glaube schon, daß Sie begriffen haben«, fuhr Ramage fort. »Aber Sie verstehen offenbar mich nicht. Die Meuterer haben die

Marchesa gekidnappt, sie ist eure Geisel. Ich werde euch etwas von ihr erzählen. Sehen Sie Jackson, Rossi und Stafford dort drüben? Gemeinsam mit diesen drei Männern habe ich die Marchesa in Italien vor der französischen Kavallerie gerettet. Alle Tritons an Bord der *Arabella*, mit Ausnahme Maxtons, der erst später zu uns gekommen ist, sind mit der Marchesa über das Mittelmeer gesegelt. Ich übertreibe nicht, wenn ich Ihnen sage, daß alle diese Männer, auch Southwick, ihr Leben für sie hingeben würden.«

Die drei Matrosen nickten eifrig, und Ramages Stimme sank zu einem Flüstern herab. »Sie sind ein Meuterer und nach den Gesetzen der Navy wären Sie ein toter Mann. Aber wenn Sie mir jetzt nicht sagen, was die anderen vorhaben, sind Sie tatsächlich tot, und zwar in zwei Minuten.«

»Sie können doch keinen Verwundeten töten«, stammelte der Bootsmann.

»Accidente!« Rossi sprang vor, ein Messer in der Hand. »Wenn die Marchesa verletzt ist, bringe ich den Bastard um ...«

Ramage hob abwehrend eine Hand. »Halt, Rossi!«

»Überlassen Sie ihn mir, Sir. Nur zwei Minuten – und er sagt Ihnen alles, was Sie wissen wollen.«

Die Lippen des Bootsmanns zitterten, sein Blick hing in panischer Angst an dem Messer. Ramage stieß den Italiener unbemerkt an. »Das ist gar keine schlechte Idee. Wie würdest du es denn anfangen, Rossi?«

»Zuerst die Ohren – ich würde ihm die Ohren abschneiden. Dann die kleinen Finger ... Schließlich würde ich ihm die Sehnen durchschneiden, damit er die Beine und Arme nicht mehr bewegen kann.«

»Ich sage Ihnen alles, Sir«, stieß der Bootsmann heiser hervor. »Aber halten Sie mir diesen Verrückten vom Leib!«

»Er ist nicht verrückt«, sagte Ramage kalt. »Er ist nur phantasielos. Ich hatte noch ganz andere Dinge mit dir vor. Und jetzt rede!«

»Es war Harris' Idee, Sir. Er wollte Sie und die Marchesa als Geiseln nehmen und Southwick zwingen, in einen spanischen Hafen zu segeln. Nach Coruña oder Ferrol. Bevor wir dort eingetroffen wären, hätte Harris Sie alle erschossen.«

»Und was werden die Meuterer jetzt tun, da Harris in Ketten liegt und sie nur die Marchesa in der Gewalt haben?«

»Das weiß ich nicht, Sir. Wahrscheinlich werden sie dem Plan weiter folgen. Für die macht es keinen Unterschied, daß ich verwundet bin und Harris in Ketten liegt. Sie haben ja noch die Marchesa, sind verzweifelt und zu allem fähig. Sie werden sie töten, wenn Sie ihre Wünsche nicht erfüllen.«

»Dann werden sie hängen.«

»Wenn sie das Schiff nicht in einen spanischen Hafen bringen, werden sie ebenfalls sterben. Sie haben nichts zu verlieren, wenn sie die Marchesa töten.«

»Aber auch nichts zu gewinnen.«

»Rache, Sir. Sie hätten dann mit Ihnen abgerechnet. Die Leute hassen Sie, Sir. Denn Sie haben ihr Leben ruiniert.«

Ramage warf dem Arzt einen Blick zu. »Sie werden noch mehr Verwundete behandeln müssen. Verschwenden Sie nicht zuviel Zeit an diesen Burschen.«

Er ging mit Yorke und den drei Seeleuten in seine Kajüte hinüber. »Ihr drei geht jetzt zu Captain Wilson«, sagte er zu Jackson. »Die Meuterer werden sich bald bei euch melden. Sie wissen nicht, ob ich tot oder am Leben bin. Sagt ihnen nichts. Tut so, als müßtet ihr Mr. Yorke Bericht erstatten, aber in Wirklichkeit verständigt ihr mich. Sagt auch Captain Wilson Bescheid.«

»Aber wenn sie uns angreifen, Sir?«

»Das glaube ich nicht, aber wenn sie es tun, dürft ihr nicht schießen. Kämpft mit Belegnägeln oder Handspaken. Wir müssen die Marchesa retten. Der Lärm der Schüsse könnte ihre Bewacher alarmieren, und die würden sie vielleicht töten.«

Als Jackson und die beiden anderen gegangen waren, sank Ramage auf einen Stuhl. Der große Blutfleck auf dem Boden glänzte dunkel im Lampenlicht, als hätte jemand Pech verschüttet.

»Möchten Sie einen Drink?« fragte Yorke.

Ramage schüttelte den Kopf. »Ich muß klar denken können. O Gott . . . Ich hätte sie zwingen müssen, mit dem Postschiff heim zu reisen.«

»Reden Sie keinen Unsinn! Dazu hätte sie sich von niemandem zwingen lassen. Machen Sie sich keine Vorwürfe, überlegen Sie lieber, was jetzt geschehen soll.«

»Haben Sie irgendwelche Vorschläge?« fragte Ramage bitter.

»Warum rufen Sie nicht nach ihr – durch die Luke? Sie würde vielleicht antworten, und Sie könnten beruhigt sein, weil sie noch am Leben ist.«

»Warum, zum Teufel, glauben Sie, daß ich hier sitze?« stieß Ramage ärgerlich hervor. »Damit ich nicht in Versuchung gerate, nach ihr zu rufen. Diese verdammten Meuterer würden sie sofort niederschlagen, damit sie nicht antworten kann.«

Yorke nickte. »Das stimmt. Also bleibt uns nichts anderes übrig, als zu warten. Es liegt bei den Meuterern, den nächsten Schritt zu tun.«

»Ich weiß verdammt genau, was sie tun werden. Sie wollen uns zwingen, nach Coruña oder Ferrol zu segeln, und wenn wir das nicht tun, wird Gianna . . .« Ramage brach ab und sprang auf, als er Jacksons Stimme hörte, der hastig durch den Korridor kam.

»Sir . . .« Im nächsten Augenblick stand der Amerikaner in der Kajüte. »Sie wollen mit dem Boss reden. Mr. Wilson hat gesagt, daß er ihn verständigen wird. Die Meuterer haben Ihren Namen nicht genannt, Sir.«

Yorke wandte sich zu Ramage um und sagte so langsam, als denke er laut: »Lassen Sie mich mit ihnen sprechen. Es ist besser, wenn die Leute glauben, daß Sie tot sind – oder vielleicht verwundet, damit sich die Marchesa nicht aufregt und sich nicht zu einer unbedachten Handlung hinreißen läßt. Ich kann ihnen sagen, daß ich das Kommando übernommen habe. Sie werden wohl kaum darüber nachdenken, warum nicht Southwick der Boss ist.«

Ramage überlegte einen Augenblick. »Gute Idee«, sagte er dann. »Aber auch wenn Gianna glaubt, daß ich nur verwundet bin, könnte sie . . .«

»Bestimmt, Sir«, sagte Jackson ängstlich. »Vielleicht sollte Rossi . . .«

Ramage brachte ihn mit einer Handbewegung zum Schweigen. »Hört zu . . .« Er gab den beiden Männern in knappen Worten seine Instruktionen, dann liefen sie alle drei die Treppe hinauf. Yorke und Jackson liefen nach vorn, während Ramage nach achtern ging, um Southwick in seinen Plan einzuweihen. Der alte Mann war zuerst skeptisch, gab nach kurzem Nachdenken aber zu, daß sie keine andere Möglichkeit hatten.

Ramage lief zur Vorluke, die von einer Laterne erleuchtet war. Yorke stand daneben, einen oder zwei Meter entfernt, abgeschirmt durch das dicke Süll, falls ein Schuß von unten abgefeuert wurde. Wilson hatte seine Männer vor der Luke postiert, so daß jeder Meuterer, der die Leiter heraufkam, in den Lichtkreis trat und eine gute Zielscheibe abgab. Jackson sprach flüsternd auf Rossi ein, der eifrig nickte. Ramage sah sich an Deck um und suchte nach einer Stelle, wo er sich verstecken, aber in Hörweite bleiben konnte. Schließlich kauerte er sich hinter dem vordersten Vierpfünder an der Leeseite nieder. Rossi ging zu Yorke, während Jackson zur Kanone kam und flüsterte: »Alles klar, Sir. Können Sie hören, was gesprochen wird?«

»Ich denke schon. Aber notfalls können Sie ja einzelne Sätze oder Wörter leise wiederholen.« Da hörte er Yorke rufen: »Schickt einen Sprecher rauf! Einen Mann – unbewaffnet!«

Ein Meuterer antwortete. »Das habe ich nicht verstanden, Sir«, flüsterte Jackson.

»Hier ist Mr. Yorke. Ich bin jetzt Kommandant der *Arabella*. Dafür könnt ihr euch bei Harris und dem Bootsmann bedanken.«

Wieder konnte Jackson die Antwort des Meuterers nicht verstehen.

»Nein, ihr habt keine Garantie für das Leben eures Abgesandten!« schrie Yorke in die Luke hinab. »Dafür habt ihr die Marchesa. Das ist genug Sicherheit . . . Sehr gut, ein Mann. Und er bleibt oben an der Leiter stehen.«

Eine Minute später sagte Yorke: »Halt, stehenbleiben! Nun, warum wollen Sie den Kommandanten sprechen?«

»Ich möchte Ihnen unsere Befehle geben«, sagte der Meuterer.

»Sprechen Sie weiter«, sagte Yorke sanft.

»Sie steuern sofort Coruña an. Das ist der erste Befehl.«

»Wir sind bereits auf dem Kurs nach Coruña. Der Kurs nach Falmouth und Coruña ist bis zum Kap Finisterre derselbe. Dort müßten wir uns nach Osten wenden, um Coruña zu erreichen.«

»Gut, dann tun Sie das.«

»Ich habe nicht gesagt, daß wir es tun werden«, entgegnete Yorke scharf.

»Darüber reden wir noch«, sagte der Meuterer spöttisch. »Der nächste Befehl lautet, daß ihr nicht versuchen dürft, uns in die Quere zu kommen. Drittens müßt ihr Harris und den Bootsmann freilassen.«

Ramage war wütend auf sich selbst. Diese Forderung hatte er nicht erwartet. Was würde Yorke nun antworten?

»Ihr könnt den Bootsmann haben«, erwiderte Yorke ruhig.

»Gut, dann schicken Sie ihn her.«

»Er muß getragen werden. Und er wird sterben, bevor ihr ihn die Leiter hinuntergeschafft habt.«

»Warum?« fragte der Meuterer.

»Der Arzt bemüht sich gerade, ihm das Leben zu retten.«

»Warten Sie!«

Jackson flüsterte Ramage zu, daß der Mann die Leiter hinabgestiegen war. Einen Augenblick überlegte Ramage, ob er es riskieren sollte, Yorke eine Instruktion zukommen zu lassen, wie er sich im Fall Harris verhalten sollte. Aber dann sagte er sich, daß Yorke der Lage durchaus gewachsen war und auch ohne seine Hilfe zurechtkommen würde.

»Jetzt kommt der Mann zurück«, flüsterte Jackson.

»Mr. Yorke, wir befehlen Ihnen, das Leben des Bootsmanns zu retten.«

»Ich bin kein Arzt und kann keine Wunder vollbringen, aber Mr. Bowen wird sein Bestes für ihn tun.«

»Und was ist mit Harris?«

»Harris!« rief Yorke verächtlich. »Dem kann kein Arzt helfen.«

»Großer Gott!« stieß der Meuterer hervor. »Aber wir haben doch nur einen Schuß gehört.«

»Es war auch nur einer nötig. Ihr sitzt jetzt unter Deck fest. Wieso bildet ihr euch eigentlich ein, daß ich eure sogenannten Befehle befolgen werde?«

»Weil wir der Marchesa die Kehle durchschneiden werden, wenn Sie es nicht tun.«

»Wer ist eigentlich auf die Idee gekommen, das Leben einer wehrlosen Frau zu bedrohen?«

»Harris, Gott sei seiner Seele gnädig. Er war es, der uns in die Freiheit führen wollte.«

»Welche Garantie könnt ihr mir dafür geben, daß ihr die Marchesa freilassen werdet, wenn ich nach Coruña segle?«

Der Meuterer ging wieder nach unten, um sich mit seinen Kameraden zu beraten.

»Das war sehr schlau von Mr. Yorke«, wisperte Jackson. »Obwohl er gar nicht gelogen hat, glaubt der Bursche, daß Harris tot ist. Schade, daß er in Wirklichkeit noch lebt.«

Zwei Minuten verstrichen, bevor sie Yorke fragen hörten: »Nun? Welches Angebot wollt ihr uns machen?«

»Wir geben Ihnen unser Ehrenwort.«

Yorke brüllte vor Lachen. »Glaubt ihr im Ernst, daß wir das Ehrenwort von Mördern, Meuterern, Entführern und Erpressern akzeptieren? Seid ihr betrunken?« fügte er mißtrauisch hinzu.

»Aber wir haben doch niemanden ermordet.«

»Ihr meutert und habt die Marchesa entführt. Und wenn deshalb jemand sterben sollte, seid ihr Mörder. Das könnt ihr jeden Richter fragen.«

Der Mann schwieg, und Yorke sagte: »Ihr habt die Marchesa als Geisel. Wenn ich das Schiff nach Coruña bringe, will ich auch von euch Geiseln haben. In Coruña übergebt ihr mir die Marchesa unverletzt, dann bekommt ihr auch meine Geiseln, ebenfalls unverletzt.«

»Da muß ich erst mal meine Kameraden fragen.«

»Zwei Geiseln!« rief York dem Meuterer nach.

Ramage wußte, daß nun kritische Minuten bevorstanden. Wenn die

sechs Meuterer Yorks Vorschlag zustimmten, würden nur vier Post-
schiffmatrosen und die beiden Schiffsjungen unter Deck zurückblei-
ben – vier Mann und zwei Jungs, um sowohl Gianna als auch die Luke
zu bewachen. Vielleicht würden sie nur eine Geisel stellen, und Yorke
mußte sich damit zufriedengeben. Dann wären sie immer noch ge-
schwächt, und eine Geisel für Giannas Sicherheit war besser als gar
nichts. Würden sie verlangen, daß die drei gefangenen Postschiffsmatrosen freigelassen wurden?

Yorke sprach wieder mit dem Meuterer. »Nur eine Geisel? Einer
von euch Mordgesellen als Sicherheitsgarantie für das Leben einer
Marchesa? Macht euch nicht lächerlich!«

»Was ist mit unseren drei Kameraden, die an Deck Posten standen?«

»Die liegen in Ketten und können von Glück reden, daß sie noch
am Leben sind.«

»Nun, Sir, dann haben Sie ja vier Geiseln.«

»Vier? Die drei sind unsere Gefangenen – keine Geiseln.«

»Wenn ihnen irgend etwas zustößt, wird es die Marchesa büßen.
Meine Kameraden meinen, daß eine weitere Geisel genügt.«

»Gut, dann schickt den Mann herauf.«

»Ich bin die Geisel.«

»Dann komm an Deck und laß dich anschauen.« Yorke trat von
der Luke weg und gab damit die Schußbahn für Wilson frei. Sobald
der Mann aus der Luke gekommen war, sagte Yorke scharf: »Und
jetzt müßt ihr mir beweisen, daß die Marchesa noch am Leben ist.«

»Sie können nicht hinunter«, entgegnete der Meuterer.

»Wenn ihr der Marchesa was angetan habt . . .«

»Nein, nein, es ist ihr nichts passiert«, versicherte der Mann hastig.
»Ein Triton kann ihr ja was zurufen.«

Ramage beherrschte sich gerade noch rechtzeitig, um nicht einen
lauten Seufzer der Erleichterung auszustoßen. Yorke rief Rossi zu
sich, der zur Luke rannte und einen durchdringenden italienischen Re-
deschwall vom Stapel ließ. Bevor der verwirrte Meuterer eingreifen
konnte, hörte Ramage Giannas Antwort. Er konnte nicht verstehen,
was sie sagte, aber der Klang ihrer Stimme verriet ihm, daß sie nicht
nur unverletzt, sondern auch voll Zuversicht war. Rossi ergriff wieder
das Wort, und der Meuterer trat vor und protestierte. Er hätte keine
Erlaubnis zu einer längeren Unterhaltung.

Yorke lachte. »Mein lieber Junge, du kennst doch die Italiener. Die
können sich einfach nicht kurz fassen, auch wenn sie es versuchen. Er
hat die Marchesa nur gefragt, ob sie ihre Toilettenartikel und Kleider

braucht. Du wirst ja wohl kaum von ihr verlangen, daß sie während der ganzen Fahrt nach Coruña ihr Nachthemd trägt.«

»Nein«, sagte der Meuterer unbehaglich, während Giannas Antwort aus der Luke drang. »Aber . . .«

»Haarbürste, Kamm, Schuhe. Du erwartest doch nicht, daß die Marchesa ein Seemannshemd trägt und sich die Haare zu einem Zopf zusammenbindet?«

»Nein, aber . . .«

»Dann sei geduldig und warte, bis sie Rossi gesagt hat, was sie braucht.«

»Aber es dauert so lange . . .«

»Bist du verheiratet? Hast du schon jemals eine Frau kennengelernt, die in einer Minute entscheiden kann, was sie für die ganze nächste Woche braucht?«

»Nun ja . . .«

»Noch dazu ist die Marchesa gekidnappt worden und hat nichts bei sich außer dem Nachthemd, das sie auf dem Leib trägt. Deshalb braucht sie natürlich Zeit, um sich zu beruhigen. Außerdem können deine Kameraden unten das Gespräch ja beenden, wenn sie wollen.«

»Sie werden glauben, ich hätte meine Erlaubnis dazu gegeben . . .«

»Und das hast du ja auch«, entgegnete Yorke mit einem freundlichen Lächeln, als ihm bewußt wurde, daß der Mann soeben seine Position unter den Meuterern verraten hatte. »Das war sehr zuvorkommend. Ich bin sicher, daß die Marchesa es zu würdigen weiß . . .« Er brach ab, als er sah, daß sich Rossi von der Luke abwandte. »Geht's ihr gut?« fragte er den Italiener.

»Ja, Sir. Die Banditi haben sie an den Armen verletzt, aber sonst . . .«

»Fein.« Yorke drehte sich um und winkte Jackson zu sich. »Dieser Mann ist unsere Geisel. Führt ihn ab!«

»Aber Sie werden mich doch nicht fesseln?« fragte der Meuterer.

»Was hast du denn erwartet? Ihr habt die Marchesa eingesperrt . . .«

»Sie liegt in Ketten, Sir«, unterbrach ihn Rossi.

»In Ketten? Nun, dann will ich verdammt sein, wenn ich dich nicht in Eisen legen lasse«, erklärte Yorke dem Meuterer.

Jackson und Stafford führten den Mann weg, und als Yorke nach achtern ging, folgte ihm Ramage. »Nun, wie war ich?« flüsterte Yorke.

»Meisterhaft! Der Trick mit Harris hat mir besonders gefallen. Aber nun will ich mit Rossi sprechen. Ich konnte nicht verstehen, was Gianna sagte.«

Yorke rief nach dem Italiener. Zu dritt stiegen sie in die Kapitänskajüte hinab. Rossi berichtete, daß es der Marchesa abgesehen von kleinen Schrammen gut ginge. Man hatte ihr um einen Fußknöchel einen Eisenring gelegt, der durch eine Kette mit einem Augbolzen verbunden war, aber ihre Hände seien nicht gefesselt. Die Meuterer fürchteten sich vor der scharfen Zunge der Marchesa, erzählte Rossi stolz. Und sie hätten auch Angst, weil Harris Ramage ermordet habe. Als sie Mr. Yorkes Worten entnommen hätten, daß Harris tot sei, wollte einer der Meuterer die anderen überreden, sich zu ergeben. Aber der Mann, der nun als Geisel fungierte, sei dagegen gewesen. Ja, beantwortete der Italiener Ramages Frage, er hätte der Marchesa alle Instruktionen übermittelt, und nun würde sie wahrscheinlich jammern und schluchzen und den Meuterern erbitterte Vorwürfe machen, weil sie ihren Verlobten ermordet hätten. »Und Ihnen soll ich ausrichten, daß Sie die Marchesa jedesmal in Schwierigkeiten bringen, wenn sie auf einem Schiff ist, Sir«, schloß Rossi.

Als er die Kajüte verlassen hatte, erschien Southwick und berichtete, daß Much nun das Schiff führe. Er fragte, ob die Marchesa in Sicherheit sei, und Ramage erzählte ihm, was inzwischen geschehen war. Der alte Mann fuhr sich durch das weiße Haar. »Und was jetzt, Sir?«

»Jetzt warten wir auf das Tageslicht. Schlafen Sie ein bißchen.«

»Ich könnte die Wache übernehmen«, schlug Yorke vor. »Sonst kommt keiner von Ihnen beiden zur Ruhe.«

Ramage nickte. »Das ist zwar irregulär, und die Admiralität wäre nicht damit einverstanden. Aber wir sind ja ohnehin auf einem irregulären Schiff.«

19

Als der neue Tag anbrach, segelte die *Arabella* mit einem frischen Südwestwind die portugiesische Küste entlang nach Norden. An Steuerbord querab lag Porto, vierzig Meilen entfernt, und das Kap Finisterre lag etwa hundertdreißig Meilen weiter nördlich. Ramage sah, daß sich die Wolken aufgelöst hatten. Inzwischen würden Gianna und die Meuterer das Frühstück verzehrt haben, das er nach unten hatte schicken lassen. Die Tritons hatten ihre Befehle erhalten. Jackson hatte nach den Gefangenen und der Geisel gesehen und berichtet, daß Harris, der in eine Kabine gesperrt war, darum gebeten hätte, nicht wieder von Maxton bewacht zu werden. Offenbar hatte der Westinder den Mann in Angst und Schrecken versetzt, bevor er abgelöst worden war.

Es beunruhigte Ramage, daß die Sonne schien, denn die Meuterer brauchten nur durch Luke oder Oberlicht zu sehen, um am Sonnenstand zu erkennen, welchen Kurs das Schiff nahm. Er konnte also nicht langsam abfallen, den Duoro hinauf nach Porto oder zurück nach Lissabon segeln und den Meuterern einreden, der Wind hätte sich gedreht. Andererseits würden die Meuterer vermutlich in Panik geraten, wenn sie entdeckten, daß die Brigg einen neutralen Hafen ansteuerte. Und wenn sie die Nerven verloren, war Giannas Leben in ernster Gefahr.

Nachdem der ermordete Duncan im Meer bestattet worden war, ging Ramage an der Luvseite des Achterdecks auf und ab und versuchte seine Zweifel, Ängste und Depressionen zu verdrängen, indem er sich vorsagte, wie viele brenzlige Situationen er schon mit seinen Tritons gemeistert hatte. Southwick unterbrach seine Gedanken: »Kein Segel in Sicht, Sir. Wann wollen wir anfangen?«

Ramage zog seine Uhr hervor. Drei Minuten vor sieben . . . Der Horizont war klar, der Wind stetig. Es gab keinen Grund, noch länger zu warten. »Um sieben, Mr. Southwick. Verständigen Sie die anderen.«

Als der Segelmeister davongegangen war, eine hoch aufgerichtete Gestalt, die Zuversicht ausstrahlte, gesellte sich Yorke zu Ramage. »Sie haben Angst, nicht wahr?«

»Merkt man das so deutlich?« fragte Ramage verwirrt.

»Nein, Sie wirken genauso selbstsicher wie sonst. Aber es wäre übermenschlich, wenn Sie keine Angst hätten.«

»Und Sie?«

»Ich fürchte mich auch. Merkt man's?«

Ramage grinste. »Nein, Sie sehen genauso gelassen aus wie . . .«

»An Deck! Segel in Sicht!« kam der Ruf vom Fockmast, und Ramage erkannte Staffords Stimme.

»Wo?« rief Much.

»Vier Strich an Backbord voraus, Sir, an der Kimm.«

»Können Sie das Schiff erkennen?«

»Es ist zu weit weg, Sir.«

»Strengen Sie sich an! Bittet den Kommandanten, an Deck zu kommen!«

Ein Matrose wartete an der Luke, die zur Kapitänskajüte führte, und befolgte den Befehl. Yorke lief hinüber, wartete eine Minute und rief dann: »Was ist los, Mr. Much?«

»Ein fremdes Schiff, Sir, an Backbord voraus. Ich hätte nicht erwartet, daß wir hier ein Schiff sichten. – das hat sicher nichts Gutes zu bedeuten.«

Ramage wußte, daß zumindest ein Meuterer an der Leiter stand und gespannt lauschte.

»Schicken Sie einen Mann mit einem Fernrohr in die Wanten, Mr. Much. Wir wollen nicht noch einmal von einem französischen Freibeuter gekapert werden, nicht wahr?«

»Allerdings nicht. Wir haben ohnehin genug Probleme.«

Das war der springende Punkt des Plans, dachte Ramage: die Hoffnung der Meuterer zu wecken, daß französische Freibeuter sie retten würden.

Während Much einem Triton befahl, mit dem Teleskop in die Takelage zu klettern, schrie Stafford: »Muß ein großes Schiff sein, Sir! Ich glaube, es steuert nach Osten!«

Zwei Minuten später rief der Mann mit dem Fernrohr: »An Deck! Es ist größer als ein normales Kaperschiff und . . . Oh, jetzt hat es seine Oberbramsegel gesetzt!«

»Gut!« schrie Yorke. »Sagen Sie mir Bescheid, wenn Sie das Schiff genauer erkennen!«

Much war zum Fockmast gegangen, um in der Nähe des Ausgucks zu sein, und rief Yorke scheinbar nervös zu: »Das gefällt mir nicht, Sir! Ein Schiff auf diesem Kurs muß entweder ein Kriegs- oder ein Kaperschiff sein.«

»Dann hoffen wir, daß es Landsleute sind.«

»Aye – aber es könnten auch Franzosen oder Spanier sein, die vor der Küste kreuzen, um unsereins abzufangen.«

»Glauben Sie, daß ich das Schiff gefechtsklar machen soll?«

»Das kann ich nicht entscheiden«, erwiderte Much, aber der Klang seiner Stimme verriet, daß er dem Vorschlag nur zu gern zugestimmt hätte.

Der Ausguck stieß einen aufgeregten Schrei aus. »An Deck! Ich glaube, es ist eine französische Fregatte!«

»Können Sie die Flagge erkennen?« fragte Yorke ängstlich.

»Nein, Sir, es kommt mit dem Bug auf uns zu. Aber seine Linien sehen nicht englisch aus.«

»Haben Sie das gehört, Mr. Much?« rief Yorke.

»Natürlich, Sir«, erwiderte der Erste in gekränktem Ton.

»Nun, denn – ich glaube, ich muß die Brigg gefechtsklar machen. Wo ist denn Southwick, zum Teufel? Er weiß besser, wie man so was macht. He, Junge, hol den Segelmeister!« Yorke drehte sich zu Ramage um und zwinkerte ihm zu.

Southwick kam die Kajüttreppe herauf. »Sie haben mich rufen lassen, Sir?«

»Natürlich! Sind Sie taub? Haben Sie den Ruf des Ausguckpostens nicht gehört?«

»Ja, aber Sie sind der Kommandant«, entgegnete Southwick beleidigt. »Und ich habe keine Wache.«

»Machen Sie das Schiff gefechtsklar! He, du da oben! Was siehst du?«

»Es ist wirklich eine Fregatte, Sir.«

»Französisch oder britisch, zum Teufel?«

»Kann ich noch nicht sagen, Sir.«

Southwick befahl mit dröhnender Stimme, die *Arabella* gefechtsklar zu machen, und Ramage konnte sich vorstellen, wie sich die Meuterer jetzt grinsend ansahen. Wenn Gianna Rossis Instruktionen befolgte, würde sie jetzt weinen . . .

»Mr. Southwick!« rief Yorke. »Ich finde, daß wir Porto ansteuern sollten.«

»Das werden wir nicht schaffen, Mr. Yorke. Es sind vierzig Meilen bis dahin. Die Fregatte wird uns in einer halben Stunde einholen.«

»Aber wir können doch nicht gegen eine Fregatte kämpfen.«

»Vor der können wir auch nicht davonlaufen, Mr. Yorke«, sagte Southwick sarkastisch.

»Aber wenn wir nicht kämpfen und nicht fliehen können – was sollen wir dann tun?«

»Streichen Sie rechtzeitig die Flagge. Wäre ja nicht das erstemal auf diesem Kahn.«

»O Gott! Dann nehmen sie uns ja alle gefangen.«

»Aye, und unsere Gefangenen werden befreit, lassen sich mit Rotwein vollaufen und fühlen sich als die großen Helden.«

Die Tritons hatten die Laschings der Kanonen gelöst und Wasserzuber bereitgestellt. Jackson fragte Yorke, ob er Kartätschen oder Traubenkugeln nehmen sollte. Yorke entschied sich für Traubenkugeln, überlegte es sich aber noch zweimal anders, bevor die Stimme des Ausguckpostens dazwischenrief: »An Deck! Die Fregatte geht an den Wind!«

Yorke blickte über die Luvseite. »Jetzt können wir sie schon von Deck aus sehen. Geben Sie mir das Fernrohr, verdammt!« Dann drehte er sich zum Ersten um. »Nun, Mr. Much, was halten Sie von dem Schiff?«

»Es ist wirklich eine Fregatte.«

»Französisch oder britisch?«

»Das kann ich noch nicht feststellen. Aber sie dreht nach Norden, also werde ich bald die Flagge sehen können.«

»Sie kommt so schnell auf uns zu‹!«

»Wir können ohnehin nichts tun, Sir. Also ist es ganz egal, unter welcher Flagge sie segelt, solange wir nicht in ihrer Reichweite sind.«

»Ich hätte ein bißchen mehr Hilfsbereitschaft von Ihnen erwartet, Mr. Much!« brüllte Yorke.

Die Tritons grinsten und genossen sichtlich dieses ganze Theater. Ramage sah auf die Uhr, klopfte Yorke auf die Schulter und winkte Much zu, der prompt zum Ausguck hinaufschrie: »Ist es wirklich eine französische Fregatte? Wenn ich mir den Schnitt der Marssegel anschaue, kommt sie mir eher britisch vor.«

»Jetzt ist der andere Junge gerade mit dem Teleskop hinuntergeklettert«, jammerte Staffords Cockneystimme. »Ich habe ja nie behauptet, daß es eine französische Fregatte ist. Das war er. Er hatte doch das Teleskop und ließ mich nicht durchschauen. Und jetzt sagen Sie . . .«

»Hören Sie mit dem Unsinn auf!« schrie Much ärgerlich. »Glauben Sie, daß es eine britische Fregatte ist?«

»Ja, und wenn ich das Fernrohr hätte, wüßte ich es genau.«

In diesem Augenblick dröhnte Southwicks Stimme über Deck: »Es ist tatsächlich eine britische Fregatte. Ich kann zwar die Flagge noch nicht sehen, aber ich habe sie erkannt.«

»Sehr schön«, sagte Yorke. »Und was sollen wir jetzt machen? Wenn sie womöglich unsere Flagge nicht erkennt?«

»Lassen Sie die Geheimflagge aufziehen.«

»Was für eine Geheimflagge?«

»Mr. Ramage hatte die Liste in seinem Schreibtisch. Spezialflaggen für jeden Tag des Monats. Anruf- und Antwortflaggen.«

»Dann holen Sie die Dinger. Hier ist der Schlüssel zum Schreibtisch.«

Ramage konnte sich vorstellen, wie es jetzt im Unterdeck zuging. Zuerst hatten die Meuterer gehofft, daß französische Freibeuter sie retten würden, und jetzt stand das Bild einer britischen Fregatte, die am Wind herbeigeeilt kam, vor ihren ängstlichen Augen. Ein Bild, zu dem auch die Rahnock gehörte, an der sie bald baumeln würden . . .

Die Geheimflaggen wurden gehißt. Plötzlich sah Ramage einen Triton zur Vorluke gehen. Der Mann lauschte ein paar Sekunden, dann winkte er aufgeregt den Ersten zu sich. Much rief etwas durch die Luke und lauschte, dann rannte er nach achtern zu Ramage. »Die Meuterer, Sir! Sie wollen mit dem Kommandanten sprechen und sagen, es sei dringend.«

»Sagen Sie ihnen, daß der Kommandant kommt, aber ihr Sprecher soll am Fuß der Leiter stehenbleiben. Er darf den Horizont nicht sehen.«

Much ging wieder nach vorn, und Yorke kam zu Ramage herüber. »Vielleicht wollen sie verhandeln«, sagte dieser.

»Werden wir ihr Angebot annehmen?«

Ramage nickte. »Wir werden alles akzeptieren, wenn wir Gianna unversehrt aus ihrer Gewalt befreien können.«

»Alles?«

»Über die ethischen Probleme haben wir gestern abend lange genug debattiert. Hören wir uns an, was sie zu sagen haben.«

Ramage ging nach vorn und kauerte sich wieder hinter die Kanone. Yorke stellte sich dicht vor die Luke, damit der Meuterer nicht heraufkommen konnte. »Nun, was wollen Sie? Verhandeln? Glauben Sie, daß wir mit einer Bande von Meuterern verhandeln, wenn sich eine unserer Fregatten nähert?«

Yorke lauschte, dann beugte er sich über die Luke. »Was? Ihr droht uns mit kaltblütigem Mord? Mit einem Mord, der euch nichts einbrächte? Wenn ihr das wagt, kommen wir hinunter, und ich schwöre euch, daß ihr dreißig Sekunden später nicht mehr am Leben seid.«

Als Yorke sich die Antwort des Freibeuters anhörte, wußte Ramage, daß er das Spiel verloren hatte. Die Chancen, daß sie so reagieren würden, wie er hoffte, hatten zehn zu eins gestanden. Aber wenn man spielte, brauchte man eine volle Börse – und seine enthielt nur Giannas Leben . . .

»Ich kann dieser Fregatte doch nicht verbieten, daß sie auf uns zusegelt!« rief Yorke ärgerlich. »Was erwartet ihr von mir? Soll ich dem Schiff vielleicht über ein paar Meilen hinweg zurufen, daß es verschwinden soll? Vermutlich hat die Admiralität die Fregatte losgeschickt, damit sie uns nach England eskortiert. Was soll ich denn machen? Soll ich dem Fregattenkapitän sagen, daß wir ihn nicht brauchen? Er wird wissen wollen, wo Mr. Ramage ist. Wie soll ich ihm erklären, daß ich das Kommando übernommen habe? Womöglich glaubt er noch, daß ich ein Meuterer bin.«

Er wartete, während der Meuterer etwas sagte, dann erklärte er: »Ich werde mit Mr. Southwick darüber sprechen. Bleiben Sie unten! Unser Wachposten hier hat Order, jeden niederzuschießen, der den Kopf über das Süll steckt.«

Ramage erhob sich und lief nach achtern, wo er mit Yorke zusammentraf. »Haben Sie alles gehört?« fragte Yorke.

»Nur das, was Sie sagten.«

»Sie wollen die Marchesa töten, wenn wir die Fregatte herankommen lassen.«

»Was versprechen sie sich davon?« fragte Ramage.

»Sie sagen, daß sie ohnehin erschossen oder gehängt werden, wenn die Fregatte eine Entermannschaft an Bord schickt. Also haben sie nichts mehr zu verlieren, wenn sie die Marchesa töten. Der Schurke meinte, daß man ihn und seine Kameraden ja nicht zweimal umbringen könne.«

Ramage nickte. »Ich hatte gehofft, sie würden in Panik geraten, statt uns zu befehlen, die Fregatte wegzuschicken.« Er strich über die Narbe an seiner Schläfe, und sah, daß Southwick gedankenverloren den Kopf schüttelte. Dann kam der alte Mann auf ihn zu.

»Riskieren Sie nichts, Sir! Die Männer unten sind verzweifelt. Ich würde lieber nach Coruña segeln und mich in die Gewalt der Spanier begeben, als das Leben der Marchesa aufs Spiel zu setzen.«

»Ich auch«, sagte Yorke. »Der Teufel hole den Bericht für den Ersten Seelord! Und wenn dieses Pferd nicht startet, so haben Sie noch ein anderes im Stall.«

»Aye«, meinte Southwick, »wir können so tun, als sei die Fregatte zufrieden davongesegelt, nachdem ihr Kommandant unsere Geheimflaggen gesehen hatte. Damit gewinnen wir Zeit.«

Ramage nickte und wandte sich an Yorke. »Gut. Sagen Sie dem Freibeuter, daß Sie und Mr. Southwick versuchen werden, die Fregatte loszuwerden, aber daß wir nichts versprechen können. Und erinnern Sie den Mann daran, daß der Bootsmann und ein paar Meuterer hier oben in Ketten liegen.«

Zwanzig Minuten später, als die imaginäre Fregatte beruhigt das Geheimsignal der *Arabella* zur Kenntnis genommen hatte und angeblich in Richtung Lissabon davongesegelt war, erstattete Yorke den Meuterern Bericht. Dann kam er zu Ramage. »Sie haben gesagt, daß heute nachmittag jemand mit der Marchesa reden kann. Anfangs wollten sie Rossi nicht akzeptieren, aber dann sagte ich, daß sie vielleicht ein paar persönliche Dinge brauche und es sie in Verlegenheit bringen würde, vor Fremden darüber zu sprechen. Aber wenn sie mit Rossi in ihrer Muttersprache reden könne . . .«

»Danke«, sagte Ramage. »Gehen wir in meine Kajüte hinunter.«

Der Teppich war noch feucht, weil zwei Männer versucht hatten, das Blut des Bootsmanns herauszuwaschen. »Anscheinend bleibt uns nichts anderes übrig, als Kurs auf Coruña zu nehmen«, sagte Yorke, als sie sich gesetzt hatten.

»Glauben Sie nicht, daß unser zweiter Plan funktionieren wird?«

»Nein. Die Männer da unten sind in ihrer Verzweiflung wirklich zu allem fähig. Wenn Sie den Haß in den Augen dieses Burschen gesehen hätten . . .« Yorke erschauerte.

»Aber Sie wissen doch, daß wir es nicht riskieren können, Coruña anzusteuern.«

»Es ist unsere einzige Chance, das Leben der Marchesa zu retten.«

Ramage schüttelte den Kopf. »Im Gegenteil, es ist der sicherste Weg, ihr Leben zu beenden. Das war mir klar, als ich sah, wie die Meuterer auf unsere imaginäre Fregatte reagierten. Deshalb bin ich so deprimiert. Unsere Navy blockiert sowohl Coruña als auch Ferrol. Wahrscheinlich kreuzt ein Geschwader von 74-Kanonen-Schiffen vor Coruña, und ganz bestimmt sind zwei oder drei unserer Fregatten in der Nähe des Hafens. Sie sollen verhindern, daß ein Schiff Coruña anläuft oder in See sticht, ob es sich nun um ein feindliches Linienschiff oder einen Fischkutter handelt. Wenn sie uns sehen, werden sie uns entgegensegeln und eine Entermannschaft an Bord schicken. Das können wir nicht verhindern. Und wir wissen jetzt, daß die Meuterer Gianna sofort töten werden, wenn ein britisches Schiff in Rufnähe kommt. Auch wenn wir ein Boot hinüberschicken – kein Kommandant wird unsere Geschichte glauben. Und keiner wird zulassen, daß wir unsere Brigg den Spaniern übergeben. Wahrscheinlich wird er mich arretieren, weil er glaubt, ich wolle zum Feind überlaufen.«

»Er könnte ja an Bord kommen. Dann würde er mit eigenen Augen sehen, was hier los ist.«

»Das ist es ja. Wenn Sie einer dieser Meuterer wären – was würden Sie tun, wenn ein englischer Fregattenkapitän an Bord käme?«

Yorke schüttelte verzweifelt den Kopf. »Was sollen wir bloß tun, um Gottes willen? Sie werden die Marchesa töten, wenn wir nicht nach Coruña segeln. Aber sie töten sie auch, wenn wir hinsegeln und aufgehalten werden. Glauben Sie wirklich, daß unsere Blockade in Küstennähe so streng ist?«

»Ja. Fragen Sie doch Southwick. Das wäre mir übrigens sehr recht, dann könnte auch ich völlig sicher sein.«

»Gut.« Yorke verließ die Kajüte und kam nach wenigen Minuten zurück. »Er ist derselben Meinung. Die Blockadeflotte operiert unmittelbar in Küstennähe, im Sommer und im Winter. Er sagt, er hätte erst jetzt begriffen, was das bedeutet. Der arme Bursche ist den Tränen nahe. Sie wissen ja, wie sehr er die Marchesa verehrt.«

»Ich weiß es«, sagte Ramage leise.

»Was sollen wir tun, verdammt? Morgen sind wir vor Kap Finisterre. Wir können es nicht wagen, nach Coruña zu segeln, aber wir können auch nicht auf dem alten Kurs bleiben. Es ist zum Verrückt-werden.«

Plötzlich sprang Ramage auf und schlug sich mit der flachen Hand vor die Stirn. »Was sind wir doch für Narren! Wir können einen spanischen Hafen ansteuern, der nicht blockiert wird. Irgendeinen Fischerort . . .« Er begann in der Kajüte auf und ab zu gehen und sah die nördliche Küstenlinie vor seinem geistigen Auge. »Ja, da wäre Corcubion, in Lee vom Kap Finisterre. Es ist zwar schwierig, die Einfahrt der Bucht ohne Karte zu finden. Nehmen wir lieber Camarinas – das liegt zehn Meilen hinter dem Kap, wir können es leicht ansteuern. Und dort patrouillieren keine Fregatten. Camarinas ist unsere einzige Hoffnung.«

Yorke sah ihn zweifelnd an. »Ich würde es nicht riskieren, ohne die Meuterer vorher zu fragen.«

»Warum nicht?«

»Diese Männer kennen die spanische Küste nicht. Sie haben Corūna ausgesucht, weil sie davon gehört haben. Wenn sie nun woanders hin segeln, glauben sie vielleicht, daß es ein Trick ist.«

»Reden Sie mit ihnen«, sagte Ramage ungeduldig. »Erklären Sie ihnen, daß Camarinas näher liegt und – verdammt, was für einen Unterschied macht es schon für sie? Hauptsache, sie kommen nach Spanien, und wir werden gefangengenommen.«

Yorke stand auf. »Ich werde es versuchen. Soll ich ihnen von der Blockade erzählen?«

»Ja, erklären Sie ihnen, daß vor Coruña eine britische Entermannschaft an Bord käme.«

»Gut, aber bleiben Sie hier. Es macht mich nervös, wenn ich weiß, daß Sie hinter der Kanone kauern und zuhören.«

Nach fünf Minuten kam er zurück. Schon als er durch die Tür trat, wußte Ramage, daß es dem Freund nicht gelungen war, die Meuterer zu überzeugen.

»Sie wollen nichts davon hören, Coruña oder Ferrol – oder . . .«

»Haben Sie ihnen gesagt, daß diese Häfen blockiert werden?«

»Natürlich«, erwiderte Yorke ungeduldig. »Sie haben gesagt, es sei meine Sache, uns die Fregatten vom Leib zu halten. Sie meinten, wenn ich das vor einer Stunde geschafft hätte, würde es mir auch vor Coruña oder Ferrol gelingen.«

»Warum wollen sie nicht nach Camarinas?«

Yorke schüttelte resigniert den Kopf. »Dafür haben sie einen guten Grund, darauf hätten wir kommen können. Sie sagten, sie könnten sich nicht darauf verlassen, daß ich in einen spanischen Hafen segle.

Ich könnte genauso einen portugiesischen Hafen ansteuern und ihnen einreden, es sei ein spanischer. Sie wissen, daß Kab Finisterre nicht weit von der Grenze entfernt ist.«

»Aber wie können sie dann wissen, daß wir Kurs auf Coruña oder Ferrol nehmen?«

»Einer der Männer kennt die beiden Häfen.«

Ramage legte sich auf das Sofa. Plötzlich schien ihn alle Energie verlassen zu haben. »Wir haben also keine Wahl. Wir müssen unseren zweiten Plan versuchen.«

»Damit laden Sie der Marchesa eine verdammt große Verantwortung auf«, protestierte Yorke.

»Natürlich. Aber wenn sie mit dem nächsten Postschiff heimgesegelt wäre, wie ich vorschlug, wäre das alles nicht passiert . . .« Er richtete sich auf und vergrub das Gesicht in den Händen. »Nein – so habe ich es nicht gemeint.«

»Ich weiß ja, daß Sie die Marchesa dazu überreden wollten«, sagte Yorke voller Mitleid. »Aber es hat keinen Sinn, sich jetzt Vorwürfe zu machen. Wir müssen uns mit der Situation abfinden und das Beste daraus machen.«

Ramage stand auf, setzte sich wieder auf den Stuhl und rieb sich die Augen. »Ich werde Rossi instruieren. Er kann Gianna heute nachmittag sagen, wie sie sich verhalten soll. Morgen, wenn das Frühstück durch die Luke nach unten gereicht wird, ist es dann soweit. Zwei Meuterer werden am Fuß der Leiter stehen, und zwei Tritons oben . . .«

Yorke nickte langsam. »Diese Nacht wird verdammt lang werden.«

Abends saß Ramage an seinem Schreibtisch und machte Eintragungen in sein Journal. Nie zuvor war er so genau auf Einzelheiten eingegangen. Obwohl er wußte, wie gering die Chance war, daß das Buch die Admiralität erreichen würde, half es ihm, die Zeit zu vertreiben.

Zum zehntenmal an diesem Abend zog er seine Uhr hervor. Eine Stunde nach Mitternacht. Er wünschte, daß er Wache gehen könnte, aber Southwick und Yorke hatten gemeint, daß das Risiko zu groß wäre. Ein plötzlicher Sturm oder ein anderes unerwartetes Ereignis konnte laute Befehle erfordern, und dann würden die Meuterer seine Stimme erkennen und wissen, daß er noch lebte.

Allerdings hatte sie die Annahme, daß er tot sei, nicht davon abgehalten, ihre Pläne konsequent zu verfolgen. Sie hatten bisher keinen Fehler gemacht, diese verdammten Kerle . . . Ramage hatte geglaubt, der Mann, den er nun als Geisel festhielt, sei nach Harris' vermeintlichem Tod der Anführer, aber das bezweifelte er jetzt. Irgend jemand im Unterdeck war erstaunlich klug und besonnen. Vielleicht Ned? Der Sohn des Ersten war intelligent und gerissen genug, um die Rolle des Anführers zu übernehmen. Vielleicht hatte sogar er Gianna aus ihrer Kabine geholt. Und während Harris und der Bootsmann dann zur Kapitänskajüte geschlichen waren, hatten es die drei Postschiffsmatrosen an Deck übernommen, Southwicks Aufmerksamkeit abzulenken ...

Endlich übermannte ihn die Müdigkeit, und sein Gehirn begann sich zu umnebeln. Da stand er auf und ging zur Koje. Er zog den Rock aus, lockerte den Binder, streifte die Schuhe ab und sank auf das Lager. Schon im nächsten Augenblick fiel er in tiefen Schlaf.

Wilde Träume zeigten ihm wunderbare Bilder: Gianna, die sich im sanften Laternenschein über ihn beugte und flüsternd auf ihn einsprach ... Im Traum konnte er nicht verstehen, was sie sagte, und auch nicht antworten. Wenn er ihr doch nur sagen könnte, daß er sie liebte, daß er nicht mehr weiterleben wollte, wenn ihr etwas zustieß ... Aber die Worte kamen nicht über seine Lippen.

Als er einen Schlag auf die Wange bekam, schreckte er aus dem Schlaf auf, und sein Kopf dröhnte.

»Mamma mia! Willst du denn gar nicht mehr aufwachen?«

Er rieb sich die Augen, versuchte die schattenhafte Gestalt zu erkennen.

»Nicholas!« sagte die Gestalt ungeduldig. »Ich bin entkommen. Während du hier gelegen und wie ein Murmeltier geschnarcht hast, ist mir die Flucht geglückt.«

Er sprang auf, und es war eine reine Reflexbewegung, daß er die beiden Pistolen packte, die auf dem Nachttisch lagen, und die Hähne spannte. Er starrte auf die offene Tür, die hin und her schwang, und erwartete, daß jeden Augenblick die Meuterer hereinstürzen würden. »Was ist passiert?«

Gianna schnappte empört nach Luft. »Du scheinst dich gar nicht zu freuen, mich wiederzusehen.«

»Natürlich freue ich mich«, stieß er hervor. »Aber was ist mit dem verdammten Wachposten los?« Er lief zur Tür und sah einen Matrosen mit Muskete davor stehen. »Warum grinsen Sie, zum Teufel? Holen Sie Mr. Southwick und Mr. Yorke!«

»O Nicholas!« jammerte Gianna. »Was ist denn mit dir?«

»Halt den Mund!«

Sie schlug ihn so kräftig ins Gesicht, daß ihm die Tränen in die Augen traten. »Madonna!« rief sie. »Ned und die beiden Schiffsjungen warten da draußen im Korridor. Paß auf, daß deine tolpatschigen Matrosen sie nicht erschießen!«

Ramage mußte beide Pistolen in eine Hand nehmen, um sich mit der anderen die Tränen aus den Augen zu wischen. Zwei Ohrfeigen innerhalb weniger Minuten – das war nicht gerade seine Vorstellung von einer glücklichen Wiedervereinigung. »Sag mir jetzt endlich, was passiert ist«, bat er mit mühsam erzwungener Ruhe. »Diese verdammten Meuterer müssen in Ketten gelegt werden. Sie werden toben, wenn sie herausfinden, daß du ihnen entkommen bist.«

»Dafür ist gesorgt«, entgegnete Gianna mit kühler Würde, die sie aber im letzten Augenblick mit einem unkontrollierten Kichern verdarb. »Stafford und Rossi bewachen die Luke mit Musketen. Sie waren gerade als Wachposten eingeteilt, als wir die Treppe hinaufkrochen.«

»Wir?«

»Ach, du hörst mir ja nicht zu! Ned, die beiden Jungen und ich.«

In diesem Augenblick kam Yorke in die Kajüte gestürzt, sah Gianna und mußte sich setzen, weil ihm die Knie weich wurden. »Mein Gott«, flüsterte er.

Southwick erschien wenige Sekunden später, eine Pistole in der Hand, und blieb so abrupt stehen, als sei er gegen eine unsichtbare Wand geprallt. Gianna ging zu ihm und küßte ihn auf die Wange.

»Haben Sie mich sehr vermißt, Mr. Southwick? Außer Ihnen scheint sich niemand sonderlich über meinen Anblick zu freuen. Nicholas hat mir befohlen, den Mund zu halten, und Mr. Yorke ist soeben in seinen Stuhl gefallen und hat Gott angerufen.«

»Das – das dürfen Sie ihnen nicht verdenken, Ma'am«, stammelte Southwick verwirrt. »Es war ein Schock für uns. Sie sind mitten in der Nacht verschwunden, und jetzt . . .«

» . . .tauche ich mitten in der Nacht wieder auf.«

»Wo sind Ned und die beiden Jungen?« fragte Ramage, der sich einigermaßen gefaßt hatte.

»Draußen beim Wachposten«, erwiderte Southwick. »Als ich Ned sah, machte ich mir große Sorgen um Sie, Sir. Aber der Wachposten hat die drei unter Kontrolle.«

»Sehr gut. Gehen Sie jetzt lieber wieder an Deck.«

»Jackson ist zu Mr. Much gegangen, um ihn zu wecken«, sagte Southwick. »Er wird an Deck nach dem Rechten sehen. Aber ich muß mehr Leute an der Vorluke postieren.«

»Machen Sie sich deshalb keine Sorgen. Das hat die Marchesa schon alles arrangiert.« Ramage nahm Giannas Arm und führte sie zum Sofa. »Setz dich und erzähl uns endlich, was passiert ist. Ist dir kalt?« fragte er besorgt. »Wir singen nur keine Freudenlieder, weil . . . Es war wirklich ein Schock. Wir hatten schon fast die Hoffnung aufgegeben, dich retten zu können . . .«

Lächelnd sah sie zu ihm auf. »Du hast mich noch nicht mal geküßt.«

Er küßte sie, und dann sagte er mit unsicherer Stimme: »Ich kann es immer noch nicht glauben. Ich habe das Gefühl zu träumen.«

Gianna strich sich das Haar aus der Stirn, drapierte ihren Rock malerisch auf dem Sofa und sagte: »Hol Ned und die beiden Jungen herein. Es ist eher ihre Geschichte als meine. Ohne ihre Hilfe wäre ich nie entkommen.«

»Nein, erst erzählst du. Wir können uns hinterher anhören, was die drei zu sagen haben.«

»O Nicholas, warum mußt du immer alles so komplizieren? Ich weiß doch nicht, was Ned dachte. Ich konnte mich ja nicht mit ihm unterhalten.«

Widerwillig nickte Ramage dem Schiffsführer zu, und Southwick ging zur Tür und rief nach Ned. Unrasiert, das magere Gesicht grau vor Müdigkeit, mit nervös flackernden Augen, sah Ned wie ein erfolgloser Wilddieb aus, der vor dem Richter erscheinen muß und das erlegte Kaninchen noch immer in der Tasche hat. »Guten Abend, Gentlemen.«

Ramage streckte ihm die Hand hin. »Die Marchesa hat mir erzählt, Sie hätten ihr zur Flucht verholfen. Dafür will ich Ihnen danken.«

Sekundenlang starrte Ned die Hand an, dann packte er sie und schüttelte sie verlegen. »Wir haben uns gegenseitig geholfen, Sir.«

Ramage wandte sich zu Gianna um. »Kann ich jetzt endlich erfahren, was eigentlich passiert ist?«

Sie lächelte boshaft. »Frag doch Ned! Er kann dir viel besser erzählen, wie alles angefangen hat.«

»Erzählen Sie, Ned«,‹ sagte Ramage resignierend.

»Aye, Sir. Ich werde mich dabei zwar diskriminieren, aber das riskiere ich. Wo soll ich anfangen?«

»Vielleicht bei dem Zeitpunkt, als ich das Kommando der *Arabella* übernommen hatte. Was davor passiert ist, kann ich erraten.«

»Gut, Sir. Wir Postschiffsmatrosen hatten große Angst, als Sie Ihre Order vorlasen und wir hörten, daß wir nun im Dienst der Navy stünden. Die Tritons sagten uns, wie die Kriegsartikel lauten, und wir ahnten, daß Sie alles von unserer Privatfracht wissen. Und daß Captain Stevens die Flagge strich, weil er die *Arabella* wegen der Versicherungssumme verlieren wollte. Harris meinte, Sie würden uns nach England bringen, damit wir vor ein Kriegsgericht gestellt und gehängt würden. Vielleicht haben Sie das immer noch vor, aber . . .« Er zuckte mit den Schultern. »Das meinte ich, als ich sagte, ich würde mich selbst diskriminieren. Jedenfalls kam Harris auf die Idee, die Brigg in seine Gewalt und nach Coruña zu bringen und den Spaniern zu übergeben. Er dachte, daß wir dann dem Galgen entkommen könnten und daß die Spanier uns eine große Belohnung zahlen würden. Der Bootsmann sagte, Harris hätte recht, und wir waren alle einverstanden. Aber wir waren zu wenige, um die *Arabella* im offenen Kampf zu erobern, und so schlug Harris vor, Sie und die Marchesa als Geiseln zu nehmen, Sir.«

Er fuhr sich mit der Zunge über die Lippen und sah verlegen zu Boden. »Ich wollte nicht, daß der Marchesa was passierte. Natürlich war ich wie Harris der Meinung, daß es am besten wäre, nach Coruña zu segeln. Aber ich fand es nicht richtig, eine ausländische Lady gefangenzuhalten, die nichts mit der Navy oder der Postverwaltung zu tun hat. Ich habe mit Harris deshalb gestritten, und da meinten er und der Bootsmann, daß ich nicht vertrauenswürdig sei. Die zwei Jungs hatten Angst und wimmerten, und so befahl Harris den beiden und mir, am anderen Ende des Unterdecks zu bleiben. Wir sollten uns aus der ganzen Sache raushalten. Ich fand erst später heraus, was sie vorhatten. Harris und der Bootsmann sollten Sie als Geisel nehmen, während zwei andere Burschen die Marchesa aus ihrer Kabine holten. Die beiden Postschiffsmatrosen am Ruder sollten die Augen offen halten. Der dritte, der Posten stand, sollte auf die Luke aufpassen. Wenn die beiden Burschen die Marchesa an Deck brachten, sollte er den Rudergängern ein Zeichen geben, damit sie den Kurs änderten. Harris nahm an, dadurch würden Southwick und die Tritons so abgelenkt werden, daß die Marchesa unbemerkt aufs Vordeck gebracht werden könnte. Natürlich hätte sie geknebelt werden müssen.«

»Das wurde ich auch«, warf Gianna vorwurfsvoll ein.

»Ja, Ma'am. Nun, sie gingen alle davon, und das nächste, was ich dann hörte, war der Schuß. Eine Minute später warfen die beiden Männer die Marchesa durch die Vorluke herab. Danach hörten wir, daß Sie tot seien, Sir, und daß auch Harris tot und der Bootsmann schwer verwundet sei. Ich habe einen Schock gekriegt, als ich vorhin Ihre Stimme hörte.«

»Ich habe ihm nicht erzählt, daß Rossi mir gestern gesagt hat, du wärst noch am Leben«, erklärte Gianna.

»Da Harris tot und der Bootsmann verwundet waren, die drei

Mann an Deck gefangen und ein Postschiffsmatrose Ihre Geisel, waren nicht mehr viele von uns übrig«, fuhr Ned fort. »Wir bewachten abwechselnd die Marchesa. Ich hatte Angst, daß sie mich umbringen würden, weil sie mir nicht trauten, und so bot ich ihnen meine Hilfe an. Dann wurde die Fregatte gesichtet. Wir wußten, daß wir gerettet waren, wenn es eine französische Fregatte war. Aber als sie sich als britische herausstellte, wußten wir natürlich, daß es um uns geschehen war, wenn eine Entermannschaft an Bord kam. Einer der Burschen sagte, wir würden so oder so hängen, und schwor, daß er vorher noch die Marchesa töten würde.«

»Es war schrecklich.« Gianna erschauerte. »Er meinte es wirklich ernst.«

Ned nickte. »Als sie Mr. Yorke dann sagten, sie würden die Marchesa töten, wenn die Fregatte zu nahe an die *Arabella* herankäme ... Ich sage das nicht, um meinen Hals zu retten, Sir, aber eine Lady kaltblütig umbringen, das ist nichts für mich ...«

»Was haben Sie also getan?« fragte Ramage.

»Ich stritt mit ihnen, aber es nützte nichts. Und dann drehte die Fregatte zum Glück ab. Später kam Mr. Yorke und erzählte von der Blokkade vor Coruña. Ich wußte, daß wir es nicht schaffen konnten, nach Coruña zu segeln, ohne von einer britischen Fregatte geschnappt zu werden. Das bedeutete, daß die Marchesa ermordet werden würde, und danach würden wir im Gefängnis landen. Ich wollte meine Kameraden dazu überreden, Mr. Yorkes Vorschlag anzunehmen und einen kleineren Hafen anzusteuern. Aber davon wollten sie nichts wissen. Sie hatten ihr Herz an Coruña gehängt. Einer von uns war schon einmal dort und behauptete, er würde den Hafen wiedererkennen. Nun, das war für mich so eine Art Wendepunkt. Ich dachte noch einmal nach und kam zu dem Schluß, daß ich das alles nicht wollte. Die Marchesa sollte nicht sterben, und die *Arabella* sollte auch nicht in die Hände der Spanier fallen. Als ich heute abend die Marchesa bewachte, wartete ich deshalb, bis der Mann, den ich abgelöst hatte, eingeschlafen war. Dann befreite ich sie von der Eisenkette, und wir schlichen davon.«

Gianna schüttelte den Kopf. »Nicholas, die Gefahr, in der er sich begab, war viel größer, als es sein Bericht vermuten läßt. Und die beiden Jungs – sie hatten eine Heidenangst, aber Ned beruhigte sie, alles flüsternd, damit die anderen nicht aufwachten. Und dann waren die zwei wirklich tapfer.«

»Wie haben Sie denn den Eisenring vom Knöchel der Marchesa gelöst?« fragte Yorke den Matrosen.

»Ich mußte nur einen Haken aufmachen, Sir.«

Ramage legte eine Hand auf Neds Arm. »Werden die Meuterer bestätigen, daß Sie nicht an ihren Aktionen beteiligt waren?«

Ned schnitt eine Grimasse. »Die werden mich umbringen, wenn sie eine Gelegenheit dazu finden.«

»Das werden sie nicht«, sagte Ramage. »Und wegen des Kriegsgerichts machen Sie sich keine Sorgen. Wenn Sie die Wahrheit gesagt haben, passiert Ihnen nichts – das verspreche ich Ihnen. Was Sie in dieser Nacht getan haben, wiegt alles auf, was Sie zuvor angestellt haben. So, und nun rufen wir die beiden Jungen herein, damit wir ihnen danken können, dann solltet ihr euch alle ausschlafen.« Er wandte sich an Southwick. »Wir lassen für den Rest der Nacht Wachposten an der Vorluke stehen. Wir wollen kein Blutvergießen. Übrigens«, sagte er zu Ned. »Harris ist nicht tot. Er liegt in Ketten, ebenso wie der Bootsmann, der nur leicht verletzt ist.«

Ned staunte. »Oh . . . Hoffentlich wird Harris von tüchtigen Leuten bewacht, Sir.«

»Machen Sie sich deshalb keine Sorgen. Unter Maxtons Obhut ist er sanft wie ein Lamm geworden.«

Ned schauderte, und vor seinem geistigen Auge schienen gräßliche Bilder zu entstehen. »Ja, das kann Maxton . . .«

Gianna stand auf und legte die Arme um Ramages Hals. »Liebling, ich bin so froh, daß wir deinen zweiten Plan nicht ausprobieren mußten.«

»Glaubst du, daß er geklappt hätte?«

»Nein. Ich hätte es versucht, aber der Verrückte, von dem Ned dir erzählt hat . . . Er hätte mich sofort getötet, wenn ich wie eine Irre zu schreien begonnen hätte.«

Ramage senkte den Kopf. »Es war meine letzte Hoffnung. In wenigen Stunden hätten wir das Kap Finisterre erreicht.«

»Das wußte ich auch, Sir«, sagte Ned. »Deswegen mußte ich die Marchesa noch in dieser Nacht befreien.«

20

Der erste Mann, der vier Tage später die englische Küste sichtete, war Rossi. Als er vom Masttopp herabrief, daß er Land an Backbord voraus sah, hatte er sich die Guinee verdient, die Ramage in Lissabon zur Belohnung ausgesetzt hatte. Als Southwick zu Mittag seine Messungen vornahm, befand sich die Brigg fünfundvierzig Meilen südwestlich vom Lizard.

Als die *Arabella* zwei Stunden später vor einem frischen Westwind unter einem leicht bewölkten Himmel dahinsegelte, sahen sie das Hochland vom Kap Lizard schon von Deck aus querab vorbeiziehen. In schneller Fahrt näherte sich das Postschiff dem Hafen von Plymouth.

»Wahrscheinlich ist es das erstemal, daß die *Arabella* nicht die Manacles umschifft und Falmouth ansteuert«, meinte Yorke.

Jede Meile, die sie den River Fal hinaufgefahren wären, hätte Ramage näher nach St. Kew und Blazey Hall gebracht, wo seine besorgten Eltern warteten. Plötzlich fühlte er ein fast übermächtiges Heimweh in sich aufsteigen. Mehr als ein Jahr war vergangen, seit er an der Heckreling der *Triton* gestanden und Lizard hinter dem Horizont hatte verschwinden sehen. Seit damals – er warf Gianna, die neben ihm stand, einen schuldbewußten Seitenblick zu – hatte er einige Affären gehabt, die aber keine nachhaltigen Eindrücke, sondern höchstens angenehme Erinnerungen hinterlassen hatten. Und viermal wäre er fast getötet worden – fünfmal, wenn man den Mordversuch des Bootsmanns mitrechnete. In einem Hurrikan hatte er die *Triton* verloren. Ja, es war eine wildbewegte Zeit gewesen, und die Monate waren rasch vergangen. Aber die nächsten Tage würden langsam genug verstreichen . . .

Jetzt sah er den Lizard wieder, obwohl er in Lissabon bezweifelt hatte, daß er jemals wieder daran vorbeisegeln würde. Der Lizard . . . Wie viele große englische Seefahrer, aber auch Piraten, Schmuggler und Taugenichtse hatten ihn im Meer versinken sehen, als sie die Heimat verließen. Auch Drake hatte ihn gesehen, zu Beginn seiner letzten Fahrt, und dann war er vor Portobello im Meer bestattet worden, viele tausend Meilen vom Vaterland entfernt. Henry Morgan hatte zum Kap zurückgeblickt, nachdem er sich bei Charles II. eingeschmeichelt hatte und aus der Haft befreit worden war. Dann war er nach Jamaika zurückgekehrt, um Gouverneur zu werden und seine erfolgreiche Piratenkarriere in der Karibik fortzusetzen . . .

»Verzeihen Sie, Sir . . .« Southwick erriet, daß der Anblick des Kaps den Kommandanten in die Vergangenheit zurückversetzt hatte, und räusperte sich verlegen. »Aber wir können jetzt auf Nordost zu Ost abfallen, und wenn der Wind hält, werden wir eine Stunde nach Tagesanbruch den Eddystone sehen.«

»Gut. Dann will ich jetzt nach unten gehen und den Papierkram erledigen«, sagte Ramage.

Der Eddystone, der Felsen bei Plymouth, auf dem ein Leuchtturm stand . . . Plymouth . . . Der Oberbefehlshaber oder der Hafenadmiral würden auf ein ganzes Bündel von Berichten warten, da die *Arabella* nun im Dienst der Admiralität stand und nicht mehr der Postverwaltung untergeordnet war. Ramage fluchte, weil er nicht die nötigen Unterlagen an Bord hatte. Nun mußte er versuchen, sich an die Überschriften zahlloser Standardformulare zu erinnern, die er auszufüllen und bei seiner Ankunft bereitzuhalten hatte. Glücklicherweise war der Bericht für Lord Spencer, der einzig wichtige, bereits fertig. Die Meuterei hatte es ihm sehr erleichtert, den Bericht abzufassen, denn dieser Zwischenfall mußte den Ersten Seelord überzeugen, daß Hochverräter an Bord des Postschiffs waren. Der Bericht für den Oberbefehlshaber oder Hafenadmiral würde keine Einzelheiten enthüllen, da die Vorgänge geheim bleiben mußten. Die Liste der Gefangenen war komplett. Es kam nicht oft vor, daß ein Offizier der Navy ein Schiff nach Plymouth brachte, auf dem sich fast nur britische Gefangene befanden. Eine Liste mit hundert französischen oder spanischen Namen – ja, das war üblich. Die Kriegsgefangenen wurden von Bord geholt und mit Booten zu den Gefangenenschiffen gebracht, bewacht von Seesoldaten. Aber eine Liste britischer Gefangener, die der Meuterei beschuldigt waren und in zwei Fällen sogar des Mordes und versuchten Mordes – das war selten.

Ramage ging in seine Kajüte, setzte sich an seinen Schreibtisch, schraubte den Verschluß des Tintenfasses ab und klemmte es zwischen zwei Büchern fest. Nachdem er sich erfolglos zu erinnern versucht hatte, was er in dem schmalen Buch mit dem Titel ›Hafenordnung von Plymouth‹ gelesen hatte, dachte er an die ›Hafenordnung von Portsmouth‹, die er erst kürzlich in Händen gehalten hatte, da dies der Hafen war, den er mit der *Triton* verlassen hatte: › . . .eine korrekte Liste der Defekte, aller Mängel, was Segel, Takelage und Ersatzteile betrifft, mit genauen Angaben . . .‹

Er nahm ein Blatt Papier und schrieb in die rechte obere Ecke: ›Die Königliche Postbrigg *Lady Arabella*‹. Mit wenigen Worten schilderte er den morschen Zustand des Achterschiffs. Much hatte ihm bereits eine Liste der verbliebenen Vorräte und Ersatzteile gegeben, und er hatte noch Stevens' ursprüngliche Listen. Die Aufstellung des Segel- und Takelmaterials war reine Routine.

›Die Liste der Gefangenen, die auf Gefangenenschiffe transferiert werden müssen . . .‹

›Die Liste der Kranken, die ins Lazarett transferiert werden müssen . . .‹

Nun, der Bootsmann würde keinen Krankenschein brauchen, wie ihn die Matrosen erhielten, die im ehrlichen Kampf verwundet worden waren. Er brauchte nur von Seesoldaten bewacht zu werden.

Nun nahm er die Musterrolle aus einem Schubfach und schrieb sie in allen Einzelheiten ab. Normalerweise mußte man diese Details in ein Spezialformular eintragen. Ramages improvisiertes Soldbuch würde im Navy Office in London landen, wo die Schreiber Anfälle bekommen würden, weil er kein vorgedrucktes Formular benutzt hatte. Aber wenn ihre Klagen bis nach Plymouth gedrungen waren, würde er hoffentlich schon wieder auf hoher See sein.

Schließlich wischte er die Feder ab, schraubte das Tintenfaß wieder zu und verfrachtete beides mit den Berichten und Listen in eine Schublade. Und dann fluchte er leise, als er sich erinnerte, daß er den Bericht für den Admiral in Plymouth noch nicht geschrieben hatte. In diesem Bericht mußte er erklären, warum ein Postschiff im Hafen von Plymouth vor Anker ging, mit einer Besatzung von elf Navy-Matrosen, kommandiert von einem Offizier der Navy, mit neun Gefangenen, die zur ursprünglichen Besatzung gehörten, und einem Verwundeten . . . Wie er den Bericht auch abfaßte, die Anwälte der Admiralität würden sich in wenigen Tagen die Köpfe kratzen.

Er brauchte eine halbe Stunde, um einen zehnzeiligen Bericht für den Admiral zu verfassen. Dem letzten Absatz fügte er ein Urlaubsgesuch bei, damit er nach London fahren und sich beim Ersten Seelord melden könne – ›aufgrund einer zuvor empfangenen Order‹.

Als er an Deck ging, entdeckte er eine Fregatte, die sich achteraus rasch näherte. Er wußte, daß deren Kommandant die *Lady Arabella* als Postschiff erkannt hatte, sobald ihr Rumpf über dem Horizont aufgetaucht war. Allerdings würde sich der Mann wundern, warum sie an Falmouth vorbeigesegelt war. Aber in diesem Fall genügte es, Geheimflaggen zu hissen.

Als die Nacht hereinbrach, segelte die *Arabella* nur unter Marssegeln und verlangsamte absichtlich ihre Fahrt, so daß Rame Head zwei Stunden vor Tagesanbruch noch fünfzehn bis zwanzig Meilen entfernt sein würde. Um Mitternacht alarmierte Much, der gerade Wache hatte, die ganze Besatzung, bis ein gellendes Geschrei aus dem Dunkel verriet, daß sich das Postschiff inmitten einer kleinen Fischereiflotte aus Fowey befand. Um sechs Uhr lag Rame Head an Backbord voraus und der Eddystone-Felsen an Steuerbord. Der Leuchtturm ragte im ersten Tageslicht hundert Fuß hoch auf.

Die Tritons durften für fünfzehn Minuten unter Deck, jeweils drei auf einmal, um sich zu rasieren und sich für die Ankunft im Hafen fertig zu machen. Um neun Uhr rundete die *Arabella* Penlee Point, um die Cawsand Bay zu queren und dann in den Plymouth Sound zu segeln.

Der Oberbefehlshaber der Kanalflotte war auf See. Das wußte Ramage, als er sah, daß sein Flaggschiff nicht vor Anker lag und der Hafen fast leer war. Natürlich vereinfachte das die Dinge. Die Hafenadmiräle waren meist so beschäftigt, daß sie sich nicht um Angelegenheiten kümmerten, die sie nicht unmittelbar betrafen. Hingegen fanden die Oberbefehlshaber ein fast sadistisches Vergnügen daran, Kommandanten zu quälen, die nicht unter ihrem direkten Befehl standen.

Die *Arabella* war eben vor Anker gegangen, als Jackson das Flaggschiff des Hafenadmirals entdeckte – einen alten Kahn, der als schwimmende Signalstation fungierte, denn der Admiral hatte sein Büro in der Werft. Einen Augenblick später wies Southwick darauf hin, daß sie nicht genug Männer hatten, um die Gefangenen zu bewachen und Ramage gleichzeitig an Land zu rudern. Der alte Segelmeister schien es als Schmach zu empfinden, zu diesem Zweck ein Hafenboot zu mieten; weil Hafenboote gewöhnlich am Westkai warteten, mußte er erst das vorbeifahrende Boot einer Fregatte anrufen und den Leutnant darin bitten, ein Boot zur *Arabella* zu schicken.

Es war lange her, seit Ramage zum letztenmal in Plymouth gewesen war. Doch er erinnerte sich, daß die Postkutsche nach London um halb sieben Uhr abends abfuhr. Aber da Yorke und Much mit ihm fahren würden, mußte er ohnehin einen Wagen mieten. Es war hoffnungslos, in so kurzer Zeit drei Plätze in der Postkutsche nach London zu bekommen, und er wollte die Stadt ohne weitere Verzögerung erreichen. Er war Gianna dankbar, daß sie sofort nach St. Kew weiterreisen wollte, um seine Eltern von der Qual des Wartens zu erlösen und ihnen zu versichern, daß alles in Ordnung war. Er hatte erwartet, daß sie ihn begleiten wollte und daß er ihr das erst ausreden müßte.

An Deck begegnete er Yorke und fragte: »Ich hoffe, Sie haben Ihre Sachen schon gepackt?«

»Alles fertig. Ich warte nur noch auf den Zollbeamten, bevor ich die Riemen an meiner Truhe festschnalle.«

»Ich will gleich zum Admiral gehen, wenn ich die Zollformalitäten erledigt habe. Dann werde ich einen Wagen mieten, und wir können losfahren.«

»Dazu würde ich Ihnen nicht raten. Sie wären dann bei Ihrer Ankunft im Admiralitätsgebäude so müde, daß Sie nicht mehr klar denken können. Es ist doch nicht so schlimm, wenn der Erste Seelord noch einen Tag warten muß. Immerhin haben wir wochenlang in Lissabon gewartet.«

Yorke hatte recht. Der Hafenadmiral würde der Admiralität mitteilen, daß die *Arabella* angekommen war, und ein Nachtkurier würde den Bericht nach London bringen. Es genügte, wenn sie zwei oder drei Tage später in London eintrafen. Und es würde ihnen allen guttun, wenn sie eine Nacht durchschliefen, bevor sie Plymouth verließen.

Zwei Stunden später verabschiedete er sich von Gianna, die an Bord übernachten wollte, und fuhr mit Southwick an Land. Der alte Segelmeister mietete eine Kutsche für Gianna, mit der sie am nächsten Tag nach St. Kew fahren sollte, und Ramage suchte den Hafenadmiral auf.

Der dicke, joviale Wirt des King's Arms Inn kam an Ramages Tisch und verbeugte sich leicht. Ramage nahm an, daß das eine Leutnantverbeugung war. Vor einem Kapitän hätte er sich um sechs Zoll tiefer verneigt und vor einem Admiral um zwölf.

»Die Kutsche wartet, Sir, das Gepäck ist schon verstaut worden.«

Ramage sah seine beiden Gäste an, Yorke und Much. »Haben Sie noch Hunger?« Als beide die Köpfe schüttelten, wandte er sich an den Wirt. »Das Frühstück war ausgezeichnet. Wenn Sie mir jetzt die Rechnung bringen würden . . .«

Fünfzehn Minuten später fiel die Tür der Kutsche ins Schloß, der Fahrer ließ die Peitsche knallen und schrie: »Hüah!« Der Wagen holperte im Morgengrauen über das Kopfsteinpflaster der Briton Side und bog dann in die Exeter Road. Sie mußten noch zweihundertfünfzig Meilen zurücklegen, bevor sie die Admiralität in London erreichten. Sie würden noch zwei Dutzend Mal die Pferde wechseln und an ebenso vielen Schlagbäumen anhalten müssen, um den Wegezoll zu bezahlen. Bei Tagesanbruch erreichten sie den Schlagbaum von Ivybridge, und Much seufzte erleichtert. »Ich wollte schon immer mal die Straße nach London sehen.«

»Waren Sie denn noch nie in London?« fragte Yorke ungläubig.

»Ich bin nie weiter als bis Plymouth gekommen, und selbst das nur, wenn der Onkel meiner Frau krank war. Er hatte eine kleine Taverne am Hafen, gleich beim Arsenal. Als er starb, war ich das letztemal in Plymouth, um mit den Anwälten seinen Nachlaß zu regeln. Mein Gott, war das eine Betrügerbande . . .«

21

Als die Kutsche über das Kopfsteinpflaster der Sloane Street ratterte, war die Londoner Luft noch kühl. Die aufgehende Sonne spiegelte sich glitzernd in den Tautropfen, die an den letzten Herbstblättern hingen. Ramage war froh, daß Yorke vorgeschlagen hatte, die vergangene

Nacht in Turnham Green zu verbringen. Nun waren sie alle drei frisch rasiert und munter und würden präsentabel aussehen, wenn sie im Admiralitätsgebäude ankamen.

Yorke machte Much auf die Sehenswürdigkeiten der Stadt aufmerksam. Der Erste interessierte sich vor allem für den St.-James-Palast. Anscheinend war er in erster Linie nach London gekommen, um zu sehen, wo der König wohnte, und nicht, um mit dem Ersten Seelord zu reden oder die Lombard Street zu besuchen.

»Hyde Park Corner«, verkündete Yorke. »Über zweihundertfünfzig Meilen von Falmouth entfernt.«

Much war sehr beeindruckt. Er war in seinem Leben mehr als zwei Dutzend Mal von Falmouth nach Westindien gesegelt und hatte Tausende von Seemeilen zurückgelegt, aber die Fahrt von Plymouth nach London fand er viel aufregender.

Die Kutsche bog am Hyde Park nach rechts und fuhr dann am St.-James-Park vorbei. Yorke bat den Kutscher zu halten, als sie am Parliament Square ankamen. Aber diesmal war Much unbeeindruckt, und Ramage nahm an, daß er nicht viel von den Parlamentariern hielt, die eine so große Macht in diesem Land ausübten. Much konnte sicher keinen Zusammenhang zwischen den Entscheidungen sehen, die in diesem grauen Steingemäuer getroffen wurden, und einer Flotte, die zum Beispiel eine kleine Armee über das Meer beförderte, um Martinique zu besetzen.

Die Kutsche hatte Whitehall erreicht. »Downing Street«, sagte Yorke ohne Begeisterung und wies auf die kurze schmale Straße zu ihrer Linken. »Da wohnt der Premierminister.«

»Und zahlt sicher keine Miete«, meinte Much.

Nach einigen Metern verkündete Yorke: »Und das ist Horse Guards, das Kriegsministerium.«

»Wohnt da der Herzog von York?« fragte Much.

»Nein, aber er arbeitet hier«, entgegnete Yorke, den seine Rolle als Stadtführer allmählich ermüdete.

»Und dort vorn ist die Admiralität«, sagte Ramage.

Weil das Admiralitätsgebäude in einiger Entfernung von der Straße hinter einer hohen Mauer stand, lenkte der Kutscher den Wagen in einer scharfen Kurve durch deren Torbogen. Einen Augenblick später klapperten die Pferdehufe über das Kopfsteinpflaster des Hofs. Als die Kutsche vor den vier dicken Bäumen am Hauseingang hielt, liefen zwei Pförtner herbei und starrten neugierig das staubbedeckte Gefährt an, das offenbar eine weite Fahrt hinter sich hatte. Sie öffneten den Wagenschlag und ließen die Trittleiter herab.

Als Ramage ausstieg, erlosch das Interesse in den Gesichtern der Pförtner. Sie hatten anscheinend einen Admiral erwartet, und nun kam ein Leutnant an, begleitet vom Ersten Offizier eines Postschiffs und einem Menschen, der weder der Navy noch dem Post Service angehörte. Wortlos wandten sie sich ab, stiegen die Stufen wieder hinauf und verschwanden in der großen Eingangshalle.

Ramage sagte dem Kutscher, wo er das Gepäck abliefern sollte, dann betrat auch er die Halle. Zu seiner Linken brannte ein Feuer im großen Kamin. Eine sechseckige Laterne aus rußigem Glas hing von der Decke. Ein Lakai rekelte sich in einem der schwarzen Ledersessel, ein anderer stand vor einem Tisch und blätterte in einer Zeitung, während sich die beiden Pförtner in einer Ecke unterhielten.

Ramage wußte, daß er nicht sehr eindrucksvoll aussah, wie er da ankam, die formlose Segeltuchtasche unter dem Arm, die seine Berichte enthielt. Außerdem hatte er keinen Termin. Dutzende von Offizieren kamen pro Woche in diese Halle, und alle wollten einflußreiche Ausschußmitglieder sehen, um irgendwelche Vergünstigungen zu erbitten. In dieser Halle mußten sogar Admiräle warten, und Ramage wußte nur zu gut, daß einfache Leutnants ohne Termin in dem kleinen Raum zur Linken sitzen konnten, bis sie schwarz wurden. Er wußte auch aus Erfahrung, daß er wütend werden würde, falls sich einer dieser Bedienten erst in Bewegung setzte, nachdem eine Guinee den Besitzer gewechselt hatte. Und er würde alle Geduld, die er aufbringen konnte, für eine wichtigere Angelegenheit benötigen – nämlich dann, wenn der Erste Seelord seinem Bericht keinen Glauben schenkte. Deshalb beschloß er, von seinem Titel Gebrauch zu machen.

»Leutnant Lord Ramage – ich möchte mit dem Ersten Seelord sprechen. Ich habe zwar keinen Termin, aber Seine Lordschaft hat mich nach London beordert, damit ich ihm so schnell wie möglich Bericht erstatte.«

Der Bediente, der am Tisch stand, griff nach einer Liste und las sie durch, offenbar aus reiner Gewohnheit. »Ihr Name steht nicht auf der Liste, Mylord.«

»Ich habe bereits gesagt, daß ich keinen Termin habe. Ich komme aus Plymouth und habe die Order, mich sofort bei Seiner Lordschaft zu melden.«

Das beeindruckte den Bedienten nicht, da er keine Guinee bekommen hatte. Er winkte einen Pförtner herbei. »Sagen Sie dem Sekretär Seiner Lordschaft, da wäre ein Lord Pamage, der ihn zu sprechen wünscht.«

Ramage trommelte mit den Fingern auf der Tischplatte. »Ramage.

Und ich will nicht den Sekretär sprechen, sondern den Ersten Seelord selbst.«

»Wenn Sie mir Ihr Anliegen vortragen würden, Sir, könnte ich vielleicht . . .«

»Verständigen Sie den Sekretär«, unterbrach Ramage den Mann mit eisiger Stimme. »Sonst gehe ich unangemeldet in Lord Spencers Büro.«

Der Bediente nickte dem Pförtner zu, der die Halle verließ und durch einen links abzweigenden Korridor schlenderte. Yorke sah sich mit hochgezogenen Brauen in der Halle um und sagte in gelangweiltem Ton: »Mieses Personal hier, was?«

»Das sind die Nachteile des Krieges«, meinte Ramage mit ebenso blasierter Stimme. »Alle Leute, die einigermaßen was taugen, fahren zur See. Nur die Tölpel bleiben daheim. Das sieht man ja auch in den Hafenstädten. Dort lungern nur noch Kerls herum, die sogar den Preßgangs zu blöd sind.«

Der Lakai auf dem Stuhl richtete sich kerzengerade auf, und sein Kollege am Tisch war feuerrot angelaufen. Der Pförtner, der in der Ecke stehengeblieben war, trat verlegen von einem Fuß auf den anderen. Der zweite Pförtner kam keuchend zurückgelaufen und verkündete, daß Seine Lordschaft den Leutnant sofort zu sehen wünsche.

»Führen Sie diese beiden Gentlemen ins Wartezimmer«, sagte Ramage zu den Bedienten und folgte dem Pförtner durch den Korridor und zwei Treppen hinauf. Der Mann klopfte an die Tür des Sitzungssaals, trat ein und meldete Lord Ramage.

Lord Spencer saß am anderen Ende des langen Tisches, in dem einzigen bequemen Stuhl mit Armstützen. Die anderen acht Stühle waren sehr unbequem und hatten gerade Lehnen. Aus drei hohen Fenstern, die einen Ausblick auf den Stall an der Südseite boten, fiel Licht in den Raum. An der Nordseite befand sich der große Kamin mit dem Wappen Charles' II.

»Augenblick, Ramage«, sagte der Erste Seelord, ohne aufzublicken. Er tauchte seine Feder in das schwere silberne Tintenfaß und unterzeichnete das Dokument, das er soeben gelesen hatte. Dann legte er die Feder sorgsam beiseite, bevor er den Kopf hob. »Ich hatte Sie erst morgen erwartet«, sagte er und ließ die übliche Begrüßung, das Händeschütteln, ausfallen.

»Ich habe mir eine Kutsche gemietet, Sir«, erklärte Ramage.

»Erwarten Sie nicht, daß die Admiralität Ihnen die Spesen ersetzt.« Spencer wies auf einen Stuhl zu seiner Linken. Das bedeutete, daß Ramage erst einmal um den langen Tisch herumgehen mußte. Offenbar hatte Lord Spencer vor, ihn ein wenig zu schikanieren.

»Nun, was haben Sie vorzubringen, das Ihre Fahrt nach London rechtfertigt?« fragte der Erste Seelord, als Ramage Platz genommen hatte.

Ramage hatte erwartet, daß er wegen seines ersten vagen Berichts, den er Lord Spencer aus Lissabon geschickt hatte, noch Schwierigkeiten bekommen würde. Aber mit einem so kühlen Empfang hatte er nicht gerechnet. »Ich nehme an, Sie haben meinen Bericht aus Lissabon erhalten, Sir?« Das war eine verdammt dumme Einleitung, da das Lösegeld ja bezahlt worden war.

Lord Spencer nickte und wies auf einen Aktenordner auf dem Tisch. »Mr. Nepean hat ihn soeben hereingebracht, damit ich meine Erinnerung auffrischen kann.«

»Haben die Versicherungsagenten meine Angaben über die versicherten Ladungen bestätigt?«

»Man hat sie nicht gefragt«, entgegnete Spencer kurz angebunden. Ramage konnte seine Überraschung nicht verbergen, und der Erste Seelord fügte scharf hinzu: »Das Ministerium war nicht gerade glücklich über Ihren Versuch, die Postverwaltung zu blamieren, Ramage.«

»Das kann ich mir vorstellen, Sir«, erwiderte Ramage trocken.

Sie glaubten ihm also nicht. Sie hatten nur bezahlt, um das Postschiff wiederzubekommen, das war alles. »Ich vermute, daß Sie meinem ersten Bericht keinen Glauben schenken, Sir?«

»Sie vermuten richtig.« Spencer blickte ungeduldig auf die Papiere nieder die noch unterzeichnet werden mußten.

»Ich habe einen zweiten, sehr detaillierten Bericht mitgebracht, Sir. Darin finden Sie genaue Informationen über den Versicherungsbetrug und weitere Vergehen.« Ramage wies auf die Segeltuchtasche, die neben ihm auf einem Stuhl lag.

Spencer griff wieder nach seiner Feder und fragte mit eisiger Miene: »In diesem zweiten Bericht haben Sie Ihre Ansichten vermutlich nicht revidiert?«

»Nein, Sir.«

»In Ihrem ersten Bericht sind Sie uns Beweise schuldig geblieben, mein lieber Ramage. Und Lord Auckland meinte in einer Kabinettssitzung, daß Sie wohl auch in Zukunft nichts beweisen können. Der Premierminister schloß sich dieser Ansicht an.«

Offenbar hatte der Hafenadmiral in seinem Bericht nur erwähnt, daß die *Lady Arabella* im Hafen von Plymouth angekommen war. Die gefangenen Postschiffsmatrosen hatte er verschwiegen, aus der weisen Erkenntnis heraus, daß man seine Nase besser nicht in Dinge steckte, von denen man nichts verstand.

Ramage legte die Segeltuchtasche auf den Tisch, von dem perversen Wunsch erfüllt, daß getrocknete Fischschuppen oder Salzwasserkrusten daran kleben würden – irgend etwas, das Flecken auf diesem glänzend polierten Mahagonitisch hinterließe. Etwas, das Ihre Lordschaften an den weiten Ozean erinnern würde, an kämpfende Kriegsschiffe, das sie ablenken würde von der stickigen, sterilen Atmosphäre des Parlaments, wo man nichts wußte von der rauhen Wirklichkeit, von dem Leid unzähliger Kriegsopfer, von den Männern, die in unmarkierten Gräber in fernen Ländern lagen oder über Bord geworfen wurden, eingenäht in Hängematten – und die nichts wissen wollten von den Invaliden, die blind oder auf Krücken durch die Straßen humpelten und vergeblich um eine Rente flehten.

Ramage öffnete die Tasche und nahm den Bericht heraus. Aber Lord Spencer hatte schon wieder begonnen, seine Dokumente zu unterzeichnen. Wollte er damit andeuten, daß ihn der Bericht nicht interessierte? Daß er politisch nicht akzeptabel war? Daß Ramage nicht nur versagt hätte, sondern auch noch die Verachtung jedes rechtschaffenen Mannes verdiente, weil er die armen, wehrlosen Postschiffer zu diffamieren versuchte?

Was auch der Grund war, er war Ramage gleichgültig. Er wollte wieder mit Gianna zusammensein, seine Eltern wiedersehen, durch Blazey Hall wandern, die Porträts seiner Ahnen betrachten. Sie hätten vielleicht zu würdigen gewußt, was er getan hatte. Er wollte durch die Gärten und über die Felder gehen und die Navy, die Postverwaltung und alle Politiker vergessen. Er wollte unter freiem Himmel dahinschlendern, Hand in Hand mit Gianna wie ein Bauernbursche mit einem Milchmädchen.

»Dies ist mein abschließender Bericht, Sir. Er enthält alle Beweise.«

Lord Spencer nickte, ohne den Kopf zu heben. »Ich werde ihn lesen, wenn ich Zeit habe.«

»Darf ich jetzt gehen, Sir?«

»Sie haben kein Schiff, also bekommen Sie auch nur den halben Sold. Sie können mit Ihrer Zeit anfangen, was Sie wollen ...« Die kalte Stimme drückte viel mehr aus als diese Worte, etwa folgendes: »Sie bekommen nur Halbsold, weil Sie kein Schiff haben, und so wird es auch für den Rest Ihrer Tage bleiben. Man hat Ihnen eine große Chance gegeben, und Ihr Bericht ist bis ins Ministerium hinauf weitergereicht worden. Aber kein Mensch hat geglaubt, was darin steht.«

Nur ein mißbilligendes Stirnrunzeln des Premierministers, das den

Aktivitäten eines Leutnants galt, und der Leutnant würde sich wünschen, daß ihm der Feind eine Kugel in den Kopf gejagt hätte. Denn die Alternative war, daß er mit Halbsold an Land verrotten mußte . . .

»Danke, Sir.« Ramage stand auf. Spencer nickte, ohne ein Wort zu sagen oder auch nur den Kopf zu heben. Ramage verließ den Sitzungssaal, die leere Segeltuchtasche unter den Arm geklemmt, und ging in die Eingangshalle hinab. Yorke und Much sprangen von ihren Stühlen auf, als er das Wartezimmer betrat. Aber Ramage schüttelte nur den Kopf und deutete damit an, daß er nichts sagen wollte, solange die Bedienten zuhören konnten. Die beiden Männer folgten ihm in den kopfsteingepflasterten Hof hinaus. Die beiden steinernen Tiere über dem Torbogen, die Ramage nie hatte identifizieren können – sie hatten Adlerköpfe und -flügel und Meerschlangenschwänze – ignorierten die drei Passanten, wie sie alles zu ignorieren schienen, was in Whitehall geschah.

Ramage hielt nach einer Kutsche Ausschau. Auf der gegenüberliegenden Straßenseite hämmerte ein Kesselflicker an einem Topf herum, und daneben besserte ein Dekorateur einen Polsterstuhl aus. Mehrere Karren und Wagen fuhren vorbei, mit Brennholz oder Bierfässern beladen.

»Was ist passiert?« fragte Yorke, als er seine Ungeduld nicht mehr bezähmen konnte.

»Er hat nicht geglaubt, was in meinem ersten Bericht aus Lissabon steht, und die Kabinettsmitglieder sind seiner Meinung. Man kritisiert mich, weil ich die Postschiffsleute zu diffamieren versuche. Das paßt wahrscheinlich nicht in das Konzept der Regierung.«

»Aber der zweite Bericht?« fragte Yorke ungläubig.

»Ich habe ihn auf seinem Tisch liegen lassen.«

»Er hat ihn nicht gelesen?«

»Nein.«

»Aber Sie haben ihm doch gesagt . . .«

»Ich habe ihm gesagt, daß dieser Bericht alle nötigen Beweise enthält.«

»Dann weiß er also nicht, daß die Postschiffsmatrosen gemeutert und die Marchesa entführt haben?«

»Vermutlich nicht. Aber das würde ohnehin keinen Unterschied machen. In der Downing Street hat man die künftige Marschroute offenbar schon festgelegt, auch wenn das bedeutet, daß weitere Postschiffe verlorengehen.«

»Vielleicht überlegt es sich Lord Spencer noch mal anders, wenn er den Bericht gelesen hat«, meinte Much hoffnungsvoll.

Ramage zuckte verächtlich mit den Schultern. »Da kommt eine Kutsche.«

»Nun, dann werde ich mich verabschieden, Sir«, sagte Much.

»Kommen Sie nicht mit uns?« fragte Ramage überrascht.

»Wohin fahren Sie denn, Sir?«

»Meine Familie besitzt ein Haus in der Palace Street, etwa eine halbe Meile vom Parlament entfernt. Sie kommen doch mit, Yorke?«

Der junge Reeder nickte. »Vielen Dank. Ich habe kein Stadthaus und möchte vorerst nicht nach Bexley fahren. Fürs erste habe ich genug von diesem Geruckel und Gepolter.«

Der Wagen hatte angehalten, und der Fahrer sprang vom Kutschbock, um die Tür zu öffnen und die Trittleiter herabzulassen. Ramage fragte Much nicht erst, ob er die Einladung annahm, sondern bat ihn, einzusteigen; dann folgte er ihm mit Yorke ins Wageninnere. »Palace Street«, sagte er zum Kutscher. »Blazey House.«

Die drei Männer schwiegen, als sie am Parlament und an Westminster Abbey vorbeifuhren. Plötzlich klang neben dem Kutschenfenster das Klappern von Pferdehufen auf, und eine Hand hämmerte gegen die Scheibe. Much sprang mit einem Schreckensschrei vom Sitz. »O Gott! Straßenräuber!« Er stieß mit dem Kopf gegen das Wagendach und sank mit glasigen Augen und halb betäubt in die Polsterung zurück.

Yorke, der auf dem vorderen Sitz saß und die Straße zurückblicken konnte, sagte hastig zu Ramage: »Das ist ein Bedienter der Admiralität. He, Kutscher, anhalten!«

Der Wagen hielt mit einem Ruck, und als Ramage die Tür öffnete, hörte er eine aufgeregte Stimme rufen: »Leutnant! Leutnant!«

Ramage starrte den Bedienten auf dem Pferderücken an. Er hatte geglaubt, daß er soeben seinen letzten Besuch im Admiralitätsgebäude absolviert hatte, und während der kurzen Fahrt beschlossen, daß er seinen Abschied von der Navy nehmen und Gianna heiraten würde. »Was wollen Sie?«

»Leutnant Ramage – Sir! Können Sie bitte sofort zur Admiralität zurückkommen, Sir? Eine Order des Ersten Seelords – sofort, Sir ... Es ist dringend, Sir ... Die Sache duldet keinen Aufschub, hat Seine Lordschaft gesagt ...«

»Augenblick mal!« unterbrach Ramage den Mann, obwohl dieser ohnehin kein Wort mehr hervorgebracht hätte, weil ihm die Luft ausgegangen war.

»Er hat den Bericht gelesen«, meinte Yorke.

»Vermutlich. Ihr beide kommt am besten wieder mit.«

Er befahl dem Kutscher, zum Admiralitätsgebäude zurückzufahren, und eine kleine Gruppe von Passanten, Bettlern und Tagedieben, die sich neugierig um den Wagen versammelt hatte, stob auseinander, als der Kutscher schwungvoll das Gespann wendete.

Fünf Minuten später saß Ramage wieder im Sitzungszimmer, auf demselben Stuhl wie zuvor.

»Wollen Sie mich zum Narren halten?« fragte Lord Spencer wütend.

»Nein, Sir!« sagte Ramage. »Wieso?«

»Ihr Bericht! Warum zum Teufel haben Sie die Meuterei nicht erwähnt, den Mordversuch, die Entführung der Marchesa di Volterra . . . Wenn auch Gott allein wissen mag, was sie an Bord zu suchen hatte.«

»Darauf habe ich in meinem Bericht hingewiesen, Sir.«

»Das weiß ich! Aber warum zum Teufel haben Sie nichts davon gesagt, als Sie hier saßen?«

»Ich sagte, daß der Bericht alle Beweise enthielte, Sir – wenn ich auch nicht glaubte, daß das die Entscheidung der Regierung beeinflussen würde.«

»Was für eine Entscheidung?« fragte Lord Spencer ärgerlich.

»Daß den Postschiffern nichts vorgeworfen werden darf, Sir.«

»Nun – das war nicht direkt eine Entscheidung«, entgegnete der Erste Seelord unbehaglich.

»Sie sagten, daß weder der Generalpostmeister noch der Premierminister meinem Bericht Glauben geschenkt hätten, Sir.«

»Nun ja – das war vor dieser Meuterei. Die genügt uns natürlich als Beweis.«

»Ich hatte schon vor meiner Ankunft in Lissabon alle Beweise, die ich brauchte. Aber nun bestätigen die Tatsachen, daß man mich ermorden versuchte und daß die Marchesa entführt wurde. Vielleicht wird man jetzt auch an höchster Stelle erkennen, daß ich kein Lügner bin.« Die bitteren Worte waren ausgesprochen, bevor Ramage überhaupt bewußt wurde, was er da sagte, und er wartete mit hochrotem Gesicht auf den Zornesausbruch des Ersten Seelords.

Aber Lord Spencer sagte nur mit ruhiger Stimme: »Ich erkenne wieder einmal, daß Sie kein Politiker sind.«

Ramage starrte vor sich hin, entschlossen, seine Zunge zu hüten.

»Lord Auckland wird in wenigen Minuten eintreffen«, sagte Spencer. »Glücklicherweise ist er noch nicht zu seinem Landsitz in Bromley gefahren.«

»Was die Versicherung betrifft«, sagte Ramage, »die Agenten müßten vor allem drei Männer von der *Arabella* zur Verantwortung ziehen – den Kommandanten, den Arzt und den Bootsmann. Wir müssen herausfinden, wie oft sie aufgrund eines Totalverlustes Schadenersatz gefordert haben. Und wie oft sie gefangengenommen und gegen französische Kriegshäftlinge ausgetauscht wurden.«

Der Erste Seelord griff nach einem Silberglöckchen und läutete. Sofort lief ein Sekretär herein. »Ah, Jeffriess«, sagte Lord Spencer, »fertigen Sie eine Liste der Namen an, die Leutnant Ramage Ihnen angeben wird. Und dann sehen Sie nach, wer für den Austausch von Gefangenen Postschiffern zuständig ist. Finden Sie heraus, wie oft diese Leute gefangengenommen und gegen französische Häftlinge ausgetauscht wurden. Und gleichzeitig – gleichzeitig, haben Sie verstanden? Wir sind nämlich in Eile – gleichzeitig erkundigen Sie sich bei Lloyd's, welche Prämien diese Postschiffer seit Kriegsbeginn bezahlt haben und welche Summen sie gefordert haben – für den Verlust persönlichen Besitzes zwischen Falmouth und Westindien.«

Ramage notierte die Namen auf ein Blatt Papier und gab es Jeffries. Als sie wieder allein waren, fragte der Erste Seelord: »Nun, welche Antworten werde ich bekommen?«

Ramage zuckte mit den Schultern. »Alle wurden mindestens zweimal gefangengenommen. Der Arzt hat wahrscheinlich viertausend Pfund pro Jahr an Privatfracht und Versicherungssumme verdient, ein Matrose mehr als fünfhundert Pfund.«

»Warum haben sich die Versicherungsagenten nie erkundigt, ob die Forderungen auch berechtigt waren?«

»Weil die Postverwaltung jedem Kommandanten den vollen Wert seines gekaperten Schiffes ersetzte. Warum sollte Lloyd's in Frage stellen, was eine Regierungsbehörde akzeptierte?«

»Ich weiß, was Sie meinen, Ramage. Aber bitte, hüten Sie Ihre Zunge! Lassen Sie mich reden. Es ist eine heikle Sache, wenn ein Department dem anderen sagen muß, daß einige seiner Leute Hochverrat begangen haben . . .«

»Und Mord, versuchten Mord, Meuterei und Entführung«, fügte Ramage hinzu.

»Sicher. Ich verstehe, daß Sie als Opfer eines Mordanschlags ein Interesse an diesem Fall haben, aber trotzdem . . . Übrigens haben Sie den Bootsmann ins Bein geschossen. Sie hätten ihn töten können. Warum haben Sie es nicht getan?«

»Es ist sinnlos, um des Tötens willen zu töten, Sir, und außerdem brauchte ich ihn als lebenden Beweis.«

»Es wird keine Gerichtsverhandlung stattfinden, Ramage. Das

kann ich Ihnen jetzt schon sagen. Also fangen Sie bitte nicht an . . .« Er brach ab, als er sah, daß Ramage leise lachte. »Was finden Sie denn so komisch?«

»Ich habe keine Minute lang geglaubt, daß die Sache vor Gericht kommen würde.«

»Warum nicht?« stieß Spencer hervor.

Ramage verkniff sich die direkte Antwort, die ihm auf der Zunge lag, und sagte statt dessen: »Ich dachte, die politische Situation der Regierung würde einen solchen Prozeß nicht ratsam erscheinen lassen.«

»Exzellent! Wenn Sie so weitermachen, bekommen Sie noch einen Sitz im Parlament, Ramage. Ja, Sie haben völlig recht, wenn ich auch noch nicht weiß, was es da zu lachen gibt.«

»Ich habe nicht wirklich gelacht, Sir, ich hatte nur erwartet, daß es problematisch sein würde, ein Gerichtsverfahren in die Wege zu leiten . . .« Er brach ab und dachte über seine Worte nach. Ja, er sah sich bereits mit einem falschen Lächeln, die Hände an den Rockaufschlägen, vor den Oppositionsbänken stehen. »Deshalb habe ich mir die Freiheit genommen, die Leute auf meine Weise zu bestrafen – nur ein wenig.«

Spencer nickte verständnisvoll. »Manche Leute werden sicher denken, daß das weise Voraussicht war.«

In diesem Augenblick klopfte es an der Tür, und Spencer rief: »Herein!« Ein Lakai kam und flüsterte ihm etwas zu. »Führen Sie ihn sofort herein«, befahl der Erste Seelord. »Ich habe doch angeordnet, daß man ihn nicht in der Halle warten lassen soll.« Als der Bediente hinausgelaufen war, sagte Spencer: »Lord Auckland ist soeben eingetroffen.«

Als Lord Spencer die beiden Männer miteinander bekannt gemacht hatte, lautete der erste bissige Kommentar des Generalpostmeisters: »Das ist also der junge Mann, der die Postverwaltung und das Wort ›Hochverrat‹ in einem Atemzug nennt, eh?«

Ramage war überrascht, als Spencer, statt ihn zu verteidigen, zustimmend nickte. »Derselbe, und er ist gerade auf eigene Kosten von Plymouth nach London gekommen, um mir einen zweiten Bericht zu bringen.«

»Hoffentlich ist dieser Bericht sinnvoller als der Wisch, den er uns aus Lissabon geschickt hat.«

»Nicht nur sinnvoller, William, auch interessanter. Willst du ihn lesen?«

»Ich hoffe, du hast mich nicht allein deswegen hergeholt«, erwiderte der Generalpostmeister ärgerlich.

Der Erste Seelord schob den Bericht über die polierte Tischplatte, langsam und bedeutungsvoll, als handle es sich um besonders interessante Spielkarten, und Ramage fand, daß Lord Auckland die Mappe mit der vorsichtigen Neugier eines Kartenspielers aufschlug, der sein Blatt aufnimmt und ansieht. Langsam las er den Bericht durch, ohne daß seine unbewegte Miene verriet, was er dachte. Dann sah er Spencer an und hob eine Braue. »Und der Bericht des Ersten Offiziers?«

Spencer schob ihm das Blatt zu, und Lord Auckland las diesen Bericht ebenso langsam und konzentriert wie den ersten. Schließlich legte er das Blatt auf den Tisch und sah Ramage an. »Sie haben also den Beweis gefunden.« Seine Stimme klang bitter, aber Ramage fühlte, daß der Zorn des Generalpostmeisters nicht ihm galt. »Sie wußten schon, als Sie den Bericht in Lissabon abschickten, daß Sie die erforderlichen Beweise erbringen würden?«

»Nein, Sir, da hatte ich bereits Beweise.«

»Warum haben Sie das in Ihrem ersten Bericht nicht erwähnt?«

»Ich glaube, du verstehst nicht ganz, was Ramage meint«, mischte sich Spencer hastig ein. »Er meint, daß er noch nicht wußte, wie der endgültige Beweis aussehen würde, daß er noch etwas Zeit brauchen würde, um ihn zu finden. Einen Beweis, der auch ein Gericht überzeugen würde . . .«

»Dann will ich eine andere Frage stellen. Wußte Ramage schon in Lissabon, daß die Postschiffsmatrosen während der Reise nach Falmouth meutern würden?«

Der Erste Seelord sah Ramage fragend an, und dieser nickte.

»Noch etwas, George – findest du es nicht seltsam, daß ein Dutzend deiner Seeleute an Bord der *Arabella* waren? Ich hoffe, es macht dir nichts aus, wenn ich dem jungen Mann diesbezüglich ein paar Fragen stelle?«

Georg John Eden, Erster Earl Spencer, schüttelte den Kopf. »Frag nur, William. Ich nehme an, daß irgend etwas mit dem Oberbefehlshaber in Jamaika arrangiert wurde. Ist es nicht so, Ramage?«

»Ganz recht, Sir«, sagte Ramage. »Ich wollte ein paar . . .« Er brach gerade noch rechtzeitig ab, bevor ihm das Wort »verläßliche« entschlüpfen konnte. »Ich wollte ein paar Männer an Bord haben, die schon früher unter meinem Kommando gedient hatten.«

»Und welchen persönlichen Eindruck haben Sie von Stevens gewonnen?« fragte Auckland.

»Er stand unter dem Einfluß des Schiffsarztes, Sir. Außerdem hatte er guten Grund, sich ein neues Schiff von der Postverwaltung zu erschleichen, da das ganze Achterschiff der *Arabella* morsch ist.«

»Danke, ich verstehe«, sagte Auckland sarkastisch. »Aber ich möchte wissen, welche Charakterzüge dieser Kommandant mit anderen gemeinsam hat, die ebenfalls die Flagge gestrichen haben.«

»Ihr Bericht ist ausgezeichnet, Ramage«, sagte Spencer, »aber erzählen Sie uns jetzt genau, was passiert ist und was Sie dachten, als das Kaperschiff am Horizont auftauchte.«

Ramage schilderte die Szene in knappen Worten, aber ohne wichtige Einzelheiten auszulassen. Als er geendet hatte, fragte Spencer: »Und wie kamen Sie auf den Gedanken, ein Lösegeld zu zahlen?«

»Ich weiß nicht mehr, was mir diesen Gedanken eingab, Sir. Aber ich wollte vor allem verhindern, daß man mich in ein französisches Gefängnis transportierte, damit ich Ihnen so schnell wie möglich Bericht erstatten konnte.«

»Diese verdammten Privatladungen!« stieß Auckland plötzlich hervor. »Ich hatte schon die ganze Zeit diesen Verdacht.« Hilfesuchend sah er den Ersten Seelord an, und Spencer nickte.

»Du hast oft genug versucht, einen entsprechenden Erlaß im Kabinett zu erwirken, William. Aber der Streik der Postschiffsmatrosen im letzten Jahr hat den zuständigen Stellen Angst eingejagt. Nun ist es erwiesen, daß du recht hattest.«

Ramage dacht an Much, der im Wartezimmer saß. Nun ergab sich die Gelegenheit, dem Ersten eine Belohnung zuzuschanzen, und sei es auch nur ein Lob aus dem Mund seines Ministers. Aber der Vorschlag dazu mußte vom Ersten Seelord ausgehen. »Mr. Much, der Erste, der den anderen Bericht geschrieben hat, Sir ... Ich habe ihn mit nach London gebracht für den Fall, daß man ihm Fragen stellen will. Vielleicht könnte Seine Lordschaft ...«

Spencer hakte sofort ein. »Das ist dein Mann, William. Wir alle schulden ihm Dank. Übrigens, Ramage, wann wird dieser Sidney Yorke nach London kommen?«

»Er sitzt mit Much im Wartezimmer, Sir. Ich dachte, Sie möchten vielleicht ... Daß er als Zeuge aussagen müßte ...«

»Warum brauchen Sie denn Zeugen?« Lord Auckland warf Ramage einen scharfen Blick zu.

»Wenn sich irgendwelche Fragen ergeben ...«

Lord Spencer unterbrach ihn. »Mr. Ramage hat eine schlechte Meinung von uns Politikern, William, deshalb hat er alle seine Kanonen ausgefahren.«

Auckland hob die Brauen. »Ein glücklicher junger Mann ... Die Tatsache, daß der Erste Offizier und dieser Yorke noch immer im Wartezimmer sitzen, beweist doch, daß er dich mühelos überzeugen konnte, eh? Nun, dann werde ich einmal ein Wort mit diesem Mr. Much reden.«

Mühelos? dachte Ramage, als er zur Tür ging, um einen Bedienten zu rufen. Er hatte gesehen, daß das Gesicht des Ersten Seelords puterrot angelaufen war.

Auckland und Spencer stellten Much einige gezielte Fragen, nicht so sehr, weil sie weitere Informationen brauchten, sondern um Argumente zu haben, um der Kritik im Kabinett oder im Parlament zu begegnen. Danach wurde Yorke in den Sitzungssaal gebeten. Der junge Reeder brachte in seiner nonchalanten Art beide Minister schon nach fünf Minuten dazu, einzugestehen, daß sie Ramages erstem Bericht aus Lissabon keinen Glauben geschenkt und ernste Zweifel bezüglich der Berechtigung des Lösegelds gehegt hatten. Der Erste Seelord wurde wieder rot, und Ramage befürchtete, daß Yorke zu weit gehen könnte.

Lord Auckland lachte trocken auf. »Vergessen Sie bitte nicht, Mr. Yorke, daß Kabinettsbeschlüsse immer kollektiv sind – und geheim. Und letzten Endes haben wir ja gezahlt, oder?«

Yorke nickte und wandte sich an den Ersten Seelord. »Wäre es unverschämt, Sie zu fragen, welches Ergebnis die Untersuchungen bezüglich des Versicherungsbetrugs erbracht haben?«

»Eh – nicht unverschämt, aber verfrüht. Ich habe Ramage schon gesagt, daß wir Nachforschungen anstellen werden. Aber wir haben noch keine Auskunft von Lloyd's erhalten.«

Am nächsten Morgen saß Ramage mit Yorke und Much im Blazey House und nahm ein spätes Frühstück ein. Der alte Diener, der sich um das Haus kümmerte, wenn die Familie in Cornwall war, trat an den Tisch und meldete: »Ein Mann hat vorgesprochen, Mylord.«

»Wann, Hanson?«

»Vor ein oder zwei Minuten, Mylord. Er hat mir dieses Päckchen übergeben.«

Ramage griff nach dem Paket und las die Adresse. »Es ist für Mr. Yorke«, sagte er und legte es auf den Tisch.

Yorke öffnete das Päckchen und nahm mehrere Blätter heraus. »Darauf haben wir gewartet.« Er räumte das Frühstücksgeschirr beiseite und breitete die Papiere auf dem Tisch aus. »Stevens – anscheinend hat er bei dieser Reise zum erstenmal Privatfracht mitgenommen und sie mit achthundert Pfund versichern lassen. Und Farrell – sieben Reisen. Viermal hat ihm Lloyd's mehrere tausend Pfund ausgezahlt, weil er seine Fracht bei feindlichen Angriffen verloren hat. Rechnen

Sie das zu dem Profit dazu, den er bei den übrigen drei Reisen eingesteckt hat, dann werden Sie erkennen, daß Mr. Farrell zu den reichsten Männern von Falmouth gehört. Und jetzt der Bootsmann – er hat bei neun Reisen Ware versichern lassen und dreimal Schadenersatz gefordert.« Er blätterte die Papiere durch. »Bei den anderen sieht es ähnlich aus. Sie haben die Versicherungssumme bei jeder Reise fast um fünfzig Prozent erhöht. Anscheinend sind sie mit den wachsenden Erfolgen immer selbstsicherer geworden . . .« Yorke schob die Papiere über den Tisch und sagte zu Ramage: »Wenn Sie das der Admiralität übergeben wollen . . .«

Eine Stunde später saß Ramage wieder im Sitzungssaal der Admiralität, wo Lord Auckland und Lord Spencer erneut über das Postschiffsproblem diskutierten. Ein dritter Mann war anwesend, der sich als Francis Freeling vorstellte. Ramage erinnerte sich, den Namen im Royal Kalender gelesen zu haben. Der Mann war der Sekretär der Generalpostverwaltung, um die Vierzig, und machte einen energischen, tüchtigen Eindruck.

Die beiden Minister lasen die Listen durch.

»Der Kommandant war also noch ein Neuling in diesem Geschäft«, bemerkte Lord Spencer.

»Aber das Achterschiff seiner Brigg war morsch«, sagte Auckland bitter.

»Er konnte sich nicht darauf verlassen, daß er bei dieser Reise Gelegenheit finden würde, sich französischen Freibeutern zu ergeben, Mylord«, warf Freeling ein.

»Aber Mr. Ramages und Mr. Muchs Berichten zufolge war er entschlossen, bei erstbester Gelegenheit die Flagge zu streichen.«

Freeling nickte. »Aber das konnte er nur tun, weil ein Kaperschiff aufgetaucht war.«

»Ganz recht«, meinte Auckland bissig. »Das weiß ich selbst. Sagen Sie, Ramage, Sie spürten doch, daß die Situation schon vor dem Auftauchen der Freibeuter einem kritischen Höhepunkt zustrebte. Warum?«

»Das morsche Achterschiff, Sir . . . Ich glaube, Stevens wollte auf alle Fälle gekapert werden.«

»Und wie hätte er das machen sollen?« fragte Freeling.

»Er brauchte nur lange genug in den Gewässern zu kreuzen, wo die Kaperschiffe erfahrungsgemäß am dichtesten gesät sind.«

»Wie sollte man dem Problem Ihrer Meinung nach begegnen, Ramage?« fragte Auckland so abrupt, daß Spencer und Freeling erstaunt die Köpfe hoben.

Ramage dachte an die Gespräche, die er mit Yorke und Much geführt hatte. »Man könnte das Problem mit drei Maßnahmen beseitigen, Sir. Erstens haben Sie nun allen Grund, die Mitnahme von Privatfracht zu verbieten. Drohen Sie allen Übeltätern Gefängnisstrafen an. Zweitens müßte sich jeder Kommandant, der sein Schiff verliert, vor einem Gericht hier in London verantworten, nicht in Falmouth unter seinen Freunden. Das Gericht müßte aus Abgeordneten von Trinity House, aus einem Bevollmächtigten von Lloyd's, aus einem Offizier der Royal Navy und vielleicht aus einem Sprecher der Westindien-Kaufleute bestehen. Drittens müßten alle Beamten in der Postverwaltung und der Postschiffsinspektor von London entlassen werden.«

Als Ramage seinen dritten Vorschlag zur Sprache brachte, beobachtete er die drei Männer aufmerksam. Lord Auckland ließ die Nasenflügel vibrieren, der Erste Seelord sah den Generalpostmeister an, und Mr. Freeling nickte nur schlicht. Er nickte dreimal. Lord Auckland bemerkte das und fragte: »Was halten Sie von Mr. Ramages drakonischen Maßnahmen, Mr. Freeling?«

»Ich bin begeistert, Mylord. Er hat recht, daß wir diese Gelegenheit ergreifen sollten, um die Mißstände abzuschaffen, die Mitnahme von Privatfracht zu verbieten und den Kommandanten genauer auf die Finger zu schauen. Sie erinnern sich vielleicht, daß ich das schon seit zwei Jahren vorschlage. Und was die Entlassungen betrifft – man sollte einigen Leuten vorschlagen, vorzeitig in Pension zu gehen, und andere auf neue Posten versetzen ...«

»Sie meinen, daß wir uns nicht zu viele Feinde machen sollten?« fragte Auckland.

Freeling nickte. »Wenn wir Falmouth als Postschiffshafen behalten wollen, müssen wir mit den Leuten dort zusammenarbeiten, Mylord, und die sind alle miteinander verwandt.«

»Natürlich, wir wollen ja nicht nach Plymouth übersiedeln. Da sei Gott vor ...« Auckland lief rot an und fügte hastig hinzu: »Nichts für ungut, George, aber ich habe gehört, daß die Ankerplätze dort nicht die besten sind.«

Lord Spencer lächelte ironisch. »Und Falmouth kann man bei jedem Wetter ansteuern, William – Plymouth nicht. Das ist dein stärkstes Argument, wenn du Falmouth weiterhin als Hafen benutzen willst.«

»Ganz recht«, stimmte Auckland zu. »Nun, Mr. Ramage will sich zweifellos dafür entschädigen, daß er der Londoner Szene so lange fernbleiben mußte, und Freeling und ich müssen noch ein bißchen Form in den Bericht für das Kabinett bringen.« Er stand auf und gab

Ramage die Hand. »Ich danke Ihnen«, sagte er leise. »Ihnen und Ihren Männern.«

Es war ein kalter, aber sonniger Morgen, und Ramage beschloß, zu Fuß in die Palace Street zurückzugehen, um sich noch ein bißchen die Beine zu vertreten, bevor er die Kutschenfahrt nach St. Kew antrat. Much war einkaufen gegangen und wollte abends mit der Postkutsche nach Falmouth zurückfahren. Er konnte es kaum erwarten, seine Familie wiederzusehen. Yorke wollte den Rest des Tages in seinem Büro in der Leadenhall Street verbringen, um nachzusehen, ›wie viele Schiffe ihm die Stürme und die Franzosen übriggelassen hatten‹.

Als Ramage in die Palace Street bog, sah er eine große Kutsche vor seinem Haus stehen, in Blau und Gold, und das Wappen auf dem offenen Wagenschlag war ihm nur zu vertraut. Hanson beugte sich gerade über mehrere Truhen und Taschen.

Ramage beschleunigte seine Schritte. Ein Fenster im ersten Stock des Hauses wurde geöffnet, und jemand beugte sich heraus – eine junge Frau mit schwarzem Haar und einem kleinen, herzförmigen Gesicht. Sie winkte ihm lebhaft zu und schrie etwas in einer Sprache, die keiner der Passanten verstehen konnte. Und Ramage, endlich erlöst von Meuterern, Politikern und Bürokraten, schwang seinen Säbel in der linken Hand und den Hut in der rechten, und sein Herz schlug so heftig, als hätte er den ganzen Weg vom Admiralitätsgebäude in die Palace Street im Laufschritt zurückgelegt. Er stieß Hanson beinahe um, als er ins Haus rannte, und hörte kaum die aufgeregte Stimme des alten Mannes.

»Die Familie, Sir, und die Marchesa – sie sind soeben angekommen.«